SV

Gunther Geltinger

BENZIN

Roman

Suhrkamp

Die Arbeit an diesem Buch wurde gefördert durch

KUNST STIFTUNG NRW

sowie durch das Ministerium für Kultur und Wissenschaft des Landes Nordrhein-Westfalen, die Peter Suhrkamp Stiftung, die Sylt Foundation und das Grenzgänger-Programm der Robert Bosch Stiftung und des Literarischen Colloquiums Berlin.

Erste Auflage 2019

Satz: Satz-Offizin Hümmer GmbH, Waldbüttelbrunn
Druck: CPI – Ebner & Spiegel, Ulm
Printed in Germany
ISBN 978-3-518-42859-7

BENZIN

Der Mensch ist menschlich nur insofern, als er sich einem anderen Menschen aufzwingen will, um von ihm anerkannt zu werden.

Frantz Fanon

Ich verlasse die Straße nur ungern, mein Gefühl der Verwundbarkeit wächst, mich überkommt eine Art Urnervosität.

Damon Galgut

Alarm

Sie fahren abwechselnd. Vinz am Tag, Alexander nachts. Die Dunkelheit kommt früh in diesem Land, im November gegen sieben und von einer Minute auf die andere. Vinz ist nachtblind, die Straße vor seinen Augen wie ausgelöscht. Die Hochebene, die an die Straße stößt. Das Land, das bis zum Anbruch der Dämmerung aus einer schnurgeraden Straße bestand, die diese Hochebene durchschnitt, mit einer Bergkette an ihrem Rand, die weder ferner rückte noch näher kam und seinen Blick entlang einer scheinbaren Grenze führte wie eine Fata Morgana mit ihrem trügerischen Versprechen auf Ankunft, bis die Sonne verschwand und die Horizontlinie sich auflöste. Der dunstige Zackenriss fiel in sich zusammen, Schatten fluteten die Ebene und ließen ihre Farben noch einmal aufleuchten, die Braun- und Gelbtöne des Buschvelds mit dem unwirklichen, fast wahnhaften Grün einzelner Plantagen, bevor alles erlosch. Achtung, sagte Alexander, die Sandverwehung auf der Straße bemerkte Vinz zu spät, halb im Dunkeln wirkte das langgestreckte, vom Wind gerippte Gebilde wie ein verendetes Tier. Aus dem Augenwinkel sah er, wie Alexander auf dem Beifahrersitz nach vorn kippte, den rechten Fuß abspreizte und auf das imaginäre Bremspedal trat. Vinz warf ihm einen Blick zu und zischte. Dann ließ er den Wagen über das Hindernis rumpeln, den Kadaver aus roter Erde, sein Protest. Er hatte an Manuel gedacht, und er wusste, dass Alexander ihn durchschaute.

Am Straßenrand schwand Meter für Meter das Land. Weideflächen ohne Vieh, herdenartig nur die buckligen Sträucher, die enger aneinanderrückten, je dunkler es wurde. Seine Augen schrappten darüber hinweg, suchten Halt an der Silhouette einer Schirmakazie, unter der sich die Nacht schon ballte, sprangen dann weiter zum Umriss eines vereinzelten Baobab-Baums, der als düsterer Koloss in der Landschaft stand, der gedrungene Stamm mit den fingerförmigen Ästen wie von einem in die Einsamkeit verbannten Riesen, der die Hände in den Himmel reckt. Schön hier, sagte Alexander. Vinz schaltete das Fernlicht an, das die Straße noch mehr verkürzte. Reflexartig zuckte sein Fuß vom Gaspedal weg, doch er widerstand dem Impuls und stemmte sich gegen das Lenkrad und das Gefühl, die Kontrolle über den Wagen zu verlieren. Er heftete den Blick an letzte Konturen, suchte Dornstrauch, Akazienbaum und Baobab nach Anhaltspunkten ab, die ihm etwas über Alexander und ihn sagen könnten, über den Grund, warum sie hier waren in diesem Land, bis er abrupt abbremste, auf das steinige Bankett lenkte und anhielt, damit Alexander übernahm.

Sie und der Wagen. Ein weißer Toyota Corolla von Avis, das kleinste und sparsamste Modell. 90 PS, Vorderradantrieb, Verbrauch 7,3 Liter, schon bei der Übernahme hatte Vinz Bedenken, ob es das richtige Auto sei. In einem Land, in dem nur die wichtigsten Straßen instand gehalten werden, haben sie vielleicht am falschen Ende gespart. Immer sind sie auf ihren Reisen abseits der im Straßenatlas rot verzeichneten Autobahnen gefahren, haben die gelben oder farblosen Nebenstraßen bevorzugt, die sich Gebirge hinaufwinden, Pässe satteln und auf Hochplateaus Schleifen und Kehren bilden, bis ihr Verlauf in eine gestrichelte Linie übergeht und plötzlich endet, wie von Kinderhand gezogen, auf einer naiven Zeichnung, die noch nicht weiß, was sie werden soll. Rot verbindet die Städte und Metropolen, wer rote Straßen fährt, hat wenig Zeit und keinen Blick fürs Detail. Sie haben in Ausdauer investiert, nicht in Schnelligkeit. Rot nur im Ausnahmefall, auf dem Rückweg zum Flughafen oder wenn es große Distanzen zu überwinden gilt. Ihre Straße soll sich den Bedingungen der Landschaft anpassen, sie nicht durchbrechen.

Ein grüner Begleitstrich kennzeichnet eine besonders reizvolle Strecke. Sie fahren auf Gelbgrün auf den Abgrund zu, der sich am Ende des Scheinwerferkegels vor ihnen auftut. Immer wieder kontrolliert Vinz die Tachonadel. Alexander bremst, schaltet, lenkt um. Der Asphalt ist von Schlaglöchern zerklüftet, die Karosserie knarrt. Ein Viertürer, ihr Exoskelett. Das, was nach außen zusammenhält, wenn im Innern das Rückgrat gebrochen ist. Ein Panzer, weiß metallic, der die Weichteile schützt, das Unbehagen abschirmt, das ihnen geblieben ist von den einstigen großen Gefühlen, die Vinz noch immer nicht scheut Liebe zu nennen, wenn er auch nicht weiß, ob Liebe jenseits des Wortes überhaupt groß sein kann und nicht nur aus einem Übermaß an im Lauf der Jahre an einander erkannten und erduldeten Unzulänglichkeiten erwächst, die im Versuch, für seine Schwächen gegenseitig einzustehen, zur Lebensuntüchtigkeit führen, so dass es ab einem gewissen Punkt keinen anderen Weg mehr gibt als den gemeinsamen, eine durchbrochene Linie, die grün markiert ist, in der Farbe der Hoffnung.
Vielleicht wäre ein grüner Wagen das bessere Omen gewesen. Wir fahren ein weißes Auto, hatte Vinz plötzlich festgestellt, nachdem sie das Flughafengelände hinter sich gelassen und den Autobahnring erreicht hatten, der sie auf ihre Route bringen sollte. Sein Lachen klang gezwungen. In einem Land wie diesem war das weiße Auto vielleicht schon ihr erster Fehler. Sie hatten es nicht ausgesucht, es war ihnen zugeteilt worden, und auf der Straße war jedes dritte Auto weiß. Die Klimaanlage arbeitete auf Hochtouren, das Außenthermometer zeigte 31 Grad, Tendenz laut Wetter-App steigend. Ein schwarzes Auto war hier schlichtweg unpraktisch und die Farbethik, bei der sich Vinz ertappt hatte, ohnehin fragwürdig. Im Wagen fühlte er sich leidlich getarnt.

Auf dem Sitz ist er nur eine Handbreit von Alexander entfernt. Ihm nah wie seit Monaten nicht mehr. Manchmal spürt Vinz ihn; mehr Ahnung, fast Androhung einer Berührung, wenn Alexander herunterschaltet und ihn dabei streift. Vinz schließt die Beine, Alexanders Hand rutscht vom Schaltknüppel, hängt eine Weile abwartend zwischen ihnen, dann fasst sie wieder das Steuer. In der Ablage liegt das Smartphone. Vinz tastet alle fünf Minuten danach, die in dieser Dunkelheit, auf einer Straße, die jeden Moment abbrechen könnte, länger dauern als irgendwo sonst auf der Welt. Er muss sich beherrschen, es nicht fortwährend in der Hand zu halten, schützend wie ein hilfloses Lebewesen. Als Kind hatte er so der Mutter das Amseljunge gebracht, das im Garten aus dem Nest gefallen war. Es war nackt und hässlich, mit großen, von einem milchigen Schleier getrübten Augen und einem kurzen, sperrenden Schnabel. Drinnen sah er den Schlund, die hüpfende Gurgel, Todesangst. Klägliche Laute drangen heraus. Er ekelte sich vor der Berührung, dachte, der winzige Leib sei kalt und glitschig, doch das Junge war trocken und warm, vielleicht weder kalt noch warm, er erinnert sich nicht. Die Augen waren ihm unheimlich. Noch blind, hatten sie nichts von der Welt gesehen und würden sich nicht mehr öffnen. Das Amselkind war im Finstern geboren, starb im Finstern, war an den Flügelspitzen und unterhalb der Kehle schon schwarz gefiedert, dünner Flaum, irgendwie räudig, es sah erbärmlich aus. Er barg das zitternde Tier in der Handhöhle. Die Mutter seufzte und zeigte ihm den Platz im Garten, wo er es hinlegen sollte, damit die Amsel ihr Junges sehen und hören konnte. Er rupfte Gras aus, kehrte mit der Hand etwas Laub zusammen und legte es zwischen die Wurzeln des Kirschbaums. Die Amsel saß in der Krone und schlug. Er versteckte sich hinter den Johannisbeeren, von wo aus er den Platz gut im Blick hatte. Nichts geschah. Die Amselmutter kam nicht herunter, das Junge stieß rhythmisch das schrillende Schnabelloch in die Luft. In der kauernden Haltung schlief sein Fuß ein. Er wartete noch fünf Minuten, dann verlor er die Lust an der Rettung des kleinen Lebens. Er pellte sich aus dem Strauch und ging ins

Haus. Die Amsel schlug weiter Alarm, den ganzen Nachmittag hörte er sie draußen im Garten, ihr Wehklagen um das tote Kind.

Jetzt will er seine Hand zu Alexander befehlen. Das Knie unterm Saum seiner Shorts umschließen, die Finger zur Faust ballen in Alexanders Schoß. Alexander würde die Beine schließen, in der Zange seiner Schenkel Vinz an sein Geschlecht pressen, bremsen und beschleunigen nur mit der Kraft der Waden, kilometerweit durch die Nacht mit der ausdauernden Hartnäckigkeit von zwei Jahrzehnten, die er, Vinz, nun schon in Alexander gefangen ist, wie eingewachsen in seiner Mitte, sein Zweimeterleib die Verlängerung von Vinz' zu kurz geratenem Leben, wie sie früher auf ihren ersten Reisen gefahren sind, bis Alexander auf einen Parkplatz lenkte, die Beine lockerte, Vinz entließ und ihre Erregung sich entlud.
Neben dem Smartphone liegt das Notizbuch. Sein Plan ist eine Art Fahrtenbuch, Skizzen von Orten, Landschaften, Begegnungen, aus denen sich wieder ein Rhythmus ergibt, eine neue Richtung für die Geschichte, an der er seit zehn Jahren schreibt: Alexander und Vinz, von A bis Z, nachlesbar in zwei Romanen, die Figuren lebensgroß, doch nicht immer wahrheitsgemäß, und dort, wo sie tatsächlich nackt und in Großaufnahme zu sehen sind, literarisch verhüllt, schließlich geht es ihm um Kunst, nicht um Pornographie. Oder doch? In der ursprünglichen Bedeutung des griechischen Worts ist ein Pornograph einer, der über Huren schreibt. Exhibitionen aller Genres sind auf dem Buchmarkt beliebt, der Borderliner, der Familienvater und sein Kampf, die von Hämorrhoiden geplagte Moderatorin und der Hooligan kehren im Jargon ihrer Milieus die inneren Wucherungen nach außen und simulieren Wahrhaftigkeit. Unter den autofiktionalen Bekennern ist er, Vinz, der gläserne Schwule, der vom Coming-out in der Provinz bis zum Ehevollzug Einblick ins Innere seiner Beziehungen gewährt, »in schonungsloser Offen-

heit«, wirbt im Klappentext sein Verlag, der bereits nachgefragt hat, ob es mit den beiden denn noch weitergehe. Er weiß noch nichts von Manuel, dem Ringen des Autors um eine noch immer gültige Sprache für sein Lieben, wenn die Schreibkrise, in der er seit Monaten festsitzt, überhaupt von einer unglücklichen Verliebtheit rührt und nicht eher von dem Unglück an sich, weder die Liebe noch das Schreiben über sie hinzukriegen, diese Art Glück, das sich einstellt, wenn beides im richtigen Verhältnis gelingt.

Die vorläufig letzte Szene ihrer Geschichte spielt am Küchentisch. Vor achtundvierzig Stunden, auf der anderen Hälfte der Weltkugel, hat er Alexander das letzte Mal berührt. Vinz saß ihm gegenüber, die massive Eichenholzplatte zwischen ihnen war noch die geringste Distanz. Die Flüge hatten sie schon vor einem Jahr gebucht, keiner hatte damals daran gezweifelt, dass sie die Reise antreten werden. Bisher planten sie ihre Urlaube für das Folgejahr mit der gleichen Selbstverständlichkeit wie den Theaterbesuch am nächsten Abend. Für Vorsichtsmaßnahmen hatte es nie einen Grund gegeben.
Alexander starrte auf einen Artikel in der Tageszeitung, den seine Augen nicht lasen und doch mit zuckenden Lidern taxierten wie auf der Suche nach einer Aussage mit einer sinnhaften Abfolge von These, Argumentation und Beweis. Irgendwann drehte Vinz sich weg von der drohenden Entscheidung. Durch die Flucht von Küchentür und Flur sah er das Stück Himmel im Fensterquadrat seines Arbeitszimmers, ein meist von Regenwolken oder Hochnebel verhangener Ausblick aus der gemeinsamen Wohnung, den er in seinen Romanen immer dann beschwört, wenn er als Erzähler oder Figur nicht weiterkommt. Dave, der Labrador, trottete herein, witterte dicke Luft und fiepte. Da stand Vinz auf und stellte sich vor Alexander, der sich ebenfalls erhob, widerwillig und um Sekunden verzögert. Vinz legte die Arme um ihn und streichelte mechanisch seinen Rü-

cken, Bekenntnis seines Körpers, Alexander zu gehören, bis der sich aus der Umarmung löste und Vinz nun selbst auf die Tageszeitung blickte. Er hat noch nie ein Leben gerettet, schon beim Amseljungen versagt. Also fahren wir, sagte er, die Worte klangen wie abgelesen. Sie lagen weitab einer Frage, denn um jeden Preis musste er Alexanders Nein im Keim ersticken. Es wäre der Stillstand im Rhythmus ihrer Herzen, die nicht mehr ausschließlich füreinander, aber doch im gleichen Takt schlagen, das Blut in einen gemeinsamen und in der Einheit lebensnotwendig gewordenen Kreislauf pumpen, Vinz das kranke Herz, Alexander der Schrittmacher, der eine die Dialyse, der andere das vergiftete Blut, und Geschirr haben sie noch nie zertrümmert, aus fehlender Leidenschaft am Streit oder aufgrund Alexanders Wertschätzung selbst für die billigste ihrer Ikea-Tassen. Aber dann richtig, sagte Alexander, und Vinz nickte schwer. Sie gingen jeder in sein Zimmer, den Koffer packen, ein guter Moment, den Punkt zu setzen.

Am Flughafen teilte er Manuel per App seinen Entschluss mit, heimlich auf der Toilette. Er fürchtete Alexanders Fragen, seinen zweifelnden Blick, der entlarven könnte, wie wenig er selbst an seinen Schritt glaubte. Er schickte die Nachricht ab und starrte auf die unwiderruflichen Worte. Manuel kam wenige Sekunden später online. Vinz versuchte, sich seinen Gesichtsausdruck beim Lesen der Zeilen vorzustellen. Die Leere in seinem Kopf saugte das Licht des Displays auf, er kniff die Augen zusammen. Als er sie wieder öffnete, hatte Manuel den Chat verlassen. Er wusste, dass er keine Antwort mehr zu erwarten hatte. Die Wucht, mit der sich der Rückweg verschloss, war wie ein Schlag gegen ein verborgenes Organ, dessen Existenz er erst durch den Schmerz wahrnahm; es lag noch tiefer als das Herz, im Herzhintergrund, dort, wo die unheilbaren Gefühlskrankheiten schlummern.

Er rannte aus der Toilette in die Abflughalle, panisch, das Boarding könnte bereits abgeschlossen sein, so lange hatte er vor dem Waschbecken mit den Worten gekämpft. Alexander saß lesend auf einem der Sessel, hob den Kopf und blickte ihm besorgt entgegen. Am Gate hatte sich bereits eine Warteschlange gebildet. Ab jetzt gab es nur noch die gelbgrünen Straßen in einem Land, das er nur von der Karte und aus den Erzählungen kannte. Alexander stand auf und reihte sich ein. Die Bewegung, mit der er sich von Vinz weg- und hin zur Menge drehte, die in die Passagierbrücke strömte, hatte etwas Zwingendes, Vinz empfand sie als gewalttätig, doch auf Mitleid hatte er kein Anrecht. Wenn sie erst einmal dort wären, würde Alexander schon spüren, dass auch aus dem Trost Nähe erwachsen kann und aus der Erkenntnis, dem Untröstlichen nicht helfen zu können, irgendwann das Verzeihen. Er stellte sich neben Alexander in die Schlange. Es wird schön, sagte der und nickte ihm aufmunternd zu, das war es doch bisher immer. Vinz zog die Mundwinkel hoch und hoffte, dass Alexander die ehrliche Absicht hinter der Maske sah, zu der er sein Gesicht erstarrt fühlte. In der Brust pochte das brandige Gefühl, das seine Nachricht an Manuel hinterlassen hatte, der Wunsch, seine Entscheidung rückgängig zu machen. Die Angestellte des Bodenpersonals wünschte ihnen mit kaltem Lächeln einen guten Flug. Dann verschluckte sie der metallene Schlund.

Er öffnet den Chat. Er weiß, dass Alexanders Gesicht sich verhärtet, sobald er Manuel zwischen sie schaltet. Er starrt in den grenzenlosen, von einer Platine erzeugten Raum, wie man ein angefahrenes Tier beobachtet, wartend, dass es verendet. Die Augen sind schon starr und glasig, nur der Brustkorb hebt und senkt sich noch leicht. Das Schreibfeld atmet, dehnt sich aus; Manuel könnte jederzeit online kommen, auf neuntausend Kilometer Entfernung trennt sie nur ein einziger Wisch über den Touchscreen. Der analoge Weg zu ihm führt über die Transsaharastrecke, der Toyota bliebe irgendwann im Sand stecken.

Ihnen ginge erst das Essen aus, dann das Wasser. Eine im Auto schlaflos verbrachte Nacht, unterm Todesschweigen der Wüste. In den frühen Morgenstunden werden sie von einer Karawane aufgelesen, Tage und Nächte auf dem Rücken eines Kamels, erschöpft an die Schultern zweier Männer gelehnt, von denen sie nur die dunklen Augen im Schlitz ihrer Scheschs sehen. Abends sitzen die Chameliers um das Feuer, reichen ihnen Wasser und Hirsebrei. Sie bezahlen mit ihren letzten Euroscheinen, mit ihrem europäischen Aussehen und dem schlechten Gewissen ihrer Generation. Sie bürden dem Kontinent ihre kollabierende Beziehung auf, sie reisen wie die Figuren aus dem Roman von Paul Bowles, den Vinz vor Abfahrt noch einmal gelesen hat, zur Einstimmung auf das, was sie erwarten könnte. Sie sind ihr eigener Topos, er weiß um ihr Klischee, die Lächerlichkeit, der er seine Figuren mit Antritt dieser Reise preisgibt. Sie fahren durch die Nacht, als wäre die Finsternis eine Allegorie. Manuel bleibt im Off. Vinz weiß, dass er ständig sein Smartphone kontrolliert, auf allen Kanälen Kommentare und Bilder postet, doch auf seine Nachricht hat er nicht reagiert. Die App meldet I_manu um 18.51 Uhr das letzte Mal online. Vinz hat ihn um zehn Minuten verpasst. Das Tier ist tot. Er hört einen Laut in seiner Kehle, etwas wie Verzweiflung, vielleicht nur die letzte Entladung einer elektronischen Leiterplatte.

Nach der Landung ist er am Flughafen schnurstracks in den nächsten Telefonladen. Ich brauche Netz, hat er gesagt, wie man ein grundlegendes Bedürfnis äußert, dem nachgegeben werden muss. Ich brauche Netz wie »ich habe Hunger«, »ich muss scheißen«, »ich will sterben«. Ein Angestellter verkaufte ihm das teuerste Paket mit Flatrate und Netzgarantie im ganzen Land. Er starrte auf die Finger des Mannes, wie sie die SIM-Karte aus der Plastikverpackung nestelten und Vinz reichten, der seine Hände in diesem Moment sehr deutsch fand. Im Roman erinnert er sie klein und bleich auf dem ersten Schwanz, den er nach dem eigenen angefasst hat, mit achtzehn in einer Klokabine des *Filou*, der Diskothek am Rand der nahe gelegenen Kleinstadt, wo damals noch die US-Soldaten stationiert waren. Er war stark gekrümmt, schreibt er, reptilhaft, mit einer zungenfarbenen und durch das ausgeprägte Loch an der Spitze tatsächlich an die gespaltene Zunge einer Echse erinnernden Eichel, an der er saugte, während sein eigenes Geschlecht, das den anderen nicht zu interessieren schien, ein verschreckter Wurm blieb, bis das Tier ihm sein salziges Sekret in den Rachen spritzte und so schnell, wie es daraus hervorgestoßen war, wieder im Hosenschlitz verschwand, wobei es, feucht glänzend und irgendwie grinsend, einen Speichelfaden von seinen Lippen zog, ein Anblick, der sich während der Abiturwochen in seinem Kopf einnistete und vorm Einschlafen seine Hand unter die Bettdecke lenkte, bis das Bild, kaum hatte er sich erleichtert, in einem Gefühl tiefen Befremdens erlosch. Am nächsten Tag setzte es sich wieder neu zusammen und sprang ihn vom Aufgabenblatt an, über dem er grübelte, in erregender Detailliertheit und sogar mit dem Glitzern des Neonlichts auf dem zitternden Speichel- oder Spermafaden, so dass er kaum den Freitagabend abwarten konnte, an dem er, und auch an jedem der folgenden Wochenenden, wieder in die Hip-Hop-Disko fuhr, wo er den Soldaten jedoch nie wieder sah.

Der Verkäufer half nicht, als Vinz sich mit SIM-Karte und Smartphone abmühte. Seine Hände zitterten nach dem langen Internet-Entzug während des Flugs. Alexander beobachtete das Gewühl, die aufgeregten Touristen, die alle die gleiche Not an die Tresen trieb, hinter denen das Personal stand und auf den herübergereichten Smartphones die lebensnotwendigen Verbindungen freischaltete. Der Mann hatte sich einer Amerikanerin zugewandt, die in tadelndem Tonfall auf ihn einredete, als spräche sie zu einem Kind. Als das Plastikkärtchen zu Boden fiel, blickte Alexander Vinz müde an und bückte sich. Nahm ihm das Smartphone aus der Hand, setzte die Karte ein, gab es ihm zurück und sagte: Besser jetzt? Dann ließ er Vinz stehen und verschwand in der Menge. Vinz entsperrte den Bildschirm mit der Zahlenkombination seines Geburtstags, dem Zugangscode zum Leben. Von I_manu war auch in den letzten vierzehn Stunden keine Nachricht eingetroffen. Er überprüfte Facebook, wo Manuel am Abend zuvor ein Foto gepostet hatte, das ihn Arm in Arm mit zwei Typen auf irgendeiner Party zeigte; seine offenkundig gute Laune wirkte wie ein zynischer Kommentar auf Vinz' Nachricht, die er kurz zuvor erhalten haben musste. Manuel sah blendend aus, unverschämt gut. Das Bohren in der Brust setzte wieder ein. Er scannte den Körper, vergrößerte auf dem Display mit Daumen und Zeigefinger die Stellen, wo die beiden Männer Manuel berührten, an Schulter und Hüfte, als könnte er dort, in der Unschärfe, die Absicht der Hände ausmachen, einen Hinweis finden auf den Fortgang der Nacht. Draußen wartete Alexander mit einer Packung Aspirin gegen die Kopfschmerzen nach dem langen Flug. Vinz drückte zwei Tabletten aus dem Blister und schluckte sie trocken. Als sie das Büro des Autovermieters erreichten, hatte sich das Bohren in der Brust bereits zum Gefühl einer Entzündung gesteigert, und Vinz wusste, dass ihn dieser Phantomschmerz von nun an auf jedem Kilometer begleiten würde.

Das Vogelkind unterm Kirschbaum schredderte am nächsten Tag der Rasenmäher des Vaters. Abends schlug die Amsel und verteidigte ihr Revier. Das Licht des Displays erlischt. Der Raum schließt sich, die Welt wird wieder dreidimensional. Alexander reißt das Lenkrad herum, der Wagen schlingert, Vinz ruft: Achtung! Der Scheinwerfer pflügt fünf Meter weit in die Nacht. Vom Rand des Lichtkegels springen sie die Schlaglöcher an. Die schwarzen Trichter sind wie Untiere mit aufgerissenen Mäulern, die auf der Fahrbahn hocken. Ihm fällt ein, dass sie keine Versicherung für die Reifen abgeschlossen haben. Die Schlaglöcher springen und schnappen, der Wagen kracht hinein, Alexanders Kopf stößt gegen die Deckenverkleidung, Vinz fällt das Smartphone aus der Hand, es rutscht unter den Sitz. Wenn die Achse bricht, ist ihre Reise zu Ende, ehe sie richtig begonnen hat. Alexander lenkt auf die Gegenspur, wo der Belag besser ist, dann gibt er Gas.

Nördlich der Millionenstadt wurde das Land langsam leer. Das Gewirr der Auffahrten und Brücken lichtete sich, die sechsspurige Straße ging erst in vier, auf dem Freeway dann in zwei Fahrbahnen über, die eine durchgezogene gelbe Linie trennte. In den Kolonnen des Linksverkehrs auf der Stadtautobahn hatte er panisch das Lenkrad umklammert, jetzt lockerte er den Griff. Er heftete den Blick auf den Begrenzungsstreifen, eine Art Widerstand gegen seinen Körper, der instinktiv auf die rechte Fahrbahn drängte.

Townships zogen vorüber. Wildwuchernde Städte aus Wellblech und Lattenwänden, selten eine Hütte aus Beton, die Wäsche kreuz und quer, die Kinder gefährlich nah am Verkehr. Frauen, die in Parkbuchten unter Bäumen Obst verkauften, eine einzige Sorte, zu Haufen geschichtet, bräunliche Avocados, mickrige Bananen, faustgroße Ananas. Holzschnitzereien. Er schaute weg. Die Armut interessierte ihn nicht. Die Route, die er ausgearbeitet hatte, mied Städte und Ballungsräume, überhaupt die Menschen. Wie über einer schwierigen Hausaufgabe hatte er in den Wochen zuvor über Reiseführern und Landkarten gebrütet, eine selbstverordnete Pflichtübung, von der er sich erhoffte, im Innern Klarheit darüber zu erlangen, was er wollte. Im Internet buchte er Unterkünfte und reservierte den Wagen, auf der Homepage des Anbieters war der Toyota silber metallic, Alexander hatte ihm seine Kreditkarte auf den Schreibtisch gelegt. Jede weitere Verbindlichkeit, die er per Mausklick einging, schnürte das Korsett enger, in das die bevorstehende Entscheidung ihn zwängte, und die schwärmerischen Beschreibungen der Sehenswürdigkeiten steigerten die innere Not; das spektakulärste Naturwunder barg auch die größte Enttäuschung, sollten sich Vinz' Hoffnungen nicht erfüllen: der *Blyde River Canyon* mit seinen Wasserfällen und den weltberühmten Felsformationen der *Three Rondavels,* auf den Abbildungen stets in der Abendsonne fotografiert, schrundige, rostrote Zinken, wie blutverkrustet. *God's Window,* ein Aussichtspunkt auf der Passhöhe, wo der Besucher, glaubt man dem Namen, auf ein vollkommenes Werk hinabblickt, das unmöglich von Menschenhand gemacht oder von menschlicher Phantasie erdacht sein konnte. Auch die Entstehungsgeschichte der *Bourke's Luck Potholes* wirkte auf ihn wie die Beschwörung einer höheren Macht, die sich der Erschaffung reiner Schönheit verschrieben hat, zur Heilung des Menschen. Am Zusammenfluss des Blyde mit dem Treur River hatten mitgespülte scharfe Kiesel in den Strudeln der Wasserfälle, aus denen die Steine, einmal in den Sog geraten, nicht mehr herausfanden, über die Jahrmillionen tiefe Löcher in den Fels gefräst; wie sich auch Alexander im Lauf der Jahre durch seelische Schürfbewegungen in Vinz eingraviert, der eine im andern sein Relief hinterlassen hat. Es wird schön, dachte er an Alexanders Worte. Verbissen hielt er den Wagen links und raste auf die Berge zu.

In der Ferne ragten die Kühltürme eines Kraftwerks. Der Himmel war gelb und rauchig, schwarze Krusten bedeckten die Verkehrsschilder, die Zeichen fast unlesbar unterm Kohlestaub. Zwei Stunden zogen die Weideländer und Felder des Highvelds vorüber, eine Ebene so verheißungslos, dass sich seine Befürchtung, einen schweren Fehler begangen zu haben, zur Verzweiflung steigerte. Kilometerlang durchquerte die Straße Eukalyptusplantagen, die den Blick in einer Art Tunnel engführten. In unregelmäßigen Abständen tauchte ein Warnschild auf, rotes Dreieck mit Ausrufezeichen und den Worten *Crime Alert. Do not stop.* Der Anblick der in militärischer Ordnung aufgereihten

Bäume mit den blassgrünen Kronen, deren Form an überdimensionale Kerzenflammen erinnerte, war so bedrückend, dass Vinz den Atem flach hielt, wie in einem Versteck, in dem er auf jeden Fall unentdeckt bleiben musste. Kein Busch wuchs in der Düsternis dieses Waldes, kein Unterholz, nicht einmal einen Grashalm ließ der gebieterische Baum an seinen Wurzeln gedeihen, nichts, was sie hätte schützen können, wenn sie im Notfall davonlaufen müssten.

Alexander war eingeschlafen. Vinz fühlte sich im Stich gelassen, allein mit dem Linksverkehr und den Gefahren des fremden Landes. Er schämte sich für seine Eifersucht auf Alexanders Schlaf, diese unschuldige Aussparung von Welt, in die er sich geflüchtet hatte. Erst als ihn das Navigationsgerät nach zweihundert endlosen Kilometern aufforderte, den Freeway zu verlassen, bäumte sich die Landschaft halbherzig auf. Die Nebenstraße war in wesentlich schlechterem Zustand und führte am Sporn eines Gebirgszugs in Serpentinen über einen Sattel, fiel dann wieder in eine Senke ab. Die Berge, noch kaum so zu nennen, rückten auseinander, sackten zur einen Seite weg in den Dunst, duckten sich rötlich unter die Sonne. Sie stand im Norden und beunruhigte ihn, gab ihm das Gefühl einer verkehrten Welt, eines nutzlos gewordenen Instinkts. Die nördliche Sonne war die Neuorientierung, die er suchte, die Kehrtwende, von der nun alles abhing. Sie hatten den Teil der Erde verlassen, der sich nach Süden ausrichtet, hin zu den Ursprüngen seiner Kultur. Wo sonst die Sonne im Zenit stand, spannte sich ein leerer Himmel auf. Als der Wagen über ein Loch im Asphalt holperte, schreckte Alexander hoch, wischte sich den Speichel aus dem Mundwinkel und blickte Vinz fragend an, als wüsste er nicht mehr, wo sie waren; und wenn es einen Grund gab, noch irgendwo gemeinsam zu sein, warum dann hier.

Alle zehn oder zwanzig Kilometer kündigten sich Ortschaften an. Wo eben noch der Zaun einer Farm oder eines Game Reserve die Straße flankiert hatte, standen plötzlich Menschen. Frauen in buntgemusterten Kleidern, eine hob die Hand. Sie beschrieb eine wellige Bewegung zum Boden hin, der ausgestreckte Zeigefinger wies nach unten. Er ahnte, dass sich im Gebüsch am Straßenrand noch andere verbargen, vielleicht die Männer und Söhne. Im Internet hatte er von Fallen gelesen, in die Touristen gelockt würden: eine vorgetäuschte Autopanne, Anhalter, die ein Messer zückten, sobald sie auf der Rückbank Platz nahmen, sogar von scheinbar Verletzten war die Rede gewesen, die verkrümmt auf der Fahrbahn lagen, in einer Lache aus Hühnerblut. Im Rückspiegel senkte die Frau ihre Hand, dann verschwand sie aus dem Blickfeld. Am Scheitelpunkt der Straße tauchten Hütten auf. Der Menschenauflauf am Straßenrand wurde dichter, er sah Kinder in Schuluniformen auf dem Heimweg, Fußgänger, die prall gefüllte Taschen schleppten, manche schienen einfach an der Straße entlangzulaufen, ohne Grund und Ziel, zum Zeitvertreib. Marktstände reihten sich aneinander, das übliche Obst, die Avocados und Ananas. Aus dem Nichts heraus bildeten sich plötzlich Fahrzeugkolonnen. Vor ihnen schwankten Lieferwagen mit aufgetürmter Fracht, Pick-ups überholten in gefährlichen Manövern, auf der Pritsche junge Männer, deren T-Shirts im Fahrtwind flatterten. Vinz bemerkte, wie Alexander ihnen lange nachschaute. Er prüfte, ob die Türen verriegelt waren. Eine Tankstelle, gefolgt von einer Shopping-Mall auf freiem Feld, Parkplätze mit abgestellten Autowracks. Ein Supermarkt, ein Kleidungsdiscounter, Stände davor, Schnellrestaurants. Dann das Dorf, mehr eine Stadt, die sich den Hügel hinaufzog. Das stumpfe Meer der Wellblechdächer, dazwischen die aufgespannte Wäsche, Rauch aus den Kaminen, von Holzfeuern und Ziegelöfen, eine Mülltonne brannte, die Luft waberte, Alexander stellte die Lüftung ab und sagte: Afrika. Nach wenigen Kilometern war alles vorbei. Letzte ausfransende Feldwege, vernachlässigte Gärten mit gesprungener Erde und krüppeliger Saat, das Baugerippe einer weiteren Mall, ein Bagger, in der Schaufel spielten Kinder. Dann wieder Menschenleere. Das Grasland mit seinen Zäunen und Buschgürteln rückte heran, gleichförmig, entkörpert, amnestisch, als wäre das Dorf, die Stadt, das Stadtdorf nur ein Trugbild gewesen. Vinz atmete auf und gab Gas. Die Straße verengte sich, der Belag wölbte sich auf und platzte. Schlaglöcher rissen die Mäuler auf.

Und zwischen den Dörfern die liegengebliebenen Autos. Meist waren es Kleinlaster, bepackt mit Möbeln, Baumaterialien, in Plastikplanen geschnürten Ballen. Die Fahrzeuge standen am Straßenrand, halb auf dem Asphalt, halb im Sand. Einen Trupp, der sie einige Kilometer zuvor überholt hatte, erkannte Vinz wieder. Die Männer hatten auf der Ladefläche gehockt, auf dem Weg zu einer Arbeit oder von der Arbeit nach Hause, jetzt lehnten sie am Wagen, saßen im offenen Führerhaus oder taten ziellos ein paar Schritte, schauten und warteten. Im Rückspiegel sah er, wie einer ihnen nachblickte, weder enttäuscht noch verärgert darüber, dass sie nicht anhielten und ihre Hilfe anboten. Was machen sie da?, fragte er. Alexander drehte sich noch einmal nach ihnen um und schwieg, als wäre die Antwort sein Geheimnis.

Einmal mussten sie den Wagen doch verlassen. An einer Shell-Tankstelle erstanden sie die Treibstoffe, die sie für ihr Fortkommen brauchten: Benzin, Coca-Cola und Nestlé-Schokolade für eine bessere Konzentration auf den Verkehr. Marlboros, die sie im Zehnminutentakt rauchten, gegen die Unendlichkeit der Straße. Im Chicken Inn herrschte Chaos. Ein Radio plärrte durch das Schnellrestaurant, Stimmen schwirrten, Säuglinge schrien. Vinz verstand das System nicht, nach dem die bestellten Gerichte ausgegeben wurden, weder gab es eine Warteschlange noch Nummern. Alle standen herum, kamen und gingen, auf dem Tresen wurden Tabletts von einem zum Nächsten geschoben, die Kassiererinnen schlurften zwischen den Kassen und der Durchreiche hin und her. Hinten spritzte das Fett, standen die Köche in fleckigen Hemden und Flipflops. Sie riefen sich Witze zu, lachten oder schäkerten mit den Frauen, die ihre Hintern schwangen. Das Schleppende und Anstößige ihres Gangs rief Ärger in ihm hervor, er wusste nicht, was an den Körpern ihn so bedrängte, sprungbereit stand er neben Alexander in der Ecke. Er wollte schnell raus hier, zurück in den Wagen und auf die Straße, in den einhelligen Rhythmus, der ihre Reise antrieb und die Geschwindigkeit vorgab, die Pausen, die sie sich gewährten, die Abstände, in denen geraucht und getrunken, Süßigkeiten verteilt, gepinkelt wurde, immer im Einklang, ihr gemeinsamer Puls. Alexander beobachtete still das Treiben, auf der Stirn der keilförmige rote Fleck, der immer dann wie ein Warnzeichen in seinem Gesicht aufflammt, wenn etwas nicht stimmt. Hast du den Wagen abgeschlossen?, fragte er plötzlich. Vinz nickte, doch er war sich nicht mehr sicher. Er griff nach dem Smartphone in der Hosentasche, betastete es, ließ es stecken. Befühlte dann das Portemonnaie, den Autoschlüssel unterm Hosenstoff, den Stoff selbst, darauf gefasst, bereits alles verloren zu haben, nichts mehr festhalten zu können. In Gedanken eilte er auf den Parkplatz hinaus, seine Blicke aber hingen an einem Kleinkind, das zwischen heruntergefallenen Pommes und zertretenen Bonuskarten über den Boden kroch. Noch nie hatte er ein Kind als so abstoßend empfunden. Es war unerträglich heiß, die Sonne knallte auf die Glasfront, von den Fritteusen wehte in Wellen der Fettdunst herüber, der Schweiß rann ihm über die Schläfen. Niemand beachtete sie. An diesem Ort schienen sie unsichtbar, Alexander, der an Körpergröße alle überragte, und Vinz mit seinem südländischen Aussehen, das sein dunkler Bart noch unterstrich; zu Hause hielt man ihn manchmal für einen Türken oder Araber. Außer ein paar Touristen und vom Menschenstrom am internationalen Flughafen abgesehen, hatte er bisher noch niemanden erblickt, den er als Ausländer identifizieren würde; er wusste, wie lächerlich und deutsch dieser Gedanke in einem Einwanderungsland wie diesem war. Wie sah ein Ausländer hier aus, und was unterschied ihn von ihnen selbst? Plötzlich schnellte Alexander vor, nahm irgendein Gericht vom Tresen und eilte nach draußen.

Sie aßen im Stehen. An einer Mülltonne, hastig und schlingend, wie Raubtiere über ihrer Beute, um die schon die Hyänen schleichen. Auf dem Straßenmarkt kauften sie ein paar der kümmerlichen Ananas und ein Bund Kochbananen. Nach dem Chaos im Chicken Inn empfand Vinz den Kauf tröstlich und beruhigend; er gab ihm das Gefühl, etwas Gutes zu tun, sich selbst und dem Land, während er die Münzen in die schwielige Hand der alten Frau zählte und auf das Wechselgeld verzichtete. Die Bananen warf er in den nächsten Müllkübel, weil sie sich als ungenießbar erwiesen, später im Wagen verströmten die Ananas einen süßlich fauligen Geruch. Die anderen Marktfrauen hatten gesehen, wie sie etwas erstanden hatten – sie hatten intuitiv die älteste der Frauen gewählt, in der Annahme, sie sei gleichzeitig die ärmste –, und nun boten alle lautstark ihre Waren feil. Man drängte ihnen Spinat auf, die bräunlichen Avocados, Holzschnitzereien. Ein junger Typ hielt Alexander zwei faustgroße Hippos vors Gesicht; how are you, my friend? Alexander blieb stehen, das war der Fehler. In Sekundenschnelle hatte er die Holztiere in der Hand, ein Elefant drängte rechts, links ein Löwe dazu, Vinz wurde von einer Antilope mit zierlich gedrechselten weißen Hörnern attackiert, ebony, ivory, schallte es in seinen Ohren. Alle wollten ihnen einen »good price« machen, niemand hörte sein gequältes »Nein, danke«, das um Erbarmen flehte.

Alexander kam mit einem Baby-Hippo davon, Vinz ließ vor Aufregung fast die Antilope fallen. Der Händler fing sie auf und schob ihm eine hölzerne Maske zwischen die Finger, die sardonisch grinste. Sie zahlten. Mitbringsel brauchten sie ohnehin, so war das schon mal erledigt. Ihre Einkäufe schienen auf dem

Markt eine Kettenreaktion ausgelöst zu haben. Auf dem Weg zum Auto heftete sich ein Schmuckverkäufer an ihre Fersen. Unterwürfig flüsternd, zuletzt mit fordernden Bitten, die wie Befehle aus seinem Mund schossen, versuchte er, Vinz zu überreden, ein Geschenk »for your girlfriend« zu erstehen. Er kroch an Vinz heran und hakte ihm eine Muschelkette an den kleinen Finger. Matches with blond, sagte er, als wüsste er Bescheid. Er hatte schlechte Zähne und roch. Vinz schob ihn weg. Der Mann schlängelte sich um ihn herum und kam von der anderen Seite. She will love this one, sagte er und präsentierte ein Korallencollier. Da blieb Vinz stehen. Er stehe weder auf Schmuck noch auf Frauen, sagte er und packte Alexander am Arm. Der zog ihn zum Wagen, riss ihm den Schlüssel aus der Hand, stieß Vinz hinters Steuer, rannte um die Kühlerhaube herum, sprang auf den Beifahrersitz und verriegelte die Türen. Bist du wahnsinnig, sagten seine Augen. Der Kettenverkäufer klimperte mit seinem Kram gegen die Scheibe. Vinz zitterte am ganzen Körper. Scheiße, stöhnte er, es klang wehleidig und viel zu kraftlos für einen Fluch. Er starrte auf den Parkplatz; die Autos standen kreuz und quer, fuhren an und scherten aus, dazwischen Mütter mit vollen Einkaufswagen und kleinen Kindern, Gruppen modisch gekleideter Mädchen, in den Händen Papiertüten aus Boutiquen und große Becher mit Softdrinks. Am Rand die bunten Stände, die Marktfrauen dahinter, reglos wie selbst aus einem Ebenholzstamm geschnitzt. Vor der Tankstelle warteten Scheibenputzer in ihren orangen Westen auf Arbeit. Ein Parkplatzwächter lehnte am Heck eines Fahrzeugs, den Fuß auf die Stoßstange gesetzt, warf er eine Münze in die Luft und fing sie auf, warf und fing, unablässig. Vinz erwartete, dass das Geldstück jeden Moment auf den Boden fiel. Das kleine Versagen würde alles verändern, das Bild draußen, das dazu verdammt war, sich als Endlosschleife fortzusetzen, erlösen und in ein anderes verwandeln, das ihm weniger beliebig erschien; die Menschen wären plötzlich Pygmäen oder Ureinwohner einer noch unentdeckten Insel, vielleicht auch ein Ameisenstaat oder Dinosaurier in einer prähistorischen Felslandschaft, irgendetwas, das ihn berechtigte, sich einsam, bedroht und in seinem Ekel auf der richtigen Seite des Menschseins zu fühlen, doch die Münze fiel nicht. Vor dem Betonklotz der Shopping-Mall mit ihren Werbebannern sprang sie in den Himmel, der staubig und blind war, ein Himmel über einem Ausschnitt alltäglichen Lebens ohne Tiefe und Deutung am Rand einer gelben Straße, sie waren irgendwo auf der Welt.

Wir müssen aufeinander aufpassen, sagte Alexander plötzlich. Aber ich werde ihn doch nicht wiedersehen, erwiderte Vinz benommen, nachdem er lange eine Antwort gesucht und keine gefunden hatte. Die Vorstellung, auf Manuel zu verzichten, ihn jetzt, nach seiner Entscheidung für diese Reise, nicht einmal mehr begehren zu dürfen, war absurd; sie schien ihm wie das Ende seines Denkens, ein verschlingendes Loch. Wer wäre er dann noch, ohne das Recht auf seine Sehnsucht? Sonst schaffen wir das hier nicht, sagte Alexander, als hätte er Vinz gar nicht gehört, und deutete nach draußen. Vinz duckte sich unter die Handbewegung. Wie in Zeitlupe spannte Alexander vor seinen Augen das Panorama auf, über das er schreiben wollte: die Shopping-Mall mit der Hühnchen-Hölle, den überfüllten Parkplatz, das Gewimmel darauf, die gierigen Straßenhändler mit ihrem Kitsch, das wertlose Obst, die Armut der Marktfrauen, die, sofern sie nicht von Touristen besichtigt wurde, einfach nur lästig war. Den Müll im Wagen und den Unrat seiner Gedanken, das ganze Mitgebrachte und Herumgeschleppte ihrer Geschichte, die ihn nicht mehr brauchte, sie schrieb sich nun selbst. Sein geplanter Roman würde sich ereignen, sobald sie diesen Ort verlassen hätten, er ist die Geschichte dessen, was nie geschieht, weil er nichts davon weiß. Alles, was er dazu beisteuern konnte, war, das hier auszuhalten.

Als Vinz den Motor anließ, fing drüben der Parkplatzwächter die Münze aus der Luft. Er stieß sich von der Stoßstange ab und eilte herüber, um sie aus der Parklücke zu winken. Sie warfen die Einkäufe auf die Rückbank und schnallten sich an. Plötzlich war der Schmuckverkäufer wieder da. Er klopfte ans Fenster, bleckte die Zähne und winkte mit Elfenbein. Vinz gab so abrupt Gas, dass der Parkplatzwächter erschrocken zur Seite sprang. Die Reifen drehten durch, dann schüttelten sie die Verfolger ab.

Der Schlag lässt ihn gegen Alexander prallen, heftiger, als sie in den letzten Monaten je aneinandergeraten sind. Die Finsternis platzt mit hundert Kilometern pro Stunde in den Wagen, presst ihre gemeinsame Zeit auf den einen Punkt zusammen, auf den nun alles hinausläuft. Es gibt nur noch diese eine Richtung, in das Schwarz am Ende des Scheinwerferlichts. Er packt Alexander am Arm, seine Hände sind jetzt überall. Dazwischen Fetzen von Außenwelt, das Armaturenbrett, die Türverschalung, das Lenkrad, das plötzlich wie ein Keil zwischen ihnen klemmt. Gerüche, die auf ihn einstürzen, Alexanders Schweiß, die Anstrengung der letzten vierundzwanzig Stunden, ein Hauch der abgestandenen Luft aus dem Flugzeug, der noch in der Kleidung hängt oder in der Erinnerung. Der Mentholgeruch der Eukalyptusplantagen, der durch die Lüftung strömte. Plötzlich etwas Scharfes, Beißendes, wie von verbranntem Gummi. Zuletzt sieht er Alexanders Gesicht, die aufgerissenen Augen, die Anklage. Du bist schuld. Oder ist es doch der Blick des Liebenden, der im Angesicht des Endes alles verzeiht, um nicht allein zu sterben? Dann kommt der Wagen zum Stehen. Er hört den Motor weiterdröhnen, merkt dann, dass es das Blut in seinen Ohren ist. Irgendwann sagt Alexander: Das war's.

Sie stehen quer. Alexander schaltet die Warnblinkanlage an. Sie klackert rot in der Stille. In Intervallen glimmt die Finsternis auf, wirft eine gespenstische Blässe auf sein Gesicht. Vinz sinkt zurück in den Sitz, sieht den Tachometer, die Nadel auf null. Zu ihrem Ziel in den Bergen sind es noch knapp neunzig Kilometer, anderthalb Stunden auf dieser Straße. Im Kopf fährt er sie weiter zu ihrer Lodge im Nationalpark, gemütliche und geschmackvoll eingerichtete Holzhäuser im großzügigen und auf der Internetseite paradiesisch wirkenden Garten von Willem und Aneke Viljoen, einem älteren Ehepaar, das nach der Buchungsanfrage bedauernd zurückgeschrieben hatte, dass alle Cottages bereits belegt seien, bis auf die *Honeymoon Hut*; Vinz hatte das als Zeichen verstanden und reserviert. Auf den Fotos der Bildergalerie spannte sich über dem Bett ein kitschiger Baldachin aus blauen Stoffbahnen. Er hatte Alexander den Link geschickt, mit dem Betreff: Sex? :-). Doch als sie am Nachmittag noch nicht einmal die Hälfte des Weges geschafft hatten, wusste er, dass er sich verkalkuliert hatte. Ein befreundetes Paar hatte einige Monate zuvor das Land bereist, allerdings die touristische Südküste. Bei einem Treffen präsentierten Bernd und Alf stolz die Mappe, die das Reisebüro für sie vorbereitet hatte; die Wegstrecken waren genau berechnet, sogar die ungefähren Ankunftszeiten bei den Hotels darin verzeichnet. Das ist unter unserer Würde, hatte Vinz zu Alexander auf dem Heimweg gesagt.

Nicht auf offener Strecke anhalten und den Wagen verlassen, warnt die Internetseite des Auswärtigen Amts. An roten Ampeln die Türen verriegeln. Gepäck und Wertsachen nicht sichtbar im Auto liegen lassen. Nebenstrecken in der Dunkelheit meiden. Darunter die Liste der empfohlenen Impfungen, die sie hörig abgearbeitet hatten, von der Typhus-Spritze hatte sich Vinz drei Tage lang krank gefühlt.

Alexander löst den Sicherheitsgurt, reißt die Tür auf, steigt aus. Vinz sieht seine hochgewachsene Gestalt im Scheinwerferkegel. Er taucht weg, sitzt nach ein paar Sekunden wieder im Wagen, zieht die Tür zu und sagt: Total zerfetzt. Vinz muss an die liegengebliebenen Fahrzeuge am Straßenrand denken; plötzlich versteht er das Bild, das sie warnen wollte. Wir rufen Avis an, sagt er und tastet nach dem Smartphone, als hätte er endlich einen Grund dazu. Aber wir leben noch, fügt er hinzu. Im Blinklicht sieht er, wie Alexander die Augenbrauen hochzieht, als wollte er

kontern: Tatsächlich? Der Spiegel ist weg, sagt er stattdessen; erst jetzt sieht Vinz den Stumpf an der Beifahrertür, das abgerissene Gelenk. Alexander dreht das Gesicht gegen die Wand aus Nacht, die im Warnblinker aufscheint und wieder erlischt. Dann stößt er die Autotür auf und verschwindet nach draußen. Vinz spürt den Lufthauch, erfüllt vom Geruch nach verbranntem Reifengummi und Benzin, dahinter strömt das Buschveld in den Wagen, der würzige Duft von warmem Gras. Er schließt die Augen. Er möchte schlafen, in der Holzhütte für Verliebte, davor ein Abendessen, zwei Gläser Wein, ein paar Zigaretten auf einer Terrasse mit Blick ins Tal, wo die Lichter der versprengten Dörfer glühen wie vereinzelte Feuernester. Alexander säße neben ihm, sein »Schön« auf den Lippen, das er nicht aussprechen muss, das Vinz nur spürt und sieht, am Glanz seiner Augen. Das Smartphone hat er im Zimmer liegen lassen, es für ein paar Minuten tatsächlich vergessen, seit Monaten das erste Mal. Vinz streckt die Hand nach Alexander aus, der sie fasst und sich zwischen die Schenkel legt. Im Tal heulen Schakale.
Stattdessen hört er die Heckklappe aufspringen. Alexander, der das Gepäck aus dem Kofferraum hievt. Es wieder zurückfallen lässt, die Karosserie knackt. Schritte, die sich entfernen. Dann Stille, so dicht, dass Vinz das Knistern der Nacht zu hören glaubt, die sich, zusammengestaucht von dem abrupten Bremsmanöver, über dem Wagen entfaltet. Plötzlich ein langgezogener, wimmernder Laut, wahrscheinlich von einem Tier, draußen im Busch. Es gäbe Vögel, hatten Bernd und Alf nach ihrer Rückkehr aus dem Land berichtet, die schrien nachts wie gequälte Kinder.
Wenige Sekunden später sitzt Alexander wieder im Wagen. Er keucht, knallt die Tür zu. Die Augen sind aus den Höhlen getreten, das Gesicht bleich, nur auf der Stirn zeichnet sich von der Nasenwurzel bis zum Scheitel der Stressfleck ab, blinkt im Warnlicht. Da liegt was, sagt Alexander, dann lauter, fast schreiend: Da liegt einer, o Gott! Doch Gott ist weit weg in diesem

Moment und die letzte Eukalyptusplantage, das letzte Crime-Alert-Schild erst ein paar Kilometer her. Vinz drückt wie im Reflex die Türverriegelung, die Schlösser schnappen zu. Er ringt nach Luft, dann rasselt ein trockener Laut aus seiner Kehle: Tot?

Einzig eine Schildkröte ist ihnen bisher in die Quere gekommen. Auf offener Strecke saß sie mitten auf der Fahrbahn, Vinz konnte gerade noch ausweichen. Ein Lastwagen kam ihnen entgegen, gab keine Lichthupe und bremste nicht ab, die chromblitzende Front bereit, den Toyota auf die Hörner zu nehmen. Er riss das Steuer herum, der Tanklastzug donnerte vorüber, mit Hupsalven wie Gelächter. Er brachte den Wagen mit zitternden Händen zum Stehen. Alexander blickte eine Weile starr auf seine Knie, dann stiegen sie aus. Die Sonne stand auf der Horizontlinie, ihre waagrechten Strahlen dickten die Luft ein, über dem Land hing das schwermütige Gelb kurz vor dem Schwinden des Lichts. Die Fahrbahn spiegelte. Sie liefen am Straßenrand zurück. Die Schildkröte saß auf dem aufgeheizten Asphalt und sonnte sich. Hinter ihr verlief die Straße in die Senke eines Flusslaufs. Ein Fahrzeug näherte sich auf der anderen Seite, Vinz lief schneller. Der schwarze Range Rover raste mit unverminderter Geschwindigkeit auf ihn zu und nahm die Schildkröte zwischen die Räder. Vinz hielt die Luft an, in Erwartung des Geräuschs, Knirschens oder Knackens, mit dem der Panzer zerplatzte. Der Fahrer wandte nicht einmal den Kopf. Arschloch, rief Vinz ihm hinterher; seine Stimme klang in der Weite seltsam tonlos, die Landschaft wellte sich in ihrem Rotbraun und Gründgelb wie ein aufgeschobener Teppich zu den fernen Bergen hin, nirgends ein Hindernis, das sich seiner Wut entgegenstellte.
Die Schildkröte hatte nur ein wenig den Kopf eingezogen, schob ihn jetzt wieder aus dem Panzer hervor, kroch ein Stück, die Bewegung ungelenk, mühsam. Vinz schlich heran und beugte sich über das Reptil. Es hielt inne, die Augen zwei schwarze Knöpfe, ohne Blick und Bewusstsein für die Gefahr. Noch nie hatte er in

freier Wildbahn etwas derart Unzeitgemäßes und Lebensunpraktisches gesehen. Weltvergessen glotzte das wulstige Gesicht mit der spitzen Nase und der Mundspalte aus den Jahrmillionen. Vinz war, als grinste es dabei, wie nur ein Ding grinsen kann, dem man in der Phantasie menschliche Züge aufzwingt, um seine Andersartigkeit zu ertragen: Rindengesichter in verwachsenen Baumstämmen, Wolkenfratzen, der Mann im Mond. Es grinste wie damals der Schwanz des Soldaten. Er packte die Schildkröte und setzte sie abseits der Straße ins Gras. Sie fuhr den Kopf wieder aus, beäugte das neue Umfeld, drehte sich um die eigene Achse. Von der Langsamkeit wurde ihm schwindelig. Er ging zum Wagen zurück. Alexander, der hinter ihn getreten war, betrachtete noch eine Weile das Tier, dann folgte er. Als Vinz am Auto noch einmal zurückschaute, sah er die Wölbung des Panzers wieder am Fahrbahnrand. Alexander stand auf halber Strecke. Er wirkte sehr groß vor der leeren Landschaft, in der die höchsten Bäume ihn kaum überragten. Vinz fühlte sich plötzlich bleiern und betäubt, als hätte die Müdigkeit der Schildkröte nun auch ihn befallen, angesteckt wie mit einem Virus. Er schleppte sich an Alexander vorbei zurück. Die Schildkröte saß auf dem Asphalt, mitten in der Todeszone. Vinz setzte sie auf der anderen Straßenseite neben einen Strauch. Mit dem Fuß schob er nach. Er schwitzte in der noch immer heißen Abendsonne, fror gleichzeitig, Wind war aufgekommen, drang unter das feuchte T-Shirt und trieb ihm eine Gänsehaut über die Arme. Von der Senke wehte der Geruch von fauligem Wasser herauf, die Straße querte auf einer niedrigen Brücke den Sumpf. Er fragte sich, ob es dort Krokodile gab. Die Schildkröte betastete ihre neue Umgebung, verharrte, stakste weiter. Es war jetzt so still, dass Vinz das Gras unter den Krallen rascheln hörte. Nach ein paar Minuten saß das Tier wieder auf der Fahrbahn, den Kopf ins Licht gereckt, ausgeliefert seinem Instinkt und einer störrischen Sehnsucht nach Wärme, die noch nie ein Gefühl gewesen war.

Die Tränen brachen unvermittelt hervor. Er bemühte sich nicht, sie zu verbergen. Er stand da, tropfte auf den Asphalt und atmete gegen das entzündete Gefühl in der Brust an. Alexander war herangetreten und betrachtete die nassen Flecken auf dem Asphalt vor Vinz' Schuhspitzen, eine Zigarette zwischen den Fingern. Am Scheitel der Straße tauchte ein Fahrzeug auf. Alexander hob die Hand und beschrieb die wellige Bewegung der Anhalterinnen. An ihm, dem Hellen, Blonden, wirkte sie fremd. Das Fahrzeug verminderte das Tempo, ein Pick-up, auf der Pritsche drei junge Männer. Alexander deutete auf das Hindernis, der Wagen wich aus, fuhr im Schritttempo vorbei, der Fahrer hob kurz die Hand, how are you. Vinz spürte ihre Blicke auf sich, zum Wegdrehen fühlte er sich zu schwach. Er hat doch nur mit dir gespielt, sagte Alexander und schnippte die Zigarette weg. Dann ging er an Vinz vorbei, zog einen Ast aus dem Gebüsch, brach ihn überm Knie entzwei und legte die Stücke um die Schildkröte herum. Vinz wischte sich mit dem T-Shirt übers Gesicht und lief zum Auto zurück, das mit offenen Türen am Straßenrand stand. Er nahm das Smartphone aus der Ablage, entsperrte den Bildschirm und rief den Chat auf. Die unbeantwortete Nachricht war der Beweis für Alexanders grausamen Satz. Er setzte sich in den Wagen und wartete. Die Sonne war plötzlich weg. Als Alexander eingestiegen war, gab er so abrupt Gas, dass die Reifen durchdrehten. Noch eine ganze Weile sah er im Rückspiegel den Buckel auf der Fahrbahn. Dann beschrieb die Straße eine Kurve und überließ Vinz, Alexander und die Schildkröte ihrem Schicksal.

BLUT

Die Baseballkappe liegt einen Meter vom Wagen entfernt auf der Straße. Alexander hebt sie auf; die Hoffnung, vielleicht doch nur ein Tier überfahren zu haben, stirbt. Der Rest kommt in Schüben. Mit dem Herzrasen die Erkenntnis, dass ihnen genau das passiert ist, was Touristen in diesem Land niemals passieren sollte. Can you hear me?, ruft Alexander. Als nach ein paar Sekunden ein unerwartet kräftiges »Yes« zurückkommt, gibt es keinen Zweifel mehr. Alexander tritt einen Schritt heran. Er blutet, sagt er. Vinz versteht es als Aufforderung, etwas Sinnvolleres zu tun, als den Atem anzuhalten. Er muss das Gepäck auf die Straße räumen, um den Verbandskasten zu finden. Der Schatten auf dem Asphalt neben dem Kopf des Mannes könnte alles sein, ein Schlagloch, ein Ölfleck, Hühnerblut. Er fragt sich, wer die Crime-Alert-Schilder aufstellt und an wen sie sich richten. Ob ein Einheimischer arm und verzweifelt genug sein kann, um für ein bisschen Bargeld und ein Smartphone auch einen Landsmann zu töten, einen *Brother.* Alexander hat den Mann in die stabile Seitenlage gebracht. Die weit geöffneten Augen verfolgen jede ihrer Bewegungen. Ob ihm etwas wehtue? Er atmet schwer. Maybe the right arm. Alexander kniet sich hin und tastet den Körper ab. Der Mann stöhnt auf. Do you need an ambulance? Auch die anderen Fragen hört Vinz in Alexanders Stimme zittern: Wie lange braucht ein Rettungswagen in dieser Einöde hierher, und was machen sie in dieser Zeit mit dem Mann? Was macht er mit ihnen? Und wenn sich der Rest der Bande doch im Gebüsch versteckt? No thanks, erwidert er zu ihrer Erleichterung, das sei nicht nötig. Auch die stabile Seitenlage scheint ihm für seinen Zustand übertrieben, er setzt sich auf. Für einen Moment friert die Szene so ein: der Mann auf der Straße kauernd, sie sprungbereit über ihm, auf engstem Raum in der unermesslichen Dunkelheit. Gern würde Vinz das Bild einfach wegwischen wie ein misslungenes Foto im Urlaubsalbum, wissend, dass bessere folgen.

What about you? Are you guys okay? Sie blicken sich an, mit der Gegenfrage scheint auch Alexander nicht gerechnet zu haben. Vinz weicht zurück. In der gefassten Stimme des Mannes glaubt er die Mühe zu hören, die ihm das Wegdrücken der Schmerzen bereitet, aber das könnte auch gespielt sein; beides, der Schmerz wie die Unterdrückung. We are really sorry, sagt Alexander. Es ist sein erstes Schuldbekenntnis in einer langen Nacht der Reue. Did we hit you? Vinz weiß nicht, welche Antwort die schwerwiegenderen Folgen hätte. Haben sie ihn erwischt, müssen sie sich um ihn kümmern; lag er schon vorher dort, gäbe es nun niemanden, der ihnen zur Hilfe kommt.

Er habe einen Knall gehört und dann … Der Mann fasst sich an den Kopf, ruft: Fuck! Vinz wartet auf Alexanders Zeichen. Das Verbandszeug ist eingeschweißt. Er reißt die Plastikfolie mit den Zähnen auf und spürt den Baumwollstoff zwischen den Lippen, der in diesem Moment schon nicht mehr steril ist. Dann steht er da, den Mull wie eine lächerliche Waffe in der Hand. Ich hab ihn nicht gesehen!, fährt Alexander ihn plötzlich an. Vinz zuckt zusammen, kniet sich hin und beginnt zu tupfen. In den Achseln spürt er den Schweiß. Der leichte Wind kühlt nicht, obwohl die Hitze längst nachgelassen hat. Die Luft ist mild und von fremden Düften erfüllt, geradezu balsamisch; die perfekte Nacht, um noch ein wenig auf der Terrasse der *Honeymoon Hut* zu sitzen. Der Mann zischt durch die Zähne, das Jod scheint zu brennen. Where are you guys from? Vinz spürt seinen Atem in der Nase, neutral, nur ein wenig warm. Germany, sagt Alexander. Der Mann zischt wieder, jetzt nicht vor Schmerz. Er nennt die Bundeskanzlerin, deren Vornamen er auf Englisch und so zärtlich ausspricht, als handele es sich um eine alte Freundin. Vinz riecht jetzt doch etwas, eine Zigarette, vor Stunden geraucht, und die innere Übersäuerung eines Menschen, der lange nichts gegessen und getrunken hat. Er wartet ab, ob der Mann noch etwas sagt, doch der hält nun still. Vinz ist sich nicht sicher, ob er die Wunde auf der Stirn trifft. Ob da überhaupt eine ist. Die Finsternis beginnt kurz hinter seinem Scheitel. Am Straßenrand versickert das Standlicht zwischen Konturen, die eine Vegetation nur erahnen lassen. Nichts raschelt dort, keine Blätter, kein Tier. Er weiß, dass es hier Puffottern gibt. Im Gegensatz zu anderen Schlangen ergreifen sie bei Erschütterungen des Bodens nicht die Flucht, sondern verharren, so dass man leicht auf sie tritt. Beim Kauf der neuen Wanderschuhe haben sie sich für knöchelhohe entschieden. Jetzt trägt er die ausgetretenen Turnschuhe; während des Flugs und der Märsche durch die Abfertigungshallen hätte ihre Outdoor-Kluft sie sofort als Safari-Pärchen entlarvt. Der Dieb, der ihr Gepäck nach Wertsachen durchwühlt, fände zunächst Spuren ihrer Intimität. Auf den Anhängern, die sie für den Fall eines Gepäckverlusts sorgfältig ausgefüllt haben, steht eine identische Adresse. Zwei Männer Mitte vierzig, die zusammen wohnen und reisen, ohne Frau und Familie, und für eine berufliche Mission ist ihre Ausstattung zu privat. Zwei Hartschalenkoffer von Samsonite, Sonderangebot aus einem Räumungsverkauf. Um Platz zu sparen, haben sie nur einen Rasierapparat eingepackt, Deodorant und Gesichtscreme benutzen sie zusammen. Nur die Liebhaber teilen sie sich nicht. In ihrem fünften Jahr haben Bernd und Alf ebenfalls diese Vereinbarung getroffen; Vinz hat es mit Alexander immerhin bis zum achten geschafft. Da spätestens weiß man, wann der andere nachts schnarcht, an welchem Tag er nach was schmeckt, was ihn zum Stehen und was zum Fallen bringt. In Vinz' erstem Roman haben sie noch gemeinsam in die eigene Wohnung eingeladen oder haben fremde Wohnungen immer auch durch die Augen des Freundes betrachtet – Möbelhaus-Besuche zur Folge, ihre Inneneinrichtung hat durch die Öffnung der Beziehung erheblich profitiert. Im zweiten Buch ist jeder auch eigene Wege gegangen. Erst heimlich, später in Absprache, was eine andere und problematischere Form der Heimlichkeit erfordert. Hätte Alexander an jenem Abend Einspruch erhoben, alles wäre anders gekommen – oder geblieben, wie es war.

Er hatte Manuel auf der Dating-App angeschrieben, die er seit ihrer Vereinbarung regelmäßig durchforstet, teils aus sexuellem, teils aus künstlerischem Interesse an dieser Art digitalen Volksseele der Schwulen, die von einem Satellitennavigationssystem gesteuert ruhelos um den ganzen Erdball kreist. Es hatte I_manu in 3,4 Kilometer Entfernung geortet, unter der Headline »Ich tu es trotzdem« und mit den Basisangaben 179/70/26, von denen mindestens eine nicht stimmen mochte. In der Szene, die der Auftakt des dritten Teils ihrer Geschichte sein könnte, sitzt Alexander an den Vorbereitungen seines Mikrobiologie-Seminars, als Vinz mit dem Smartphone in der Hand in sein Zimmer schleicht. Du, sagt er und dehnt das U. Alexander wirft einen Blick auf das Profilfoto und sagt: Kenn ich nicht. Es ist die wichtigste Klausel ihres Abkommens: niemals auf den Haufen des anderen scheißen. Sie haben es nicht nötig, sich gegenseitig ihre Territorien streitig zu machen. Alexander lehnt sich im Stuhl zurück. Hübsch, sagt er, mit Handlauf, und er greift sich an den Gürtelspeck. Vinz mag die kräftigeren Männer, ihren Ansatz zum Bauch, auch Alexanders, der dagegen verbissen antrainiert. Keiner von beiden hat sich während ihrer Freigänge je in Gefühle verirrt, sie folgen nur ihren Trieben. Viel Spaß, sagt Alexander und wendet sich wieder dem Computer zu. Und denk an den Heizungsableser morgen. Vinz nickt und beugt sich vor, der Kuss geht fehl. Alexander ist mit den Gedanken zurück in seinem Vortrag über die menschlichen Proteine, bei den elementaren Bausteinen des Lebens. Zeitsprung, Ortswechsel, zweites Kapitel. Manuel öffnet die Tür und setzt das Gesetz ihrer erfolgreichen Synthese mit einem einzigen Molekül außer Kraft.

Er hört hinter sich den Sand auf der Straße knirschen. Alexander geht um den Wagen herum, der Scheinwerfer wirft seinen Schatten in die Nacht. Vinz nimmt es ihm übel, dass er ihn mit dem Fremden allein lässt. Bei seinen Reisevorbereitungen hat er auf einer Seite von Amnesty International gelesen, dass über sechzig Prozent der Bevölkerung dieses Landes Homosexualität »inakzeptabel« finden, trotz der modernen Verfassung, in der sogar die gleichgeschlechtliche Ehe gesetzlich verankert ist. Der Artikel berichtete von Hassverbrechen gegen Schwule und sogenannten Korrekturvergewaltigungen, die lesbische Frauen wieder auf den rechten Weg bringen sollen. Sie hatten daraufhin beschlossen, unauffällig zu bleiben.
May I, sagt der Mann und nimmt ihm den Tupfer ab. Vinz späht zum Wagen, wo Alexander verschwunden ist. Am Straßenrand blüht etwas, blüht oder verwest, es riecht aasig. Die Finsternis dort hat etwas Wesenhaftes, wie ein heimlicher Beobachter. Er spürt ihre Bewegungen. Sie atmet, blinzelt, dehnt sich aus und zieht sich wieder zusammen. Seine Nachtblindheit hat in den letzten Jahren zugenommen, selbst in der hell erleuchteten Stadt traut er sich kaum mehr ans Steuer. Alles könnte jederzeit aus dem Dunkeln auftauchen: ein Elefant, die Räuberbande, ein Raumschiff; das, was er schon immer am meisten gefürchtet hat. Wie in einem Alptraum würde er jeder Erscheinung glauben, sie für wahr und unausweichlich halten.

Als Alexander am Nachmittag des folgenden Tages in sein Schreibzimmer platzte, war Vinz auf alles gefasst. Rückkehr ins gemeinsame Bett, lautet der zweite Paragraph ihres Vertrags, egal zu welcher Uhrzeit. Alexander trug noch den Mantel, auf seiner Stirn flammte der Ärger. Er warf Vinz die Post hin. Die Stromfirma habe ihn während des Seminars angerufen. Vinz rückte näher an das Textfeld auf dem Computerbildschirm. Er scrollte hoch und wieder runter, die Sätze waren zu allen Seiten löchrig, boten keinen Halt. Und überhaupt das Ganze hier! Alexander deutete hinter sich. In drei von vier Zimmern brannte das Licht. Das Fenster im Bad, wo Vinz sich eine halbe Stunde lang Manuels Geruch vom Körper geduscht hatte, stand offen, die Heizung bollerte, die Küche ein Chaos. Dave, den Labrador, der winselnd neben Alexander saß, hatte er nur schnell vor die Tür geführt und gegen das nächste Auto pinkeln lassen. Er drückte die Löschtaste, von rechts nach links fraß der Cursor die Szene. Du bist wie eine Zecke, sagte Alexander in das Stürzen der Sätze hinein, die dem hässlichen Wort nicht standhalten konnten; und das kleine, anämische Tier, das naturgemäß keine andere Nahrung kennt und, wenn es am Blut der anderen nicht saugen darf, kläglich verendet, Vinz also, in den Geburtswehen seines neuen Romans, die ohnehin kaum zu ertragen waren, stellte sich tot.

Alexander kommt zurück, Vinz' Smartphone in der Hand. We better call the police, sagt er und schaut dabei Vinz, nicht den Mann an. Don't!, sagt der, dann weniger nachdrücklich: I don't think we need them. Vinz sieht, wie er das Smartphone beäugt. Die Polizei könnte Probleme machen. Welcher Art?, fragt Vinz. Es sind seine ersten Worte seit dem Unfall, er ärgert sich über den ängstlichen Tonfall. Dann gute Reise, sagt Alexander und reicht ihm das Smartphone mit einer Nachricht von Manuel. Vinz weiß nicht, welcher Stich schmerzhafter ist, Manuels zynischer Gruß oder Alexanders triumphierende Geste. Die Blicke des Mannes wandern zwischen ihnen hin und her. Well, sagt er und deutet auf die Schlaglöcher im Asphalt, because of the speed. Vinz richtet sich auf, auch Alexander weicht ein Stück zurück; die Geschwindigkeitsbeschränkung fällt beiden im selben Moment ein, Vinz kann den Gedanken trotz der Dunkelheit von Alexanders Gesicht ablesen. That's why you crashed, fügt der Mann hinzu und versucht aufzustehen. Are you okay?, fragt Alexander, macht jedoch keine Anstalten, ihn zu stützen. I'm fine, sagt der Verletzte, man möge ihm nur auf die Füße helfen, und er streckt die Hand aus.

CODES

Wenn am Straßenrand eine Gestalt auftaucht, drosselt er die Geschwindigkeit. Es ist ein Spiel: guter Anhalter, böser Anhalter. Wie früher auf den Ferienfahrten der Kindheit Kennzeichen oder Automodelle erraten. Vom Aussehen der Männer schließt er auf mögliche Absichten; solche mit schlechter Kleidung und tief in die Stirn gezogenen Kappen, die das Gesicht zusätzlich verfinstern, kommen nicht in Frage. Überhaupt alle Unattraktiven. Entfernung, die blendende Sonne und eine Physiognomie, die sich erst im letzten Moment offenbart, machen eine Einschätzung schwer. Er wartet auf eine Reaktion von Alexander, der alles unter Kontrolle zu haben scheint: den Gegenverkehr, die gelbe Mittellinie, die vom Navigationsgerät angezeigte Höchstgeschwindigkeit. Ihren Hunger, Nikotinspiegel, Blasendruck, die vorüberziehende Landschaft mit dem unveränderlichen Gebirgszug am einen und den Anhaltern am anderen Rand des Blickfelds wie die spannungssteigernde Panoramasequenz eines Films, in dem der nächste Schnitt die Wende bringt. Wenn sie vorüberfahren, schauen sie den Fremden an und er sie, von außen durch die getönte Scheibe, dahinter zwei männliche Weiße – was auch für den Anhalter einen Unterschied macht. Der Gedanke ist so schnell vorbei wie der kurze Augenkontakt. Vinz gibt Gas; dass auch sie Objekt der Mutmaßung sind, verleiht dem Spiel seinen Reiz. Alexanders Augen wandern zum Außenspiegel, Vinz späht in den Rückspiegel. Leicht zeitversetzt durch die verschiedenen Winkel taucht der Typ noch einmal auf. Wortlos gleicht er mit Alexander ab, was sie sehen.

Nach den Frauen schauen sie nicht zurück. Als Vorhut der Männer, die wenige hundert Meter später und meist allein folgen, stehen sie am Rand eines Dorfes, in den immer gleichen Formationen, wie auch die Ausläufer der Dörfer, aus denen sie stammen mögen, einander gleichen; versprengte Hütten, deren unverputzte Wände das Grasland flecken. Zu zweit oder in kleinen Gruppen warten sie auf Minibusse, auf einen günstigen Schicksalsmoment. Stets streckt nur eine von ihnen die Hand aus, die anderen stecken die Köpfe zusammen, ihr Harren vor der reglosen Landschaft wie ein ironischer Kommentar zur Eile derer, die das Tempo nicht mindern. Die bunten Kleider und gewickelten Kopfbedeckungen, ihre ins Wageninnere gerichteten Blicke mit dem Anflug von Spott, den er in den Gesichtern zu sehen glaubt, ihre Handbewegung, die ihm über die bloße Geste hinaus etwas sagen will, was er nicht versteht, der Code für den Zugang in die Wirklichkeit ihres Landes in drei oder vier unumkehrbaren Schritten: runter vom Gas, die nächste Haltemöglichkeit ansteuern, ein einmündender Feldweg, eine von Müll bedeckte Ausbuchtung des Banketts, Gelegenheiten für Zigaretten-, Pinkel- und Imbisspausen, *Do not stop;* und dann die Türen entriegeln und das Kribbeln spüren, das sich im Körper ausbreitet, diese Mischung aus Neugierde, Gefahr und einer ihm vom Schreiben gut bekannten Lust an der Zerstörung dessen, was ohnehin nicht mehr zu retten ist.

Im Rückspiegel sieht er, wie der Typ mit der Baseballkappe in etwa hundert Meter Entfernung seine Sporttasche vom Boden aufhebt und auf den Wagen zusprintet. Alexander zuckt aus seinem Sitz hoch. Schaut über die Schulter zurück und scannt in der gleichen Bewegung die Umgebung. Die in diesem Moment bedrückend leere Straße. Die Position des Wagens, den Winkel, in dem er zur Straße steht, möglicherweise zu steil; sie werden ein Stück zurücksetzen müssen. Was soll das?, sagt er und verriegelt die Türen. Vinz zögert. Noch bleibt genug Zeit. Der Mo-

tor startbereit, seine Hand auf dem Schaltknüppel, der Anhalter erst auf halber Strecke. Der Fleck auf Alexanders Stirn zeigt Alarm. Vinz spürt alle Kraft aus seinem Körper weichen. Wie immer in Pattsituationen stellt er sich tot. Je entschlossener Alexander, desto gelähmter Vinz. Er spürt Alexanders Hand am Oberarm, fast schmerzhaft. In den letzten Monaten hat er sich manchmal gewünscht, dass Alexander ihn so packt. Der Anhalter zieht am Türgriff. Fahr weiter!, sagt Alexander. Einem Kavaliersstart steht nichts im Weg, die Straße ist frei bis zum Horizont. Vinz sieht gleich mehrere Horizonte. Weit auslaufende Wellen bis zu dem Punkt, wo die Ebene an einer dunstigen Naht in die Atmosphäre übergeht, ein schmales Band wie aus Löschpapier, das sich mit den Farben der Erde und des Himmels vollsaugt. Auf der letzten Linie steht angeschnitten die Sonne. In einer Stunde wird es dunkel sein. Jetzt fahr schon!, zischt Alexander. Wieder hört Vinz, wie der Mann am Türgriff zieht, vorsichtiger als beim ersten Mal, fragend. Einsame Straßen wie diese halten tausend Gründe bereit, auf offener Strecke plötzlich links ranzufahren. Die Antilope im Gebüsch entpuppt sich beim Heranzoomen als Fallholz eines abgestorbenen Baums. Touristen gelten prinzipiell als ahnungslos und überfordert, weltweit entschuldigt man ihr verkehrsmäßiges und zwischenmenschliches Fehlverhalten mit ihrer Blödheit. Die drei Frauen, die zuletzt am Straßenrand gestanden hatten, waren ihm vertrauenswürdig erschienen. Sie hätten sich auf die Rückbank gezwängt, keine Fragen gestellt, sich von Zeit zu Zeit Blicke zugeworfen und leise gekichert, über die beiden Deutschen und ihre putzige Idee, etwas zur Versöhnungspolitik dieses Landes beizutragen.
Ein drittes Mal schnalzt der Griff. Dann ein Rütteln, als gäbe es für die hartnäckige Verweigerung keine andere Erklärung als die, dass die Tür klemmt. Alexander dreht sich um und signalisiert mit abwimmelnden Handzeichen sein Bedauern über das Missverständnis. Der Anhalter lässt von der Tür ab, doch im Außenspiegel sieht Vinz, dass er stehen bleibt. Er kennt den

Typ Mann, der Alexander anstachelt, die Schlüsselreize: eine schmalgliedrige Hand, über dem Gelenk ein paar bunte Stoffarmbänder, wie sie auch der Schmuckverkäufer auf dem Markt feilgeboten hat. Kantige Linien des Oberkörpers unter dem weiten Shirt, der Hosenboden seiner Baggy hängt tief und lässt der Vorstellung genug Raum, mehr gibt der Ausschnitt im Spiegel nicht preis. Die Ausdauer, mit der er dort ausharrt, regt Vinz auf. Er wird warten, bis sie den Kampf im Wagen ausgefochten haben, und je tiefer die Wunden, die sie sich zufügen, desto größer die Chance, dass sich die Tür doch noch öffnet. Die Schuldgefühle eines Fahrers sind für einen Anhalter in diesem Land beste Voraussetzung, von der Stelle zu kommen.
Ein Jeep rast vorbei. Vinz heftet seinen Blick an das Fahrzeug, als könnte er so entkommen. Die Karosserie blinkt in der untergehenden Sonne. Der Lichtreflex ist die einzige Bewegung in der Landschaft, die nun ebenfalls wartet, ausdauernd, gleichgültig. Hinten klopft der Mann gegen die Scheibe. Warum hast du mich nicht einfach verlassen? Er hört seine Worte unterwürfig wie das Klopfen, mehr Bitte als Frage. Für eine Entschuldigung ist es zu spät, die Chance hat er am Küchentisch vertan. Noch in der Abflughalle hätte Alexander die Möglichkeit gehabt, umzukehren. Hier ist der einzige Weg, der ihnen bleibt, die Straße geradeaus. Geduld. Die Krankheit im Herzgrund wird schon nicht tödlich sein, der Schmerz vergehen. Die Zeit heilt alle Wunden, kein Sprichwort ist ihm mehr verhasst als die Vertröstung auf die Fühllosigkeit von Narben. Alexander lässt die Scheibe herunter. Im Fenster ein Gesicht wie erwartet. How are you, guys? Der Satz klingt auswendig gelernt und hohl, wie ein Echo, das seinen Ursprung nicht mehr kennt, scheint er von irgendwoher aus der Tiefe des Landes zu kommen. Vinz mustert den Typ, der halb grinsend, halb genervt auf seine Gelegenheit lauert. Die Zeit, als es in diesem Land blutig umkämpfte Utopie war, dass ein weißer Autofahrer einem Schwarzen die Tür öffnet, hat er als Kleinkind erlebt, vielleicht gar nicht. We are sorry, sagt Ale-

xander, Vinz miteinschließend, der sich für alles Mögliche schuldig fühlt, doch nicht für die Abfuhr. Leider, fügt er in seinem nahezu akzentfreien Englisch hinzu, haben wir ein Problem mit dem Wagen. Der Anhalter zuckt mit den Schultern und schaut sich um. Vinz sieht, wie er alles erkennt: die Klasse ihres Mietwagens, das Smartphone in der Ablage, die Spiegel, in denen die Geheimschrift ihrer Blicke sichtbar wird. Ihre Reisekrankheit, die aufgerissenen Fast-Food-Verpackungen auf der Rückbank, dazwischen die Ananas vom Markt, deren fauliger Geruch im Wagen hängt, vermischt mit den Ausdünstungen ihrer Angst. All das ineinander Verwickelte und Verworrene in den Hartschalenkoffern, und versteckt in der Unterwäsche, als würde das einen Kriminellen abhalten, der Laptop, obwohl Alexander ihn mehrmals ermahnt hat, ein Notizbuch würde reichen. Statt eines Warnblinkers, wie er in einer solchen Situation angebracht wäre, leuchtet auf Alexanders Stirn der Stresskeil und verrät die wahre Panne.

Maybe I can help?, sagt der Mann. Alexander entriegelt die Türen und gibt den Wagen frei. Vinz lässt die Scheibe hoch. Mit dem getönten Glas zwischen ihnen ist das Gesicht des Anhalters wie jedes andere am Straßenrand. Dann verschwindet es in der Staubwolke. Während er zügig beschleunigt, sieht er den Anhalter noch eine Weile auf der Straße stehen. Er schrumpft schnell, wird unscharf und kippt aus dem Rückspiegel. Das Navigationsgerät stößt in regelmäßigen Intervallen den Warnton aus. Bei 130 km/h kommt von Alexander noch immer kein »Achtung!«. Nach kurzer Zeit haben sie den Scheitelpunkt der Steigung erreicht. Von hier aus gesehen ist es kein Hügel, nur irgendein Punkt im endlosen Auf und Ab. Die Straße beginnt wieder zu fallen. In der Talsohle mäandert ein grünes Band durch die vergilbten Streifen der Weideflächen. Für den Bruchteil einer Sekunde erkennt Vinz im Schilf das Glitzern eines Flusses. Es wird schön, sagt er. Der hochtourig dröhnende Motor schluckt die Worte. Alexander starrt mit abgewandtem

Kopf hinaus. Die Straße ist leer bis zum nächsten Horizont, der Blick frei und nur im unteren Drittel noch von ein paar Linien durchbrochen, der Rest ist Himmel. Gottes Fenster steht offen, das Licht flutet ungehemmt hindurch und zieht Alexander von ihm weg. Beinahe hätte er das Hindernis auf der Fahrbahn übersehen. Auch der Tanklastzug, der die Steigung heraufkriecht, taucht aus dem Nichts auf. Mehrere Hupsalven gellen über sie hinweg. Vor der Front des Lasters reißt er das Lenkrad herum. Im Rückspiegel sieht er mitten auf der Straße eine Schildkröte.

DÄMONEN

Zum Glück kann der Typ allein laufen. Wie schnell wird aus einem Schultergriff ein Schwitzkasten. Er geht ihnen leicht hinkend voraus, nicht übertrieben, gerade so, dass er eine gewisse Schutzbedürftigkeit ausstrahlt. Alexander trägt die Sporttasche, die am Straßenrand gelegen hat. Vinz spürt den Drang, ihn beiseitezunehmen, die wichtigsten Fragen mit ihm zu klären; wohin jetzt und was tun, wenn der nicht mehr aussteigt?

Der Mann dreht sich um. Es seien nur zwanzig Kilometer bis in sein Dorf. Wie viel Raum braucht ein Leben für die Wende, die es grundlegend verändert? Ein paar Zentimeter weiter links, und sie wären haarscharf am Schlagloch vorbei. Vielleicht noch ein Blick in den Rückspiegel, zwischen Erleichterung und Entsetzen, da stand einer, o Gott!

Er spürt, dass Alexander ihm ausweicht. Ein Augenkontakt, und er müsste sich seine Schuld an dem Unfall eingestehen, sie an ihn, Vinz, zurückspielen. *Du* wolltest diese Straße, *du* gleich am ersten Tag zu den Wasserfällen, *du,* der mir wie ein Riesenbaby auf den Schultern sitzt, sich auf meine Kosten immer nur das Beste nimmt, den Liebhaber, die Honeymoon-Hut, das Herzblut für deine Romane und fahren nur tags, wenn die Sonne scheint, *du du du,* hämmert es Vinz durch den Kopf.

Alexander wirft die Sporttasche zu ihrem Gepäck und reißt den Kofferraumboden auf. Der Mann prüft den Verband; anscheinend ist der Blutfluss gestoppt. Vinz beugt sich über den Radkasten, dem noch immer der beißende Geruch von verbranntem Gummi entsteigt. Der Reifen hängt verkeilt über der Felge. Alexander wuchtet das Ersatzrad auf die Straße. Der Mann tritt heran, inspiziert den Schaden und sagt: Get to work, in einem Tonfall, der die Ablehnung seiner Hilfe nicht zur Wahl stellt.

Erst jetzt glaubt Vinz die Angebote der Straßenhändler richtig zu verstehen. Es ging nicht darum, *ob* sie etwas bei ihnen kaufen. Das Geschäft an sich war nicht verhandelbar, lediglich seine Bedingungen. Sie sind die Touristen, sie müssen ihr Wohlergehen und das gute Gewissen von den Einheimischen erwerben. Wer sich die Scheiben putzen lässt, obwohl sie sauber sind, stellt sicher, dass der Wagen nicht mutwillig beschädigt wird. Der Parkplatzwächter passt nicht auf das Auto auf, gegen Bezahlung verzichtet er lediglich darauf, es aufzubrechen.
Der Mann, den sie angefahren haben, ist umgänglich und scheint gebildet. Er weiß, dass die Deutschen sich im ersten Moment loyal und verantwortungsbewusst zeigen. Langfristig aber bestehen sie darauf, dass die Verursacher ihrer Krisen haftbar gemacht werden. Wider Erwarten würde er plötzlich doch Ansprüche erheben; im Hintergrund lauert eine verarmte Familie. Sie kontaktieren Versicherungen, führen Telefonate mit ihrem Anwalt, der von Deutschland aus kaum etwas ausrichten kann. Die Verletzungen des Mannes sind weitaus ernster als angenommen. Wenn sie ihn für ein vermittelndes Gespräch aufsuchen, hockt er gekrümmt vor Schmerzen auf dem Stuhl. Drum herum sitzen die Frauen mit teilnahmslosen Gesichtern. Sie werden ihn anflehen, ihm Bargeld anbieten, jeden Tag etwas mehr. Dann monatliche Zahlungen, die Finanzierung seiner Ausbildung, irgendwie, schwören sie sich gegenseitig, werden sie das schon stemmen. Es geht um ihre innere Sicherheit. We make you a really good offer! Doch er zuckt nur mit den Achseln. Plötzlich spricht er kein Englisch mehr, nur noch die lokale Sprache. Im Roman, stellt Vinz sich vor, wäre es der Beginn eines Komplotts.

Der Wagenheber klemmt. Nur mit Mühe gelingt es Alexander, die Front aufzubocken. Vinz steht daneben und leuchtet ungeduldig mit dem Smartphone. Das Spotlight entzieht der Batterie kostbare Energie. Im Kopf formuliert er Antworten an Manuel, die er alle wieder verwirft. Der Mann lehnt am Heck und starrt vor sich hin. Schließlich hat er sich von Alexander doch wegschicken lassen; you need to rest. Zum Schutz der Wunde hat er sich die Kappe wieder aufgesetzt, darunter schimmert der Verband matt in der Dunkelheit und verbirgt seine Züge, die er nicht preisgeben will, noch nicht. Alexander erteilt Anweisungen auf Englisch, als wollte er jedes gesprochene Wort transparent halten. Vinz reicht ihm die Werkzeuge vorausschauend, wie der Assistent dem Chirurgen bei einer schwierigen Operation. Zwischendurch kontrolliert er den Mann. Beobachtet sich gleichzeitig selbst, ruckartige oder verdächtige Bewegungen vermeidend; am Rad hantiert Alexander mit potenziell tödlichen Waffen. Bald weiß er nicht mehr, was er mit seiner Wacht verhindern will, einen plötzlichen Angriff oder seinen eigenen Zusammenbruch. Er spürt ein übermächtiges Bedürfnis nach Schlaf. Das Ganze nichts als ein schlechter Traum, den er am nächsten Tag abschüttelt. Oft nimmt er sich vor, solche Träume aufzuschreiben, doch im Lauf des Tages werden die Bilder blasser und verlieren ihre Bedrohlichkeit. Wenn er schließlich das Notizbuch aufschlägt, erinnert er sich zwar noch an die Handlung, das Wesen des Traums aber hat er vergessen.

Den Schrei hören sie alle drei gleichzeitig und blicken auf. Vinz muss an den Vogel denken, dessen Ruf Bernd und Alf für den Angstschrei eines Menschen hielten. Alexander reicht ihm den Schraubenschlüssel, und in seinen Augen glaubt er eine Deutung zu lesen. Warum sollten sie nicht tun können, was die vermeintlichen Anhalter aus dem Effeff beherrschen? Töten für ein Smartphone, eine Kreditkarte, für die bessere Zukunft. Immerhin hätten sie die moralisch höheren Beweggründe gehabt, der Anwalt würde auf Notwehr plädieren. Sie teilen fortan ein Geheimnis, das sie auf Lebenszeit zusammenschweißt; nur gemeinsam wäre das, was sie getan haben, zu ertragen. Was, wenn der Mann nur einen von ihnen beiden umbringt? Sich die Mühe beim anderen nicht macht? Wahrscheinlich wäre es Alexander, den er zuerst aus dem Weg räumt. Er hätte einen Instinkt für den Stärkeren, Intakteren von beiden, der nicht am Leben zweifelt. Der andere kauert bereits in den Büschen, die Hände über den Kopf geschlagen. Es ist harte Arbeit, jemanden mit einem Schraubenschlüssel abzuschlachten; wer von Reserven lebt, muss Energie sparen.

Alexander verstaut das Werkzeug wieder im Kofferraum. Die Sporttasche quetscht er zu ihrem Gepäck. Er zieht eine Kapuzenjacke aus seinem Koffer und rollt sie zu einem Kissen. Thanks, guys, sagt der Mann, als wäre die Taktik, die sie am meisten schwächt, die Dankbarkeit. Vinz schiebt den Müll auf der Rückbank zusammen und nickt ihrem Mitfahrer seinen Platz zu. Der klettert in den Wagen, umständlich, wie man es von einem Verletzten erwartet. Vinz steht daneben und beobachtet ihn, in Gedanken den Bewegungen des Mannes stets ein Stück voraus. Fuck!, ruft der plötzlich und springt wieder zurück, viel zu schnell für einen, der gerade noch blutend auf der Straße lag. Vinz greift instinktiv nach Alexander, bekommt ihn am Arm zu fassen. Der Mann lacht auf. You guys must be crazy!, ruft er und deutet in den Fußraum.

Die Schildkröte hatte noch immer auf der Fahrbahn gesessen. Auch die Stöcke lagen noch so, wie Alexander sie angeordnet hatte, kreisförmig wie eine seltsame rituelle Stätte. Sie waren fast zehn Kilometer zurückgefahren. Er sah das Tier dämonisch grinsen, dann zog es den Kopf ein, alarmiert von seinem Schatten, von der Schwere seiner Gefühle. Im Luftzug spürte er die klebrigen Bahnen auf den Wangen. In seinem Kopf herrschte die Leere, die sich einstellt, wenn die Traurigkeit ausgeheult ist. Er packte die Schildkröte und trug sie zum Wagen. Der Trotz, den er dabei spürte, stellte sich erbittert gegen die Lächerlichkeit dieser Handlung, die beweisen sollte, dass er sehr wohl Verantwortung für ein Leben übernehmen konnte. Alexander war ausgestiegen und erwartete ihn mit verschränkten Armen. Sie scheißt uns alles voll, sagte er. Vinz wich ihm aus und blickte zum Himmel. Er war sich sicher, dass sie schon bald darüber lachen würden: »Weißt du noch, damals«, ihre ganze Zukunft war auf dieses Adverb ausgerichtet, das voraussetzt, dass sie alle Erinnerungen miteinander teilen. Die Wolkenschlieren, die eben noch in den letzten Sonnenstrahlen geglüht hatten, waren erloschen. Ein rauchiges violettes Licht hing in der Luft, es stieg aus den Niederungen und zog wie eine riesige Nebelbank einen zweiten Horizont in die Ebene. Darunter bereitete sich das Land auf die Nacht vor.

Kein Handy mehr, solange wir hier sind, sagte Alexander plötzlich. Die Schildkröte schob den Kopf ein Stück aus dem Panzer hervor und bewegte mechanisch die Beine, Reflex einer genetischen Disposition, die den Moment, keinen Boden unter den Füßen mehr zu spüren, nicht vorsieht. Vinz nickte schwer. Ihn schauderte vor dem knorrigen Gesicht und der faltigen Haut des Tieres. Ist das Wort *Gesicht* den Menschen vorbehalten? Wenn es der Preis für die Widerständigkeit ist, derart zu verhässlichen, wollte er das Ende lieber gleich empfangen. Alexander öffnete die Wagentür, klaubte eine Plastiktüte von der Rückbank und breitete sie in den Fußraum. Vinz setzte die Schildkröte hinein. Sie passte nicht ganz, er drückte nach. Dann stand er eine Weile da und blickte zurück auf die leere Schutzburg der Stöcke. Die violette Dunstglocke war in die Höhe gestiegen und schluckte das letzte Licht.

Alexander beschleunigte zügig. Hin und wieder schnupperte Vinz zur Rückbank. Er roch die Ananas, den Inhalt einer aufgerissenen Chipstüte, den Muff des Polsters, der schon jetzt so etwas war wie der Atem ihrer Reise, der in den Erinnerungen hängt. Er wusste nicht, wie Schildkrötenscheiße riecht. Er hatte keine Ahnung, wie man dem anderen aus Liebe einen Wunsch erfüllt. Im Seitenfach lockte das Smartphone, eine Anziehung wie von einem starken Magneten, der erst Ruhe gibt, wenn er sich mit seinem Gegenpol vereint hat.

You know it's illegal?, sagt der Mann. What's illegal? Gerne hätte Vinz den gereizten Ton zurückgenommen, der seine innere Not verrät. Unrechtmäßig scheint ihm allein dieser Typ, die Selbstverständlichkeit, mit der er ihre Pläne durchkreuzt hat. Wilde Tiere schmuggeln, erwidert der und deutet auf das Diebesgut. Alexander lehnt an der Kühlerhaube und raucht. Der rote Punkt der Zigarette glimmt ohne Helligkeit auf, dennoch glaubt Vinz seine Mimik zu erkennen; Alexanders tadelndes, leicht auftrumpfendes Gesicht, wenn es an ihm, Vinz, liegt, eine Sache zu regeln, die er selbst verbockt hat. Er wolle sie nur warnen, sagt der Mann, in case you'd feel better with the police. Vinz hofft, dass Alexander sich endlich umdreht und die Sache in die Hand nimmt, doch er rührt sich nicht. Auch die Schildkröte hat sich tief in sich selbst zurückgezogen, weit hinab in die uralten Erinnerungen an die sonnendurchflutete Savanne, die ihr niemand nehmen kann.
Sie hätten auf der Polizei bestehen müssen. Erst jetzt wird Vinz klar, dass es vielleicht der entscheidende Fehler war. Es hätte eine gesetzlich geregelte Verteilung der Schuld gegeben, Teilschuld vermutlich. Denn auch der andere käme nicht ungeschoren davon. Wer in dieser Dunkelheit am Fahrbahnrand steht, muss auf sich aufmerksam machen. Sie hätten sich auf eine faire Version der Geschichte einigen können. Höhere Gewalt, wofür niemand haftbar gemacht werden kann. Plötzlich tauchte im Scheinwerferkegel die Schildkröte auf. Alexander bremste ab und riss das Steuer herum, der Wagen geriet ins Schlingern. Auf dem steinigen Bankett platzte der Reifen, und nur weil Alexander so geistesgegenwärtig war und im richtigen Moment gegenlenkte, haben sie den Anhalter lediglich gestreift.
In den Händen des Fremden, der in dieser Gegend zu Hause ist,

scheint die Schildkröte Vertrauen zu fassen. Sie schiebt den Kopf aus dem Panzerloch und wittert die Freiheit. There's a river down there, sagt er, Crocodile River, dort könne man sie aussetzen. Der Vorschlag ist die Falle, die sie ins Dunkle locken soll. Vinz umklammert den Schraubenschlüssel in seiner Hosentasche. Mit dem Ringmaul den Schlag ins Genick, die scharfkantige Gabel für den Rest.
Ob es dort tatsächlich Krokodile gebe, fragt er, um noch etwas Zeit zu gewinnen. Alexander schaut noch immer nicht herüber. Dem Namen nach ja, sagt der Mann, balanciert die Schildkröte auf einer Hand und zieht mit der anderen ein Smartphone hervor. Das Licht stolpert ins Gebüsch. Vinz wartet auf Alexanders Zeichen, das er nicht sehen, nur spüren wird, die leichte Beschleunigung ihres gemeinsamen Herzschlags. Der Mann steigt ins Gras. Be right back, ruft er ihnen noch zu, but don't give my seat to a crocodile! Dann verschwindet er hinunter zum Fluss, zurück in die Finsternis, aus der er gekommen ist.

EMERGENZ

Wasser, wenn es stürzt. Im Atlas und auf Landkarten folgte er mit dem Finger den blauen Linien der Flüsse: Niagara River, Iguaçu, Rhein, Gutach und Krimmler Ache bis zu der Stelle mit dem Klammersymbol, wo in seiner Vorstellung das Wasser über die Fallkante rauschte. Triberg im Schwarzwald, Krimml in den Hohen Tauern, Gavarnie und Engstligen, die höchsten Wasserfälle von Frankreich und der Schweiz, auf einer Urlaubsfahrt durfte der Sturzbach nicht fehlen. Der alljährliche Osterbesuch bei der Tante in Konstanz war aufregend nur wegen des Ausflugs zum Rheinfall, und obwohl ihm die dreiundzwanzig Meter Fallhöhe mit jedem neuen Zentimeter Körpergröße niedriger erschienen waren, hatte er sich angesichts der Wassermassen, die über die Stufe donnern, auch als Erwachsener noch recht klein und machtlos gefühlt. Enttäuschend dagegen die Niagara Falls, die er mit Alexander von New York aus erkundet hatte, weniger das Naturschauspiel selbst als der Tourismus, der darum herum und sogar dahinter wütete, in einem Schacht am Fuß der Fälle. Einen Wasserfall, der per Knopfdruck von Menschenhand abgeschaltet werden kann, hielt er außerdem für Blasphemie. Da zeigte sich ihm der Schöpfer noch eher in den Wildbachverbauungen links und rechts der Brennerautobahn, wenn er auf den Italienreisen der Kindheit die Steilhänge des Eisack- und Etschtals nach den Gebirgsbächen absuchte, die über Geröllsperren und Sohlschwellen hinweg zu Tal schossen. Er drängte den Vater, am nächsten Parkplatz rauszufahren. Seine Wangen glühten von der Hitze im Wagen. Zwischen den Gelagen der Picknicker hindurch stahl er sich zum Zaun, wo er das geliebte Geräusch hörte. Aus der Tiefe herauf wehte ein kühler Hauch.

Der Wasserfall am Haus der Eltern sollte vom Obergarten in den Untergarten stürzen. Der Obergarten grenzte an den Blauen Weg, der Untergarten an die Straße. Der Blaue Weg trennte die vorletzte Häuserreihe von der letzten, dahinter begann der Wald. Der Wald, eine Kiefernmonokultur, war alles andere als wild, dennoch führte der Blaue Weg ins Gewirr. Er mündete direkt in Vinz' Kopf, in das Hirngespinst eines wasserfallsüchtigen Kindes. Stetig ansteigend verlief er entlang der Stadtwaldsiedlung, einer Reihe modischer Flachdachbungalows mit atlasweißem Anstrich und Terrakotta-Terrassen. Die Ärzte und Anwälte wohnten ein paar Meter höher als die Arbeiter und Angestellten in den unscheinbaren Häusern mit ihrem gelben oder beigefarbenen Rauputz und den Höfen aus Waschbeton. Es war ein Hohlweg, den am unteren Ende ein Poller abschloss. Zwischen Koniferen und den weißen Stützmauern der Stadtwaldgärten verengte er sich zu einer Art Klamm. Er war mit grobem, blauschwarzem Schotter aufgeschüttet, der bei Regen wie ein Fluss glitzerte. In Gedanken flutete Vinz ihn mit Wasser. Es grub sich durch den Engpass zwischen den Mauern, bildete an den Gartenzugängen Stromschnellen, riss an den Koniferen und schoss schließlich unterm Jägerzaun hindurch auf das Grundstück, an der Stelle, wo im Begrenzungsstein eine Lücke klaffte, durch die hindurch der Terrier regelmäßig in den Wald entwischte.

Zwischen Blauem Weg und Straße lag das Haus *Am Hang*. Die Straße selbst trug den Sturz in ihrem Namen. Alle Kinder des Hangs spielten auf den Fallkanten. Die Hanggrundstücke ähnelten einander oder waren in ihrer Optik voneinander abgekupfert. Die Waiglers hatten sich für eine Freitreppe aus Marmorbruchplatten entschieden, darauf ließen die Kinder Glasmurmeln springen oder fuhren ihre Matchboxautos zu Schrott. Boettchers links hatten die Böschung als englischen Rasen angelegt, eine gleichmäßige, kitzelnde Schräge. Herunterrollen in Seitenlage bei zunehmender Geschwindigkeit. Fußball auf schiefer

Ebene, Fangen bergauf, all das war nur möglich, wenn Boettchers aushäusig waren und der tobende Pulk Robert, den gehbehinderten Sohn, gegen Süßigkeiten zum Schweigen verpflichtet und auf seinen Platz am Rand verwiesen hatte, wo er mit verkniffenem Gesicht im Gras hockte und die Katarakte der vorüberpurzelnden Kinderkörper beobachtete.

Wie das Wasser da hätte Fahrt aufnehmen können! Er rechnete die Fallhöhe aus, teilte sie durch die Anzahl der einzelnen Stufen, sogar die Wassermenge, in Kubikmeter verzeichnet, variierte je nach Jahreszeit. Doch kein Ergebnis war ihm spektakulär genug. Auf dem Zeichenblatt blieb der Wasserfall ein dünnes Gestrichel, die Gischt stieg nicht auf, die Erde war flach. Er schmiss die Skizze in den Papierkorb, öffnete das Fenster und beugte sich hinaus. Der Vorstoß der Hauswand, wo sich das erste Geschoss zum Obergarten hin verbreiterte, war auf dem Plan der Eingang zur Schlucht. Zwischen Wohnzimmer und Waiglerwand sollte der Fluss durch das Joch. Von der unteren Terrasse aus führten ein paar Trittsteine hindurch. Die rauen Waschbetonplatten waren für die Nachbarskinder die einzige Attraktion des Grundstücks. Inseln in einem Fluss, den er auf ein Kommando hin über den Abhang strömen ließ. Ausgehungerte Krokodile lebten darin. Es galt, unbeschadet von einem zum anderen Ufer zu gelangen. Setzte ein Kind den Fuß ins Wasser, war es tot. Wer den Fluss berührte, war verloren; gefressen oder fortgerissen von der Flut, wurde es am Ende des Untergartens über die Mauerkante auf die Straße gespült, in der Art, wie sich auf dem Poster über seinem Bett das Meer über den Rand der Erde ergoss und die Schiffe in den Abgrund riss.

Auf dem Boettcherrasen war er stets einer der ersten Verlierer, doch in seinem Fluss bewegte er sich traumwandlerisch sicher und gewann fast jedes Spiel. Einzig Robert durfte ins Wasser treten; er war durch seine Behinderung unverwundbar, erreichte aber nie das andere Ufer.

Weiter die Böschung hinauf ließ er niemanden vordringen. Wo das Grundstück sich aufbäumte, begann das Reich des Wasserfalls. Eine dreistufige Treppe aus Betonquadern bildete einen Seitenarm der Kaskade, der Hauptstrom aber stürzte über den Buntsandstein. Es war ein Geröllblock, der beim Ausbaggern des Grundstücks zutage getreten war. Über die rote Wand ergoss sich das Wasser einen Meter in die Tiefe. In einer originalgetreuen Übertragung seiner Zeichnung in die dritte Dimension wären es weitaus mehr gewesen – auch der Buntsandstein war nur ein Modell für den wahren Abgrund in seinem Kopf.

◆◆

Da sind ja nicht nur die Kohleminen mit den rußenden Kraftwerken und geschwärzten Straßenschildern, die endlosen Weideländer, Maisplantagen und Tunnel der Eukalyptuswälder. Inmitten dieser Monotonie sieht er Flusstäler, die etwas Urtümliches und Widerständiges bewahrt haben, wie übriggeblieben aus einer anderen Zeit. Verwilderte, sich selbst überlassene Einschnitte, die tatsächlich einen Ausblick wie aus dem Fenster Gottes bieten. Sie wirken gleichermaßen überhöht wie vergessen, anekdotisch und weitschweifig, sind Metapher und Monument, Chronik der Vergangenheit und Utopie einer Welt, die noch oder wieder mit dem Göttlichen in Verbindung steht – fast biblisch.
Hinter einer Brücke hält er an. Wie das Tal selbst, das sie überspannt, scheint das rostige Eisengerüst mit den zerbrochenen Betonplatten der Fahrbahn aus einer Zeit zu stammen, in der es noch ein Abenteuer bedeutete, einen Fluss zu queren. Warte kurz, sagt er zu Alexander, schnappt das Smartphone und steigt aus. Über dem Tal brütet die Mittagshitze. Drüben ducken sich ein paar Hütten hinter einen palisadenartigen Wall aus Bruchholz, vielleicht ein ehemaliger Kraal, dem der Fluss als Schutz und Grenze diente. Die Schilfkegeldächer heben sich kaum

von den Farben der Umgebung ab. Ein paar Ziegen stehen starr und vom allgegenwärtigen Ocker getarnt in der Sonne. Weiter oben terrassieren befestigte Häuser den Hügel. Durch den Widerschein des Wassers wirkt das Grün ihrer Gärten frischer als anderswo. Nirgends sind Menschen zu sehen, doch er glaubt eine Vielzahl von Augen auf sich gerichtet, die ihn genauso mit der Landschaft verschmelzen lassen wie umgekehrt.
Die Böschung ist steil, er hält sich an dornigen Zweigen fest, das Nagelbett des rechten Zeigefingers füllt sich mit Blut. Dann verflacht der Grund, das Gebüsch öffnet sich, vor ihm liegt der Fluss. Breit und raumfordernd, verzweigt in eine Vielzahl von Adern wie ein lebendiger Organismus. Unter ausgehöhlten Baumwurzeln sammelt sich das Wasser in Becken. Am Ufer sickert es ins Schilf, bildet Sumpf und Morast. In der Luft hängt der typische Geruch von Schlick und nassem Sand, Feuchtgewächsen, Unzugänglichkeit. Er weiß, dass ein Krokodil, wenn es ausgehungert ist, weit aufs Ufer schnellen kann. Bilder solch spektakulärer Beutefänge kennt er aus den Tierfilmen. Oft war das der Tod eines Hangkinds, das er beim Spiel nicht dabeihaben wollte. Wann die Krokodile hungrig waren oder sich satt auf den Steinen sonnten, bestimmte er. Sie waren meistens gierig, wie er auch. Sein Fluss sollte den Kindern eine Lehre sein. Er verabscheute ihr Geschrei und Gelächter auf dem Boettcherrasen, doch wenn über den Waschbetonplatten die angespannte Stille der Lebensgefahr lag, fühlte er sich ihren ungezügelten Trieben gewachsen.

Pass auf!, hört er plötzlich Alexanders Stimme von oben und hebt den Kopf. Alexander ist an die Rampe getreten und blickt mit der Hand als Schirm über den Augen zu ihm herab. Die dunklen Buckel in der Mitte des Tümpels sind bloß Steine. Er gibt Alexander ein Zeichen. Das eintönige Rauschen der Stromschnellen macht die Stille noch drückender, das Tal beunruhigend reglos, als harrte es einer Sensation, die sich jeden Moment ereignen könnte. In der Sekunde des Krokodils rächt sich seine Unfähigkeit, das, was ihn im Innersten antreibt, mit einem anderen zu teilen. Alexander würde von oben hilflos zusehen müssen. Die Böschung ist rutschig, er käme in jedem Fall zu spät. Kurz darauf rast er über die Staubpisten des Dorfes, ruft »help!« in die mittagsdunklen Häuser. Sie scheinen verlassen, bis auf ein Kind, das vor einer Tür sitzt und Alexander mit großen Augen anblickt. Er rüttelt es am Arm, »it's an emergency!«, in dem friedlichen Dorf ein Fremdwort.

Das Schilf am gegenüberliegenden Ufer gleißt im Sonnenlicht. Es wirkt zu grün, wie am äußersten Rand des Farbspektrums kurz vor dem Übergang in den nächsten Wellenbereich. Auch das Wasser darunter ist überbläut. Vinz schaltet die Kamera des Smartphones ein und sucht einen Ausschnitt, der diesen Moment kurz vor dem Kippen bannt, die Anspannung des Tals, bevor es sich in den Zustand verwandelt, der hinter den Oberflächen liegt; in die Landschaft, wie sie einmal war oder irgendwann wieder sein wird. Aus der Umgebung isoliert wirkt das Bild spannungslos, ein einsames Tal in einer Hügellandschaft mit Fluss, schon unzählige Male gesehen und fotografiert.

Den Mann sieht er erst auf dem Display. Wie er bäuchlings das Gesicht ins Wasser taucht, die Hände seitlich in den Sand gestützt, denkt Vinz zunächst, es ist ein Tier, das trinkt. Erst als er mit Daumen und Zeigefinger den Ausschnitt vergrößert, erkennt er das Unglaubliche, das sich aus der Unschärfe herausschält. Es ist ein alter Mann mit einem knochigen Gesicht und weißem Haar. Das Dreieck der dürren Arme steht grotesk vom Körper ab, das Hemd hängt halb im Wasser. Er hat keine Beine. Der Körper endet dort, wo er sich am Saum der kurzen Hose fortsetzen müsste. Ein vollständiger Mensch würde in dieser Haltung am Ufer knien, der Mann steht mit den Stümpfen im Schlamm. Vinz zoomt noch näher heran; in dem Moment, als er abdrücken will, hebt der Alte den Kopf. Er deutet mit der Hand zu ihm herüber; es wirkt nicht wie ein Gruß, eher ab-

weisend, als wollte er ihn verscheuchen. Er hält weiter die Kamera auf ihn. Der Mann dreht sich auf den Armen weg, hangelt sich ein Stück die Böschung hinauf und verschwindet erstaunlich leichthändig zwischen den Büschen.
Er hört ein Plätschern vor sich; erschrocken lässt er das Smartphone sinken. Im Wasser breiten sich kleine Wellen kreisförmig aus. Er springt zurück, schlägt sich durch die Binsen und erklimmt stolpernd den Abhang. Der Wagen steht mit offenen Türen an der Rampe, der Warnblinker klackert in der Stille, Alexander ist weg. Vinz entdeckt ihn auf der Brücke, er wirft etwas hinab und blickt ihm dabei entgegen. Er eilt auf ihn zu, sieht die Kiesel in Alexanders Hand, das Flackern der Ungeduld in seinem von der Hitze geröteten Gesicht. Er weiß, was Alexander von ihm erwartet, irgendeinen Impuls, ein Wort für die Richtung, die sie einschlagen sollen, den Kurs. Alexander wirft die Kiesel weg und schaut lange ins Tal, lenkt mit seinem Starren auch Vinz' Aufmerksamkeit noch einmal zum Fluss, als könnte er ihm so die Augen öffnen für eine Schönheit, die darauf wartet, von ihnen gemeinsam entdeckt zu werden. Vinz späht das Ufer nach dem Beinlosen ab, der den Hang zu seiner Hütte emporrobbt, doch er findet ihn nicht. Er zieht das Smartphone hervor. In der Unschärfe könnte der Mann auf dem Foto alles sein, ein Stein, eine aus dem Wasser ragende Wurzel, das Krokodil. Alexander geht zum Wagen zurück. Beim Einsteigen blickt Vinz auf die Uhr. Er hat eine Viertelstunde am Fluss gestanden und etwas gesucht, das es hier aller Wahrscheinlichkeit nach nicht gibt.

◆◆

Auf der letzten Zeichnung konnte er den Wasserfall fast rauschen hören. Das Bild hatte einen Fluchtpunkt und Tiefenschärfe, die Proportionen waren ausgewogen. Er hatte den Fluss frontal und als Draufsicht gezeichnet, eine Art Karte des Gartens

mit allen Merkmalen im Maßstab 1:100. Abschnitt für Abschnitt war das Gefälle in Prozent verzeichnet; Robert, der in Mathe Klassenbester war, hatte tagelang über den Rechnungen gesessen.
Es war zu Beginn der Sommerferien. In Vinz' erstem Roman entdeckt der Junge, wie er sich anfassen muss, wenn er vorm Einschlafen an Robert denkt, und vielleicht hatte auch der Vater gespürt, dass etwas zu Ende ging. Sie fuhren gemeinsam ins Gartencenter. Der Vater schob den Plan seines Sohnes einem Angestellten hin, der sie in den Modellgarten führte, wo es plätscherte und rieselte, in gebrauchsfertigen Gebirgsbachelementen mit Quellabdeckung, lieferbar in drei Teilen inklusive Pumpe und einer nierenförmigen Wanne als Tosbecken. Ich will einen Fluss, sagte Vinz, und der Angestellte schickte sie in die benachbarte Baustoffabteilung.

Während der Vater in der Augusthitze schuftete, mit nacktem Oberkörper Steine schleppte und Reliefs ausspachtelte, streifte Vinz durch den kühlen Wald. Im Dickicht sammelte er Einzelstücke, aus denen die Wildnis entstehen sollte: von Flechten überzogenes Totholz, rätselhaft geformte Wurzeln und gemaserte Steine, den Knochen eines verendeten Tieres. Die Funde sollten die Narben des Flussbaus kaschieren und dem verwundeten Garten helfen, schnell zu Natur zu verheilen.
Fast täglich fuhr er mit dem Vater in den Baumarkt. Der Teichbaufachmann verkaufte ihnen zwei leistungsstarke Pumpen, die das Wasser von der Gumpe am Fuß des Buntsandsteins in ein unterirdisches Becken auf halber Strecke und von dort zur Quelle befördern würden. Der Ursprung des Flusses lag im Verborgenen, geheimnisvoll sollte er aus dem vernachlässigten Gestrüpp an der Grenze zum Blauen Weg hervorsprudeln. Manchmal inspizierte die Mutter die Baustelle und betrachtete besorgt das Chaos, dem der Geruch dieses Sommers entstieg: Erde, feuchter Zement und der Weichspüler aus Roberts Kleidung, nach

dem auch sein Bett roch, in dem sie manchmal zusammen herumlungerten, Robert über seinen Comics, Vinz las von der Seite mit und ließ die Augen wandern.
Der Nachbarsjunge kam fast jeden Tag, weil seine Eltern während der Sommerferien arbeiteten und sich die anderen Hangkinder, die nicht im Urlaub waren, im Freibad vergnügten. Er stand untätig in der aufgewühlten Erde herum, an seinen dünnen Beinen schlackerten die kurzen Hosen. Er litt an einer schweren Form des Muskelschwunds; jeder am Hang wusste, dass er seine Jugend höchstwahrscheinlich im Rollstuhl verbringen würde. Im Roman sieht Vinz den hellen Flaum auf Roberts Waden in der Sonne flimmern. Während er den Zement anklopfte, grätschte Robert über dem Bachbett, Vinz linste an ihm hoch. An einem heißen Julitag war Robert in Badehose zum Krokodilspiel gekommen, Vinz hatte an seinem von Rückbildungen verkrümmten Körper die Stelle beäugt, die alles andere als schrumpfte. Er knurrte Robert aus dem Weg oder ließ ihn den Korb mit den Waldfunden holen. Robert verschwand zum Materialhaufen, in seinem typischen Watschelgang, der ihm bei den Hangkindern den Spitznamen *Robente* eingebracht hatte.
Eine Woche vor Schulbeginn war es endlich so weit. Die letzte Lücke zum Buntsandstein war geschlossen, das Tosbecken mit grobem Kies aufgefüllt. Am Abend stand er an der Seite des Vaters vor dem trockenen Flussbett. Noch waren die Ufer nackt und schorfig, an vielen Stellen schimmerte die Teichfolie durch. Der Untergrund der künftigen Stromschnellen wirkte künstlich und erinnerte an den trostlosen Boden der Fontäne auf dem Marktplatz, wenn im Oktober das Wasser abgestellt wurde. Die Setzlinge von Morgensternsegge, Blutgras und Jochlilie schafften kaum ein hoffnungsvolles Grün. Wir sind verrückt, sagte der Vater und legte ihm die schmutzige Hand auf die Schulter. Vinz nickte mit leuchtenden Augen zu ihm hinauf. Am nächsten Tag sollten die Pumpen angeworfen werden.

Die Mutter kam und schickte ihn erst in die Badewanne, dann ins Bett. Er knipste die Nachttischlampe aus, stellte sich all das Wüchsige in seinem zukünftigen Reich vor und schüttelte mit ein paar hastigen Handgriffen das Bild von Robert in seiner roten Badehose ab. Er fand keinen Schlaf. Die ganze Nacht lag er mit offenen Augen da und beging in Gedanken seine große Fiktion vom Wasserfall.

Folk

Er würgt am Pap. Der Maisbrei will nicht runter in den Magen. Später wird der Eimer mit dem selbstgebrauten Bier herumgehen. Er spürt die Blicke auf sich. Das Zimmer ist voller Frauen. Schöne Frauen im heiratsfähigen Alter, er hält den Kopf gesenkt. Kann den Sinn der Zusammenkunft nicht erkennen, und ob die Anwesenheit der Frauen überhaupt etwas mit ihm und Alexander zu tun hat, jenseits der diskreten Signale, die ihre Körper aussenden: ein wenig Lipgloss, lackierte Fußnägel und weit ausgeschnittene Dekolletés, das bisschen Extravaganz, das ihnen das Leben im Dorf erlaubt. Eine trägt goldblond gefärbte Braids, ein kompliziert geflochtenes Geschlinge, irgendwie gorgonisch. Sie essen nicht, reden nicht, ihre verschwiegene Leiblichkeit macht ihn nervös. Er muss ihr Geheimnis verstehen, die Methoden der Verführung, die in diesem Haus herrschen. Es ist erst zwei Jahrhunderte her, da war der Körper eines der wenigen Grundrechte, die man den Völkern dieses Landes zurückgegeben hat, ihr einziges Kapital, das sie in den Kampf um die Freiheit warfen. Er muss der Taktik dieser Frauen vorausbleiben, ihrer heimlichen Lust, ihn in einem selbstvergessenen Moment zu entlarven. Sie warten darauf, dass er kotzt.
Der Pap ist makellos weiß und entschieden ohne Geschmack. Extra lang gekocht für die Gäste, mit dem Ziel, etwas noch Weißeres zu erschaffen als ihre bleichen Gesichter. Das Essen wurde ohne Besteck serviert. Nachdem sie auf dem Sofa Platz genommen hatten, trug die Jüngste Huhn und Spinat auf. Vinz hoffte, sie würde ihnen die Löffel reichen, die sie jedoch in die Schüsseln steckte. Sie verschwand in die Küche, brachte zwei Teller Maisbrei und überreichte sie mit gesenktem Blick. Der

Fladen war mit Händen geformt und erniedrigend groß. Wow, sagte Alexander, und damit war jeder Widerstand vom Tisch. Den Mais, weiß Vinz, haben die Europäer in das Land gebracht, das sie unterwarfen, indem sie seine Menschen ernährten. Der Mais hat die heimischen Getreide verdrängt, die Hirse, den Maniok, er ist das Korn der Knechtung, das die Hungrigen zähmen sollte und ihnen die nötige Trägheit verlieh, Proviant der Sklaven auf ihrem Weg in die Plantagen. Iss!, sah Vinz den Befehl in Alexanders Gesicht, die Absage an jede Form der Empfindlichkeit. Sie waren die Gäste, sie hatten das Blut des zukünftigen Schwiegersohns an den Händen, der Mais musste rein.

Er blickt auf seine Finger. Tatsächlich kleben unter den Nägeln noch immer Blutspuren. Auf der Fahrt ins Dorf hat er ein Taschentuch befeuchtet und sich die Hände gereinigt. Der Kratzer, den er sich beim Abstieg ins Flusstal zugezogen hatte, war ihm zu spät eingefallen. Er hatte die Kopfwunde des Mannes bereits berührt. Noch gefährlicher als die Kriminellen sind in diesem Land die Körperflüssigkeiten. Als Schwulem, der seine ersten sexuellen Erfahrungen im Seuchenwahn der Neunzigerjahre machte, sind ihm alle Regeln der Vorsicht auf Lebenszeit eingebläut. Die Angst vor Aids durchzieht seine Romane, er lässt einen Kommilitonen daran sterben und ist selbst aufs Peinlichste darauf bedacht, sich und Alexander zu schützen. Die regelmäßigen Tests, das qualvolle Warten auf das Ergebnis und ein ganzes Kapitel über die grausamen drei Monate Enthaltsamkeit, als er sich einmal tatsächlich nicht sicher war – und jetzt das. Essen mit dem Virus unter den Fingernägeln. Das Mädchen hatte zum Händewaschen eine Schüssel Wasser gebracht. Er hätte Seife gebraucht, Sagrotan, im schlimmsten Fall die PEP. Das letzte Mal mit den Fingern gegessen hat er als Kind, auf einer Geburtstagsparty über einem großen Teller Spaghetti. Um ihn zu leeren, war alles erlaubt, nur kein Besteck. Der Reiseführer empfiehlt eine Tour durch ein Township: Ein Einheimischer führt die Touristen an ausgewählte Plätze, zum Markt, in die Grundschule, ins Heim für die Kinder von Aids-Opfern. Besuch einer Wellblechhütte. Nach der gemeinsamen Mahlzeit im Kreis der Familie führen die Frauen einen traditionellen Tanz auf, der Guide erklärt das Brauverfahren des Bieres auf der Grundlage von Mais. Beide Seiten profitieren davon: Die Familie erhält Geld für das Essen, das ohnehin zubereitet werden muss, und die Gäste nehmen das Gefühl mit nach Hause, Afrika hautnah erlebt zu haben.

Alexander sucht das Gespräch. Ob sie alle in diesem Dorf wohnen? Yes. Es scheint ein großes Dorf zu sein. Yes. Wie viele Einwohner? Fragende Blicke. The chicken is delicious. Das Mädchen lächelt scheu; Alexanders Lob, überhaupt die Anwesenheit fremder Männer, scheint ihr peinlich zu sein. Sie trägt eine gestreifte Leggins und Glitzer-Flipflops. Ihre rechte Schulter schmückt ein Klebetattoo in Form einer Rose. Vinz muss sich zwingen, nicht ununterbrochen die vielen kleinen Knötchen ihres kurzgeschorenen Haars anzustarren, das krank wirkt. What's your name?, fragt Alexander. Mbali, erwidert die mit den Braids und zwinkert der Jüngsten aufmunternd zu. It means *flower.* Im Vergleich zu den anderen Frauen ist sie auffällig geschminkt. I'm Lakeisha, stellt sie sich vor und steckt sich eine Strähne hinters Ohr. Und das heißt was? Vinz stellt den Teller ab; an Alexander hat er beobachtet, dass Sprechen eine Möglichkeit ist, nicht essen zu müssen. Nothing, sagt Lakeisha achselzuckend. Vinz sieht, wie ihre Augen die Lücke zwischen ihm und Alexander erforschen, den Raum, wo ihre Notlügen unkontrolliert zu wuchern beginnen. Sie waren auf dem Sofa vorsorglich extra weit auseinandergerückt.

And what do your names mean?

They mean what we are, sagt Vinz.

Lakeisha verzieht spöttisch den Mund. You're always more than your name, erwidert sie nach einer Weile, irgendwie beleidigt,

scheint Vinz, als hätte er damit gesagt, dass sie nichts ist. Mbali blickt von ihrem Handy auf und flüstert Lakeisha etwas zu. Auch die Frau auf dem Stuhl, die bisher wortlos das Fernsehprogramm verfolgt hat, lacht leise auf. Mbali wolle die Namen ihrer Ehefrauen wissen, sagt Lakeisha. Wir sind nicht verheiratet, kommt von Alexander wie aus der Pistole geschossen. Zu spät blinzelt Vinz ihm seinen Einspruch zu; in diesem Fall wären ein paar erfundene Namen besser gewesen. Er spürt sich erröten. Auf der Stirn kitzeln Schweißtropfen, in Schichten steht die Hitze des Tages im Zimmer. Durch den Spalt zwischen der Wand und dem von Balken getragenen Wellblechdach dringt kaum Luft. Von seiner Hand tropft das Fett. Er weiß nicht, ob es unhöflich oder sogar ein Zeichen von Unkultiviertheit ist, sich die Finger abzulecken, und wartet auf einen unbeobachteten Moment, um zu tun, was die Eltern ihm von klein auf ausgetrieben haben: Heimlich schiebt er die Hand zwischen Schenkel und Armlehne. Der samtige Stoff erinnert ihn an das Siebzigerjahre-Sofa seiner Kindheit, wenn er beim Fernsehen die Salamibrotfinger daran abgewischt hat, bis der Vater es durch eine Ledercouch ersetzte und das grüne Ungetüm mit dem speckigen Faserflor zum Sperrmüll stellte, von wo aus es seinen langen Weg nach Afrika angetreten haben mag.
Auch der Rest der Einrichtung wirkt bürgerlich, fast deutsch. Eine massive Schrankwand, die alles enthält, was ein Wohnzimmer hergeben sollte: Fernseher, CD-Player, Festtagsporzellan, Vasen und Nippes in den Regalfächern, ein paar Bücher. Die Getränke stehen auf Spitzendeckchen, ein roter Sirup, den Mbali mit Wasser aus einem Krug verdünnte. Er hat nichts davon getrunken. Der Brunnen im Hof war mit einem rostigen Blech abgedeckt. Alexander schenkt sich ein zweites Mal nach, trotz Vinz' warnender Blicke. Wenige Meter vom Brunnen entfernt hat er das Plumpsklo gesehen, ein offener Verschlag, in dem nur die Dunkelheit Schutz bot. Der Weg dorthin ist für einen, den die Not treibt, ein Wettlauf mit der Zeit, der nicht zu gewinnen ist.

Am Ende steht der Verlust jeglicher Kontrolle über den Körper, das Versagen der lebensnotwendigen Funktionen.
An der Tür wacht die Alte, abseits der Runde sitzt sie auf einem Hocker im Vorraum, zwischen Kisten mit getrockneten Maiskolben, Kochbananen, den bräunlichen Avocados, immerzu diese Frucht. Sie trägt als Einzige traditionelle Kleidung, ein Wickelkleid und eine Kopfbedeckung aus Kitenge. Der bunte Stoff rahmt ihr verwittertes Gesicht mit den tiefliegenden Augen. Zur Begrüßung hatte sie ihnen die kleine, knochige Hand gereicht, die andere obenauf gelegt. Die Berührung hatte etwas Rituelles, fromm und beschwichtigend, inoffiziell, Vinz zuckte innerlich zurück. Die Alte tätschelte lächelnd seinen Unterarm. An ihren Ellenbogen schlackerte die Haut, der Mund fast zahnlos. Sie war die leibhaftige Folklore, von der Reiseliteratur auserzählt bis in die letzte Holzperle ihres Armschmucks und als Bild unendlich oft reproduziert, ein von den Werbeplakaten internationaler Hilfsorganisationen bekanntes Gesicht, das an das Gewissen appelliert.
Er musste an die Fotos denken, die Bernd und Alf ihnen nach der Rückkehr von ihrer Reise präsentiert hatten. Zur Diashow per Beamer hatte Bernd ein afrikanisches Gericht zubereitet, Huhn mit safranisiertem Pap, der locker von der Gabel flockte. Alf hatte dem Land mit der Profikamera Fotos in Bildbandqualität abgetrotzt. Die Big Five im Kruger-Park, scharf aus dem ockerfarbenen Einerlei der Vegetation gestanzt. Die schmerzhaft weißen Strände von Nature's Valley, der Tafelberg mit dem berühmten *Tablecloth*, der Blas eines Glattwals vor der Küste von Hermanus, so nah, dass er die Nebelfontäne, schwärmte Alf, auf den Armen gespürt habe. Gänsehaut bereiteten Vinz auch die Ansichten der Fünf-Sterne-Lodge mit Meerterrasse und Whale Watching vom Bett aus. Dann eine Fotostrecke, die Alf selbstredend »Road-People« nannte, als handelte es sich um eine soziologische Kategorie: Alte und Kinder am Straßenrand, die Anhalterinnen, junge Kerle auf den Ladeflächen der Pick-

ups, ihre Posen in Großaufnahme. Im Bildvordergrund stets die Schlieren auf der Windschutzscheibe des Wagens, eine bewusste Setzung, erklärte Alf, um das Innen und das Außen zu markieren; es sei, fügte Bernd hinzu, leider alles noch immer sehr getrennt. Einziger menschlicher Berührungspunkt sei die Tour durch das Township gewesen, das sie auf Lehmpisten mit dem Fahrrad erkundet hatten, erschütternd. Das Foto zeigte Bernd und Alf mit ihrem Guide, der seine Arme lässig um ihre Schultern legt. Sie strahlten mit sonnengeröteten Wangen in die Kamera. Beide trugen verspiegelte Sonnenbrillen und Poloshirts, die Konturen ihrer Bärte akkurat rasiert, der eine wie die Kopie des anderen, unverkennbar ein Paar. In der ärmlichen Umgebung und mit dem Einheimischen an ihrer Seite sah Vinz, was ihm sonst an seinen Freunden nicht oder nicht mehr auffiel: einen irgendwie beleidigten Zug um Mund und Augen, die Elementarkränkung, die einem schwulen Mann durch das Eingeständnis seiner Neigung in der Jugend widerfährt und die sich zur Lebensmitte hin, wenn alle materiellen und sexuellen Ziele erreicht sind, im Gesicht niederschlägt, ein zickiges Gefältel, das sich im Lauf des nächsten Jahrzehnts zu einer Fratze verhärten wird, diesem Ausdruck sexueller Not, den er an den über Sechzigjährigen gleichermaßen verabscheut wie fürchtet, wenn sie sich im Halblicht einer Männersauna an ihm vorbei an die Jungen herandrücken. Auch in seinen Romanen sind seine Protagonisten gegen die Symptome dieser schleichenden Entmannung nicht gefeit, sie treten morgens vor den Spiegel, sagen: o Gott!, und haben es bis heute nicht geschafft, den Wandstrahler so anzubringen, dass er ein gnädiges Licht auf sie wirft.
Wie auch immer, sagte Alf und legte die Hand auf Bernds Knie, der den Satz vervollständigte: es sei, sie würden es ja selbst bald sehen, trotz allem ein spannendes Land. Dann löschte Alf es per Fernbedienung von der weißen Wand.

Alexander ruft der Alten im Vorraum ein Lob auf ihre Gastfreundschaft zu. Dann deutet er ihr, herüberzukommen und zwischen ihnen auf dem Sofa Platz zu nehmen. Sie hebt abwehrend die Hand, als müsste sie ihnen Einhalt gebieten, in ihren Zügen steht ein Ausdruck von Empörung. Vinz sieht die Blamage in Alexanders Gesicht, der Stresskeil fast violett. Die Frauen haben die Köpfe gesenkt und beschäftigen sich mit ihren Handys. It's her place, rettet Lakeisha sie aus der Bredouille, she's always been sitting there. Wie viele Jahre oder Jahrzehnte sind in diesem Dorf *immer*? Vinz kämpft mit dem Brocken, den er sich schnell in den Mund geschoben hat; am Gaumen spürt er einen Knochensplitter. Lakeisha bringt das Schlangenhaar in Form und lächelt herüber; sie wartet, denkt Vinz, auf den Moment der Schwäche, in dem Alexander nun ihr den Platz anbietet. Die Kluft zwischen ihnen könnte ein Fluchtweg nach Europa sein, in eine Eigentumswohnung wie die von Bernd und Alf, dabei lebt er, Vinz, mit seinem Einkommen abzüglich Alexanders Zuschüssen an der sogenannten Armutsgrenze. Der Antrag auf Hartz IV nach seinem ersten Buch, verarbeitet im zweiten, als Alexanders Promotion sich hinzog, und auch dieses verkaufte sich deutlich schlechter als erwartet. Den größten Gewinn zieht Vinz aus dem Ehegattensplitting, das Flugticket hat er von der Steuerrückzahlung gekauft. Überhaupt Alexanders mit keinem Geld aufzuwiegender, körperlicher und geistiger Anteil an Vinz' Arbeit. Das jahrelange Mästen und Hätscheln der »kleinen Monster«, wie Alexander die Romane nennt, halb liebevoll, halb genervt, wie man die eigenen Kinder schimpft, die den einstigen Lebensplan durchkreuzen.
Ich kann nicht mehr, sagt Vinz auf Deutsch und schiebt den Teller weg. »Sprich Englisch!«, befiehlt ihm Alexander mit einem unmissverständlichen Blick. Vinz spürt den Stich in der Brust. Nichts fürchtet er mehr als Alexanders Imperative, die ihm den Irrweg aufzeigen: »Sprich Englisch!« wie »Iss!« oder »Schreib!«, der grausamste Befehl von allen, in den Wochen vor der Abrei-

se, wenn er am späten Nachmittag zu Manuel aufgebrochen ist. Da meldet sich auch schon das Smartphone in der Hosentasche, Signalton des erschöpften Akkus. Die Frauen horchen auf. Auch der Fernseher hält inne, retardierendes Moment einer Daily Soap. Zwei Typen im Business-Anzug buhlen in einem Loft um ihre Geliebte, die sie sich anscheinend teilen müssen. Er greift nach dem Smartphone und sieht statt des erwarteten Vorwurfs, »Lass das!«, die Traurigkeit in Alexanders Gesicht. In der Stille spürt er durch den Spalt zwischen Mauer und Dach das Dorf atmen; die Abwesenheit alles Wiedererkennbaren und Vertrauten, das Fehlen der Infrastruktur für den Trost. Das Batteriesymbol zeigt Reservebetrieb an, noch zehn Prozent. Er aktiviert den Chat. Manuels finale Botschaft heißt immer noch: Dann gute Reise! Auch die Frauen haben sich wieder ihren Handys zugewandt, ein Glöckchen hier, ein Summen da, dann zucken die Mundwinkel, heben sich Brauen, beiläufig tippen die Finger. Ihre geduldigen Körper sind in dieser Hütte gefangen, die Sehnsüchte flattern hinaus in die Welt. Erst jetzt kommt ihm der Verdacht, dass die Frauen mit ihnen zwar kaum reden, aber möglicherweise die ganze Zeit miteinander chatten. Fünf Prozent. Auch in einem Menschenleben verkürzt sich die Zeit bis zum Aus sprunghaft. Plötzlich ist man Ende fünfzig, im Gesicht die Kastratenfurche, bald darauf die Krebsdiagnose, die Jahre dazwischen werden unterschlagen, verpuffen als ungenutzte Energie im Raum. Alexander fragt Lakeisha nach dem Namen ihrer Mutter. Sie scheint erstaunt, vielleicht auch ein wenig enttäuscht über sein Interesse an der alten Frau. Her name is Yoli, sagt sie, aber jeder hier nenne sie Gogo, was Mutter oder Großmutter heiße. Manchmal auch Ahnin, fügt sie hinzu, eine Information, die sie in diesem Moment im Chat mit Mbali empfangen haben muss, dem räudig wirkenden, von irgendeinem – wie es Propheten und Visionären oft zukommt – seltsamen Leiden gezeichneten Mädchen, das Vinz von Anfang an unheimlich gewesen ist.

Die Alte hat gemerkt, dass über sie gesprochen wird, sie nickt herüber und klatscht lautlos in die Hände, was, übersetzt ihnen Lakeisha die Geste, ein Zeichen von Würdigung und Respekt sei. Letzter Todesseufzer des Smartphones. Lakeishas Empfangssignal ist ein Vögelchen, vielleicht auch eine Unke, es säuselt ihr etwas von der Seele der Weißen, die nicht an die Vorsehung glauben und ihre Ahnen in der Familienaufstellung mundtot gemacht haben. Und der Vater?, fragt Alexander. Oder Großvater? Die betretenen Gesichter lassen keinen Zweifel daran, dass er tot ist. Unverhofft schaltet sich die Frau ein, die bisher stumm ins Fernsehprogramm vertieft war. Nach seiner Rückkehr aus dem Exil in Angola, sagt sie, habe er sich nicht mehr erholt. We are sorry for your loss, erwidert Alexander und unterbricht seine Mahlzeit. Vinz räuspert sich das Knöchelchen aus der Kehle. Seit Beginn der Reise benutzt Alexander die Erste Person Plural nur im Schuldfall und bei Gewissensfragen. Auch Vinz betont nun seine Betroffenheit, doch die Frau mit der schlichten Kurzhaarfrisur und den seltsam glosenden Augen, vielleicht als die älteste Tochter als Einzige berechtigt, vor Fremden über die Toten zu sprechen, scheint auf diesen Moment gewartet zu haben, sie sagt: He suffered his whole life from unbearable pain. Schmerzverzerrt auch das Gesicht der Schauspielerin, die aus Verzweiflung darüber, wen der beiden Männer sie nun lieben soll, in Tränen ausbricht. Der Cliffhanger, Musik setzt ein, Abspann. Drei Prozent, die Agonie zieht sich hin. Vinz zählt die Steckdosen im Raum. Ein Teaser, dann Nachrichten. Neuer Korruptionsskandal um den Präsidenten. Was dem Vater zugestoßen sei, tastet Alexander sich in der Familientragödie vor. Vinz tippt willkürlich einen Buchstaben ins Chatfeld, zur Probe; dem Daumen der linken Hand am nächsten ist das A. Was sind drei Prozent auf ein Menschenleben umgerechnet? Wie viel Zeit braucht die Liebe, bis sie stirbt? Wann hört die Sehnsucht auf, wann die Trauer, am wievielten Tag wacht man morgens auf und hat das erste Mal nicht an den anderen gedacht?

Er sei ein Widerstandskämpfer gegen die Apartheid gewesen, sagt die Tochter, durch eine Granate habe er beide Beine verloren. Vinz zuckt zusammen. Trotz der Hitze im Raum spürt er die Gänsehaut, die sich über den ganzen Körper ausbreitet. Sie seien untröstlich, versucht Alexander das Thema mit einem Pathos zu beenden, das sie vor weiteren unangenehmen Details schützt. Vinz öffnet die Fotogalerie und ruft das letzte Bild auf. Er ist sich sicher, dass er den Mann ohne Beine nun deutlich am Flussufer erkennen wird. Thank you, hört er die Tochter sagen; Dankbarkeit zur psychischen Schwächung der Schuldigen ist ihm als Taktik bekannt. Er vergrößert die Stelle mit Daumen und Zeigefinger, doch das Bild bleibt nichtssagend: Konturen von Steinen, Büschen, einer Böschung, der Verkrüppelte unauffindbar in der Unschärfe. Er löscht das Foto. Wohin verschwinden Daten von einer Festplatte? Er könnte den Chatverlauf leeren, Manuel aus dem Adressbuch löschen, ihn auf sämtlichen Apps blockieren, seine Spur bliebe ihm dennoch eingebrannt. Jeder, der davon etwas versteht, könnte den Pfad seiner Obsession mit ein paar Tricks nachvollziehen, als Thread auf der Festplatte seines Smartphones oder als Struktur einer neuronalen Verknüpfung in seinem Gehirn, wo Alexander sich bestens auskennt. In einem biochemischen Artikel über künstliche Intelligenz, den er, Vinz, Korrektur las, hatte Alexander die Funktionsweise einer elektronischen Leiterplatte mit der Wechselwirkung des synaptischen Spalts und den Membranen einer menschlichen Nervenzelle verglichen. Vinz wischt sich zum Chat zurück. Er würde vor Gott, dem einzigen Entkoppelten, schwören, dass er den Mann ohne Beine am Ufer des Flusses gesehen hat.

His name was Napo, fährt die Tochter fort, die nun nicht mehr gewillt scheint, ihre Gäste aus Europa zu schonen. Bis heute warte die Familie auf eine Entschädigung. Gogo greift ein. Von ihrem Platz aus hebt sie die Hand gegen die Tochter, wie sie vorher Alexander in seine Rolle zurückgewiesen hat. Sie ruft ihr etwas zu, das auch in der fremden Sprache wie eine Drohung klingt. Die Frau verstummt, senkt den Kopf und verschwindet wieder im Fernsehprogramm, als hätte sie nur einen kurzen Ausflug in die Welt der Zuschauer gemacht. Ihre Augen sind erloschen. However, springt Lakeisha abermals bei, a name is only for somebody to remember you. Dann zwitschert wieder eine Nachricht ein, sie liest und grinst. Vinz muss an seine Frage denken, die er Alexander im Auto hingeworfen hat: Warum er ihn nicht einfach verlassen habe. Erst jetzt wird ihm klar, es war ein Versuch, seine Situation Alexander verständlich zu machen. Wenn es so einfach wäre, das Lassen, das Schreiben, das Ficken, das Essen. Auch in Gogos archaischer Kammer klingelt jetzt ein Handy. Sie zieht ein veraltetes Modell aus der Kitteltasche. In ihrem Gesicht glaubt er die Freude über einen seltenen Anrufer zu sehen, Freund, Verwandter, Ahne? Sie redet schnell und fast ohne Pausen, ihr Körper wiegt sich im Takt der Satzmelodie. Alexander stellt seinen säuberlich leergegessenen Teller auf den Couchtisch. Mbali steht auf, sammelt das Geschirr ein und wartet auf Vinz. Ihr Blick ruht auf der kaum zur Hälfte gegessenen Portion. Er fühlt sich elend, leer, noch immer hungrig. Das Mädchen wird den verschmähten Pap später in einer Schüssel verwahren und ihm den Fladen, um die fehlende Hälfte ergänzt, am anderen Tag erneut auftischen. Er wird würgen und unter den Augen der Frauen den Mais wiederum nur halb schaffen, und so weiter, bis er nach drei Tagen kapituliert und die Familie im Namen seiner Vorfahren um Verzeihung bittet. Erst dann kriegt er Strom.

Er schluckt den Schwall hinunter, der vom Magen aufsteigt. Mbali lächelt wissend und scheu. Mein Bruder war noch nie ein großer Esser, entschuldigt Alexander sich für die Verschwendung. Vinz will ihm etwas zuflüstern, »es wird schön!«, »wir schaffen das!«, »ich liebe dich!«, doch Alexander sitzt zu weit weg, in einem Abstand, wie es sich für Brüder gehört. In dem Spalt zwischen ihnen hockt pappsatt das kleine Monster. Das Smartphone verreckt ohne Laut.

GAME

Die Lüge kauft ihr Mitfahrer ihnen nicht ab. Really? You don't look like brothers. Ein schnalzender Laut bekundet sein Erstaunen, oder ist es ein Ausdruck von Spott? Gern würde Vinz sich umdrehen, zur Vergewisserung. Das einzige äußerliche Merkmal, das er mit Alexander gemein hat, ist die Hautfarbe – und bei genauerem Hinsehen selbst die nicht. Im Sommer dunkelt er im Gesicht ein wie ein Stück nachreifendes Obst. Auf den sogenannten Temeswar-Fotos im Familienalbum hat er den Großvater, einen Donauschwaben, weiß, die Großmutter, eine Roma, schwarz in Erinnerung. Der Kontrast wäre nicht geringer gewesen, hätte es damals Farbfilme gegeben.

Alex hat sich auf Englisch vorgestellt; Vincent, sagte Vinz gezwungenermaßen. Der Name ihres Mitfahrers, Vinz verstand *Unami*, schien ihm nicht minder unverbindlich, ein irgendwie landestypischer Klang. Alexander hätte auch »Wir sind Brüder« oder »Ich bin sein Bruder« sagen können, doch er platzierte das Possessivpronomen so, dass es die Autoritätsverhältnisse klarstellte: He's my little brother. Vinz schwieg; nachdem er das Anhalterspiel verloren hatte, übernahm nun Alexander die Regie.

Nice to meet you, sagt Unami, und Alexander: A blessing in disguise. Wenn der Typ ihr Glück im Unglück ist, welches Ausmaß hat die Katastrophe dann bereits angenommen? Vinz weiß, dass nicht nur sein Aussehen etwas über seinen Stammbaum verrät, ihm steht die Zwiespältigkeit ins Gesicht geschrieben, während Alexander nach dem Unfall einmal mehr einen Charakter bewiesen hat, der so gerade und verlässlich ist wie die Pappelreihen am Rand des niedersächsischen Dorfes, aus dem er stammt.

In der Hosentasche schneidet ihm der Schraubenschlüssel ins Fleisch, doch noch mehr drückt ihn die mörderische Phantasie, mit der er eben noch gespielt hat – dass er zu derartigen Gedanken überhaupt fähig ist.

Alexanders Fragen gleichen einem Verhör: Woher er komme, wohin er wolle, wie alt er sei. Von den Antworten versteht Vinz nur Fetzen. Das Ersatzrad sirrt, der durchdringende Ton sägt sich ihm in den Kopf. Unami ist fünfundzwanzig, Vinz schätzt ihn jünger. Der Name des Dorfes, wo die Familie seiner Verlobten wohnt, klingt ähnlich unbeweisbar. Was er arbeite? Auf einer Plantage. Heute sei sein letzter Tag gewesen, saisonbedingt. Aber er wolle noch studieren. Was? Unami schweigt eine Weile, dann sagt er: Law. Vinz sucht in Alexanders Gesicht eine Reaktion. Ist ein angehender Jurastudent vertrauenswürdiger als jemand, der sich als Tagelöhner durchschlägt?

Im Scheinwerferkegel ziehen die Umrisse der immer gleichen Vegetation vorüber; in einer Landschaft, die nur aus Wiederholungen besteht, verliert sich ihre Spur wie im Labyrinth eines Traums. Es erscheint ihm plötzlich unrealistisch, dass bei dem Zusammenstoß der Seitenspiegel weggerissen wurde, die Verletzungen des Mannes aber vergleichsweise harmlos sind. Oder haben sie gar nicht ihn erwischt, sondern einen Baum? Er hatte die Straße am Unfallort mehrmals nach dem Spiegel abgesucht, doch nicht einmal Splitter gefunden.

Alexander lenkt das Gespräch auf die politische Lage im Land. Dann die Fußballweltmeisterschaft 2010 und was sie den Menschen gebracht hat, der Tod von Nelson Mandela, und ob er schon einmal einen Elefanten in freier Wildbahn gesehen habe. Vinz folgt dem Hin und Her der Blicke, doch er kann nicht sehen, was im Rückspiegel passiert, ihr Mitfahrer sitzt im toten Winkel. Gern würde er jetzt Alexander die Hand aufs Knie legen. Als Kind hatte er sich immer einen Bruder gewünscht. Der große Bruder wäre beim Spiel auf den Waschbetonsteinen sein Beschützer gewesen, den kleinen hätte er in die Geheimnisse des Wasserfalls eingeweiht. Robert war abwechselnd beides gewesen, doch der Wunsch, ihn zu berühren, machte ihn als Bruder gefährlich.

Was sie in diesem gottverlassenen Landstrich machen? Unami sagt »out in the sticks«, als wüsste er bereits, dass die Liebe am Arsch der Welt eine ungleich schwierigere Herausforderung darstellt als im flüchtigen Gedränge der Städte. Draußen erfassen die Scheinwerfer eine Holztafel; *Crocodile River Game Resort and Spa* kündigen die verschnörkelten Buchstaben an. Sie seien wegen der Wildtiere hier, sagt Vinz. We're only going to watch the game, not shoot it, ergänzt Alexander, als müsste er betonen, dass sie mit friedlichen Absichten in das Land gekommen sind. Wieder das Schnalzen; just photo shoots, sagt Unami und lacht sein einnehmendes, allzu unverfängliches Lachen.

Am Straßenrand taucht die Einfahrt der Großwildfarm auf, ein schmiedeeisernes Tor mit dolchartigen Spitzen. In zwei Steinkübeln brennen bengalische Feuer. Die Buchsbäume am Rand der Kiesauffahrt sind kunstvoll zurückgeschnitten. In den Formen erkennt Vinz die Big Five, Elefant, Nashorn, Büffel, Leopard und Löwe, fast lebendig im Schein der Fackeln. Hinter dem Tor verschwindet der Weg im Dunkeln. Auf den nächsten Kilometern säumt eine hohe, mit Stacheldrahtrollen und Glasscherben gespickte Steinmauer die Straße. Er könnte jetzt von Afrikas größtem und ältestem Elefanten erzählen, den ein deutscher Großwildjäger erlegt haben soll. Vor einigen Wochen hat er von dem Fall, der sich im Nachbarland ereignete, in den Medien gelesen, eigentümlich berührt, weil ihn der Elefant durch die bevorstehende Reise plötzlich etwas anging. Auch das Drama um den Löwen Cecil würde Unami vielleicht zu Bekenntnissen verleiten. Sein Mörder, ein amerikanischer Zahnarzt, musste untertauchen, nachdem seine Tat einen weltweiten Shitstorm entfesselt hatte. Als jüngstes Blutopfer westlicher Gewalt in Afrika wurde Cecil zu internationaler Berühmtheit getwittert, sogar mit Wikipedia-Eintrag.

Petitionen forderten eine harte Bestrafung seines Schlächters bis hin zum Strick.
Hinter diesen Mauern werde eine Menge blutiges Geld gemacht, sagt Vinz und sieht im gleichen Moment Alexanders warnenden Seitenblick. Es sei nicht das einzige Blutvergießen in diesem Land, erwidert Unami; Äußerungen zu seiner politischen Einstellung konnte Alexander ihm bisher nicht entlocken. »Too bad«, dass Nelson Mandela nicht mehr lebt. Als Alexander den amtierenden Präsidenten einen »criminal« nannte, antwortete Unami mit einem Laut, der weder Zustimmung noch Empörung verriet.
Die Mauer bricht ab, Buschwerk und Leere drängen zurück an den Fahrbahnrand. Die Straße knickt scharf ab, Vinz sieht jetzt deutlich den Fluss in der Finsternis schimmern. We also want to see the waterfalls in this area, lenkt Alexander das Gespräch in eine andere Richtung. Wenn ein Wasserfall in der Nähe sei – und Vinz sieht ihn zum ersten Mal seit ihrer Ankunft herüberlächeln –, nothing can stop my brother. Der Druckschmerz des Schraubenschlüssels wird unerträglich; ihm graut bei dem Gedanken, in absehbarer Zeit keine Gelegenheit zu finden, sich von dem Werkzeug unbeobachtet zu befreien. Er sei mit dem Rauschen von Wasser im Ohr aufgewachsen, sagt Unami. Mosioa-Tunya, fügt er hinzu, what means *The smoke that thunders*. Als Wasserfallkenner weiß Vinz, dass dies der afrikanische Name der Victoriafälle ist, der größten Wasserfälle der Erde, er sagt: So you're not from here?, und sucht in Alexanders Gesicht eine Reaktion; würden sie einem Einheimischen mehr vertrauen als einem Zugewanderten? My home is there, but my life is here, erwidert Unami und rückt nun im Spiegel in Vinz' Blickfeld. So what are your plans for tomorrow? Alexander gibt offenherzig ihre Ziele preis. Den Canyon, den sie besuchen wollen, nennt Unami »awesome«, die Wasserfälle »a must«. Vor der steilen Rampe der Brücke bremst Alexander gerade noch rechtzeitig ab. Sie queren auf der einspurigen Fahrbahn den

Fluss, zwischen Betonmauern, die das Scheinwerferlicht reflektieren. Auf der anderen Seite ist die Straße breiter, der Belag ebenmäßig. Sie schweigen jetzt; erst nach einer Weile merkt Vinz, dass der Ton, der ihm noch immer im Ohr vibriert, von innen kommt. Der Druck des Schlüsselmauls, das entzündete Gefühl in der Brust, das Locken und Rufen des Smartphones sind zum Dauerschmerz geworden, mit dem er leben könnte. Nach zwei Romanen hat er kapiert, dass es nicht um Heilung geht; Ziel ist es, besser zu ertragen.
Are you still in pain?, fragt Alexander, als Antwort schmettert die Stimme von Beyoncé durch den Wagen. Zuerst glaubt Vinz, das Autoradio habe sich eingeschaltet, dann nimmt Unami den Anruf entgegen. Er redet schnell und fast ohne Pausen. Manchmal lacht er leise oder zischt durch die Zähne. Die Sprache ist mehr Gesang, durchsetzt von einzelnen englischen Wörtern wie Punktierungen, die Vinz in einen sinnhaften Zusammenhang zu bringen versucht. Es wäre die Gelegenheit, mit Alexander auf Deutsch das weitere Vorgehen zu verhandeln, doch er fürchtet den Klang ihrer Sprache, die ihre Unsicherheit noch spürbarer machen würde. Unami entschuldigt sich für die Störung. Seine Verlobte warte bereits mit dem Essen. I'm starving. What about you, guys? Vinz signalisiert ein entschiedenes Nein, doch es prallt an Alexander ab.

Plötzlich wieder Menschen. Im Scheinwerferlicht glühen ihre Gesichter bronzefarben. Auf der Straße drängen sich Transporter und Kleinwagen. Hupen dröhnen, Vinz hört Fetzen von Musik, vermischt mit Stimmen und dem Röhren durchgerosteter Motoren. Abgasgeruch erfüllt das Wageninnere, er stellt die Lüftung ab, doch die Blicke dringen weiterhin herein. Die Shopping-Mall hat bereits geschlossen. Auf dem Parkplatz stehen die Jugendlichen zusammen, die Scheinwerfer der kreuz und quer parkenden Autos malen ihre Schatten überlebensgroß auf den sandigen Boden. An der Tankstelle herrscht noch Betrieb. Das Shell-Gelb leuchtet heimisch, der gläserne Shop wirbt mit dem bekannten Angebot. Vor einer der Tanksäulen parkt ein silberner SUV mit getönten Scheiben. Ein Tankwart hantiert mit dem Ventil, ein zweiter poliert die Fenster, an denen es nichts zu putzen gibt.

Alexander hält neben der Limousine. Sofort springen die Männer herbei. Schmutzige Bäche fließen über die Windschutzscheibe. Gegenüber reicht der Fahrer die Kreditkarte durchs Fenster. In Vinz' Vorstellung war es ein Weißer, den sie mit einem heimlichen Zeichen um Hilfe hätten bitten können. Be right back, sagt Alexander und steigt ohne Vorwarnung aus. Vinz sieht ihn im Gebäude verschwinden; seine große, helle Gestalt vor den Auslagen, dann am Kühlregal, ein vertrautes Bild, das er mit einer bestimmten Erinnerung verbindet: dieses besondere Gefühl der Zusammengehörigkeit, wenn sie auf Reisen waren und Alexander an einer Tankstelle Besorgungen erledigte, während Vinz im Wagen seinen Gedanken nachhing.

Er könne sie zu den Wasserfällen bringen, sagt Unami plötzlich. Er kenne sich im Nationalpark gut aus und garantiere für den spektakulärsten Weg. Vinz horcht auf; tatsächlich empfiehlt der Reiseführer für Wanderungen im Canyon einen ortskundigen Führer. Möglicherweise hatte es dort Unfälle gegeben, waren unbedarfte Touristen nicht wiedergekehrt. Unami hat sich ein wenig vorgebeugt. Im Rücken spürt Vinz die Wärme seines Körpers, der den Geruch der Straße hereingetragen hat oder etwas, das er sinnlich nicht einordnen kann. Er wagt nicht, sich umzudrehen. Der Schraubenschlüssel zwingt ihn in eine steife Haltung. Wir haben bereits einen Führer gebucht, sagt er. I see. Unami atmet geräuschvoll aus. Vinz sucht die Glasfront ab, kann Alexander nirgends entdecken. Die Tankwarte stehen herum und warten auf ihr Trinkgeld. Drüben gellen die Hupen, der Autokorso reißt nicht ab. Es kann nicht so lange dauern, eine Tankrechnung zu begleichen; er hasst Alexander dafür. Wünscht sich nichts mehr als seine sofortige Rückkehr, verbannt ihn gleichzeitig aus seinem Leben, damit er hier in Ruhe verrecken kann, ohne die Schuld des Liebenmüssens. Und was ist mit deinen Verletzungen?, fragt er und weiß nicht, warum er nun doch in den Handel einsteigt. Tomorrow I'll be okay again, versichert Unami. Vinz spürt seine Hand auf der Schulter, sieht im Augenwinkel die blutigen Halbmonde der Fingernägel. You can trust me, sagt Unami und drückt kurz zu, wie ein großer Bruder den kleinen aufmunternd knufft. Vinz verbirgt mit der Hand die Stelle, wo sich der Schraubenschlüssel durch die Hose drückt. Die Tür springt auf. Wo warst du?, entfährt es ihm ungewollt scharf. Pissen, blafft Alexander zurück und wirft ihm zwei Plastiktüten hin; Coca-Cola, Süßigkeiten und eine Flasche Sekt, die im Tankstellenshop ein Vermögen gekostet haben mag. Wir können da nicht ohne irgendwas aufkreuzen, sagt Alexander auf Deutsch. Der Tankwart steht abwartend vor der offenen Tür. Alexanders Hände zittern leicht, als er im Portemonnaie wühlt. Ten is enough, sagt Unami, als wäre er bereits ihr Guide. Alexander reicht dem Mann eine Münze. Dann startet er den Motor und fährt so abrupt an, dass Vinz den Schraubenschlüssel wie ein Messer im Unterleib spürt.

Die Piste führt durch eine Mulde, in der schwarzes Wasser steht. Die Scheinwerfer streifen dichtes Gehölz, Dschungelartiges, Blätter wie Zungen klatschen gegen die Kühlerhaube. Auf der Böschung schaltet Alexander in den ersten Gang, der Motor jault. Ein Allrad hätte sie das Doppelte pro Tag gekostet, sie haben nicht geplant, Rallyes in ausgetrockneten Flussläufen zu fahren. Oben wird die Fahrbahn besser. Vinz sieht vereinzelte helle Punkte, die mehr glühen als leuchten, dazwischen die scherenschnitthaften Umrisse der Hütten, endlos gestaffelt. Er erkennt Zonen mit und ohne Stromversorgung. Rechts dringt der trübe Schein elektrischer Lichtquellen aus den Fenstern, links brennen Holzfeuer, die kein Licht spenden, die Dunkelheit im Gegenteil noch mehr eindicken. Er hofft auf einen Abzweig ins

Viertel der Bessergestellten. Tatsächlich dirigiert Unami sie hinter einer Kurve nach rechts. Vinz hört das Gras über den Motorboden kratzen, der Wagen bricht durch ein Maisfeld. Wieder rechts, Alexander setzt den Blinker, als wollte er jemandem, der folgt, ein Zeichen geben. Im Kopf fährt Vinz in umgekehrter Richtung zur Hauptstraße zurück. Das Netz der Wege hat kein System; während es sich an jeder Gabelung ausdehnt, scheint es sich nach innen gleichzeitig zusammenzuziehen, bildet Schleifen und Kehren, wie man im Traum ein Zimmer durch eine Tür verlässt und wieder im selben Raum steht.

Eine Frau tritt ins Licht. There she is, sagt Unami, my angel Aliya. Sie trägt ein rotes Kleid aus Glanzstoff und das Haar als flirrenden Kranz um den Kopf. Sie öffnet das Tor, ein verbogenes Stück Maschendrahtzaun an einem Metallrohr, das sie aus der Erde zieht. Mit der Handbewegung der Anhalterinnen weist sie ihnen den Parkplatz zu. Der Lichtkegel streift über eine Blätterwand, in der gelbe Früchte stecken, auch die Avocados glaubt Vinz wiederzuerkennen, bräunlich schon am Baum.

Sie parken auf dem Lehmboden vor einem Rohbau, Garage oder neuer Wohnraum für die zu erwartenden Kinder. Hohlblocksteine stapeln sich unter einer Plane. Aus dem gleichen Material der kleine Stall in der Mitte des Hofs, daneben ein Drahtgehege, die Hühner schlafen bereits.

Unami öffnet die Tür. Von irgendwoher springt bellend ein Rudel Hunde hervor. Vinz erwartet ausgemergelte Bestien, doch die Tiere sind wohlgenährt und zahm. Als er aussteigt, stupsen sie ihm freundliche, feuchte Schnauzen in den Schoß. Er drückt die Knie durch und hebt abwehrend die Hände. Über dem Garten hängt eine milchige Gaze aus Rauch, es riecht nach Holzfeuer und Gebratenem. Die Tiere umkreisen jetzt Alexander, der furchtlos die Schädel tätschelt. Aliya befiehlt die Hunde ins Dunkel zurück. Nice to meet you, sagt Alexander und streckt ihr die Hand hin. Er stellt erst sich mit Namen vor, dann seinen kleinen Bruder, den er heranzieht, fast auf Aliya stößt; Vinz spürt das Unduldsame seines Griffs, die Entschiedenheit, mit der Alexander nun seine Rolle spielt. Thanks for inviting us, und wieder sein Eingeständnis der Schuld. Aliya wischt die Floskel mit einem knappen Lächeln weg. Vergebung, überhaupt Dialog, scheint nicht ihr Part. Vinz weiß nicht, ob er sie für schüchtern oder hochmütig halten soll, als er ihre warme, trockene Hand schüttelt, die sie ihm sogleich wieder entzieht. Unami ruft sie zu sich, sie stellt sich an der Wagentür auf und wartet. Das Aussteigen bereitet ihm sichtlich Mühe, sie hilft ihm nicht. Vinz erwartet eine Umarmung oder einen Kuss, doch sie stehen nebeneinander, als hätten sie sich erst vor wenigen Stunden verabschiedet. Die schwere Sporttasche, die Alexander jetzt aus dem Kofferraum hebt, deutet auf eine längere Trennung hin. Aliya nimmt ihm wortlos das Gepäck ab. Ein paar Sekunden stehen alle schweigend im Halbkreis, die Hunde scharren im Staub. Dann holt Vinz die Geschenke aus dem Auto, Alexander verriegelt die Türen, prüft mit der Hand, ob die Schlösser auch wirklich eingerastet sind. Sie gehen in gebührendem Abstand und mit kleinen Schritten hinter dem Paar her zum Haus, Unami auf seine Verletzungen konzentriert, Aliya an seiner Seite. Sie stützt ihn nicht. Dicht hinter ihnen trotten die Hunde. Erst auf der Schwelle fällt Vinz der Schraubenschlüssel wieder ein. Er wirft ihn einem der Hunde hin, der ihn schnappt und in die Finsternis schleppt, das Blut abzulecken.

HERZGRUND

Endlich wieder allein. Er drückt die Tür zu. Das Haus bleibt zu allen Seiten offen. Auch im Schlafzimmer klafft zwischen Mauer und Dach der Spalt. Drüben wurden gerade Fernseher und Lampe ausgeknipst. Über der anderen Wand steht noch ein dünnes Licht. Es muss das Zimmer von Aliya und Unami sein; nach dem Essen war sie ohne ihn zurückgekommen. Sie setzte sich wortlos zu ihren Schwestern und verfolgte das Fernsehprogramm. Erst als Alexander sich vorsichtig nach Unami erkundigte, erfuhren sie, dass er bereits zu Bett gegangen war; he took a painkiller. Zuvor hatte Aliya ihn zu einem Bekannten gebracht, der Arzt war oder zumindest jemand, der medizinische Versorgung leisten konnte. Alexander fragte ab, was die Untersuchung ergeben hatte. Die Wunde am Kopf war »no problem«, der Arm »probably not broken«. Unwahrscheinlich, dass es in diesem Dorf eine Arztpraxis mit Röntgengerät gab. In den wenigen Worten, die sie ihnen gönnte, glaubte Vinz ihre Ablehnung zu hören, sogar etwas wie Eifersucht, als hätten er und Alexander bereits Anspruch auf Unami erhoben. He'll be fine, beendete sie die Anamnese, he hopes to see you in the morning. Sie tauschten heimlich ein paar Blicke. Im Fernsehen lief eine Game Show mit albernen Spielen, Lachkonserven und lärmenden Jingles. Danach löste sich die Runde wie auf Kommando auf. See you tomorrow, sagte Lakeisha und reichte Vinz die Hand, als wäre die Sache längst beschlossen.

Nebenan hört er ein Rascheln, von den steifen Bettbezügen mit ihren eingeflochtenen Lauten aus Alpträumen und Lust. Es wäre, denkt er, ein Leichtes, die Lücke mit etwas Mörtel abzudichten; sie muss einen Zweck erfüllen, Belüftung, Gedankenabzug, besserer Handyempfang, Durchschlupf für die Geister der Ahnen. Was immer er jetzt mit Alexander bespricht, das Dorf hört, sieht, entscheidet mit.

Wie lange bleiben wir hier?, fragt Vinz.
Bis wir wissen, was er von uns will.
Er will uns morgen zu den Wasserfällen bringen.
Dann kämen wir ja noch billig davon.

Sie sprechen fast ohne Stimme. Es ist gut ein Jahrzehnt her, als ihre Zweisamkeit noch voller großer, feierlicher Fragen war, die sie nur zu flüstern wagten, nicht aus Rücksicht auf andere, sondern aus Furcht, ein zu deutliches Wort könnte ihr gemeinsames Vorhaben entweihen. Dann schrieb Vinz seine Romane, in ihre Gespräche mischten sich Zischlaute. Er betrachtet das Bett. Man hat ihnen das Zimmer der Mädchen gegeben. Schwere Tagesdecken verhüllen die Matratzen; Alexander wurde Gold, die adelnde, ihm Rot, die besudelnde Farbe, zuteil. Geblümte Bettwäsche spitzt darunter hervor. Die sperrigen Schaumstoffkissen hat Alexander in die Ecke gestapelt, ein zusammengerollter Pullover dient als Ersatz. An der Wand hängt ein kleines Regalbrett, ein paar Kosmetikartikel, kindlicher Schmuck und ein abgewetztes Plüschtier zeugen vom alltäglichen Leben eines Teenagers in diesem Zimmer.
Das sei nicht nötig, hatte Alexander das Übernachtungsangebot höflich abgelehnt, sie wollten niemandem den Schlafplatz wegnehmen. Gogo auf ihrem Hocker hob die Hand, Beschwichtigung oder Befehl an die Gäste, die Regeln in ihrem Haus zu befolgen. Spätestens die Geschenke, die Mbali auf ein Zeichen der Alten hin in die Vorratskisten räumte, hatten sie in den Kreislauf der Schuldigkeit verstrickt. Vinz drängte Alexander mit den Augen, die Privatheit, die man ihnen in Aussicht stellte, nicht durch weitere Anstandsfloskeln zu gefährden. Natürlich

war es nötig, unerlässlich sogar; wo sonst sollten sie die Nacht verbringen? Sie würden hier schlafen wie die Könige, sagte Vinz und stellte seinen Koffer neben das Bett. It's the princess room, erwiderte Aliya, und Mbali zeigte der Schwester die rosa Spitze ihrer Zunge.

Den Gecko auf dem Kopfkissen sieht er erst jetzt. Inmitten der Blumenmuster wirkt er wie aufgestickt. Er späht in die Ecken; kein Staub ist auf dem Boden zu sehen, obwohl die Nacht mit ihrem Armutsgeruch hereinatmet.

Ich kann hier nicht schlafen.
Du kannst nirgends schlafen.

Selbst geflüstert hört Vinz den Vorwurf. Das stärkste Gefühl, das sich in seinen Romanen am Ende die Stimme erkämpft hat, war nicht die Liebe, über die er schreiben wollte, sondern der Ekel, der von ihr blieb, als alle anderen Töne tot waren. Das Reptil regt sich nicht vom Fleck, ist vielleicht doch nur Metapher, ein Wesen aus der Tiefe seiner Weltphobie. Wie es da auf dem Grund wimmelt und kreucht.

Du willst ihn mitnehmen?
Ich will, dass er uns keine Scherereien macht.
Und du hast ihn wirklich nicht gesehen?
Vinzenz!

Wenn Alexander ihn so nennt, ist die Reizschwelle überschritten. Der Gecko ist auf die Wand geflüchtet, sitzt jetzt näher bei Alexander, als suchte das Tier bei ihm Schutz. Sie stirbt eher hier im Wagen als auf der Straße, hatte er gesagt, als Vinz darauf bestand, die Schildkröte zu retten. Alexander greift in die natürliche Ordnung nicht ein, er arrangiert sich mit ihren Gegebenheiten oder weiß sie zu nutzen. Als sein großer Bruder hätte er damals eine Lösung für das Amseljunge gehabt. Ihm hätte Vinz geglaubt, dass der aufgeregte Muttervogel weder um Hilfe rief noch trauerte, weil solche Verluste im Brutverhalten einkalkuliert sind.

Ich traue ihm nicht.
Er scheint doch okay.

Alexander schlägt die knisternde Kunstfaserdecke zurück und setzt sich auf die Matratze. Auch hier hält man als Geschwister Abstand, die Betten stehen so, dass man den anderen im Schlaf zwar spürt, aber nicht berührt. Darunter sieht Vinz verschnürte Pakete und Ballen. Auf dem Boden steht die Waschschüssel. Mbali hatte frisches Wasser und ein Handtuch gebracht. Auf seine verlegene Frage hin, ob er sich irgendwo die Zähne putzen könne, kehrte sie mit einem Spuckeimer zurück. Er wird ungewaschen und mit Fleischfasern zwischen den Zähnen ins Bett gehen. Auf keinen Fall wird sie morgen unser Schmutzwasser ins Plumpsklo kippen, sagte er in einem ärgerlichen Ton zu Alexander, nachdem Mbali das Zimmer verlassen hatte. Alexander zuckte die Achseln und erwiderte: Glaubst du, bei den Viljoens ist es anders?
Er foppt den Gecko mit dem Schatten seiner Hand, den die Energiesparlampe wie eine Klaue auf die Wand malt. Das Tier stellt sich tot.

Wir haben ihn jetzt am Hals, sagt Vinz.
Oder er uns.
Wie meinst du das?
Wir kommen mit zu den Wasserfällen. Wir hören uns seine Geschichten an. Wir interessieren uns für ihn. Essen sein Essen, trinken sein Bier, reden mit seiner Familie. Wir sind dankbar. Spätestens morgen Abend nerven wir ihn. Wir zahlen gut dafür. Übermorgen sind wir ihn los.

Okay, sagt Vinz nach einer Weile. Der Gecko flitzt über die Wand und verschwindet zwischen den Kisten mit ihrem unklaren Inhalt. Alexander streckt sich aufs Bett und demonstriert ihm, wie man in einer Welt schläft, in der nichts mehr sicher ist. Sie haben in undichten Zelten genächtigt, unter freiem Himmel und in Kaschemmen, in denen tatsächlich das Ungeziefer über die Wände kroch. Der Skorpion auf ihrer Reise durch Marokko ist ihm noch gut in Erinnerung. Alexander warf seine Baseballkappe über ihn. Auf einem Papier, das er vorsichtig unterschob, setzte er das giftige Tier ins Freie. Morgen wird er seine Schuhe kontrollieren, bevor er hineinschlüpft. Vinz muss ihn nach Wanzenbissen absuchen. Im nächtlichen Lärm der Städte und wenn jenseits des löchrigen Moskitonetzes eine Stille herrschte, die den Körper in Alarmbereitschaft hielt, war der beste Schutz stets die Wacht des anderen gewesen, die nicht aufhörte, wenn Alexander neben ihm wegdämmerte.

Alexander sucht eine bequeme Position. Das Bett ist schmal und zu kurz. Als er in die weiche Matratze sinkt, sein langer, durchtrainierter Leib darin eingekeilt wie die Wurst im Hotdog, muss Vinz lachen. Auch Alexander grunzt in die Hand. Sie stecken sich gegenseitig an. Vinz vergräbt den Mund in der Ellenbeuge, Alexander presst den Pullover aufs Gesicht. In Salven schütteln sie den Tag ab, dem Gelächter entweicht die Müdigkeit wie ein betäubendes Gas. Im Spalt erlischt das Licht, der Schlaf macht sich in der Hütte breit. Für einen Moment sieht Vinz sich von oben, mit den Augen der anderen, die einen Tag lang zu ihnen hereingeblickt haben, durch den Wagen bis in ihr Herz. Wie sie sich da auf roten und goldenen Betten krümmen, in einem Land, das sie nur interessiert, solange sie darin unterwegs sind, in diesem Zimmer, das nichts mit ihnen zu tun hat, belauert von Echsen und den Geistern der Toten, könnte es auch eine Szene aus einem bizarren Traum sein, den irgendwer irgendwo auf der Welt träumt. Nach dem Aufwachen wird er noch eine Weile unter dem Bann der seltsamen nächtlichen Bilder stehen, die Reste davon vielleicht aufschreiben, wiederum ernüchtert, dass es für Träume keine Sprache gibt. Auch Alexander atmet jetzt ruhig. Vinz betrachtet ihn, wie er dort liegt: die Hände auf dem Bauch verschränkt, mit geschlossenen Augen und fahler Stirn, der Stresskeil erloschen, das vertraute, um Augen und Mund bereits leicht gefältelte Schlafgesicht. Er knipst die Lampe aus. Zum ersten Mal an diesem Abend fühlt er sich im Dunkeln nicht blind. Es tut mir leid, sagt er so laut, dass alle in der Hütte es hören können, doch Alexander antwortet nicht mehr.

Die Schlaftablette bleibt wirkungslos. Alle paar Minuten tastet er nach dem Smartphone. Es fordert ihn jedes Mal auf, die Batterie zu laden. Nirgendwo hat er eine Steckdose gesehen. Womöglich verbirgt sich der Anschluss im Gerümpel unter dem Bett. Sobald er einschläft, wird der Gecko daraus hervorkriechen und auf sein Gesicht zusteuern. Alexander schnarcht. Er konzentriert sich auf den Rhythmus des Atems, vergeblich. Im Spalt ziehen die Satelliten ihre Bahnen durch den schwärzesten Himmel, den er je gesehen hat. Er spürt Neid auf Alexanders Urvertrauen, seine Fähigkeit, im richtigen Moment zu sich selbst zurückzukehren. Er sammelt Spucke im Mund, schluckt eine zweite Tablette und fixiert in Gedanken den einen Augenblick, in dem ihre Reise jäh die Richtung geändert hat. Dieses Mal steigen sie nach dem Aufprall nicht aus. Fahren weiter, im Schritttempo bis zum *Crocodile River Resort*, wo sie dem Nachtportier ihr Dilemma schildern. In dem luxuriösen Zimmer, das sie sich gönnen, dreihundert Dollar die Nacht, schlafen sie unruhig, der letzte Rest Ungewissheit sucht sie in Alpträumen heim. Das hässliche Geräusch unter den Rädern hängt ihnen noch lange im Ohr. Am nächsten Tag scheint ihnen die Welt verschattet, die Sonne seltsam bleifarben. Sie rechtfertigen es mit ihrer Übermüdung und dem andersartigen Licht dieses Kontinents, der nördlichen Bahn der Sonne. Das Auge gewöhnt sich schnell an die neuen Verhältnisse. Beim Reifenwechsel verflüchtigen sich die letzten Zweifel. Als sie zurück auf der Straße sind und an den frisch geschnittenen Buchsbäumen vorbeifahren, die im Tageslicht nur mit viel Phantasie an die Big Five erinnern, sind sie sich einig, dass sie in der Nacht eine Schildkröte überfahren haben.

Nur ein paar Minuten scheinen vergangen, als er wieder hochschreckt. In seiner Brust schmerzt der aufgepeitschte Herzschlag. Graues Licht steht im Spalt. Draußen kräht der Hahn, ein zweiter antwortet in weiter Ferne, unzählige andere stimmen mit ein. Das Echo arbeitet sich zum Haus zurück, bis der erste Hahn wieder einsetzt, und so weiter. In den Intervallen zählt er die Sekunden, fast jedes Mal vergeht genau eine halbe Minute. Das Herz beruhigt sich, doch unter der Haut spürt er ein Flimmern, den hochtourigen Leerlauf des Körpers. Als der Spalt in der aufgehenden Sonne erglüht, steht er auf, rüttelt Alexander wach und holt ihn gewaltsam zu sich zurück.

◆◆

Am nächsten Tag sah er die Amsel wieder mit Würmern im Schnabel. Sie stieß aus dem Kirschbaum hervor, pickte im Gemüsebeet und flog zurück. Oben schrie die Brut. Kommst du?, sagte Robert, der neben ihn getreten war. Vinz legte widerwillig den Zollstock weg und bückte sich zu den Wurzeln. Schau da, sagte er und hielt Robert das Vogeljunge unter die Nase, seine Flügel haben ihm nichts gebracht. Erst jetzt sah er, dass es tot war. Es wirkte noch hilfloser und nackter, die Augen zwei verklebte Schlitze, im sperrenden Schnabel stand noch der letzte Schrei. Das kalte Stück Versagen in seiner Hand grauste ihn, er wollte es in die Büsche schleudern, da packte Robert ihn an den Schultern. Im nächsten Moment spürte er den warzigen

Stamm des Kirschbaums im Rücken und auf Brust und Bauch Roberts Leib mit den zuckenden, überraschend kräftigen Muskeln. Niemand hier mag dich!, keuchte Robert dicht an seinem Ohr. Vinz roch das Mittagessen der Boettchers, Sauerkraut, es war Dienstag. Der Angriff war mehr Umarmung als Würgegriff, dann stieß er Robert weg. Der strauchelte in die Johannisbeeren und ging zu Boden. In eurem Haus stinkt es nach Zigeuner!, rief er. Die anderen kommen nur zum Spielen, weil sie darauf warten, dass du von deinen Krokodilen gefressen wirst! Robert raffte sich hoch und watschelte in seinem erbärmlichen Gang davon, hinunter zum Buntsandstein. Die Flut, die ihm hinterhermusste, fühlte sich gewaltig an.
Unten standen die Hangkinder auf den Waschbetonplatten, jeder in Position. Veni vidi vinzi!, rief Jörn, der Sohn des Zahnarztes, der auch auf dem Boettcherrasen meistens Spielführer war. Der Pulk stimmte mit ein. Vinz sah die Entschlossenheit in den Gesichtern der Blondschöpfe und blickte zu Robert, der mitten im reißenden Wasser stand und nun feige auf seine Füße starrte. Vinz sprang auf den letzten freien Stein. Er wusste, dass er die Überquerung seines Flusses heute nicht überleben würde.

IDOL

Das Wasser kam aus dem Wald. Es kam über den Blauen Weg, und als es in den Obergarten eindrang, wusste er, dass der Fluss ihn erhört hatte.

Er erwachte vom Rauschen. Es klang anders als der Regen, der ihn eingeschläfert hatte; das dumpfe Trommeln der Tropfen auf den tellergroßen Blättern der Gurkenpflanzen und das Gurgeln in der Tonne, aus der die Großmutter das Gießwasser schöpfte. Das anschwellende Geräusch brachte die Dunkelheit in Aufruhr. Sie verformte sich und strudelte, stürzte auf ihn ein, ihm war, als verflüssige sie seinen Körper. Es war der Moment, der sich ihm auf seinen Zeichnungen stets hartnäckig verweigert hatte: der Sturz der Wassermoleküle, der sich nicht abbilden lässt, das Wesen eines Wasserfalls. Je nach Fallhöhe hatte es sich ihm in der Natur nur flüchtig gezeigt. Kaum war es ihm gelungen, mit den Augen einen Tropfen im Wasservorhang zu isolieren, verlor er ihn wieder. Die Wasserfetzen rissen andere mit sich, schlugen auf Felsen, zerstoben zu Gischt. Dem Wildbach am Parkplatz der Brennerautobahn hatte er für einen Sekundenbruchteil ins Innere geblickt. Zwei oder drei Sekunden lang hatte sich ihm die höchste Kaskade der Triberger Wasserfälle offenbart. Er zählte von einundzwanzig bis sechsundzwanzig, während sich die Krimmler Ache im freien Fall in ihre Atome auflöste. Bei geringer Wassermenge und großer Hitze kann ein Wasserfall, der in Tropfen zersprüht, fast vollständig verdunsten. Strenger Dauerfrost lässt ihn von den Randzonen her vereisen; wie beim Menschen friert sein Herz von außen zu. Ihm am ähnlichsten ist noch der Regen. Das Wesen eines Wasserfalls

liegt irgendwo hinter dem Regen, im Gedächtnis des Regens. Am Abend hatte Vinz es im Himmel gesehen: als er mit dem Vater die Gerätschaften zusammentrug, die noch im Garten verstreut lagen, und sich ein Wolkengebirge über den Stadtwald schob. Eher war es ein Abgrund aus Wolken. Die tiefstehende Sonne färbte ihn violett. Eine scharfe Kante teilte den Himmel in zwei Hälften. Die eine sackte in düsteren Fransen herunter, die andere, höhere, war voller Gewalt. Beim Abendessen forderte die Mutter ihn auf, die Lampe anzuschalten. Der erste Donner krachte so dicht über dem Haus, dass ihm vor Schreck das Brot aus der Hand rutschte. Sekundenlang phosphoreszierte ein Blitz hinter den Gardinen, dann brachen die Wolken auf.
Statt vor dem Fernseher verbrachte er den Abend am Fenster. Das Wasser staute sich an den Sohlschwellen und trat an den gewünschten Stellen über. Von überall nahm es die Rinnsale auf, bildete zwischen den einzementierten Steinen Schaum und strömte aus der letzten Gumpe zum Buntsandstein. Er hatte alles richtig gemacht. Das Wasser fügte sich in die Form, die er ihm zugewiesen hatte. Es wollte dasselbe wie er.

Er stand auf. Schwamm mehr durchs Haus, als dass er ging. Am Treppenabsatz wurde das Rauschen noch lauter. Keine Masse bewegt sich effizienter abwärts als Wasser. In der Diele lief der Vater aufgeregt umher. Er trug seinen Regenmantel über dem Pyjama und Gummistiefel, die Schmutzspuren über die Fliesen zogen. Sie führten durch die Terrassentür von draußen herein. Unter der Kapuze wirkte sein Gesicht klein und alt. Vinz sah die Angst darin und noch etwas anderes, das er nicht deuten konnte. Jahrzehnte später würde er den Ausdruck an Alexander wiedererkennen; diesen Blick, der versucht, das Ausmaß der Zerstörung zu begreifen. Bleib oben!, rief der Vater. Er ging unbeirrt weiter, floss an ihm vorbei. Das Rauschen wuchs an. Der Wohnbereich erstreckte sich ebenerdig zum Blauen Weg hin und bildete von der Straße aus gesehen den ersten Stock. Halb im Erdgeschoss, halb im Keller wohnte die Großmutter, ihre Zimmer waren in die Böschung gebaut und lagen unter dem Niveau des Gartens. Die Terrassentür stand weit auf. Die Mutter trug noch die Schlafmaske auf der Stirn, bereit, sie wieder herunterzuklappen und zurück ins Bett zu gehen, wie an den Wochenenden, wenn sie von der Familie genug hatte. Das habt ihr jetzt davon!, rief sie und riss sich die Maske herunter. Erst jetzt sah er ihre verheulten Augen. Er ließ sie hinter sich, überspülte sie einfach wie ein abgetragenes Wehr. Im Rücken hörte er die Eltern streiten. Der Vater sollte die Feuerwehr, die Mutter die Großmutter aus ihrer Wohnung holen. Er spürte eine Aufregung, die er nicht mit ihnen teilte; ruhig und vertrauensvoll, fast feierlich. Er kannte das Gefühl von den letzten, oft steilen und unwegsamen Metern durch eine Schlucht oder über den Sattel eines Sporns, wenn er, dem Vater und der noch weiter zurückgefallenen Mutter um einige hundert Meter voraus, den Wasserfall, der sich hinter der nächsten Wegbiegung verbarg, bereits hören konnte. Später würde er dieses Geräusch zu den wenigen Dingen zählen, die ihn glücklich machten. Jetzt war er darauf gefasst, dass der Anblick, der sich ihm gleich bieten würde, alles überträfe, was er in größter Anstrengung seiner Phantasie je zu Papier gebracht hatte. Nur er würde es sehen können. In einsamer Erwartung trat er hinaus.

◆◆

Zurück blieb der Schlamm. Zu einer zerklüfteten Kaskade erstarrt, bedeckte er am nächsten Tag die gesamte Böschung und breitete sich auf dem Rasen im Untergarten wie ein Delta aus. Obwohl der Vater es ihm verboten hatte, trieb Vinz sich den ganzen Morgen draußen herum. Mit Gummistiefeln, die im Matsch schmatzten, beging er jeden Zentimeter der Katastrophe. Der nächtliche Bann war einem Hunger nach noch mehr Schaden gewichen, der sich hohl und unstillbar anfühlte. Niemand im Haus hatte noch Schlaf gefunden. Der Vater telefonierte seit Stunden mit den Ämtern, die Mutter war mit der Großmutter wegen ihres Herzens zum Arzt gefahren. Für die Großmutter tat es ihm leid. Sie war plötzlich hinter ihn getreten, er hatte ihren schweren Leib zittern gespürt, oder war es das ganze Haus, das von den Wassermassen erbebte? Gott sei mit uns!, hörte er sie sagen. Er schaute schuldbewusst zu ihr hoch; wenn sie ihm früher aus der Kinderbibel vorlesen wollte, hatte er sich stets die Geschichte von der Sintflut gewünscht. Nun war er dreizehn und alt genug, um zu verstehen, dass ein Unglück nie ohne vorausgegangene Entscheidungen geschieht. Sie legte ihm die Hände auf die Schultern und ließ erst wieder los, als die Feuerwehr alle aufforderte, das Haus zu verlassen. Auf der Straße standen die Nachbarn Spalier. Unter den mitleidigen Blicken zogen sie durch die Gasse, der Vater nahm in nassen Pyjamahosen die Hilfsangebote entgegen, die Mutter, mit gesenktem Kopf, stützte die Großmutter. Auch ein paar der Hangkinder waren gekommen. Er wusste, was der Ausdruck in ihren Gesichtern bedeutete, die geisterhaft im Blaulicht flackerten; sie nahmen es ihm übel, dass er mit seinem Fluss recht behalten hatte. Komm mit zu uns, sagte Robert, doch Vinz ließ ihn stehen. Die Feuerwehrmänner warfen die Pumpen an.

Es regnete noch immer. Ein dünner, gehässiger Regen, der alles durchnässte und trotzdem mit dem Wasser geizte. Er prägte sich alles genau ein. Kein Detail ließ er aus. Wie der Flusslauf zur Lebenslinie seiner Kindheit geworden war, folgte er nun der Spur der Verwüstung. Die Waschbetonsteine waren verschwunden. Keines der Hangkinder hatte die Flut überlebt. Satt und träge lagen die Krokodile auf den Sandbänken. Auch die Treppe war verschüttet. Treibgut türmte sich zwischen dem Buntsandstein und der Hauswand, ein Damm aus Ästen, Zaunlatten, Laub und Unrat. Alle Kraft des Wasserfalls musste sich hier, in der Prallzone, gebündelt haben. Oben klaffte eine tiefe Rinne, in der ein schwarzes Bächlein rieselte. Der Hauptstrom hatte sich den schnelleren Weg gesucht, links an der Fallkante vorbei. Wie das bizarre Skelett eines archaischen Tieres standen die unterspülten Zementteile mit ihren eingelassenen Störsteinen vom Untergrund ab. Die Teichfolie hing in Fetzen herunter. Er bückte sich und blickte in den ausgespülten Trichter. Im Geäst hing eine tote Ratte. Er zog sie mit spitzen Fingern heraus und schleuderte sie den Krokodilen hin.

Der Anblick der Sandsäcke am Jägerzaun erfüllte ihn mit Stolz. Über Hof, vordere Treppe und Gemüsegarten hatten die Feuerwehrmänner eine Kette gebildet und sich Befehle zugerufen. Die Sandsäcke flogen von Mann zu Mann, über die behelmten Stirnen perlte der Regen, troff in die Bärte, ihre Blicke waren kühn und mitleidslos; den Vater, der helfen wollte, schickten sie weg. Im Blaulicht, das über die Hauswand zuckte, wirkten ihre Bewegungen, das Auffangen, Abfedern und Weiterstoßen der Säcke und das Stampfen der Stiefel unter den steifen Schutzanzügen mit den blitzenden Leuchtstreifen wie ein soldatischer Tanz. Er schlüpfte mal hier, mal dort zwischen ihren Leibern hindurch. Die Feuerwehrmänner duldeten ihn. Einer zwinkerte ihm zu, als wüsste er, dass sie nur wegen ihm hier schuften mussten. So etwas habe er noch nie gesehen, hörte Vinz ihn später sagen. Gern hätte er ihm seine Entwürfe gezeigt.

Der alte Kirschbaum war unversehrt geblieben. Trotzig stand er im Schlamm, an den Wurzeln etwas nackter als zuvor. In der Krone schlug die Amsel. Er folgte dem Verlauf der Flut bis zum Ende jener Welt, die er später mit den Instrumenten des Vergessens und der Idealisierung zum Reich der Kindheit erklären würde. Der blaue Schotter des Hohlwegs war weggespült. Was er einige Tage zuvor in mühevoller Sucharbeit aus dem Wald zusammengetragen hatte – Rindenstücke, Bruchholz, die Wedel des Adlerfarns –, hier lag es in Massen, durchsetzt von Müll. Er

watete über Styroporteile und Plastikverpackungen, unter den Sohlen knirschten Scherben. Die Marmorfreitreppe der Waiglers hätte ein wahres Iguaçu abgegeben, doch die Flut hatte sich als Abfluss das Loch unterm Jägerzaun gesucht und es zu einer tiefen Spalte ausgeschürft.
In der Senke am Spielplatz, wo normalerweise der Waldbach zwischen Brennnesseln und Brombeergebüsch in einem Kanalgitter verschwand, hatte sich ein See gebildet, auf dem Laubteppiche trieben. Ein Stromaggregat knatterte, zwei Männer von den Stadtwerken stellten Mobilzäune auf, ein weiterer bewachte das Rohr der Pumpe, aus dem die Brühe in den Rinnstein und weiter zum nächsten Gully schoss. Er stahl sich zwischen der Absperrung hindurch und inspizierte die Ufer. Die Stellen, wo er den Bach oft mit Dämmen gestaut oder umgeleitet hatte, waren überschwemmt. Bis zum Waldrand kannte er jeden Zentimeter des Grabens, doch nie hatte er den Bach bis zu seiner Quelle verfolgt. Wo er aus dem Dunkel einer dichten Kiefernaufforstung sickerte, hatte er stets kehrtgemacht, in dem unbehaglichen Gefühl, dass dort etwas, was weder Namen noch Gesicht hatte, auf ihn wartete.

Der Vater stand im Garten und schippte Schlamm. Auch die Reste der Teichfolie und die hübschen Natursteine wanderten in die Schubkarre. Die Zementteile des Bachbetts, an denen sie einen Sommer lang modelliert hatten, waren bereits zu einem Haufen geschichtet. Wie er da gebeugt im Garten stand und gegen die Folgen der Überschwemmung angrub, tat er Vinz leid. Noch wusste er nicht, dass sein Mitleid der Verachtung näher war als dem Mitgefühl; später würde ihn die Erkenntnis beim Schreiben einholen, doch nun rief der Vater ihn in die Pflicht. Der Schlamm war schwer und widerspenstig, kaum gelang es Vinz, ihn mit dem Spaten anzuheben. Dass dieser zähe Dreck sein Fluss gewesen sein sollte, wollte ihm nicht in den Kopf. Der Vater befahl ihm, die Hauswand abzuspritzen, Vinz zog den Gartenschlauch zum Buntsandstein. Unten hockte Robert und kratzte mit einer Unkrautharke die Waschbetonplatten frei. Er war barfuß und trug unter dem Regencape seine rote Badehose. Sind die anderen jetzt alle tot?, rief er zu Vinz herauf. Der stellte sich auf die Fallkante und richtete die Düse auf Robert. Der Wasserfall prallte ihm vor die Füße und spritzte an ihm hoch.

JERKS

Sie gehen durch Licht und Schatten im raschen Wechsel, Vinz an der Spitze, Alexander mit Abstand hinter ihm, Unami bildet das Schlusslicht, obwohl nur er den Weg kennt. Der schmale Pfad lässt ein Nebeneinander nicht zu. Kaum möglich, dass hier einer den anderen verliert; die wenigen Abzweige enden an der Abbruchkante. Wanderer haben sie ins Gras getrampelt, um Ausblicke in den Canyon zu erhaschen. Hinter den Büschen ahnt Vinz die schwindelerregende Tiefe, das Unberechenbare der Landschaft mit ihren jähen Felsabstürzen und einem Horizont, der sich in jeder Himmelsrichtung zum Kreis schließt. Sein Gang ist unsicher, er muss sich jeden Schritt bewusst machen, die Nachwirkung der Schlaftabletten ist wie ein Schwamm im Kopf, durch den die Außenwelt langsamer hereinsickert, als er sich selbst durch sie bewegt. Unter seinen Füßen raschelt das trockene Gras, manchmal löst sich ein Stein und poltert abwärts, ein Ast knackt in der Mittagsstille. Er schreckt auf, blickt zurück und versichert sich, dass die anderen noch da sind.
Unten hört er den Fluss. Sein fernes Rauschen begrenzt den Pfad zum Abgrund hin, eine akustische Linie, an der er sich orientiert, unzuverlässig wie der Weg selbst. Anfangs war es ein ausgetretener Wanderweg, der sich über Steighilfen durch das felsige Plateau zog. Hin und wieder verlor er sich zwischen Geröll und nahm seinen Lauf an anderer Stelle wieder auf, schmaler als zuvor und zusehends überwuchert. Bald waren da nur noch Bruchstücke und Andeutungen, die von zögernden Vorstößen in die Wildnis zeugten, als wären alle Wanderer, die sich einen Abstieg in den Canyon vorgenommen hatten, irgendwann wieder umgekehrt, aus Sorge, der Pfad könnte ins Nichts führen.

In den schattenlosen Abschnitten ist die Sonne grausam, er durchquert sie zügig und mit dem Gefühl, noch immer nicht richtig zu sehen. Der Tag ist wie die Umkehrung der Finsternis, eine Helligkeit, die alles überstrahlt. Unter dem nächsten Baum bleibt er stehen und schaut sich um. Das Wort für die Landschaft wäre: atemberaubend, ein Landschaftsexzess. Nichts anderes hat er sich von dieser Reise erhofft: eine Natur, die das eigene Sein unbedeutend erscheinen lässt, mit dem Aufruf, es ins richtige Verhältnis zu setzen. Zu schreiben! Zwei Romane lang hat er die Landschaften meist mehr zu Wort kommen lassen als seine Figuren. Ihre Handlungen blieben zweifelhaft, die der Natur waren es nicht. Musste er sich zu einer von beiden Seiten bekennen, konnte er die Landschaft immer noch schweigen lassen, sie war dann der Sprache weit voraus oder für Worte viel zu alt. Wenn beides punktuell zusammenfiel, hatte es Momente von Wahrheit gegeben. Der Rest war sein Alltag am Rand der Löschtaste.

Trotz ihrer Schönheit ist die Gegend stumpf, wie abgewetzt von allen Versuchen, sie zu erzählen. Erodierte Bergkuppen säumen zu beiden Seiten das Hochtal, Gipfel ohne Höhepunkte. Auf den Flanken vereinzelte Dörfer, dazwischen das weitläufige Grün, das weder Wald noch Buschland ist, für das eine nicht hoch genug gewachsen, für das andere zu baumreich. Dort machten sie Pause und tranken aus der Wasserflasche, die sie sich teilten, Unami lehnte jedes Mal ab. Alexander fragte nach dem Namen einer Blume am Wegrand oder roch an Kräutern. Manche kannte Unami auf Englisch, die meisten nicht. In seiner Sprache klangen sie exotischer, als das jeweilige Gewächs selbst wirkte. Für Alexander war es »gentian-like« oder duftete wie »lavender«. Er setzte dabei seine Forschermiene auf, schnupperte an Blüten, sezierte den Doldenstand und spielte den Biologen. Vinz bezweifelte, dass Unami wusste, wie Enzian blüht oder Lavendel riecht. Alexander zeigte sich von seinen botanischen Kenntnissen beeindruckt und sprach den Namen der Pflanze aus, wie er ihn von Unami gehört hatte. Der verbesserte die Aussprache, Alexander wiederholte, ihr Guide schien zufrieden. Sie gingen weiter, langsamer, als Vinz es von seinen Märschen mit Alexander gewohnt war, in Landschaften, die sie im Gleichschritt durchmessen hatten; wandern war stets eine Möglichkeit gewesen, zueinander zurückzufinden, wenn sie aus dem Takt waren. Schon nach wenigen Minuten lief Vinz wieder voraus. Als er sich unter dem nächsten Baum umdrehte, war er allein.

Er wartet, bis die beiden aufgeholt haben. Im Schatten ist es eng, er kann seinen eigenen Körper riechen, den er das letzte Mal auf einem anderen Kontinent gewaschen hat. Auch Alexander klebt die Kleidung am Leib, Unamis Gesicht funkelt wie mit Glanzlack überzogen. Vinz verfolgt die Bahn eines Schweißtropfens, der über die Schläfe kriecht. Überhaupt diese Zähflüssigkeit seiner Bewegungen. Das Blut, das Vinz ihm in der Nacht von der Stirn getupft hatte, stand ähnlich unschlüssig auf der Wunde, als hätte es noch etwas mit ihm vor. Im Roman hatte ihn der Soldat, an dessen Gesicht er sich in Wahrheit schon damals nicht mehr erinnern konnte, unverrichteter Dinge in der Klokabine des *Filou* stehen gelassen, mit der Hose um die Knie, plötzlich doch noch bis zum Anschlag erregt, das kleine weiße heiße, nutzlos gebliebene Stück Fleisch in seiner Hand wieder kaltgewichst schon nach drei Rucken, während er das Bitterschmeckende noch eine Weile im Mund hin- und herschob und schließlich in die Schüssel spuckte, ein erstaunlich geiziges Tröpfchen für einen derart großen Schwanz.
Alexander pflückt eins der wächsernen Blätter ab, die paarweise wie Schmetterlingsflügel an den Zweigen wachsen. Er ritzt es ein und schnuppert daran. Mopane, sagt er und hält Vinz herausfordernd das Afrikanische unter die Nase. Seiner Hand entströmt ein scharfer Geruch, der an Terpentin erinnert. Elephants go for it, bestätigt Unami. Seit ihrem Aufbruch haben

sie noch kein Tier gesehen, lediglich ein paar Vögel und ein grillenartiges, in giftigen Farben schillerndes Insekt auf einem Halm, das namenlos blieb. As long as they don't go for us, sagt Alexander, Unami lacht. Selbst der dümmste Tourist in diesem Land weiß, dass es im Hochgebirge keine Elefanten gibt. Wenn es wirklich Alexanders Plan ist, Unami wieder loszuwerden, indem sie ihm auf die Nerven gehen, hängt der weitere Verlauf der Reise entscheidend von ihrer Fähigkeit ab, sich als Idioten zu benehmen, tölpelhafte, rassistische Deutsche, wie man sie überall auf der Welt trifft. Doch er macht es ihnen nicht leicht. Beim Anhalterspiel wären sie sich einig gewesen. Das Wort für ihn: schön. Diese Art Schönheit, die man unentwegt anstarren muss, um sie sich vom Leib zu halten. Seit ihrem Aufbruch taxiert Vinz ihn, als müsste er sich vergewissern, dass Unami noch immer derselbe ist, den sie am Vorabend angefahren haben; zwischen dem Mann, der hier steht, und dem anderen, den er nur im Dunkeln gesehen hat, liegt wie ein Filter noch immer eine hauchdünne nächtliche Schicht. Dahinter formen sich die Lippen zu Schwellkörpern, faziale Geschlechtswerkzeuge, die oben bereits feilbieten, was unten noch verhandelt werden muss. Im Roman beschreibt er dann doch das Gesicht des Soldaten, den er sich im trägen Hip und Hop der Menge ausgeäugt, einen Abend lang mit seinem Starren förmlich gelöchert hatte, bis der endlich herüberschaute, im Flackern des Stroboskoplichts, das die blonden Mähnen der Odenwaldweiber, die an ihm zerrten, aufgleißen ließ, während alles Schwarze wegsackte, alle Männerform zu einem Männermeer zerfloss und das Gesicht nur noch aus Lippen und Schwanz bestand, sonst war da, schreibt er, nichts. *Lippen, Schwarzer, Schwanz* lauscht er den Schlüsselworten dieser Erinnerungen nach, befremdet von seiner Sprache. Sicher, dass du es schaffst? Vinz deutet auf den Pfad, der sich zwischen den Felsen verliert. Bereits jetzt ist der Marsch für einen, der gestern noch blutend auf der Straße lag, ein Gewaltakt. Wenn sie ihn sich zahm machen wollen, müssen sie ihn mit ihrem schlechten Gewissen penetrieren, ihr Mitgefühl muss einer Vergewaltigung gleichen. Je tiefer sie in ihn vordringen, desto größer seine Skrupel. Er würde es nicht übers Herz bringen, sie abzuzocken, wenn er spürt, dass auch sie aus Not handeln.

Sure, sagt Unami. Der Schweißtropfen hat die Wangenkante erreicht. Alexander bietet ihm ein Taschentuch an. Er flirtet, denkt Vinz, er steckt ihm Dinge zu, eine Zigarette hier, eine Blüte da und wer weiß wie viele Komplimente schon. Es ist lange her, dass er Alexander so gut gelaunt gesehen hat, den Draufgänger und Jäger, dem auch er, Vinz, damals erlegen ist, und er erschrickt jetzt vor dem Wort *damals*, das in den Geschichten der Alten die Jungen ermahnt, dass es Glück nur im Präteritum gibt. Bei ihrem Kennenlernen auf der Diplomfeier von Alf zum Beispiel, in dessen Bett sie anscheinend beide eine Zeitlang ihre Nächte verbracht hatten, unabhängig voneinander, aber im gleichen Jahr und mutmaßlich sogar, wie sie beim Zigaretten-Smalltalk auf dem Balkon grinsend rekapitulierten, im fliegenden Wechsel, so dass der Geruch des anderen noch in Alfs Zimmer, eine Spur seiner Lust noch an Alfs Körper gehaftet haben musste, eine Vorstellung, die ihm, heißt es an entsprechender Stelle im ersten Roman, wie ein Stromschlag durchzuckte und sich für den Rest des Abends in seinem Kopf einnistete, wo die Synapsen, vom Gin begossen, feuerten und funkten, so dass er sich ständig in Alexanders Nähe herumdrückte, ihn buchstäblich inhalierte, wenn er sich im engen Flur an ihm vorbeischob oder in der Schlange am Buffet hinter ihn quetschte und ihn bereits zu schmecken und zu verschlingen glaubte, den Großen, Breiten, Blonden, der nun ebenfalls die Fährte aufgenommen hatte, bis sie die Party, zufällig, zeitgleich verließen und er in dieser Szene Alexander hinterher in die eisige Februarnacht stolpert, ihm bibbernd durch die nächtliche Stadt folgt, in Schleifen und auf Umwegen, weil beide, wie sie sich später gestehen werden, darauf spekulieren, vom anderen mit nach Hause genommen zu werden, doch in dem Hauseingang, in dem sie schließlich landen, hat keiner von beiden den passenden Schlüssel, so dass sie in Gelächter ausbrechen und sich vor den Mülltonnen aneinanderpressen, am Ende eines Kapitels, als es in ihrer Geschichte noch wenig Vergangenheit gab und sehr viel Moment.

Alexander legt Sonnencreme mit Faktor fünfzig nach, ausgiebig salbt er Arme und Nacken, dann Stellen, wo gar keine Sonne hinkommt. Er reicht die Tube an Unami weiter, der lacht und sagt: I like your jokes. Auch die Kekse, die Vinz ihm anbietet, lehnt er mit einem Scherz ab; sie sollten nicht ihre Vorräte an ihn verschwenden. Ihre Ausrüstung verrät das Misstrauen gegenüber dem eigenen Vorhaben: Wanderkluft und mit Proviant gefüllte Rucksäcke, während Unami sich entweder auf sie oder einen Organismus verlässt, der längere Phasen der Entbehrung mühelos übersteht. Er hat nichts dabei, nur seinen Körper. Die Kleidung hat er gewechselt, doch was er gestern trug, kann Vinz nicht mehr sagen; abgeschnittene Jeans, ein rotes Trainingsshirt und ausgetretene Turnschuhe, der lässige Stil fast aller jungen Männer hier mit ihrer Vorliebe für westliche Sportmodemarken, und doch hat Vinz sich dabei ertappt, wie er an Unamis Kleidung unwillkürlich Hinweise auf seinen Lebensstandard suchte. Die Armschlinge, ein zum Dreieck gefaltetes Tuch, in dem sein verletzter Ellenbogen ruht, trägt er wie selbstverständlich. Wäre der Moment ein Foto in ihrem Urlaubsalbum, es würde seine und Alexanders Blicke auf Unami festbannen und sie auf ähnliche Art bloßstellen wie das Bild von Bernd und Alf an der Seite ihres Township-Führers, die im Fitnessstudio getrimmten Muskeln Hauptbestandteil der Ausrüstung, die sich ein Schwuler nicht früh genug zulegen kann, um sich gegen sexuelle Irrelevanz zu wappnen. Vinz weiß, dass auch er unter all den anderen Daddys, Bears and BBBs, die er auf den Dating-Seiten schnell wegscrollt, von Jahr zu Jahr unsichtbarer wird, während bei Alexander, kaum schaltet der sein Profilbild mit nacktem Oberkörper und unterm Kinn abgeschnittenem Kopf online, die Anfragen schmächtiger Studenten einklingeln.

Der Weg zieht sich zwischen glühenden Felsnadeln dahin, taucht dann in ein Gebüsch, das sich über ihren Köpfen zum Tunnel schließt. Sie finden sich in einem dichten Bergwald wieder, tatsächlich eine Art Dschungel, der vor ihren Füßen steil abfällt. Einzelne Rutschspuren markieren zwischen Farnen und Schlingpflanzen noch vage den Pfad. Alexander tritt ein Stück vor und späht in die grüne, verworrene Tiefe. In seinen Augen sieht Vinz den gleichen Gedanken; zu zweit wären sie an dieser Stelle umgekehrt, und sie sind bei der Wahl ihrer Wege nie zimperlich gewesen. Er testet den Boden. Bis jetzt war die Wanderung ohne Einschränkungen spektakulär, Unami hat sein Versprechen gehalten. Alexander klettert ein Stück voraus und reicht Unami den Arm als Stütze. Er nimmt bereitwillig die Hilfe an, ein ironisches Zucken in seinen Mundwinkeln verrät die Geste als Zugeständnis an seine Rolle. Vinz hält sich mit beiden Händen an den Ranken fest, die unter seinen Händen wegschnalzen. Das Rauschen des Flusses ist verstummt, eine dumpfe Stille umhüllt sie, Vinz zweifelt, ob die Richtung noch stimmt. Eine Weile schlittern sie so abwärts, mit verdrehten Füßen und ausgreifenden Armen, ihr seltsames Ballett mit den Fliehkräften des Abgrunds, der nicht mehr nur Metapher sein würde, sobald einer von ihnen den falschen Schritt macht. Vinz sieht, was auch Alexander sehen, was sich ihnen ins Hirn bohren soll, wenn Unami über Felsblöcke grätscht: den spitzen, aggressiven Hintern, die Macht seines Körpers, der sie aus der Spur geworfen hat, schaut her, scheinen seine Posen ihnen sagen zu wollen, für diesen Arsch werdet ihr teuer bezahlen; und Vinz stolpert und packt Alexander.

Sie zwängen sich nacheinander durch eine Felsspalte, dahinter bricht der Weg ab. Unami bleibt stehen, dreht sich um und streckt Vinz die Hand hin. Er schlägt ein, obwohl er die Stufe mühelos allein bewältigt hätte. In der plötzlichen Nähe spürt Vinz ihn zittern, die Anspannung seiner Muskeln. Auf dem moosigen Stein verlieren sie den Halt; mit einem kleinen Satz zur Seite entgeht Unami im letzten Moment dem gemeinsamen Sturz. Schaffst du es denn?, fragt er und löst sich aus Vinz' unfreiwilliger Umarmung. Mehr noch als sein Geschick beim Klettern scheint Vinz diese souveräne Vermeidung einer zu intimen Berührung der Beweis, dass Unami sehr genau weiß, was er tut. Auch das frische Pflaster, das unterm Schirm der Baseballkappe hervorschaut, wirkt jetzt wie ein spöttischer Kommentar zu ihren eigentlichen Beweggründen, warum sie diesen mörderischen Weg auf sich nehmen. Sure, sagt er und rutscht auf dem Hosenboden an Unami vorbei, nimmt auch die nächsten Felsstufen auf allen vieren. Dass jeder von ihnen um die Schutzlosigkeit des anderen weiß, erscheint ihm jetzt wie die Grundbedingung dieser Wanderung, die sie immer tiefer in eine Landschaft führt, die darüber schweigen würde, wenn sie in eine ihrer Spalten stürzen und nicht wiederkehren. Unten steht Alexander und öffnet die Arme, bereit, ihn aufzufangen. In der Tiefe hört Vinz plötzlich wieder das vertraute Rauschen von Wasser.

◆◆

Am Morgen hatten sie beschlossen, die Sache durchzuziehen. Gute Miene zu machen, sollte ein böses Spiel daraus werden. Wer hat Angst. Ihr zweiter Reisetag brach an – wirklich erst der zweite?, fragte sich Vinz –, und sie waren bereits angekommen, schneller als erhofft in einem afrikanischen Garten mit fruchtprallen Bäumen, der dem Honeymoon-Idyll der Viljoens in nichts nachstand, einschließlich des Frühstücks: Toast, Erdnussbutter, schwarzer Tee, Avocados und Mangos aus eigenem Anbau, Eier von den glücklichen Hühnern, die den unerwarteten Besuch der Deutschen überlebt hatten. Unami saß auf ei-

nem Hocker, tunkte die freie Hand in eine Schüssel und zeigte ihnen, wie man den Pap zu essen hat.
In Alexanders Hosentasche steckte die Summe, mit der sie ihn am Abend entlohnen wollten; sie war großzügig, berechnet an ihrer Sorge, er könnte seine tatsächliche Forderung erst dann erheben, wenn sie ihm das Geld in die Hand drücken und ein letztes Mal ihr Bedauern zum Ausdruck bringen. Vinz überließ Alexander das Gespräch und arbeitete sich durch das Frühstück. Das sämige Fleisch der Avocado schmolz auf der Zunge, das Ei hingegen schmeckte muffig, nach Mais. Alexander ließ sich von Unami ihren Standort auf der Straßenkarte zeigen, der Canyon lag eine knappe Autostunde entfernt. Unami schlug die Panoramaroute vor, gelb verzeichnet, mit grünem Begleitstrich. Vinz folgte dem Finger, der die Linie entlangfuhr; ein erfahrener Guide, schien Alexanders Blick ihm sagen zu wollen, erfühlt die Wünsche seiner Kunden. Als sie Bedenken wegen seiner Verletzungen äußerten, winkte er ab. Don't worry about me, sagte er, auch er habe etwas wiedergutzumachen – und er lächelte in die Runde –, after all, I spoiled your holidays. Zu Vinz' Überraschung bestand Alexander dieses Mal nicht auf der Rolle des Schuldigen, sondern lachte über den Witz. Das anschließende Schweigen hatte etwas Drückendes, Vinz rutschte mit seinem Stuhl weiter in den Schatten. Es war erst halb acht und bereits so warm, dass die Erdnussbutter fettige Perlen ausschwitzte. Unami fragte nach ihren Berufen. Fast war Vinz enttäuscht, als Alexander wahrheitsgemäß »biologist« antwortete und ihn damit aufforderte, nun einen Lebensinhalt zu erfinden, der zu ihm als Alexanders Bruder passte. Bei flüchtigen Bekanntschaften gab er sich zu seinem eigenen und Alexanders Schutz meistens als Buchhalter aus. Es ersparte ihm die neugierig-mitleidigen Fragen: was er schreibe, woher er seine Ideen nehme und, eine Sache, die andere besonders zu interessieren schien, ob er davon leben könne. Niemand hatte je eine zweite Frage zum Buchhalter gestellt, und er hatte damit sogar nur ein

bisschen gelogen, schließlich ging es auch in seinen Romanen um eine Form des Bilanzierens.
I'm a writer. Er sah, wie Alexander, bereits in Erwartung des »accountant«, die Augenbrauen hochzog. Das Gegenteil von mir, lachte er, und Vinz wusste nicht, ob ihn dieser Kommentar vor weiteren Nachforschungen retten oder aber preisgeben sollte. But you both want to find out the truth about the world, erwiderte Unami; das Sonnenlicht stäubte über sein Gesicht, er blinzelte. So does a lawyer, sagte Alexander, Recht sei nicht gleich Wahrheit, konterte Vinz, und Unami ließ mit einem Schnalzen offen, wem von beiden er zustimmte. Der Wind flaute ab, schwer hingen die Früchte über der kleinen Terrasse, für den Rest des Frühstücks saßen sie im Schatten und schwiegen. Als sie ihre Teller von sich schoben, beendete auch Unami seine Mahlzeit und rief zum Aufbruch.

Gogo und Aliya trugen Trauer. Wie die beiden Frauen nacheinander aus dem Haus ins Helle traten, sah Vinz die Ähnlichkeit in ihren Zügen, doch er wusste nicht, an welchen Merkmalen er die Verwandtschaft festmachen sollte. Umrahmt von dem schwarzen Kopftuch, wirkte Gogos Gesicht noch entrückter, es wandte sich ihnen aus der Tiefe einer Welt zu, die für sie als Außenstehende nicht zugänglich war und von ihnen auch nicht durchdrungen werden sollte. Vinz erhob sich, fast gleichzeitig mit Alexander, wie man unwillkürlich aufspringt, wenn eine Autorität den Raum betritt. Gogo sah das abgegraste Frühstück, das ungezwungene Miteinander am Tisch, aus ihrer Mimik sprach die Zufriedenheit, dass ihr Essen die Gäste gesättigt, ihr zukünftiger Schwiegersohn die Lage im Griff hatte. Demut schien auch für Alexander ein Mittel, das Abgekartete dieser Situation zu überspielen; auf seiner Stirn zeichnete sich plötzlich wieder der Stressfleck ab. Sie grüßten höflich und versuchten ein wenig Smalltalk. Mbali, hieß es, sei bereits auf dem Weg zur Schule, ein Fußmarsch von zwei Stunden, oh really that far?

Slindile, die ältere Schwester, arbeitete als Zimmermädchen in einem Hotel in der Nähe, wo auch Lakeisha, eine gemeinsame Freundin, wie sich herausstellte, ihren Lebensunterhalt verdiente. Crocodile River Resort, warf Unami ein, she's taking care of the guests. Alexander nickte anerkennend, doch seine verkrampfte Mimik verriet, dass auch er sich fragte, auf welche Art die Gäste einer solchen Lodge von den einheimischen Frauen umsorgt werden, deren Männer und Brüder abends die Trophäen der Großwildjäger skalpieren. Vinz blickte betreten auf die Reste des Frühstücks. Das Ei hatte er nach ein paar Löffeln beiseitegeschoben.
Aliya zupfte Alexanders Kapuzenjacke von einer Leine, auf der auch andere Wäsche trocknete, legte sie sorgfältig zusammen und reichte sie Alexander. In dieser Gegend gebe es keine Arbeit, sagte Unami, deshalb wollten sie von hier wegziehen, und er legte demonstrativ den freien Arm um Aliya, die starr dazu lächelte. Auch Gogo wiegte den Kopf, doch ihr Blick ging jetzt ins Leere. Vinz bezweifelte, dass sie überhaupt Englisch sprach.
Ein ungeduldiges Hupen ertönte auf der anderen Seite des Hauses. Sie begleiteten die Frauen in den Hof, wo der Mietwagen unter dem Mangobaum stand. Im Gehege pickten die Hühner auf dem kahlen Boden. Ein Rohr mit einem rostigen Wasserhahn ragte aus der Erde, es wies zurück in eine Vergangenheit, als der Brunnen noch nicht versiegt war, oder voraus in eine Zukunft, die einen Anschluss des Grundstücks an die Versorgungsleitungen in Aussicht stellte; das Trinkwasser, hatten sie beim Frühstück von Unami erfahren, wurde wöchentlich von einem Tankwagen gebracht. Am frühen Morgen war Vinz am Plumpsklo vorbei in das Dickicht dahinter gestolpert. Er sah sich um und pinkelte gegen den Mais.

Vor dem Tor parkte ein Pick-up mit laufendem Motor, auf der Pritsche vier Männer in Anzügen. Ein Verwandter war verstorben, Genaueres erfuhren sie nicht. Ihre Beileidsbekundungen hingen hilflos in der Stille des Gartens, in der jeder Satz, den sie sprachen, noch eine andere Bedeutung zu haben schien und sich als stummes Echo in den Blicken fortsetzte, die zwischen Unami und Aliya hin- und hergingen. Abermals erweckten sie nicht den Eindruck eines Paares, sie wirkten auf Vinz eher wie Verbündete, die einen Plan verfolgen, in dem die Liebe eine vorübergehende Vereinbarung darstellt. Ein beunruhigender Gedanke drängte sich ihm auf: dass Unamis zukünftige Beziehungen zu dieser Familie nun davon abhingen, was sie mit ihm vorhatten.

Er reichte den beiden Frauen die Hand. Als Alexander sich von Gogo verabschiedete, schob er ihr das Geldbündel zwischen die Finger. Die Summe entsprach der Hälfte des Betrags, den sie Aneke Viljoen für die ausgefallene Übernachtung schuldeten. Gogos winzige Hand lag in Alexanders Pranke wie ein verletzter Vogel. Die andere legte sie obenauf und tätschelte seinen Unterarm. Dann steckte sie das Geld in die Kitteltasche und klatschte leise in die Hände. Die Männer auf dem Wagen schauten mit teilnahmslosen Gesichtern zu. Das Gebirge hinter ihren Silhouetten war jetzt zum Greifen nah, als wäre es über Nacht Wirklichkeit geworden. Der Fahrer hupte wieder, Gogo gab das Zeichen, das hier alle befolgten, und schlüpfte durch das Tor. Die Hunde standen am Zaun und fiepten. Vinz musste an Dave denken, den Labrador, den sie vor der Abreise zu Alexanders Eltern gebracht hatten; seine bodenlos traurigen Augen, wie nur Hunde sie haben können, wenn sie von ihrer Bezugsperson getrennt werden. Am Wagen hatte Vinz sich noch einmal umgedreht und seinen Schwiegereltern gewinkt, und ihm war, als hätte Dave nur Alexander hinterhergeschaut, nicht ihm.

Aliya setzte den Fuß auf den Hinterreifen und fasste die Hand des Mannes, der aufgestanden war. Ihr Jackett rutschte dabei ein wenig hoch; erst jetzt fiel Vinz an ihrem wohlgerundeten Körper die spitze Wölbung des Bauches auf, darin das kleine Leben, das eine Zukunft braucht. Good luck!, rief Alexander ihr zu, und wie Aliya noch einmal den Kopf wandte, sah Vinz in ihrem Gesicht den Ausdruck, den er von den Anhalterfrauen kannte, einen Blick zwischen Stolz, Demütigung und Spott, in den irgendwann etwas mit Gewalt eingedrungen sein musste. Enjoy your trip!, rief sie zurück, dann zog der Mann sie hinauf zu den anderen.

Der Tag gleißte, Vinz fuhr. Endlos zog sich das Dorf über die Hügel. Kaum ein Haus, das nicht Baustelle war. Allerorts wurde etwas renoviert oder abgerissen, umgewandelt, aufgegeben. Neu hochgezogene Wände verschlangen morsche, Dächer schoben sich übereinander, das eine stützte das andere. Aus dem Innern mancher Bauruinen wuchs Gebüsch. Dann ein Viertel, das mit modernen Bungalows im Toskana-Stil aufwartete; apricotfarbene Fassaden, Gauben, über dem Eingang ein Portikus. Hohe Mauern umgaben die Grundstücke, teils mit Stacheldraht versehen.
An der nächsten Kreuzung glaubte Vinz schon einmal abgebogen zu sein, nachts und mit dem Gefühl, sich spiralförmig in die Finsternis hineinzudrehen. Das Sirren hing jetzt wieder im Wagen, in unregelmäßigen Abständen stieg ein metallisches Klopfen aus dem vorderen Radkasten. Die nächste Niederlassung des Autovermieters lag in der zweihundert Kilometer entfernten Provinzhauptstadt. Mit Ersatzrad würden sie für die Strecke einen halben Tag brauchen, und wohin dann mit Unami? We'll pass by a garage, sagte der, als hätte er Vinz' Gedanken erraten. Er kenne die Leute dort, nice guys. Vinz suchte ihn im Rückspiegel. Er saß auf dem gleichen Platz wie in der Nacht, mittig auf der Rückbank, von wo aus ein Mitfahrer alles, was vorne geschieht, im Blick hat. Als er nach ihren weiteren Reisezielen fragte, beschrieb Alexander bereitwillig ihre Route, an der Vinz tagelang gearbeitet hatte wie an einer schwierigen Gleichung, darauf bedacht, dass beide auf ihre Kosten kämen: Kruger Park und die Ostküste für Alexander, auch die *Garden Route*, Ziel

von Bernds und Alfs Traumurlaub, hatte er zähneknirschend in die Liste aufgenommen und sich dafür die wasserfallreichen Drakensberge und, wenn noch Zeit bliebe, die spektakulären *Augrabies Falls* des Orange River gesichert.
Amazing trip! Unami pfiff durch die Zähne. Aber wenn sie Afrikas schönste Wasserfälle besichtigen wollten – Vinz sah ihn im Rückspiegel etwas näher kommen –, dürfte der *Donnernde Rauch* nicht fehlen. Alexander wiederholte den Namen in der fremden Sprache, wie er ihn in der Nacht zuvor von Unami gehört hatte. Der lachte, suchte im Spiegel Vinz' Augen und sagte: Your brother would make a good African. Fast wäre Vinz auf das Bankett geraten, so sehr war er darauf konzentriert, in Unamis Gesicht zu lesen. Achtung!, sagte Alexander, und in den Spiegel: How far is it from here? Unami ließ sich mit einem leisen Zischen, das sie vielleicht an seine Verletzungen erinnern sollte, auf die Rückbank sinken und sagte etwas von einem »two days trip«. Alexander wandte den Kopf und blickte aus dem Fenster. Baracken zogen vorüber, kleine Läden, die alle jeweils eine Sorte Waren anboten: Kleidung, Werkzeug, Plastikschüsseln. Autoreifen. Vinz fuhr im Zickzack über die zerfurchte Piste, der Wagen jammerte vor sich hin. Auch Alexanders Schweigen war jetzt zum Geräusch geworden, ein Ton an der Wahrnehmungsgrenze, auf den Vinz angestrengt lauschte. Tatsache war, dass Unami beim Aufbruch seine schwere Sporttasche zu ihrem Gepäck in den Kofferraum geworfen hatte, darin ganz sicher nicht seine Wanderausrüstung. Wolltest du da nicht schon immer mal hin?, sagte Alexander plötzlich auf Deutsch. Im Rückspiegel tippte Unami eine Nachricht auf dem Smartphone.

Die letzten Behausungen lagen gerade hinter ihnen, als sie in dem Trauerzug steckenblieben. Die älteren Frauen trugen traditionelle Kleider, sie wiegten ihre Oberkörper und klatschten rhythmisch in die Hände, angeleitet von einer Gruppe Nonnen

in blauweißer Tracht. Manche Männer waren im Anzug, andere in Alltagskleidung gekommen, ihre Frauen führten die Abendgarderobe aus, Miniröcke, modische Hüte, Schmuck, der in der Sonne blitzte. An der Spitze des Zuges fuhr ein breiter SUV mit glänzenden Felgen, aus dem geöffneten Heck ragte der hölzerne Sarg.
Schön bunt, sagte Alexander, well, you know, black is our casual colour, erwiderte Unami, beide lachten. Aliyas Großonkel sei ein wichtiger Mann gewesen, may God rest his soul. Er war Politiker und habe in der Stadt gelebt, doch die Tradition verlange es, dass der Verstorbene dort beerdigt wird, wo er geboren wurde; Unami gab nun ganz den Fremdenführer. Kinder liefen ihnen entgegen, wurden von ihren Müttern zurückgerufen. Ein Junge in einem zu groß geschnittenen Anzug entkam, er sprang von einem Mäuerchen und stellte sich mit erwartungsvollem Gesicht vor dem Wagen auf. Vinz suchte die Menge nach Gogo und Aliya ab, konnte sie jedoch nirgends entdecken. Slindile habe ihnen die Geschichte ihres Vaters Napo erzählt, sagte er und sah, wie Unami den Arm auf die Lehne der Rückbank streckte. Really? Did she? Wieder das Schnalzen, dieser Laut zwischen Erstaunen und Spott. Besser als Held des Kampfes zu sterben, nicht wahr? Guess why they all are here! Er deutete mit einer abfälligen Geste zum Fenster hinaus. Sie kommen aus dem ganzen Land hierher, um zu fressen, zu saufen und die Ärsche ihrer Frauen zu vergleichen. Er lachte auf, in dem sarkastischen Ton seiner Witze. The truth is – und er machte eine bedeutungsvolle Pause –, Napo habe sich zu Tode gesoffen und Slindile sei nicht Gogos Tochter, sondern das Kind irgendeiner Hure, die kurz nach der Geburt an Aids verreckt sei. Alexander rutschte unruhig auf seinem Sitz hin und her. We will pay for this, sagte Vinz und deutete erst auf den Trauerzug, dann auf sie selbst, aber welches Leid auch immer seiner Familie widerfahren sei – er drehte sich zu Unami um –, wir lassen uns nicht verarschen! Er sah Alexanders stummen Protest, der Seitenblick sprach sei-

nen Namen mit Doppel-Z. How can you believe that?, rief Unami und unterstrich seine Verwunderung über das Misstrauen mit einem Seufzer. Let's take it like brothers would. Er forderte Alexander zu einem Ritual auf, das aus verschiedenen Handschlägen bestand und mit einem Aneinanderpressen der Daumenballen endete. Zögernd ging auch Vinz auf das Spiel ein. Während sich ihre Hände vermengten, wusste er es plötzlich ganz sicher; wie ihm manchmal in einer Alltagssituation ein Satz einfällt, der aus einer Geschichte stammt, die er noch nicht kennt. Im Roman würde eine seiner Figuren die Reise nicht überleben, und dieser Händedruck war das Erste, was er als Autor dafür zu leisten hatte.
Today I'll show you around the canyon, sagte Unami und tippte ihm mit der Faust gegen die Schulter, alles andere, fügte er hinzu, sei ihre Entscheidung. Dann machte er es sich wieder auf der Rückbank bequem, wie jemand, der selbstbewusst den Raum einnimmt, der ihm zusteht. Auch Alexander sank zurück in den Sitz, irgendwie erleichtert, so schien es Vinz. Draußen lichtete sich die Menge, zwei Transporter schlossen den Zug ab, auf den Ladeflächen die fußlahmen Alten. Unter ihnen entdeckte er plötzlich Gogo, die in die Hände klatschte, und ihm war, als schaute sie zu ihnen herüber.
Er startete den Motor. Im Rückspiegel verschwand der Leichenzug in einer Staubwolke. Als sie sich aufgelöst hatte, stand der Junge im Anzug noch immer auf der Straße und winkte.

Die Männer rollten Reifen heran. Typen mit nackten Oberkörpern, sie hatten ungefähr das gleiche Alter wie Unami, die gleichen geschliffenen Gesichter, und Vinz glaubte nun zu wissen, warum er seine Blicke nicht von ihnen lassen konnte; sie alle einte in der Art, wie sie sich bewegten, eine gewisse Vorläufigkeit oder Bedingtheit, die leicht mit Trägheit zu verwechseln war, als hätten sie sich ihre Körper nur vorübergehend geliehen, von einem namenlosen, aus ihrem Bewusstsein verschwundenen Schmerz, den er in der Tiefe ihrer Augen gespiegelt sah und an den sie ihr leibliches Eigentum wieder zurückgeben müssten, sobald sie ihn erkennen und damit benennen würden. Es war diese seltsame Unschuld ihres Leidens, diese scheinbare Fremdheit im eigenen Schicksal, die sie schön und begehrenswert machte.

Unami begrüßte die Männer mit dem Handschlag, der hier den Verbündeten vorbehalten war. Mit dem Besitzer der Werkstatt verhandelte er in seiner Sprache, die Vinz, je vertrauter ihm ihr Klang wurde, wie ein Orakel empfand. Der Mann versicherte ihnen schnelle Abhilfe und einen guten Preis für die Freunde des Freundes, dann hatte man ihnen den Platz gezeigt, wo sie warten sollten.

Sie saßen auf Kisten und starrten vor sich hin. Der dürre Baum spendete kaum Schatten, am Himmel waren keine Wolken in Sicht, von den paar Kilometern, die sie in der letzten halben Stunde zurückgelegt hatten, fühlte Vinz sich bereits ermattet wie nach einer langen Tagesfahrt. Über ihm lärmten zwei Vögel, ihr Gefieder schimmerte in metallischen Blau- und Rottönen. Vinz hatte ein paar Mal in die Hände geschlagen, um sie zu verscheuchen, doch sie spotteten darüber mit ihrem unermüdlichen Tok-tok-tok. Alexander schien alles geduldig hinzunehmen; die Sonne, das Sitzen und Schwitzen, den gedunsenen Vormittag, in dem ihre Pläne zerrannen. Wenn einer der Mechaniker vorüberlief, hob er den Kopf, sein Blick hing an dem federnden Gang, sank dann wieder nach innen und erlosch. Unami war mit dem Chef in einer Baracke verschwunden. Endlich war die Gelegenheit gekommen, sich unter vier Augen zu besprechen, ohne dass ein anderer lauschte, doch von all dem, was nun geklärt werden musste, fühlte Vinz sich wie geknebelt.

Und wenn sie uns Schrott verkaufen?, sagte er irgendwann; Alexander schaute ihn an, als wäre das Schlimmste, was er sich vorstellen konnte, ohnehin schon passiert. Er winkte einen der Mechaniker herbei, der den Reifen um den Hals trug. Der Mann kniete sich hin und ließ Alexander das Profil befühlen. It's one of our best, Sir, sagte er und lenkte seine Hand ins Reifeninnere, das er betasten sollte. Vinz spähte durch den kreisrunden Ausschnitt auf die Brust des Mannes. In der Mulde zwischen den Schlüsselbeinen klebte eine Holzperlenkette, die Brustwarzen waren winzig, hart und heiß, doch das Harte und Heiße, ertappte er sich, entsprang seinen eigenen Gedanken. Take it, sagte Alexander, seit wann kennst du dich mit Reifen aus?, fuhr Vinz dazwischen, der Typ hievte sich hoch. Auf seinen Schultern zuckten die Muskeln, prallte die Sonne ab, zerstob das Licht zu reinem Pigment, Vinz sprang auf und lief über den Platz mit dem sengenden roten Staub. Wo gehst du hin?, hörte er Alexander hinter sich rufen, an der Hebebühne warfen die Männer den zerfetzten Reifen zu den anderen ausgedienten auf den Müll.

Er hielt Ausschau nach einem Ort, an dem er ungestört nachdenken konnte. Auf dem Hof türmte sich der Autoschrott, in den ausgeweideten Wracks gähnten die Fenster. Wäre er wirklich imstande, diese Reise als Ausgangspunkt für einen Roman zu nehmen, in dem eine seiner Figuren stirbt? Und für wessen Tod müsste er sich dann entscheiden? In der Nacht, unmittelbar nach dem Unfall, hatte er den äußersten Fall mehrmals im Kopf durchgespielt, doch da war die Bedrohung real gewesen, sein Griff zum Schraubenschlüssel ein elementarer Instinkt; in diesem Moment hatte allein gegolten, gemeinsam zu überleben.
Er entdeckte einen blinkenden Haufen Außenspiegel und zog einen heraus, darin sein Gesicht mit den Spuren der Fehlschläge aus zwei Jahrzehnten Liebes- und Schreibarbeit. In seinen Romanen hatte er sich selbst von allen Seiten betrachtet, und selten konnte er seiner Hauptfigur das, was er sah, verzeihen. Sie war modelliert aus jenen Eigenschaften, die er gleich dop-

pelt verachtete, an sich selbst und an der anonymen Masse der sogenannten Schwulen, von der er sich verbissen loszuschreiben versuchte: das melodramatische Schwanken zwischen Materialismus und Weltschmerz und das Unduldsame gegenüber allem Nichtschwulen; das Zärteln, Zaudern und Zimpern, ihre Hybris und Hypochondrie, der Hang zur Unehrlichkeit, der im Selbsthass wurzelt, das hysterische Herz. Was bliebe übrig von Alexander und ihm, wenn er seine Romane von ihnen abzöge?

Er hatte schon einige seiner Figuren sterben lassen, und selten war er dem Tod des Menschen, der sich dahinter verbarg, gerecht geworden: Robert, den er im ersten Roman Suizid begehen lässt, als am Ende sein Herz zu schrumpfen beginnt. Die Mutter, die der Bauchspeicheldrüsenkrebs in einem einzigen Absatz dahinrafft. Der Aids-Tod seines ehemaligen Kommilitonen Kai, der ihn erst erschütterte, als er darüber schrieb.

In einer der Garagen entdeckte er einen Wagen, der noch gut in Schuss war, einen VW älteren Baujahrs, türkis metallic. Er prüfte die Tür, sie sprang auf, der typische Geruch des Gebrauchtwagens schlug ihm entgegen. Er setzte sich auf die Rückbank, streckte sich aus und zog sein Smartphone aus der Hosentasche. Während des Frühstücks hatte er Gogos Hütte doch noch ein wenig Strom abgetrotzt. Jetzt blieben ihm dreißig Prozent Batterie für sein Warten auf Manuel. Der hatte auf Facebook ein Selfie gepostet, den Morgenmuffel im zerwühlten Bett mit Null-Bock-Schnute und vom Kopfkissen zerdrücktem Haar. Für seine Selfie-Nachrichten an Manuel probt Vinz vor der Kamera des Smartphones minutenlang seine Mimik, bevor er in einem gnädigen Moment abdrückt. In Manuels Fotoalben hingegen grassiert der Schmollmund, der Fischmund, die Parodie von beidem, die Fuckable-Fresse. Vinz suchte im Bildhintergrund Spuren eines anderen Körpers, Indizien, die seine Eifersucht rechtfertigen könnten, doch die Seite des Betts, wo er, Vinz, in letzter Zeit häufig erwacht war, gab das Foto nicht preis. In Manuels Profil auf der Dating-Plattform leuchtete der grüne Online-Punkt. Das Radar lotete ihn 8823 Kilometer weit weg. Dazwischen erstreckte sich über zwei Kontinente und unzählige andere Glutnester der Begierde hinweg der leere Raum. In 575 Metern Luftlinie Entfernung suchte Bradley, 23/189/78, *muscular*, Position *Top*, ein Date *right now*. Das Profilfoto zeigte einen den Angaben entsprechenden, am Halsansatz und auf der Linie des Schambeins vom Bildrand abgeschnittenen Oberkörper, der erahnen ließ, wie es oben und unten weiterging. Vinz schrieb: How are you?

Good choice.
Vielleicht hatte Unami schon eine ganze Weile dort gestanden. Vinz konnte ihm nicht ansehen, was er dachte, und ob er es ohnehin längst wusste. Er verbarg das Smartphone zwischen seinen Schenkeln und schloss mit dem Daumen heimlich die App. It's a German car. Volkswagen, fügte Unami mit Akzent hinzu und klopfte auf das Dach. Welches Modell sie zu Hause in Deutschland fahren? Vinz spürte, wie ihm der Schweiß ausbrach. Und wenn Unami es wusste, was würde es ihm schon nützen? Letztendlich würde alles zu seinem Nachteil ausgehen; selbst wenn er sie bis aufs letzte Hemd ausraubt und sie niedersticht, ihnen die Haut abzieht, in sie hineinschlüpft und fortan einen Körper bewohnt, von dem er glaubt, er stünde ihm zu, er bliebe noch im weißesten Leben ein Schwarzer, sein Leiden unsichtbar und unerhört.
In der Stadt bräuchten sie kein Auto, sagte er. An Unamis Nicken merkte er, dass er sich mit seiner Antwort bereits zu verraten drohte. Er beschloss, jede weitere Frage nach ihren Lebensgewohnheiten abzuwehren. In die brütende Stille über dem Platz sickerten vereinzelte Geräusche; ein Motordröhnen, das Knacken von Blech in der Hitze, der Vogelradau. Dann plötzlich Alexanders Gelächter, zwei kurze, schussartige Salven, wie sie manchmal in sein Schreibzimmer drangen, wenn Alexander

am anderen Ende der Wohnung telefonierte oder sich auf Youtube vergnügte.
Mit einem Mietwagen könnte es an der Grenze Probleme geben, sagte Unami, I just wanna warn you. Vinz erinnerte sich, dass er etwas Ähnliches schon einmal gesagt hatte, kurz nach dem Unfall, als er sie vor der Polizei gewarnt hatte. Er folgte der Linie seines Arms in die Schlinge und versuchte sich zu erinnern, wie er selbst nach seinem Fahrradunfall den Gipsverband getragen hatte. Wie viel Leid muss man erlitten haben, um Schmerzen vortäuschen zu können? Unami sprach von überteuerten Gebühren, undurchsichtigen Zollbestimmungen und Reisenden, die angeblich tagelang an der Grenze festgesessen hätten, gab das Insiderwissen preis, das einen guten Reiseführer ausmacht. Vinz hatte Mühe, sein Englisch zu verstehen, in das sich die Muttersprache drängte. In seinem Sprechen glaubte er eine Art Zwang zu hören, als müsste Unami einen Teil dessen, was er sagen wollte, gewaltsam unterdrücken, ein Gefangensein in der Sprache, das ihm in gewisser Weise vom Schreiben vertraut war, wenn er den Wortschatz, der ihm zur Verfügung stand, als brutale Begrenzung seiner selbst empfand, mit dem Unterschied, dass es die eigene Sprache war, die ihn verstümmelte.
Just think about it, sagte Unami und strich mit einer fast zärtlichen Geste den Staub vom Autofenster, it might be better to have a private car. Vinz äugte zu den Baracken hinüber, wo Alexander jederzeit um die Ecke biegen musste, doch er kam nicht. Hielt es nicht für nötig oder gönnte ihm nun ein Entre-nous mit Unami; er wusste nicht, was von beidem ihn mehr kränkte. Sie hätten nicht vor, das Land zu verlassen, sagte er und drückte sich an Unami vorbei ins Freie. Drüben sah er ein paar der Männer die Reifen zurück ins Lager rollen. I think we can move on. Er ließ Unami stehen und ging mit zügigen Schritten davon.

Der Toyota stand mit neuem Rad vor der Werkstatt. Jemand hatte die Felgen poliert, der Seifenwasserfilm irisierte in der

Sonne. Alexander unterhielt sich mit dem Mechaniker, dessen funkelnder Oberkörper Vinz wie ein Splitter ins Auge sprang. Er reichte ihm den Außenspiegel, der von Mann zu Mann wanderte, schließlich begann einer mit der Montage. Wie viel hast du bezahlt?, fragte er Alexander, wir sollen später zahlen, erwiderte der, wann später?, rief Vinz und erschrak vor dem feindseligen Ton seiner Stimme. Er spürte eine Erschöpfung, von der ihm übel wurde. Über was habt ihr geredet?, versuchte er Alexanders Blick von dem Mechaniker abzuschneiden, der sich in die Werkstatt zurückgezogen hatte. Er ist illegal hier, sagte Alexander, seit einem halben Jahr wartet er auf seine Bleibeerlaubnis. Vinz spähte nach dem Mann, dessen Haut, fiel ihm nun auf, dunkler als die der anderen war, ähnlich wie Unamis. Und warum erzählt er dir das? Weil es mich interessiert, erwiderte Alexander und folgte den Handzeichen des Chefs, der sie herbeiwinkte. Vinz zog das Smartphone hervor und öffnete die App. Bradley hatte nicht geantwortet; die Schmach fühlte sich anders an als bei den Absagen, die er gewohnt war, sie traf ihn doppelt, als Ablehnung seiner Männlichkeit *und* seiner Hautfarbe. Auch I_manu hatte die Verbindung gekappt. Der Tag, noch nicht mal zur Hälfte geschafft, ließ Vinz noch zehn Prozent Hoffnung.

Der Chef führte sie um den Wagen herum und präsentierte die Arbeit. Der Außenspiegel war mit Schrauben und Drähten am Gelenk befestigt, zum Verstellen musste man das Fenster herunterlassen. Alexander verabschiedete sich von den Männern mit dem Handschlag der Brüder. Unami war zurück, Vinz sah ihn abseits auf einem Stapel Autoreifen sitzen, und ihm war, als betrachtete er zufrieden sein Werk.

An den Wasserfällen standen die Nationalparkwärter und warteten auf Kunden. In ihren olivgrünen Uniformen, ausgerüstet mit Feldstechern und Gürteltaschen, wirkten sie einschüchternd, die Gesichter hinter spiegelnden Sonnenbrillen anonym.

Who's the guy you booked?, fragte Unami, Vinz suchte die Gruppe nach einem Mann ab, der seiner Vorstellung von einem zuverlässigen Wanderführer entsprach. We're too late, sagte er und blickte auf seine Armbanduhr, ihre Tour sei um neun Uhr gestartet. Er hoffte, mit dieser Ausrede aus dem Schneider zu sein. Don't waste your money on those jerks, erwiderte Unami und deutete auf einen der Männer, der mit rudernden Armen eine Gruppe Wanderer über den Parkplatz trieb, auf die Piste zu, die in Serpentinen in die Senke führte. In der Ferne erkannte Vinz den tief eingeschnittenen Flusslauf, ein Zackenriss aus rotem Sandstein wie ein langgezogener Kratzer in der vergilbten Hochebene. Die Randzonen waren von geschotterten Wegen durchzogen, weiß in der Sonne spiegelnden Linien, die Wandergruppen darauf wie Ameisenstraßen. Am tiefsten Punkt des Tals sah Vinz das Kreuz und Quer der Stege, Brücken und Aussichtsplattformen über den *Bourke's Luck Potholes.* Von dort drang leise das Rauschen der Wasserfälle herauf. Wenige hundert Meter weiter, wo die Wege endeten, klafften die Steilwände auseinander, der Canyon bäumte sich auf.
Warum lügst du ihn an? Vinz drehte sich erschrocken zu Alexander um. Unami war verschwunden, er entdeckte ihn bei einem der Nationalparkwärter, mit dem er zu verhandeln schien. So war es doch abgemacht, erwiderte er trotzig. Alexander fasste ihn am Arm. Im Zweifelsfall wissen wir von nichts. Wir haben einfach keine Ahnung, verstehst du? Ich will, dass er uns vertraut. Vinz fragte sich, wer in diesem Plan am Ende des Tages als der Geprellte dastehen sollte, Unami oder er.
Du willst ihn mitnehmen, stimmt's? Du glaubst, wir brauchen jetzt jemanden, weil wir es alleine nicht schaffen.
Er sah eine Traurigkeit in Alexanders Augen, die ihn würgte. Es wird nicht besser, wenn du dich dagegen wehrst, erwiderte Alexander, dann ließ er ihn stehen. Benommen blickte Vinz noch einmal ins Tal. Die Wandergruppe hatte die erste Serpentine erreicht, in einer Reihe trotteten sie ihrem Guide hinterher, füg-

sam und geduldig wie Vieh. Er wusste, dass Alexander ihm ein Angebot gemacht hatte; seine Idee davon, wie ihre Geschichte weitergehen könnte. Er gab sich einen Ruck und ging hinüber.

He will guide us, sagte Alexander und stellte sich an Unamis Seite. Er kenne den Weg noch aus der Kindheit. Really? From childhood? Vinz glaubte zu sehen, wie der Wärter hinter seiner Sonnenbrille Unami von Kopf bis Fuß musterte. So, where are you from? Er zog ein Formular aus der Gürteltasche und befestigte es auf einem Klemmbrett. I'm from here, sagte Unami und deutete auf den Flecken Erde unter seinen Füßen. Der Wärter verzog den Mund, Vinz ahnte seine Augen voller Bosheit. I know you, man, you're not from here, und er reichte Unami das Formular, I see it from your skin.

Sie trugen ihre Personalien ein. Beinahe hätte Vinz sich verraten; er tat, als wäre ihm der Stift ausgerutscht, und wandelte seinen Nachnamen in den von Alexander um. Darunter kritzelte er eine fiktive Adresse in einer deutschen Stadt, in der er noch nie war. Sollte er von dieser Wanderung nicht mehr zurückkehren, würde man nach einem deutschen Touristen suchen, den es nicht gab. Er wäre bereits aus der Geschichte verschwunden, noch bevor sie begonnen hat.

I like the Germans, sagte der Wärter und studierte die Angaben auf dem Blatt, unter seinen Kunden seien sie die anständigsten. Im Spiegel seiner Sonnenbrille sah Vinz sich, Alexander und Unami als verzerrte Figuren mit den Gesichtern von Fremden vor dem großen, zum Rundbild gebogenen Himmel stehen. So, what is your destination? Der Wärter klopfte mit dem Stift auf das Brett. The waterfalls, sagte Alexander, und Vinz glaubte in diesem Moment zu wissen, wer im Roman diese Reise nicht überlebt. The big ones, fügte er hinzu; es würde der mit den größten Wunden sein. Aus dem Augenwinkel sah er, wie Unami ihm zuzwinkerte. Der Wärter trug ihr Ziel in das entsprechende Feld ein. Five hundred, sagte er, normalerweise nehme er für eine Führung achthundert, doch er sei kein Rassist. Alexander wühlte in der Hosentasche und überreichte das Wegegeld. Der Wärter steckte es ein, gab ihnen den Passierschein und ging. Der Weg sei nichts für Verletzte, drehte er sich noch einmal um, dann stand er wieder bei seinen Kollegen und tat den Job, für den man ihn bezahlte. I told you so, sagte Unami, sie wollen euch verarschen, in seiner Stimme hörte Vinz den kleinen Triumph. Sie gingen los, Vinz voraus, Alexander mit Abstand hinter ihm, Unami als Schlusslicht ihres todesmutigen Zugs zu den Wasserfällen, wohin das Heer der Idioten strömte.

KARIBA

Er ist weder Schlange noch Fisch. Sie sagen, er sei beides in derselben Gestalt, die sich ihnen mal im Wasser mal an Land zeigte. Die großen Fische, die sie im Fluss fingen, ähnelten ihm auf die gleiche Art wie die Schlangen, die sie verscheuchten, wenn sie im Ufergehölz ihre Reusen befestigten. Wer behauptete, dort dem Maul eines ungewöhnlich langen Krokodils entkommen zu sein, hatte sich nicht weniger geirrt als jene, die den Tigerfisch gesehen haben wollten, der mit seinen scharfen Zähnen ihre Angel zerbiss.

Der Schlangenfisch erschien stets an der gleichen Stelle, wo sich der Fluss durch eine enge Schlucht zwängte, bei den Felsen, die man weder durchs Wasser noch auf dem Landweg erreichen konnte. In der Regenzeit versanken sie in den Fluten, während der Dürremonate drängten sich dort die Krokodile in den letzten Tümpeln, die vom Fluss übrig geblieben waren. Den Ort nennen sie noch heute Kariva; in ihrer Sprache heißt riva *Falle* und bezeichnet einen flachen Stein, der bei Berührung herabstürzt und den Rückweg verschließt. Die Gumpe unterhalb der Felsen ähnelte einer solchen Falle – ein Ort, an dem das Wasser gefangen wurde. Sie warnten ihre Kinder, dass jeder, der dem Stein zu nahe kommt, in die Tiefe gerissen und für alle Zeit in den Strudeln des Flusses festgehalten würde. Solange aber die Menschen die Wohnstätte des Schlangenfischs respektierten, fand jeder am Fluss sein Auskommen.

Während der Regenmonate wuchs der Fisch zu einer solchen Größe an, dass er allen, die der Hunger ans Wasser trieb, ein Stück von seiner Flosse abgab. Drohte bei strenger Dürre der Fluss zu versiegen, rollte die Schlange ihren Schwanz aus, den sie sich Scheibe um Scheibe abschneiden ließ. Sank der Wasserstand, schlossen sich die Wunden des Fisches, und der Körper der Schlange heilte mit der steigenden Flut. Sie sagen, solange das eine im anderen nachwuchs, war der Fluss gesund.

Der Damm hat Schlange und Fisch voneinander getrennt. Es heißt, der Schlangenfisch sei den Fremden in die Falle gegangen. Sie ließen sich von Einheimischen an den Stein führen, unter dem sich das Wasser fing. Kariva, sagten die einen, Kariba, verstanden die anderen und erklärten, was sie mit dem Stein vorhatten. Die Bewohner des Flusses hatten das, wovon die Fremden sprachen, noch nie gesehen, in ihrer Sprache gab es kein Wort dafür. Beide Seiten glaubten dasselbe zu meinen. Die einen zeigten den Ort, wo der Schlangenfisch wohnt, die anderen bauten darauf den Damm.

Die Menschen, die vorher an den Ufern des Flusses lebten, wohnen jetzt im Gebirge. Ihre Häuser stehen auf dem Land, das einst an den Himmel grenzte. Sie bestellen einen Boden, den man ihnen geliehen hat, mit Geräten, die ihnen nicht vertraut sind. Wer heute von *Kariba* spricht, meint den Stausee und nicht mehr den Stein. Seit das eine im anderen versunken ist, will niemand mehr den Schlangenfisch gesehen haben, weder Einheimische noch Fremde. Er sei flussaufwärts geschwommen, zu den Wasserfällen, wo er unter den herabstürzenden Fluten Zuflucht suche, sie sagen: Mosi-oa-Tunya, im Donnernden Rauch. Kein Mensch würde ihn dort je zu Gesicht bekommen. Selbst wenn im Winter große Teile der Wasserfälle austrocknen, sei der Felsen, auf dem er sitzt, noch von der Gischt umtost. Viele schon hätten sich über den Abgrund gebeugt und ihre Neugierde mit dem Leben bezahlt. Wer ihn sehen wolle, müsse ihm das opfern, was er am meisten liebt. Erblickt man nur die Schlange, hat man den Fisch getötet, zeigt sich nur der Fisch, ist die Schlange gestorben. Beide Male war die Liebe des Menschen nicht stark genug.

Manchmal, wenn das Wasser besonders hoch ist, schwimmt der Schlangenfisch an den Damm und schlägt vor Sehnsucht dagegen, mit der Flosse, behaupten die einen, mit dem Schwanz, die anderen. Dann wälzt sich eine Flutwelle durchs Tal, und die Ufer erzittern. Während der Damm gebaut wurde, zerstörte das Hochwasser in zwei aufeinanderfolgenden Jahren die Grundmauern, siebenundachtzig Arbeiter verloren ihr Leben. Seit der Fertigstellung verzeichnen die Seismographen mehr als zwanzig Erdbeben. Manche glauben, der Fluss werde nicht ruhen, bis die Mauer nachgibt und der Fisch sich wieder mit der Schlange vereint. Solange sie aber getrennt sind, dürften die Menschen nicht aufhören, die Geschichte des Flusses zu erzählen.

LIEBE

Die Brücke ist menschenleer. Zu leer für diese Tageszeit und die Tatsache, dass sie auf einer Länge von zweihundertfünfzig Kilometern der einzige Grenzübergang ist. Er reckt den Kopf und späht über die Brüstung auf den Fluss, ein träges und milchiges Gewässer zwischen Ufern, die wild und sich selbst überlassen wirken, fast malerisch. In Gedanken füllt Vinz sie mit Menschen: nächtliche Gestalten, die der Mond oder irgendeine andere ferne Lichtquelle mit dem Silberglanz des Wassers übergießt. Sie versammeln sich an den dunkelsten Stellen und queren durch eine sorgsam ausgekundschaftete Furt den Fluss, der sie zu verraten droht, wenn das Wasser, eben noch lautlos zwischen den in Fließrichtung gebürsteten Gräsern dahintreibend, an ihren Beinen zu gluckern beginnt. Der Schleuser weiß, was sie am gegenüberliegenden Ufer erwartet. Kaum haben sie das Land betreten, dem all ihre Hoffnungen gelten, fallen sie den Banden in die Hände, die Unami *Guma Guma* nannte, was *mit der Schulter schlagen* bedeutet und angeblich von der Methode ihrer Raubüberfälle rührt: Sie rempeln die Schwächsten an und fordern Geld. Haben die nichts zu bieten als ein paar Scheine der wertlosen Währung des Landes, aus dem sie kommen, werden sie der Reihe nach misshandelt und vergewaltigt, erst die Frauen, sagte Unami, dann die Männer, und er deutete mit dem Kinn auf die Straße, wo ihnen immer mehr Menschen entgegenströmten: They fuck anything they get hold of.
Es war am späten Vormittag, wenige Kilometer vor der Grenzstadt. Sie lagen gut in der Zeit, waren früh von ihrer Unterkunft aufgebrochen und seitdem ohne Unterbrechung durchgefahren. Unami lenkte den Wagen souverän; die Armschlinge hatte

er am Morgen durch einen Verband ersetzt, der den Ellenbogen schützte, auch das Pflaster auf der Stirn war in den letzten Tagen kleiner geworden. Er trat das Gaspedal durch, bremste auch in Abschnitten mit Tempolimit kaum ab und nahm beherzt die Schlaglöcher zwischen die Räder. Den Anhaltern gönnte er keinen Blick; look at their bums, sagte er einmal, als sie an einer Gruppe junger Frauen vorbeischnitten. In dem röhrenden alten VW mit seiner hässlichen Farbe und einem hiesigen Kennzeichen waren sie gut getarnt; keine Touristen mehr, sondern Reisende auf ihrem notwendigen Weg. Wenn alles glattlief, würden sie in einer Stunde die Grenze passiert haben, als Begleiter eines Heimkehrers, der in seinem Geburtsland die Familie besucht.
Woran er erkenne, dass es Geflüchtete sind?, fragte Alexander, der auf dem Beifahrersitz saß und Unami bei Laune hielt, indem er ihm regelmäßig Fragen stellte. Maybe from their skin?, sagte Unami und schielte an sich hinab, Alexander lachte. Sie sollten sich die Gesichter genau ansehen, what do you see? Vinz suchte einzelne Ausschnitte in der vorüberfliegenden Szenerie, Momente wie auf den Fotos von Alf: junge Männer, Frauen, Familien, die in Reihe am Straßenrand liefen oder sich in einer Parkbucht in den Schatten drängten und nach einem Lastwagen Ausschau hielten, der sie mitnehmen könnte, im festen Glauben an das Wunder der Menschlichkeit.
Angst, sagte er.
Vergewaltigt zu werden sei schlimm, erwiderte Unami, aber noch schlimmer sei es, sich dabei HIV einzufangen. Wer hier rüberkomme, sollte von zwei Dingen genug bei sich haben, und er zog wie bei einer Rätselfrage die Stimme hoch. Cash and condoms! Er schickte der grausamen Pointe ein Zischen hinterher. Draußen standen die Geflüchteten um ihr spärliches Hab und Gut. Sie blickten aus brennenden Augen zu ihnen herein, strapazierte Menschen in strapazierter Kleidung, viele von ihnen wirkten zu Tode erschöpft oder krank.
Wer kümmert sich hier um sie?, fragte Vinz und sah im Rück-

spiegel, wie Unami die Augenbrauen hochzog, als wunderte er sich über die Frage. The crocodiles, erwiderte er, wenn sie verletzt am Ufer zurückblieben. Vinz hoffte, dass auch Alexander Unamis Sprüche für eine Masche hielt, sich als ihr Beschützer zu profilieren; in den letzten Tagen hatte er ihnen immer wieder ähnliche Geschichten von skrupellosen Tätern und unschuldigen Opfern erzählt. Ob man ihn auf der Flucht auch vergewaltigt habe, fragte Vinz und erntete einen mahnenden Blick von Alexander. Ob er etwa aussehe wie ein Schwuler, sagte Unami und lachte auf, doch auch Alexander schwieg nun. Sie passierten ein Schild, das die Autofahrer in der Grenzstadt begrüßte. Dann die üblichen Gebäude, Lagerhallen, Supermärkte, die obligatorische Mall mit ihren Schnellrestaurants und Werbebannern, dazwischen die Marktstände; die Avocados schienen Vinz hier, im Norden des Landes, größer und grüner, pralle Papayas und Kisten voller Litschis verstärkten seinen Drang nach einer Erfrischung. Plötzlich eine Art Zeltstadt auf einem großen Brachgelände, errichtet aus Müll und flüchtigen Materialien: Bauplanen über Bretterwänden, abgedichtet mit Plastiktüten und Stofffetzen, manche Behausungen bestanden gänzlich aus Pappe. Dazwischen Frauen vor rußenden Kochtiegeln, spielende Kinder, über ihren Köpfen der bunte Himmel der trocknenden Wäsche.

Ob er glaube, dass Männer, die Männer vergewaltigen, schwul seien, fragte Vinz. Der Verkehr verdichtete sich, von allen Seiten strömten Menschen auf die Straße. Vor ihnen schlingerte ein ramponierter Kleintransporter mit hochaufgetürmter Last, Unami überholte in einem gefährlichen Manöver. Viel schlimmer, sagte er mit einem kurzen Blick nach hinten, sie seien Tiere. Jemand schlug auf das Autodach, er verriegelte die Fahrertür und forderte auch sie auf, die Knöpfe zu drücken. Tiere vergewaltigen nicht, sagte Alexander, sie folgen lediglich ihrem Instinkt. Unami hupte einen Mann aus dem Weg, der auf der Fahrbahn Schlangenlinien lief. You got it, bro, erwiderte er, that's exactly what the Guma Guma do. Vinz konnte von hinten nicht sehen, ob auch Alexander sich in diesem Moment fragte, auf welcher Seite Unami im Zweifelsfall stehen würde, wenn es tatsächlich darauf ankäme, ihn und Alexander zu verteidigen; ihre Liebe, die der Grund war, warum er überhaupt in diesem Auto saß.

And you?, fragte Unami und blickte herausfordernd in die Runde, what kind of bums do you like? Big? Small? Wenn es die Mädchen einmal über die Grenze geschafft hätten, bekämen sie fette Ärsche, was an dem Maismehl liege, das hier industriell gefertigt und mit Zucker angereichert werde. Alexander drehte sich halb zu Unami, so dass er Vinz im Augenwinkel hatte. In Deutschland füttere man mit Maismehl vor allem die Schweine, sagte er, Unami begann zögernd zu lachen, doch keiner von beiden stimmte mit ein. Anyway, can't wait to have one of your girls, sagte er und bekräftigte seinen Appetit mit einem entsprechenden Laut. Eine deutsche Frau?, hakte Vinz nach, any pink meat, erwiderte Unami und lenkte den Wagen auf den Parkplatz eines Schnellrestaurants. Sie sollten sich noch einmal satt essen, hinter der Grenze gebe es nur noch Schweinefutter, er sagte: the stuff you waste on pigs.

Sie aßen im unsteten Schatten einer Markise, die im Wind flappte. Vinz schob die freie Hand in die Hosentasche und umklammerte die Wertsachen. Die Stimmung auf dem Parkplatz schien ihm angespannt und aufgeheizt. Junge Männer standen in Gruppen zusammen, strichen zwischen den Wagen herum und kontrollierten ihr Revier. I don't like them, sagte Unami, warf den halb gegessenen Burger in den Mülleimer und ging zum Wagen. Sie tankten voll, umzingelt von Lastwagen und einem Minibus, in den Fenstern die verängstigten Gesichter. Unami bezahlte den Tankwart aus Alexanders Portemonnaie, den Scheibenputzer wehrte er ab. Die Straße führte nun durch Ödland, das von Industrieanlagen und Tagebaugruben durchzogen war. In der Ferne ragten Fördertürme. Nach der aggressiven Atmosphäre in der Stadt wirkte das verwaiste Gebiet, seine melancholische Leere beruhigend, fast hatte das Wissen um die nahe Grenze und das Unbekannte, das sie dahinter erwartete, etwas Verheißungsvolles. Die einzigen Fahrzeuge, die ihnen entgegenkamen, waren überbreite Schwertransporter, deren Reifen rauchende Furchen auf dem Bankett hinterließen. Was haben sie geladen?, bemühte Alexander sich, das Gespräch wiederaufzunehmen. Diamonds, erwiderte Unami, and some of them maybe people. Nach einigen Kilometern tauchten die Kontrollanlagen auf. Eine Tafel hieß sie an der Landesgrenze willkommen. Der Freeway endete und verzweigte sich in Abfahrten und Schleusen. Der Zollbereich war von kasernenartigen Bauten und hohen Zäunen umzingelt. Dazwischen, wie eine ins ferne Grün eingestanzte Perforation, sah Vinz das durchbrochene Band des Grenzflusses.

Man hatte sie gewarnt. »Crazy guys« nannte sie der Chef der Autowerkstatt und verkaufte ihnen das nötige Rüstzeug für die Reise: zwei Warndreiecke, mehrere Sicherheitswesten, Reflektoren, mit denen sie den Wagen bekleben mussten. Ein unterkühltes »Good luck« hatte ihnen am Morgen Linda, die Wirtin der Lodge, mit auf den Weg gegeben, eine ältere Dame von britischer Sprödheit, die zu ihrem Vorhaben eine klare Meinung hatte: Auf keinen Fall mit dem Auto. Fly in, see the falls, fly out. Nun drohten sich ihre Prophezeiungen bereits bei der Ausreise zu bewahrheiten. Um Zeit zu sparen, hatte sich jeder in eine der Warteschlangen gestellt; wer zuerst drankommt, sollte dem anderen ein Zeichen geben. Den Schalter vor Vinz blockierte ein amerikanisches Paar, das lautstark mit dem Grenzbeamten stritt, anscheinend ging es um die Wagenpapiere. Alexander winkte Vinz herbei, der drängte sich neben ihn und warf seinen Reisepass in die Durchreichmulde. In der Scheibe spiegelte sich der grelle, schattenlose Platz; schemenhaft erkannte Vinz dahinter den Beamten, der den Pass wieder zurückschob. We're married, protestierte Vinz, by law, und er klopfte mit dem Finger auf die Pässe. Alexander tippte ihn unauffällig mit dem Fuß an. Der Mann beugte sich ein wenig vor, Vinz ahnte sein schlecht gelauntes Gesicht. Lustlos durchblätterte er die Dokumente, darin die Visa für die USA, Thailand, Marokko, gemeinsame Reisen, auf die Vinz stolz war. Er sei auch verheiratet, sagte der Mann, vor Gott, dann stempelte er ein Formular, reichte es Alexander und rief den Nächsten auf. Alexander zuckte ratlos mit den Schultern und flüchtete in den Schatten unter einem Vordach. Die Amerikaner hatten mittlerweile aufgegeben, abgeschlagen standen sie an der Mauer und berieten sich. Vinz trottete an seinen Platz in der Warteschlange zurück und wurde von einem Österreicher in Flecktarnkleidung weggeraunzt. Er knurrte zurück und stellte sich wieder hinten an.

Als er eine Viertelstunde später zu Alexander trat, stand ein Typ bei ihm. Er trug die Baseballkappe tief in die Stirn gezogen, sein Gesicht wirkte wenig vertrauenswürdig. Die Trainingsjacke war an den Ärmeln abgewetzt, die Uhr am Handgelenk dafür zu protzig, Vinz dachte: ein Guma Guma.
Was will er?
Er kann uns helfen, sagte Alexander auf Deutsch.
Wir brauchen keine Hilfe, wehrte Vinz ab. Im selben Moment kam Unami zurück. Als der Typ sah, dass sie in Begleitung waren, zog er ab. Unami rann der Schweiß über die Schläfen, zum ersten Mal sah Vinz seine sonst so markanten Züge verzerrt, in seinen Augen stand ein Ausdruck des Entsetzens, und was er zu berichten hatte, war tatsächlich ein Schock: Angeblich hatte man seine Aufenthaltserlaubnis einbehalten. He simply made it invalid, sagte er und ahmte mit einer schlaffen Handbewegung den Grenzbeamten nach, der ihn per Stempel des Landes verwiesen hatte. Und das hast du nicht gewusst? Vinz wechselte Blicke mit Alexander, der Unami alarmiert musterte. Er sei

schon seit Jahren hier, habe wie jeder andere hart gearbeitet, esse ihr Essen, kaufe ihre Produkte, halte sich an ihre Scheißregeln und heirate bald eine ihrer schönsten Frauen, this goddamn sonofabitch, rief er, die Wartenden schauten gleichgültig herüber. Warum er ihnen verschwiegen habe, dass er illegal im Land sei? Alexander bemühte sich um einen sachlichen Ton, doch Vinz wusste, dass er vor Ärger innerlich bebte. Illegal?, dehnte Unami das unselige Wort, I had this fucking permit!, und er deutete auf das imaginäre Papier in seinen Händen. Vinz spürte den Schwindel, der den Körper erfasst, wenn die Wirklichkeit über die Fassungskraft der Sinne hinauswächst. Wir hätten das Recht gehabt, es zu wissen, sagte er und glaubte, in Unamis Augen den Spott aufblitzen zu sehen, sein Hohnlachen über die Empfindlichkeit derer, die meinen, aufgrund ihrer Nationalität Anspruch auf die Wahrheit zu haben.

Und er habe das Recht, seine Familie zu besuchen, unterbrach Unami nach einer Weile das betretene Schweigen. Seine Mutter sei schwerkrank und brauche Medikamente. Er zog sein Smartphone aus der Hosentasche. Bevor sie stirbt, wolle er ihr die Frau zeigen, die er liebt, und er hielt ihnen das Display hin, darauf ein Foto von Aliya, wie Vinz sie zuletzt gesehen hatte: in dem schwarzen Kostüm, mit hochgestecktem Haar und ihrem rätselhaften Blick. Er war sich jetzt sicher, dass es ihr allein um das Kind ging, das sie von Unami erwartete. Das heißt, wir können nicht mehr zurück, stellte Alexander ernüchtert fest. You can, sagte Unami, I'm not. Es wäre ihre Chance, ihn loszuwerden, schob er hinterher, wissend um die Macht seines Lachens.

Vinz starrte benommen über den Platz, der hinter den Gebäuden in eine leere, von aufeinandergeschichteten Stacheldrahtrollen umgrenzte Fläche überging. Ein Stück Zaun hatte sich abgelöst, der Wind trieb das stachelige Geflecht in Schüben vor sich her; er musste an Wildwestfilme denken, wo die runden Ballen des Steppenläufer-Buschs einsam durch die texanische

Wüste rollen, ein Bild der Freiheit. Und wenn Unami nur testen wollte, wie weit ihre Solidarität reichte?
Vinz drehte sich um und ging zum Wagen. Ihm war, als schwebte er über den Boden; für einen Moment kehrte die alte Schwerelosigkeit zurück, dieses Gefühl, dass ihnen im Grunde nichts passieren konnte. Es war alles nur ein Spiel, das sie gewinnen würden, solange sie es gemeinsam spielen. Sie konnten dieses Experiment, zu dem sie sich entschlossen hatten, jederzeit abbrechen und zur alten Ordnung zurückkehren. Sie hätten zwar Geld verloren, aber dafür etwas viel Wertvolleres zurückbekommen.
Drüben sah er den Schleuser bei den beiden Amerikanern stehen, im Schutz des Land Rover zeigten sie ihm die Papiere. Alexander war nachgekommen und setzte sich auf seinen Platz. Unami folgte zögerlich, als wollte er ihnen Zeit geben, sich zu beraten, und als Alexander sich umwandte, sah Vinz, dass sie sich einig waren: Sie brauchten ihn nicht mehr. Aber er brauchte jetzt sie. Unami öffnete die Fahrertür, beugte sich herein und sagte: Are you sure, guys?

◆◆

Hinter der Brücke verliert sich die Straße zwischen Sicherheitszäunen und Stacheldraht. Ein Kind weist ihnen den Parkplatz zu; kaum zehn Jahre alt, schätzt Vinz, doch seine Gesten wirken auf eine beunruhigende Art routiniert. Als er aussteigt und nach dem Weg fragt, merkt er, dass der Junge gehörlos ist. Ob sie sich auskennen? Hinter ihnen steht das österreichische Safari-Paar; der Mann wischt sich den Schweiß aus dem roten Gesicht, die Frau klammert sich an ihre Handtasche. Sie wirft Unami einen missbilligenden Blick zu, dann stapfen beide in die Richtung davon, in die der Junge zeigt, hinüber zu den Gebäuden. Vinz drückt ihm eine Münze in die Hand. Don't do that, sagt Unami, so wird er nie zur Schule gehen. Lastwagen versperren den Weg, die Fahrer stehen vor den Kabinen und warten, womöglich seit Tagen. Händler schlendern herum und preisen auf dem Schwarzmarkt an, was das Gesetz vorschreibt: Warndreiecke, Sicherheitswesten, Reflektoren. In der Durchfahrhalle herrscht apathische Düsternis; Minibusse und Kleintransporter harren auf das entscheidende Zeichen zur Weiterfahrt. Zollbeamte stochern in Gepäckstücken, die auf dem Boden verstreut liegen, die Insassen hocken ringsum auf den Leitplanken, Säuglinge schreien. Auf dem angrenzenden Parkplatz kampieren die Menschen auf Decken und unter Planen. Sie halten auf das Backsteingebäude zu, vor dem sich alles drängt. Vinz heftet die Augen an Alexander, dessen blonder Kopf wie ein Fanal auf dem Meer der Gesichter treibt. Das erste Mal seit Jahren spürt er wieder das Bedürfnis, an seiner Hand zu gehen; ihn schaudert bei dem Gedanken, in die Menge einzutauchen, Teil von ihr zu werden, ein Mensch ohne Privilegien, mit nichts als seiner Hoffnung. Welcome to hell, sagt Unami resigniert, als hätte er längst gewusst, was sie hier erwartet. Dann reißt der Strom der Menschen sie mit.

In der Halle ist es stickig, von den Schaltern dringt Gezischel herüber, das Rascheln der Papiere, rhythmisches Knallen der Stempel wie Schüsse. In der Ecke entdeckt Vinz einen veralteten Nummernautomaten, der Zähler darüber steht auf 245, doch in keiner Hand sieht er die entsprechenden Zettel. In den anderen Reihen rücken die Wartenden schneller auf, dieses Mal zwingt er sich zur Geduld, von der Blamage bei der Ausreise hat er gelernt, dass weiße Hybris hier hart bestraft wird. Nach zwanzig Minuten, die Vinz endlos vorkommen, stehen sie an der Spitze der Warteschlange. Der Mann, der gerade abgefertigt wird, ringt die Hände und wiederholt seine erbarmungswürdige Litanei, die am Panzerglas abprallt. Schließlich gibt er sich geschlagen und schleicht davon. Sie werfen die Pässe in die Durchreichmulde, dann halten sie nacheinander die Luft an.
Etwas fehlt. Die geflochtene Haarpracht der Grenzbeamtin

wirkt wie ein Kunstwerk, der Edelstein ihrer Halskette echt, die weißen Fingernägel sind aufgeklebt. Während sie die Dokumente durchblättert, hält sie sich mit der anderen Hand ein Tablet ans Ohr und telefoniert. Unami beobachtet sie aus schmalen Augen, feindselig, denkt Vinz, oder mit dem Gedanken, sie zu ficken. Das blaue Formular, an dem sie scheitern, wird von einem Mann ausgehändigt, der eine Armlänge entfernt am nächsten Schalter sitzt und maschinenhaft die Zollpapiere stempelt. Vielleicht könne sie ja ihren Kollegen bitten, sagt Unami, if you would please be so kind, und er schenkt ihr von allen Arten des Lächelns, die Vinz bisher an ihm gesehen hat, das üppigste. Das Mikrofon raschelt, for the blue form, sagt sie, you have to queue, dann winkt sie den Nächsten heran.

Erst als sie aus der Reihe heraustreten, holt Vinz wieder richtig Luft. Unami gibt sich gelassen, doch Vinz sieht, wie der Pass in seiner Hand zittert. Did you see her bitchy bigwig tablet? Vinz verbeißt sich den Kommentar, auch Alexander steht der Sinn nicht nach Herrenwitzen. Now we have a serious problem, sagt er, und an Unamis abfälliger Geste sieht Vinz, dass sie es in diesem Moment alle drei wissen: nicht das blaue Formular ist ihr Problem, sondern die Farbigkeit ihrer Konstellation.

Sie reihen sich ein, zockeln voran, am Schalter lassen sie Unami vortreten. Um sie herum schießen die Stempel, entscheiden sich Schicksale, vom Zähler prangt wie ein Signum die immer gleiche Zahl. Vinz sucht nach einem Wort des Zuspruchs, das Alexander das alte Gesicht zurückgibt, das des unerschrockenen Freundes, der sich bisher noch allen Problemen gestellt hat. Doch er bleibt stumm. Diesen Alexander kennt er nur von den dunkelsten Momenten, ihren Niederlagen, bei denen es keine Sieger gab. Wenn er seinem nach innen gerichteten Blick folgt, enden sie beide in jener Szene, die Vinz ihrer Geschichte gern erspart hätte: wie sie am Abend von Vinz' Geburtstag zu dritt voreinander stehen.

Geburtstage, die eigenen und die der anderen, sind Vinz ein Graus; nichts deprimierender als die lauen Feste in der Mitte des Lebens. Also wollte Vinz nur dieses Essen zu dritt. Tagelang hatte er über der Formulierung seiner Herzensangelegenheit gebrütet, wissend, was er Alexander damit abverlangte. Hilft es dir, wenn ich ihn sympathisch finde?, fragte der, Vinz zuckte mit den Schultern, erschrocken, dass er die Frage im Innern bejahen musste. Am nächsten Morgen erwachte Alexander mit Bindehautentzündung und tropfender Nase. Er verbrachte den Tag im Bett und hielt sich die Entscheidung bis zuletzt offen. Vinz, im Hader mit der höheren Macht über das unmissverständliche Zeichen, kam stündlich ins Zimmer, reichte Alexander das Fieberthermometer und sagte: Nur wenn du dich danach fühlst. Eine Stunde vor dem verabredeten Zeitpunkt stand Alexander auf und schleppte sich ins Bad, und allein diese Geste, weiß Vinz im Nachhinein, hätte ihm genügen müssen.
Er hatte ein Erlebnisrestaurant gewählt; Fünf-Kontinente-Küche und ein Selbstbedienungsbuffet sollten langen Gesprächspausen vorbeugen, außerdem fürchtete er die Romantik eines gehobenen Lokals mit Kerzenlicht. Drinnen herrschte der Geräuschpegel eines Jahrmarkts. Manuel saß schon am reservierten Tisch, in Hemd und Jackett, als käme er zu einem Vorstellungsgespräch. Vinz ließ sich ungeduldig gratulieren, Alexander entschuldigte sich scherzend für den Zombie, dann warteten sie auf die Bedienung. Widerstrebend packte Vinz Manuels Geschenke aus, die er sich ausdrücklich verbeten hatte: ein handliches Notizbuch, einen faltbaren Kugelschreiber, was man für das Schreiben unterwegs halt so braucht. Alexanders Anerkennung klang ehrlich und ein wenig traurig. Vinz bestellte Sekt. Während die Kellnerin das Prozedere am Buffet erläuterte, betrachtete er Manuels Hände, die dicken Gelenke, die dünne Behaarung darauf, den spärlichen Bart, der sich von den Wangenkanten zum Kehlkopf kräuselte und stets nach männlicher Achtlosigkeit aussah, obwohl, wusste Vinz, Manuel täglich das

Messer anlegte; er sah, wie auch Alexander all das ins entzündete Auge sprang, was ihn, Vinz, zum Junkie gemacht hatte. Er schickte Manuel voraus ans Buffet. Und? Nett, erwiderte Alexander, soweit er sehen könne. Du hast Glück, fügte er hinzu und betrachtete, Vinz spürte es, über seine Schulter hinweg den Dritten, Manuel sei nicht sein Typ. Vinz nickte schwer und wusste nicht, ob er erleichtert oder gekränkt sein sollte.
Manuel kam wieder, den Teller voll Krokodilfleisch, ausgerechnet. Vinz entschied sich für Huhn. Während sie aßen, stocherte er Ansichten zu wechselnden Themen aus Manuels gleichmütig kauendem Mund hervor, Alexander stellte ihm ein paar Fragen zu seinem Studium und dem Nebenjob in der Werbeagentur. Dann leerten sie die Teller schweigend, Alexander zu geschwächt, Vinz zu befangen, um gegen den Lärm anzuplaudern. Manuel wirkte auch ohne Smalltalk zufrieden über seinem Reptil.
Die Kellnerin räumte ab, Vinz füllte die Sektgläser auf und wartete auf den richtigen Moment, hoffte gleichzeitig, ihn zu verpassen, niemals die Chance dafür zu bekommen. Tagelang hatte er die Worte abgewogen, im Kopf an Sätzen wie beim Schreiben gefeilt. Er hob das Glas – dass er sie beide liebe. Und weil er noch in dem Moment spürte, dass er log, nur lügen konnte, wenn er dasselbe Wort für zwei Menschen benutzte, die er so grundsätzlich verschieden für sich beanspruchte, schob er schnell hinterher: jeden auf seine Art. Der Sekt schmeckte mittlerweile schal. Alexander kämpfte mit der Serviette gegen den Tränenfluss, Manuel balancierte den Dessertlöffel auf den Fingerknöcheln. Vinz merkte, dass er »jeden auf meine Art« hätte sagen müssen, doch die Aussage war nicht nur grammatikalisch falsch. Er floh mit den Augen zu den großen Tischen, an denen Geburtstage, Bachelorarbeiten und Junggesellenabschiede gefeiert wurden. Liebe spürte er in diesem Moment keine, nur diesen stumpf gewordenen, ihm seit Kindertagen bekannten Schmerz, dass ihm die großen Dinge, über die er schreiben wollte, im Leben nicht gelangen.

Manuel verabschiedete sich zum Nachspeisenbuffet. Eine Weile beobachteten sie beide den bärtigen Studenten am Nebentisch, der ihnen gleich zu Beginn aufgefallen war, dann sagte Alexander plötzlich: Wenigstens bist du ehrlich. Vinz schnaubte leise. Würdest du das auch sagen, wenn du ihn scharf fändest? Der Student hatte im Lauf des Abends ein paar Mal herübergeschaut, Vinz schien, als hätte auch Alexander überlegt, woher er ihn kannte. Es war in den letzten Jahren vorgekommen, dass ein Besucher, mit dem Radar aufgespürt und in der Abwesenheit des anderen schnell einbestellt, ihre Wohnung wiedererkannte, das Bett, an das er schon einmal geführt worden war, eine Situation, die sich nicht immer vermeiden ließ – man scheute bei spontanen Verabredungen über die App lange Wege und bediente sich aus dem näheren Umfeld –, und doch hatten diese Begegnungen Vinz stets in eine innere Notlage gebracht, nicht weil er Alexander das Erstrecht missgönnte, sondern weil er es als demütigend empfand, dem Fremden den peinlichen Zufall zu erklären, und je weniger der sich davon gestört fühlte, desto beschämter Vinz. Es wäre ihm lieber gewesen, hätte der Typ ihn als Nutte beschimpft und kehrtgemacht.
Und wenn es so wäre, sagte Alexander, würdest du ihn mit mir teilen? Die Antwort blieb Vinz erspart; Manuel kam zurück, in der Hand einen Teller mit belgischen Waffeln. In seinen Mundwinkeln zuckte spöttisch die Entschuldigung für die Unmengen an Sahne. Wie er dabei die Lippen bog – gemäß seinem Leitspruch »Ich tu es trotzdem« –, wie der Stoff seiner Jeans sich beim Hinsetzen am Arsch spannte und er sich mit dem ganzen Körper dem Nachtisch hingab: die Waffelkruste im Mund zerknackte und sich das frisch Gebackene ohne Bewusstsein für die Schwere der Situation oder ihr zum Trotz auf der Zunge zergehen ließ, verging Vinz der Appetit auf alles Süße; er wollte Fleisch, seine Zähne in Manuels Leib.
Auch Alexander verzichtete auf das Dessert. Sein rechtes Auge war eitrig und geschwollen, der Keil auf der Stirn violett vom

Fieber, in einem fort tropfte die Nase; Vinz schnippte nach der Rechnung. Draußen ermunterte ihn Alexander, mit Manuel noch weiterzuziehen, es sei schließlich sein Geburtstag. Er verabschiedete sich von Manuel mit Handschlag, dann ging er schniefend davon; Vinz, mit der Möglichkeit, zwei Männer gleichzeitig zu lieben, hatte sich noch nie so elend gefühlt. Er steuerte Manuel, der sich mit der gleichen Eselhaftigkeit auch in die nächste Kneipe hätte führen lassen, zielstrebig in das Viertel, in dem er wohnte. Wie Vinz es sich zu seinem Geburtstag gewünscht hatte, schlief er noch vor Mitternacht mit Manuel, erschüttert, dass Alexander ihm keinen Einhalt geboten hatte.

◆◆

It's the car, sagt Unami, sie müssen den Wagen verzollen. Wie, dazu hat er keine Idee, oder er verschweigt sie aus gutem Grund. Sollen sie doch an ihren Stempeln verrecken, sagt er, das Arschloch und seine Hure. Wie er mit leeren Händen dasteht, die Pässe nach wie vor ungestempelt, in seinem Gesicht dieser Stolz, der vielleicht doch nur die verzweifelte Eitelkeit eines Mannes ist, der nichts mehr zu verlieren hat, tut er Vinz leid; er weiß, es ist kein Mitgefühl, sondern die Art, wie man Verlierer bedauert.
Eine Weile stehen sie mutlos neben dem Schalter; sie waren sich ihrer Sache sicher gewesen, hatten alles mehrfach durchgerechnet: Der Autovermieter hatte ihnen, vermutlich wegen der politischen und wirtschaftlichen Situation in Unamis Heimatland, eine Mitnahme des Toyotas untersagt, andere Anbieter verlangten für eine Grenzüberführung Wucherpreise. Die günstigste Lösung war der Kauf eines Gebrauchtwagens; Unami handelte mit dem Chef der Autowerkstatt einen guten Preis für den alten VW aus. Selbst wenn sie für den Rückweg den Flieger nähmen, würde die Sache sich rechnen und unterm Strich jeder von diesem Plan profitieren: er, Vinz, bekäme Stoff für seinen Roman, Alexander sein Abenteuer und Unami als Zuschlag auf seinen

Lohn ein Auto, dem der Händler noch einige tausend Fahrkilometer prophezeit hatte. Diese Reise war es ihnen wert. An ihrem Ende steht vielleicht ein neuer Anfang. Wenn sie sich am Flughafen von Unami verabschieden, durch die Sicherheitsschleuse gehen und ihm noch einmal zuwinken, bevor der große Schatten dieses Kontinents ihn für immer verschluckt, wird niemand ihn vermissen. Sie aber werden mit einer neuen Erfahrung von Großzügigkeit in ihre Beziehung zurückkehren. Es ist das Wesen einer richtigen Reise, dass sie kein Ziel kennt, nur die Bewegung nach vorn.

Unami geht los und liegt im nächsten Moment am Boden. Obwohl er lautlos gestürzt ist, hängt Vinz ein Schrei im Ohr, der nach innen verhallt ist. Watch your steps, sagt der Schleuser. Vinz erkennt ihn sofort wieder: die Trainingsjacke mit den abgewetzten Ellenbogen, das Streunerhafte seiner Erscheinung, diesen Blick, der darauf geschult ist, nach denen auszuspähen, die nicht weiterkommen. Er hält zwei amerikanische Pässe in der Hand, dazwischen klemmt das blaue Formular; Vinz ahnt, dass es ein Fehler war, ihn abzuweisen. Unami hat sich hochgerafft und presst sich den Arm an den Leib. Use your eyes, flucht er, der Typ murmelt eine Entschuldigung und wendet sich ab. Er geht zügig an der Warteschlange vorbei, drängt sich an den Schalter und schiebt das Formular der Grenzbeamtin hin, die es, ohne aufzublicken, stempelt. Auch die Pässe zeichnet sie ab, der Vorgang wirkt eingespielt. Der Mann, der bereits an der Reihe war, beschwert sich nicht, mit ausdruckslosem Gesicht erduldet er die Ungerechtigkeit. I told you these guys are animals, sagt Unami bitter. Der Schleuser bahnt sich seinen Weg zum Ausgang, und Vinz ist, als wichen die Wartenden vor ihm zurück.

Er findet ihn auf dem Parkplatz wieder, vor dem Land Rover der Amerikaner. Als sie Vinz bemerken, schließen sie die Türen und fahren weg. Vinz prüft mit der einen Hand, ob das Smartphone tief genug in der Tasche steckt, die andere hält das Geldbündel bereit. Sie hatten sich die Dollars zur Hälfte in kleinen Scheinen ausbezahlen lassen. Die großen versteckten sie teils im Gepäck, teils an ihrem Körper; Vinz drückt der Schuh von den Hundertern, die er unter die Einlegesohle geschoben hat. Der Schleuser dreht sich um, als habe er ihn bereits erwartet. Yes, you can help, sagt Vinz, und für einen Moment stehen sie Auge in Auge mit ihrer Beute, das Tier, das sich tot stellt, und das andere, das leben will um jeden Preis.

Als Vinz in der Nacht seines Geburtstags nach Hause kam, war er seit ein paar Stunden in seinem sechsundvierzigsten Lebensjahr. Im Innern jedoch fühlte er sich wie der Junge, der noch immer am Schreibtisch über seinen Kritzeleien sitzt, im Glauben, die Welt, wenn er sie nur genau genug zeichnet, werde irgendwann so sein, wie er sie sich vorstellt. Damals – längst benutzte auch er dieses Wort für die Erkenntnis seiner Hauptfigur, möglicherweise das falsche Leben zu führen –, damals, am Anfang, wusste er noch nicht, dass er die dritte Dimension, auf die es ankommt, mit Ehrgeiz und Willenskraft nur begrenzt würde beeinflussen können. Die Wunden des Gartens waren schon im nächsten Sommer verheilt gewesen. Auf dem Schlamm, den die Flut aus dem Wald gebracht hatte, gedieh der englische Rasen noch grüner. Der Vater hatte die Chance genutzt, die Grundstückhälfte auf Vordermann zu bringen. Mit dem Anhänger karrte er aus dem Gartencenter behauene Findlinge heran, die er in Hufeisenform um den Buntsandstein anordnete; sie stützten das Erdreich und verliehen der Böschung eine Optik, die an ein Amphitheater erinnern sollte. Die Mutter saß mal oben, mal unten auf den Rängen und sonnte sich, der Vater machte auf der Brennerautobahn wie jedes Jahr an der Wildbachverbauung Halt und rauchte seine Zigarette. Auf der letzten gemeinsamen Urlaubsfahrt – den Fünfzehnjährigen erinnert Vinz heute nur noch als sein eigenes literarisches Derivat –, stieg er nicht mehr aus. Durch die offene Wagentür hörte er das Rauschen, doch das genügte ihm jetzt. Als Waschbeton aus der Mode kam, ersetzte der Vater die Trittsteine durch Schieferbruch. Die Krokodile, ihres natürlichen Lebensraums beraubt, waren abgewandert, die Hangkinder bebauten zu dieser Zeit schon selbst Grundstücke, und auch die Pläne, die Vinz von der Welt hatte, waren jetzt andere; als er in die dunkle Wohnung trat, fiel ihm ein, dass er vor fast genau zehn Jahren, wenige Tage nach seinem fünfunddreißigsten Geburtstag, sein erstes Buch veröffentlicht hatte, darin die detailgenaue Skizze einer Liebesbeziehung, die so nie Wirklichkeit geworden war.

Alexander schlief nicht, Vinz sah es am Widerschein seiner Augen. Er setzte sich auf die Bettkante und atmete flach. Ich habe dir gar nicht richtig gratuliert, sagte Alexander, und Vinz: Schon gut. Dann wollte er etwas von dem größten Geschenk sagen, das er, Alexander, ihm je gemacht hatte, doch er fürchtete das Pathos der Reue und schwieg. Alexander knipste die Nachttischlampe an. Dave, der Labrador, war herangetrapst, saß im Türrahmen und bettelte. Es geht vorbei, sagte Vinz und zeichnete mit einer schwachen Handbewegung etwas wie verpuffenden Rauch in die Luft. Es ist wie eine schwere Krankheit; wenn man mittendrin steckt, kann man sich nicht vorstellen, je wieder gesund zu werden. Er wusste, dass der Vergleich hinkt; es war unfair, sich gegenüber Alexander, der wirklich krank war, zum Opfer zu machen.

Alexander rief Dave herbei, der die Pfoten auf die Bettkante legte. Sie streichelten ihm beide den Rücken, Vinz betrachtete ihre Hände, die auf dem Hund Zuflucht suchten. Du brauchst ihn, weil du nicht weißt, was du sonst schreiben sollst, sagte Alexander, und Dave legte den Kopf schief und fiepte: Stimmt.

Ich höre auf.
Das sagst du jedes Mal.

Jetzt meine ich es ernst.
Vielleicht solltest du lediglich aufhören, über dich selbst zu schreiben.
Ich schreibe über uns.
Deshalb ja.

Alexanders Handbewegung, die um sie beide herum einen Kreis beschrieb, schloss alles mit ein: die Wohnung, im Buch so beschrieben, dass man sie wiedererkennen könnte; die Stunden, Tage, Jahre darin, deren Staub sich auf den Formulierungen absetzte, die ihnen nicht mehr gerecht wurden oder schon damals, in Vinz' Präteritum, ihre Liebe an den Effekt verkauft hatten. Spätestens im dritten Buch wären sie am System der evolutionär und kulturell erfolgreichen Zweierbeziehung nicht nur biologisch, sondern auch poetisch gescheitert.
Ich kann nichts anderes, sagte Vinz und beobachtete den Hund, der mit schuldbewusstem Blick aufs Bett kletterte. Dann schreib ihn uns vom Hals, erwiderte Alexander und rückte zur Seite. Als Dave merkte, dass ihn keine Strafe erwartete, legte er den Kopf zwischen den Pfoten ab und grunzte zufrieden. Vinz streckte sich zaghaft aus, als fragte sein Körper um Erlaubnis. Aber ich bin ansteckend, sagte Alexander, und Vinz nickte erleichtert. Er löschte das Licht und blickte durch das Fenster nach draußen, wo der Himmel genauso ausgelaugt wirkte wie am Tag, und erst als sich dieser Himmel, den ein großer Dichter dieser Stadt als einen miesen, gelben, schmutzigen, einen verdammten Scheißdreck von Himmel bezeichnet hatte, im Zimmer breitgemacht und die Konturen ihrer mit der Entzündung ringenden Körper aufgelöst hatte, drehten sie sich die Gesichter zu und klammerten sich aneinander, in ihrer Mitte das Tier, das die Not der Menschen für sich zu nutzen wusste.

◆◆

In der Halle stockt noch immer die Zeit, doch von Alexander keine Spur. Wo er zuvor mit Unami stand, hat ein neuer Schalter geöffnet, die Menschen drängen dem Officer entgegen, in der Hoffnung auf seine Gnade. Auch an der Visa-Ausgabe sieht Vinz ein neues Gesicht. Die Frau mit dem Tablet ist in der Mittagspause, zählt die Dollars, fickt den Guma Guma. Beim Anblick von dreißig Dollar hatte er sich kurz die Lippen geleckt, dann stand er leguanhaft in der Sonne und hielt Ausschau nach einem besseren Fang. Erst als Vinz vor ihm auf die Knie ging und den Schuh aufschnürte, geriet sein Blut in Wallung. In der Hand hält Vinz drei Formulare: ein blaues, ein gelbes und den handgeschriebenen Wisch, den er am Schalter – an welchem? – gegen die Autopapiere eintauschen soll.

Dreimal läuft er die Reihen ab, fragt dreimal einen kopfschüttelnden Grenzbeamten nach dem Großen, Blonden, dann steht er am Nummernautomaten und hört sein Herz in der Fremde hämmern. Sie haben für den Fall der Fälle nie eine Absprache getroffen, die Heirat war das Äußerste an Absicherung, was sie noch mit ihren Vorstellungen von Freiheit vereinbaren konnten.

Draußen glüht der Wagen in der Sonne, verrostet und staubig, als hätte ihn jemand, der nicht mehr zurückkam, vor langer Zeit dort abgestellt. An ihm vorbei schlingern die Transporter, auf den Ladeflächen Familienclans, ganze Dorfgemeinschaften, Menschen, die einander nicht aufgeben wollen. Ein mit den Klebereflektoren behängter Typ drückt sich zwischen den Fahrzeugen herum, als er Vinz sieht, pirscht er sich an. Plötzlich glaubt Vinz die Reisefotos von Bernd und Alf besser zu verstehen: die Entscheidung, das Land mit seinem Schmutz und Elend draußen vor der Scheibe zu lassen. Er sieht die Bilder der Luxushotels und Kataloglandschaften, das heitere Geschmuse auf den Selfies jetzt in einem anderen Licht. Er hat sich mit Alexander für das Risiko entschieden, doch tatsächlich war dieser Schritt ein Eingeständnis ihres Bankrotts, während Bernd und Alf auf ihrer Reise schlicht Verantwortung für das übernommen haben, was sie sind. Ist es ein Zeichen von Liebe, wenn man sich und dem anderen die Wahrheit erspart?

Er brauche vier davon, sagt der Händler und deutet auf den Wagen, zwei vorne, zwei hinten, und er hängt ihm die Leuchtstreifen ans Handgelenk; Vinz, zermürbt von so viel Findigkeit, zahlt. Vor der Abfertigungshalle drückt er die Ware einem Mann in die Hand, der auf dem Boden sitzt, die Frau neben ihm stillt einen Säugling und sagt: May the Lord be with you. Als fürsorglicher Erzähler müsste Vinz an dieser Stelle seine Figuren an die Hand nehmen wie zwei Kinder, die sich im Wald verlaufen haben, und mit ihnen den langen Weg zurückgehen bis zu der Kreuzung, wo er den falschen Abzweig genommen hat, doch als er sie endlich erreicht, stehen Alexander und Vinz nicht mehr dort, sie sind ohne ihn weitergegangen.

Da sieht er den gehörlosen Jungen. Er teilt den Ankommenden ihren Platz zu, schickt sie mit souveränen Gebärden auf ihren Weg in die Hölle. Vinz stürzt zu ihm hin. Er zeichnet Alexander mit den Händen in die Luft, seine Silhouette, die breiten Schultern, kahlen Schläfen, den Keil auf der Stirn, sein Marken- und Erkennungszeichen, als wäre ihm, Vinz, in all den Jahren kein besseres Attribut eingefallen. Der Junge packt seine Hand und führt ihn auf dem Weg, den er heute schon zigmal auf und ab gelaufen ist, durch die Menge in die Halle, vorbei an den Schaltern mit dem Gewehrfeuer der Stempel durch eine Tür, die, Vinz würde darauf schwören, vorher dort nicht in der Wand war, dahinter ein großer, mit Bänken spärlich bestückter Saal, düster und dämpfig vom Stau der Menschen. Hinter einem langen Tresen sitzt ein Grenzbeamter und dirigiert mit fließenden Handbewegungen die Menge, das Aufstehen, Antreten, Abgehen; die Glücklichen ziehen mit Stempel davon, die anderen trotten zurück zu den Bänken. Sie werden, weiß Vinz, es wieder und wieder versuchen, bis ihnen nichts mehr anderes übrigbleibt als der Weg durch den Fluss.

Alexander steht in einer Ecke und füllt Formulare aus. Vinz drückt dem Jungen ein paar Dollars in die Hand, der stößt einen kehligen Laut aus und rennt davon. Alexander hebt den Kopf und winkt Vinz zu sich herüber.

Wieder reihen sie sich ein, rücken auf, der Grenzbeamte empfängt sie mit mürrischem Gesicht. Er blättert die Papiere durch, klebt die Sichtvermerke in die Pässe und beschriftet sie mit den nötigen Angaben; von seiner Langsamkeit bricht Vinz der Schweiß aus. Er kassiert die offizielle Visa-Gebühr und quittiert den Erhalt von zweimal dreißig Dollar ordnungsgemäß mit dem Stempel. Dann hängen sie wie ausgeblutet an einem der Stehtische und warten auf Unami. Plötzlich sieht Vinz sie überall: junge Männer, manche fast noch Kinder, die ihm vorher in der Menge nicht aufgefallen waren, in ihrer schäbigen oder auch vorsätzlich abgerissenen Kleidung, die den Wartenden beim Ausfüllen der Formulare helfen oder mit ihren Blicken die Menge sondieren und diejenigen herausstechen, die bereit sind, für ihre Zukunft alles herzugeben.

Wie viel hast du bezahlt? Vierhundert, sagt Vinz, Alexander pfeift durch die Zähne.

Ich glaube Unami seine Geschichte nicht, sagt Vinz.

Wir sind ja auch keine Brüder.

Bist du in ihn verliebt?

Dass ausgerechnet du das fragst.

Was der Kerl sie gekostet habe? Neben ihnen steht der Österreicher, seine Frau fächelt sich mit ihrem Reisepass Luft zu. Einen Löwen, sagt Vinz, das Gesicht des Mannes nimmt eine ungesunde Farbe an. Was steckt hinter der Sehnsucht der Weißen, die Big Five zu schießen? Kein Afrikaner würde den langen Weg nach Deutschland auf sich nehmen, um in der Eifel einen Rothirsch zu erlegen. Unami kommt zurück und präsentiert triumphierend die Einreisepapiere mit dem blutroten Stempel.

Wenig später sitzen sie wieder in der alten Ordnung, Vinz am Steuer, Alexander auf dem Beifahrersitz, hinten der Verletzte. Als die Türen zufallen und das Elend der Flucht draußen bleibt, atmen sie auf. Vinz kontrolliert das Smartphone und sieht die Nachricht auf dem Display: Sehen wir uns denn wieder? Hinter das vieldeutige Fragezeichen hat Manuel ein Emoji gesetzt, das die Zähne zusammenbeißt. Kaum hat Vinz den Motor gestartet, springt zwischen den Fahrzeugen der Junge hervor. Er läuft vor dem Wagen her und lotst sie in eine der Zollstraßen, die an einer Schranke endet. Dann bleibt er stehen und fällt zurück. Im Rückspiegel hebt er noch einmal die Hand, und Vinz ist, als riefe der Junge ihnen etwas hinterher. Does it hurt?, dreht Alexander sich zu Unami um, der die Beweglichkeit seines Arms prüft und dabei ein Stöhnen unterdrückt; sie blicken sich an und wissen in diesem Moment beide, dass er die Schmerzen dieses Mal nicht vortäuscht.

Der Grenzpolizist wirft einen kritischen Blick in den Wagen, dann steckt er das blaue Formular in die Brusttasche seines Hemds und öffnet den Schlagbaum. Zurück bleiben Glaube, Liebe, Hoffnung, diese drei; gegen christliche Motive in seinen Romanen hat Vinz sich immer gewehrt. Vor ihnen öffnet sich die gleiche Landschaft wie jenseits des Flusses: Busch- und Weideland, Mopane-Bäume, Akazien und einzelne Baobabs. Gras. Ziegen, die Nüstern im Staub, magere Rinder, ein Karren mit vorgespanntem Esel. Menschen, die auf etwas warten oder nur hier stehen, weil die Straße der einzige Ort ist, wo die Zeit vergeht. Alexander, Unami und Vinz. Sie fahren abwechselnd, der Sonne entgegen in ein Land, das neue Namen braucht.

MOSI-OA-TUNYA

Alle drei Minuten vollführt er die lebenserhaltende Bewegung: Einschaltknopf drücken und das Display entsperren. Dann liegt er bleiern da, nachmittags um drei, nur Schwerkranke und Depressive sind um diese Zeit noch nicht aufgestanden oder schon wieder ins Bett gegangen. Er starrt auf den Chat, bis der Bildschirm dunkel wird und sich nach weiteren fünf Sekunden in den Ruhezustand schaltet. Nichts ist so tot wie ein Smartphone, das nicht interagiert. Dabei hat er es mit so viel Liebe gefüttert. Manuel wie jeden Morgen einen Gruß geschickt, der jedoch unerwidert, vielleicht, schlimmer noch, ungelesen geblieben ist. Die Funktion der Lesebestätigung hat Manuel in den Sicherheitseinstellungen wohlweislich deaktiviert. Noch brutaler als eine gelesene Nachricht, die ohne Antwort bleibt, schlägt die zurück, die vom Empfänger entweder bewusst übersehen wird oder ihn erst gar nicht erreicht hat. Erreicht haben könnte; in der Verschiebung zum Konjunktiv tut sich der Abgrund auf. Seit Stunden dekliniert Vinz im Kopf den Katastrophenfall durch. Was in einer einzigen Nacht alles passieren kann. Und wie Manuel sie verbracht haben mag, wenn er um drei Uhr nachmittags, möglicherweise, noch immer schläft.

Auf dem Schwulenradar ist er zuletzt vor zwölf Stunden in Erscheinung getreten. Nach Mitternacht, weiß Vinz als erfahrener User, herrscht in der Community das darwinsche Prinzip; die Not ist groß, der Ton rüde, Detailaufnahmen und Zooms machen die zur Schau gestellten Balzorgane noch imposanter. Size does matter, wissen auch die Werbeinvestoren der App und streuen ihre Anzeigen gezielt in den Wettbewerb; kaum jemand ist verführbarer als der schwule Konsument bei seiner Suche nach Maximierung. Vinz' Groll gegen die Kultur der Homosexuellen rührt nicht zuletzt von der Durchschnittlichkeit seiner Körpermaße. Wäre er entsprechend ausgestattet, würde Manuel um diese Zeit schon an seiner Tür kratzen. So aber hat er bis in die frühen Morgenstunden eifersüchtig die Distanzanzeige überwacht. Zwar hält Vinz die schwule Online-Gemeinschaft für einen Ort beispielloser kommunikativer Verrohung, aber sie lügt nicht. Keine Antwort heißt, die Antwort bekommt ein anderer, und in Manuels Profil, so viel steht fest, stand der Suchmodus die ganze Nacht auf *Date*.

Die dritte Nachricht ist der entscheidende Fehler. Ein Brief, dessen Inhalt man nach Einwurf bereut, lässt sich mit großem Aufwand vielleicht noch aufhalten, schon einmal hat Vinz den Postboten bei der Leerung abgepasst, zu einer Zeit, als er seine Liebeserklärungen noch analog verschickte. Ein digitaler Fehltritt aber ist unwiderruflich in der Welt. Die erste Nachfrage, die er am späten Vormittag abschickte – er entschied sich für ein beiläufiges »Alles okay?« –, hätte Manuel noch als Zeichen der Fürsorge verstehen können; da ist ein Freund, der nachfragt und Anteil nimmt. Ohnehin ist es um Manuels soziales Umfeld schlecht bestellt. Abgebrochene Ausbildungen, Bindungsprobleme, eine fruchtlose Therapie und Trotz als Lebensform, die nichts als Schulden bringt, das waren die Fakten, die er nach der libidinösen Verrichtung aus Manuel herausgemenschelt hatte. Eine Einladung zum Essen hier, ein neues Kleidungsstück da, die Geschenke, hoffte Vinz, ließen sein Begehren weniger egoistisch erscheinen. Der Lust folgte mit dem gleichen Anspruch auf Erwiderung das Mitleid mit einem, der aus gutem Grund niemandem vertraut. An seinen Romanfiguren geschult, die Reflexe der seelischen Versehrtheit zu antizipieren, stellte er Manuel die richtigen Fragen. Kaum zur Tür raus, schrieb er eine Nachricht, er wusste um die Macht der Worte. Am nächsten

Morgen wünschte er Manuel einen schönen Tag, fragte wenige Stunden später nach, was er für den Abend plane, vielleicht auf ein Bier irgendwo? Abends scrollte er durch den Chatverlauf und überprüfte seine Erfolge. Beim Sport steckte er das Smartphone in die Trainingshose, behielt es am Schreibtisch im Augenwinkel, positionierte es bei der Hausarbeit und sogar auf dem Klo in Sichtweite. Und das alles für ein bisschen Sex?, fragte Alexander besorgt, und Vinz beneidete ihn um die Fähigkeit, die Männer, die er im Internet aufgriff, als das zu nehmen, was sie ihm anboten: ein Stück Fleisch, herausgeschnitten aus dem zähen Gewebe der Biographien. Auch Vinz hatte von Manuel das Filet gewollt, doch der gab ihm den ganzen blutigen Rest.

Niemals verlieben, heißt der dritte Paragraph ihrer Vereinbarung. Bernd und Alf haben in diesem Punkt vorgesorgt und sich für ihre Fremdgänge einen zeitlichen Vollzugsrahmen gesetzt, montagabends, wenn Alf beim Tango ist, und umgekehrt mittwochs, wenn Bernd boxen geht, wie überhaupt Vinz seine Freunde gleichermaßen dafür bewundert wie verachtet, dass in ihrem Leben alles Unkontrollierbare einen festen Platz hat, die Familie und der Freundeskreis, die Freizeit und der Beruf, obwohl auch Alf als Spielfilmredakteur einer Leidenschaft nachgeht, bei der die Arbeit nie fertig ist, und doch sind bei Bernd und Alf das Innen wie das Außen stets aufgeräumt und absehbar, sind Probleme, selbst Bernds Essstörung, binnen der gesetzten Frist gelöst, hat Vinz noch nie Spuren von Irrtum und Chaos entdecken können, weder in der Lebenshaltung noch in Bernds und Alfs jüngst ins Eigentum überschriebener Stadtwohnung, wo alles übersichtlich arrangiert ist, auch das in die Winkel der Schrägen integrierte Regalsystem mit den in einem fortlaufenden System teils aufgestellten, teils aufeinandergelegten, in der Mehrzahl gelesenen Büchern, darunter auch die beiden von Vinz, an denen Alf bemängelt hatte, dass die Hauptfigur keine innere Entwicklung durchmacht.

Wenn du dich beim Ficken nicht verlieben willst, musst du danach innerhalb von zehn Minuten das Feld räumen, hatte er mit verständiger Miene gesagt, als Vinz ihm von seiner Notlage erzählte. Bereits bei seinem ersten Treffen mit Manuel hatte er die Frist versäumt.

Manuel kommt online. Vinz liest in Endlosschleife die letzte Nachricht, die er so zaudernd formuliert hat, dass das Rechtschreibprogramm ihm hartnäckig Alternativen vorschlug. Ihm ist elend zumute, jedes Wort fühlt sich falsch an, das Licht des Displays sticht in den Augen. Noch nie hat er sich vom größten aller Gefühle gestärkt gefühlt, stets war er statt vor Liebe strotzend liebeskrank gewesen, auch Alexander musste ihn damals notbehandeln. Die Messenger-App unterteilt sein Leiden in zwei Stadien: Manuel *schreibt* oder Manuel ist *online.* Ersteres verschafft Vinz kurzfristige Linderung, doch treffen die ersehnten Zeilen endlich ein, ist der Rückschlag umso heftiger. Manuels Antworten sind stets so nüchtern wie eine Pressemeldung, nicht die intelligenteste Autokorrektur fände darin die Spur für ein Wort des Gefühls.
Vinz' Tag verstreicht zwischen bangen Blicken auf das schlummernde Gerät. Aus dem Warten auf den nächsten Kick zieht der Süchtige seine Hoffnung. Nicht sie stirbt zuletzt, es ist die Eitelkeit, die überlebt. Sieht er Manuel stundenlang online, ohne dass eine Nachricht kommt, setzt der kalte Entzug ein, der zweite und chronische Schmerzzustand: Der Arsch chattet mit Gott und der Welt, nur nicht mit ihm. Auf Facebook entgeht ihm keiner von Manuels Posts und Kommentaren, stündlich durchforstet er Instagram nach neuen Varianten seines Gesichts, der Twitter-Account, den er sich vor kurzem zugelegt hat, führt ihm vor Augen, wer Manuel noch alles folgt, es sind einige hundert.

Bitte antworte, schreibt Vinz, es sei dringend, dann steht er auf. Er muss raus aus der Warteschleife, will an die Luft, zum Rhein.

Zwei Gedanken liefern sich in seinem Kopf einen aussichtslosen Kampf; der eine befiehlt ihm, das Smartphone in der Wohnung zu lassen, der andere warnt, dass er derart amputiert draußen verreckt. Auf der Straße spürt er das Gewicht des kleinen Geräts an seinem Körper; Manuel, die Möglichkeit von Manuel, ist seine Waffe gegen die Wirklichkeit. Es nieselt aus einem schweren Novemberhimmel, der Wind peitscht in Böen, auf dem Gehsteig attackieren ihn die Regenschirme. Im Gewühl der Menschen fühlt er sich wehrlos, tatsächlich wie behindert, und er schnappt das Smartphone, tippt den Code ein und wird beinahe von einer Schirmspitze durchbohrt. Die Nachricht ist von Alf, der eine schöne Reise wünscht.
Dann endlich läuft er in die tröstende Umarmung des Flusses mit seinem modrigen Geruch der Unterwelt. Angeschwollen von den Regenfällen der letzten Wochen, schwappt der Rhein auf die Promenade. Abgesehen vom Rheinfall, liebt er diesen Fluss nur bei Hochwasser, wenn er sich aus seinem Betonpferch erhebt, gegen die mobilen Flutwände drückt und in der Altstadt aus den Kanaldeckeln quillt. Er geht los und heftet seinen Blick auf die Blasen, die wie flüchtige Augen auf dem Wasser treiben, kreisförmige Rückstauzonen zwischen den Strudeltrichtern, in denen sich der Himmel spiegelt. Eine Zeitlang hält er Schritt mit der Strömung; seit er denken kann, hat er sich mehr an Flüsse gehalten als an Menschen. Seine Kindheit: berauscht vom Wasserfall. Seine Romane: triefend vom Wasser, das als Metapher herhalten musste für die Getriebenheit seiner Figuren. Diese Stadt, die er nur erträgt, weil Alexander an sie gebunden ist: ein provinzielles Loch, wäre der große, weltgewandte Fluss nicht. Der weiß, wohin es Vinz zieht. Als er wieder aufblickt, steht er am Anfang der Straße, in der Manuel wohnt. Der Rhein ist hinter Mauern verschwunden, an seiner Biegung hat Vinz sein Herz begraben, jetzt geht er auf das Haus zu, das er nie hätte betreten dürfen. Er wird in Zukunft nicht mehr durch diese Straße gehen können, ohne in Höhe des Drogeriemarkts zu dem

Fenster aufzuschauen. Das Radar misst zwischen ihm und I_manu fünfzehn Meter, Vinz könnte ihn auf frischer Tat ertappen, und er ist sich sicher, dass Manuel ihn längst entdeckt hat und genau aus diesem Grund nicht reagiert. Qualvolle fünf Minuten steht er mit dem Smartphone in der Hand auf der Straße und wartet, dass der andere sich erbarmt. Dann flüchtet er vor dem Regenschauer in den Hauseingang, tippt mit klammen Fingern: Kann ich hochkommen?, sinkt gegen die Wand, rutscht ein Stück in die Knie und weiß, dass er tiefer nicht fallen kann. Neben ihm öffnet und schließt sich zischend die Glasschiebetür, er sieht die Mütter des Viertels ihre tropfenden Kinderwagen in die Drogerie stoßen und mit Einkäufen bepackte Studentenpaare wieder herausschlendern, die an sein Gewissen appellieren, ihn daran erinnern, dass er Alexander versprochen hat, sich um die letzten Dinge auf der Einkaufsliste für die Reise zu kümmern, die er heute längst schon hätte abarbeiten können: Pflegeprodukte, Notfallapotheke und Proviant, und auch für das andere, Grundlegende, das zu erledigen er Alexander zugesichert hat, ist er einen Tag vor Abflug reichlich spät dran, zu spät, denkt er, als Manuel antwortet: Gerade ungünstig.

Hast du Besuch?
Bin krank
Gestern warst du noch gesund
Vinzenz

Er hört das Doppel-Z in seinem Namen, den Zweifachzisch, auf den Manuel kein Recht hat.

Wir müssen reden
Damit wir danach wieder ficken?
Ist das so schlimm?
Ich will einen Freund, verstehst du

Im Posteingang wird eine Benachrichtigung angezeigt, Vinz ruft sie auf und überfliegt das Angebot eines Mannes in seinem Alter, der auf ein paar gelblichen Fotos präsentiert, was er zu bieten hat; im Hintergrund ein mit Kleidungsstücken überhäuftes Bett, ein Schuhregal, daneben öffnet sich eine Tür in eine schummrige Küche, Einblicke in einen nur fünfzig Meter entfernten Alltag, der genauso schlaff und bedauernswert wirkt wie die zur Schau gestellten Körperteile. Aus jeder dieser Wohnungen hat er in den letzten Jahren ein Stück Traurigkeit mitgenommen. Er erinnert sich, wie er einmal in ein Schlafzimmer geführt worden war, wo auf dem Nachttisch sein erster Roman gelegen hatte. Ihm war schlagartig die Lust vergangen, doch er hatte so schnell keinen stichhaltigen Grund gefunden, kehrtzumachen; die Wohnung war sauber, der Typ ansehnlich und schon kurz hinter der Tür spitz gewesen. Vorm Bett wand sich Vinz aus seinen Händen, deutete auf das Buch und fragte, wie er es finde. Der andere schien irritiert, dass sein Besuch sich zierte, wollte nicht über Literatur reden, sondern zur Sache kommen, ganz gut, sagte er, aber die Hauptfigur sei unsympathisch, dann drückte er Vinz runter auf die Knie, der sagte: Stimmt. Was folgte, war dieses Lust- oder Trauerspiel, das in dem Roman, der ihn die ganze Zeit von der Seite anglotzte, so etwas wie ein Leitmotiv darstellt, ein hastiger, von routinierten Handgriffen getakteter und von einem Orgasmus, der nichts besser macht, jäh beendeter Kampf des Triebs gegen die Liebe, wobei er das mit der Liebe, fiel ihm ein, als der andere in ihn eindrang, in den Druckfahnen wieder gestrichen hatte; bis heute weiß er nicht, welche Auffassung von Literatur, die auch eine Art zu leben ist, er teilen soll: dass zwischen den Zeilen alles geschrieben steht oder nichts. Er löscht die Anfrage und wischt sich zu Manuel zurück, zu seinem Satz, an dem nichts falsch zu verstehen ist.

Einen Freund, der dir hilft?
Einen, den ich lieben kann

In den großen Geschichten der Weltliteratur, die von denen erzählen, die zu viel wollen, stehen die Gierigen nach einem flüchtigen Genuss der Fülle mit leeren Händen da; Adam und der Anfang allen Übels, Goethes Faust, der Ruin des Vicomte de Valmont in Stephen Frears epochaler Verfilmung der *Gefährlichen Liebschaften*, nur Hans im Glück lebt mit dem, was er nicht hat, sorglos bis ans Ende aller Tage, und von Weltrang, weiß Vinz, ist sein Leiden noch weit entfernt.

Lass es mich versuchen
Alexander ist gut für dich
Vielleicht können wir uns aneinander gewöhnen
Ich habe alles von dir gelesen
Es sind nur Bücher
Ich möchte trotzdem lieber nicht darin vorkommen

Dagegen bin ich machtlos, sagt Valmont zu der an gebrochenem Herzen tödlich erkrankten Madame de Tourvel, als er sich eingestehen muss, dass in seinem perfekt arrangierten Plan der Liebesfall nicht vorgesehen war. Noch eine andere Szene kommt Vinz in den Sinn, von irgendeinem Nachmittag, er war in die Arbeit am zweiten Roman vertieft gewesen, als Alexander vom Institut nach Hause kam und, wie oft in dieser Zeit, ein Essen auf dem Herd stand, aus Zutaten, die der Kühlschrank hergab, in der Atempause zwischen zwei Sätzen eilig zubereitet und von all den Gedanken, die er dabei in den Topf rührte, ein wenig versalzen. Du bist wohl wieder verliebt, sagte Alexander, Vinz verdrehte die Augen. Aber unglücklich, erwiderte er und schob den Teller mit dem undefinierbaren Klumpen aus Reis und Gemüseresten weg. Solange es schmeckt, sagte Alexander und schob sich den nächsten Bissen in den Mund, dann waren sie nacheinander in Gelächter ausgebrochen, ein verschworenes und sardonisches Lachen, das ihm nun aus der Vergangenheit entgegenschallt und ihm gleichzeitig vorauseilt, als eine Vision, wie es einmal enden könnte, an einem stillen, nach Eintopf riechenden Werktag, wenn er sich nach der Mittagspause an den nächsten Satz macht, widerwillig, ehrgeizig, leidlich talentiert, montags oder mittwochs, nicht wissend, dass es sein letzter ist.

Ich will's dir erklären, schreibt er und weiß, dass er es nicht kann. Manuel antwortet nicht mehr. Der Regen ist stärker geworden, das Wasser spannt sich über den Boden wie eine dünne Haut und macht die Spuren der Menschen sichtbar. Tropfen platzen auf dem Display, Vinz wischt sie weg und ruft dabei unwillkürlich den Posteingang auf. Zwei weitere Nachrichten sind eingetroffen. In der einen fordert der Typ aus der Nachbarschaft eine Reaktion, in der anderen fragt Alexander aus sechs Kilometern Entfernung, wo er sei. Der Summer ertönt. Im DM, schreibt Vinz zurück, nebenan zischt die Glastür, dann tritt er ins Haus. In der Stille des Flurs glaubt er einen Moment, das Geräusch von fließendem Wasser zu hören, merkt dann, dass es nur sein Blut ist, das in den Ohren rauscht. Er steigt die Treppe hoch. Oben öffnet Manuel die Wohnungstür. Und der Rest?, fragt Alexander, und Vinz antwortet: Alles erledigt.

NOKTURNE

Das ist ein Stück tiefste Nacht, sagt er, vielleicht das, was ihr unser Herz der Finsternis nennt. Es sei nicht im Schutz der Dunkelheit geschehen, not in one of your worst nightmares, sondern im Licht der Mittagssonne, die sich vom Rauch kurzzeitig verfinsterte. My brother stopped crying. Er hält inne, als wüsste er um den Schatten, den das Wort *Bruder* auf sie wirft. Das Benzinfeuer sei ein schnelles, sauberes gewesen, das hochaufloderte und seinen Höhepunkt rasch überschritt. Wieder unterbricht er sich, gibt den Flammen die Zeit, die sie in der Vorstellung brauchen, um sich auszubreiten, dann fährt er fort: It was the tire that began to smoke. Der Qualm des Autoreifens habe alles in eine beißende Wolke gehüllt, die Augen der Männer leuchteten darin wie Glühbirnen. Sie filmten alles mit ihren Handys, möglichst nah und gierig nach dem Gesicht, wie es sich zu dem schrecklichsten Ausdruck verzerrte, den er je an einem Menschen gesehen habe. Welche Farbe hat ein Schwarzer, wenn er brennt? Wie meistens bei seinen sarkastischen Witzen zieht er die Stimme hoch und blickt erwartungsvoll in die Runde. Rosa, liefert er dann selbst die Pointe, *English*, und sogar weiß dort, wo das Feuer sich bis zu den Knochen fraß. Ohne Haut seien doch am Ende alle Menschen gleich. Später zeigen sie das Video ihren Kindern, die frühzeitig lernen sollen, auf welcher Seite ihre Väter stehen. Abends dient es der Nachbarschaft zur Unterhaltung, sie schauen es in ihren Eigenheimen und Läden an, auf den Plätzen und sogar im Polizeirevier, wo man die Bilder schon kennt. Irgendjemand stellt eine Kopie ins Internet, irgendein Nachrichtensender schickt es um die Welt, auf einer Welle der Empörung, die schnell wieder verebbt. Er schließt kurz die Augen, als horche er in sich hinein. Das Video sei das Einzige, was ihm von seinem Bruder geblieben sei, statt eines Grabes, und er zieht sein Smartphone hervor und fährt mit dem Daumen über das Display, dann lässt er es sinken und sagt: You're lucky, no signal.

Sie sitzen auf der Motorhaube unter einem Affenbrotbaum, dessen mächtiger Schatten bereits weit über die Straße ragt. Ihre Vorräte für den Tag sind aufgebraucht, auch die Kraftreserven gehen langsam zur Neige; nach zwölf Stunden Fahrt leistet sich keiner mehr eine Bewegung, die nicht unbedingt nötig ist. Soeben haben sie die letzten Schlucke aus der Wasserflasche geteilt. Der Sprit reicht noch für hundert, vielleicht hundertdreißig Kilometer, die nächste Tankstelle und die Stadt, wo sie sich ein Hotel nehmen wollen, werden sie erst im Dunkeln erreichen. Die Sonne, die am frühen Morgen über ihrer Lodge in den Bergen aufgegangen war, steht jetzt auf den Spitzen der Büsche, eiförmig vergrößert und von dieser Zinnoberröte, wenn die Luft von Staub, Rauch oder Nebel erfüllt ist, über den Wüsten und Meeren, im Smog der Großstädte. Sie können der Sonnenscheibe dabei zusehen, wie sie sinkt; während ihrer Bahn durch den Zenit haben sie ein Stück Unschuld verloren. Der Himmel ist noch leerer geworden und verfügt über alle denkbaren Farben. Höchste Erhebung vor dem Horizont ist eine Gruppe Akazien, deren Silhouetten im richtigen Abstand hintereinanderstehen. Allein die Tiere fehlen auf diesem Afrikabild, eine Herde Elefanten oder Giraffen, die mit wippenden Köpfen vor dem Sonnenuntergang vorüberziehen.
It's beautiful here, holt er ihre Blicke zurück, aber sie sollten nicht glauben, was sie sehen. Er steht auf, geht ein paar Schritte und stellt sich am Rand der Parkbucht vor ein Gestrüpp. Er wählt seine Position so, dass ein paar dürre Zweige ihn halbherzig verdecken. Niemand schaut zu, vor dem er sich verstecken müsste. Das letzte Auto fuhr vor zehn Minuten vorbei, mit ho-

her Geschwindigkeit, als hätte der Fahrer es eilig gehabt, noch vor Anbruch der Nacht anzukommen. Die Viehtreiber, ein paar übermütige Jungs, die sie überholt hatten, würden erst viel später hier eintreffen oder waren in eines der Dörfer abgebogen, die sich abseits der Straße im Busch verbargen, die Schilfkegeldächer der Hütten so verwachsen mit der Vegetation, dass man sie kaum sah, über den Baumwipfeln die Überlandleitungen, die den Strom an den Bewohnern vorbei in eine unbestimmte Ferne transportierten. Keine Wegweiser, keine Namensschilder. Auch kaum Abzweigungen; ein entlang des Freeways aufgefädeltes Land, das jenseits dieser Lebensader in der verdornten Ebene versickerte. Als die Idee aufkam, in einem der Dörfer nach einer einfachen Übernachtungsmöglichkeit zu fragen, hatte Unami im Rückspiegel milde gelächelt: You guys are really sweet.

Er pinkelt ohne Zuhilfenahme seines Arms, den er wieder in das Tragetuch gelegt hat. Der Strahl plirrt hart auf die Steine, das einzige Geräusch in einer Landschaft, die so vergessen wirkt, dass sie ihre Laute verlernt hat. Auch der Schulterblick, den er ihnen zuwirft, hätte im Roman über die bloße Geste hinaus eine Bedeutung, doch niemand schreibt hier.

Take the three of us, sagt er kurze Zeit später und stellt den Fuß zurück auf die Stoßstange; wer von uns wäre der Dieb? Er beginnt auszuzählen: eeny, meeny, miny, moe, wie bei den Kinderspielen, wo zu Beginn das Opfer bestimmt werden muss, catch a tiger by the toe, dann zeigt er mit dem Finger auf sich selbst. Schwärzer und schmutziger seien nur noch die Somalier, und er formt aus Zeigefinger und Daumen einen Revolver, der ein Ziel sucht. Ein paar der Männer standen noch eine Weile herum, um das Feuer im Auge zu behalten. Nur der Reifen glühte noch, und im trockenen Gras zuckten ein paar Flämmchen. Was hat er eigentlich getan?, habe ihn einer der Männer gefragt, und er lässt die Finger ins Leere schießen. Dabei sei der Typ der Erste gewesen, der seinen Bruder über die Plantage gejagt habe. Ihr

Spiel heißt: Fang den Dieb. Sie finden immer etwas, das einer von uns verbrochen hat. We are the *immigrants*, sagt er, der Abschaum. *Wir* nehmen ihnen die Jobs weg, klauen ihre Autos und bumsen ihre Frauen. *Wir* stecken sie mit der Seuche an. *Wir* sind faul und stinken, weil wir in den Baracken schlafen. Sechs Tage in der Woche habe er geschuftet, nur sonntags durfte er heim. Er schnalzt das Wort *home*, es gehört zu dem Wortschatz, für den er nichts als Verachtung übrighat. Jeder habe zu seinem Lohn einen Sack Avocados von dem Haufen bekommen, der ohnehin in den Müll wandert. Er sei zu Aliya gefahren, meistens per Anhalter, my angel Aliya, sagt er, zieht wieder das Smartphone hervor und betrachtet ihr Foto auf dem Display. You must bring me back to her, I'm counting on you. Sein Bruder habe weder eine Frau noch ein Zuhause gehabt. Er reckt den Kopf und fängt den letzten Sonnenstrahl zwischen den Bäumen, der sein Gesicht aufscheinen lässt, bevor es vor dem entzündeten Himmel tatsächlich sehr schwarz wird. Im Grunde wisse er nichts von ihm, nicht einmal wo er geboren sei. Gern würde er der Familie seine Sachen zurückbringen, damit ihr etwas von ihm bleibt. Nur ein paar Klamotten, wertloses Zeug. Er wiegt das Smartphone in seiner Hand und sagt: His name was Tendai, it means *be thankful*. Actually he was not my brother. Er zögert, als wollte er erst ihre Reaktionen prüfen. Aber wie ein kleiner Bruder sei er für ihn gewesen, Schicksalsgenosse, Verbündeter. You know. Er wiegt das Smartphone in der Hand, das ebenfalls Tendai gehört habe, and what you've suspected is true, sagt er, es sei tatsächlich gestohlen, von wem, wisse er nicht. Er habe ihn unterwegs getroffen, irgendwo auf dieser Straße, und er deutet in die Richtung, aus der sie gekommen sind, ein Auf und Ab der Horizonte. This is where I come from, sagt er, und sie blinzeln in diesem Moment alle drei in den zweigeteilten Himmel, in dem es zur einen Hälfte noch Tag ist und zur anderen bereits Nacht.

Der Fluss führte Hochwasser. Jeden Tag suchten sie das Ufer nach einer geeigneten Stelle ab. Sie schliefen in einem der Lager oder an der Straße, wo manchmal etwas zu essen abfiel. Fast zwei Wochen vergingen. Zwischendurch hätten sie es immer wieder an der Grenze versucht, doch sie seien jedes Mal abgewiesen worden, trotz ihrer frisch ausgestellten Pässe, für die sie ihr letztes Geld gegeben hatten. Dann fiel der Wasserstand. Sie schlossen sich einer Gruppe an, die einen Schleuser angeheuert hatte. In einer Nacht ohne Mond gingen sie zum Fluss. Angeblich sollte er dort leicht zu durchqueren sein, doch in der Mitte schwappte ihnen das lehmige Wasser ins Gesicht. Die Frauen hielten ihre schreienden Säuglinge in die Luft. Einen habe er davonschwimmen und untergehen gesehen. Der Schleuser trieb alle auf einer Sandbank zusammen und schlug auf die Mutter ein, sie solle aufhören, zu schreien. Er forderte noch mehr Geld. Ein paar, die nichts mehr hatten, ließ er auf der Sandbank zurück. Tendai konnte nicht schwimmen, also habe er ihn um die Brust gepackt. Das Wasser hat er überlebt, das Feuer nicht. Auf der anderen Seite wartete der Rest der Bande, und er blickt erwartungsvoll zwischen ihnen hin und her, from that point on you already know the story. Sie fanden einen Kriechtunnel, der unter den Grenzzäunen hindurchführte. Tendai habe eine Adresse gehabt, the boss of the garage, you remember? Für ein paar Monate hätten sie dort Arbeit gefunden. We changed tires, und in seinem fast schon vertrauten Lachen hören sie es in diesem Moment beide: das von jeder Hemmnis befreite Gelächter eines Menschen, der zufällig überlebt hat.

Als sie das Geschrei hörten, kamen sie von allen Seiten herbeigelaufen. Krochen aus ihren Löchern, wo sie den ganzen Tag herumlungerten, in ihren Körpern staute sich die ungenutzte Kraft. Ein paar Ernteaufseher, Leute von der Straße, die meisten, sagt er, selbst Pflücker, die uns verachten, weil wir für weniger Geld mehr arbeiten und das bessere Englisch sprechen. Sogar ein

paar Frauen aus dem Dorf waren herbeigeeilt, weil es etwas zu sehen gab. Ein Reifen sei stets schnell herbeigeschafft. Und immer habe einer irgendwo einen Kanister Benzin. Erst filmen sie ihre Babys, dann halten sie die Kameras auf die Flammen. Wir haben in der Mine gearbeitet, auf Baustellen und auf den Farmen. Er zeigt seine Handflächen, die trotz der schweren Arbeit weich und verletzlich wirken. I killed hundreds of chickens. Eat a lemon or an orange, it's gone through my hands. Er ballt die Faust, Demonstration seiner Entschlossenheit zur Rache oder Bild dafür, wie die grausamen Mächte ihn zerquetschen. Überall sei es dasselbe gewesen. Mit Glück bekäme man einen Zeitvertrag, aber die weißen Farmer rücken oft nicht mit den Papieren heraus, so können sie ihre Arbeiter erpressen. Tendai's life, sagt er, was the cheapest you can buy and the easiest to kill.
Die Rinder trotten heran, mit hängenden Köpfen und eingefallenen Flanken. In der Dämmerung wirken sie größer als zuvor, die schwankenden, braunen und weißgescheckten Leiber verdoppelt von ihrem eigenen Schatten. Die Hufe klappern rhythmisch auf dem Asphalt. Ein Teil der Herde watet am Straßenrand durch das raschelnde Gehölz, in dem die Dunkelheit wie eine zähe Flüssigkeit steht. Das letzte Licht fängt sich in den Augen der Viehtreiber, die neugierig herüberschauen und sich in ihrer Sprache Witze über das seltsame Trio zuraunen, das am Straßenrand kampiert. Er ruft den Jungs etwas hinterher, sie rennen feixend davon. Bald werde einer von ihnen nicht mehr nach Hause zurückkehren, sagt er und blickt der Gruppe nach, die rasch von der zerrinnenden Umgebung verschluckt wird. Auch sie würden irgendwann von hier fliehen. Tendai was sixteen, when he died. That's what he told me, fügt er hinzu, doch er schätzte ihn jünger. Auf dem Video habe er das Gesicht eines Kindes. Immer gebe es eine solche Großaufnahme, verwackelt und unscharf, und die Gesichter darauf glichen sich auf abscheuliche Weise; die Augen hervorgequollen und gelb vor Todesangst, im Haar bildet das Benzin glitzernde Perlen. Während einer filmt,

schaffen die anderen Steine heran, die sie untereinander verteilen, als handelte es sich um den zurückerkämpften Besitz, um den man sie betrogen hat. Er macht eine Pause; they truly believe that they're acting in the name of justice. Das Diebesgut ist längst zurück in die Hände des Besitzers gewandert, wenn überhaupt etwas gestohlen wurde. Doch sie treten und prügeln weiter und werfen die Steine mit der ganzen sinnlosen Kraft ihres Hasses, und er senkt dabei die Stimme, wie man im Dunkeln automatisch zu flüstern beginnt. Noch immer zucke er zusammen, wenn er Benzin rieche; dieser stechende Geruch, der plötzlich in der Luft liegt und sogleich wieder verfliegt. Es gluckert in den Mantel des Reifens und spritzt über den entblößten Körper. Die Männer kommen noch näher, sie wollen die Wunden sehen, den Moment, wie ihr Opfer unter den Tritten und Schlägen zusammensackt und nur von dem Reifen um seinen Hals noch aufrecht gehalten wird wie ein dürres Bäumchen im Wind, bevor einer das Zündholz wirft und das Feuer in die Höhe schießt, mit diesem Knall, der sie zurückweichen lässt und aus ihrem Blutrausch erlöst. Das Gummi verschmilzt mit der Haut zu einer klebrigen Schicht, die ausdauernd brennt und schwer zu löschen ist. Sie beklatschen ihr Werk und ziehen befriedigt weiter, während ihr in Deutschland, in Amerika oder wo immer jemand auf das Video stößt, nicht glauben wollt, was ihr seht.
Er schaltet das Smartphone ein und sucht eine geeignete Position. Signal is back, sagt er und dreht den Kopf, als halte er Ausschau nach dem Funkmast.
Sie folgen seinem Blick in den Himmel, in dem ein einziger Stern funkelt. Now you know the real story of my little brother, sagt er, ob es genug Wahrheit sei für einen Roman? In der Ferne blinkt ein Licht auf, es wandert eine Weile durch die blaue Ebene und verschwindet wieder. Was ich schreibe, ist nicht immer das, woran ich glaube, erwidert Vinz, über Unamis Lippen gleitet ein Lächeln. Das Licht taucht wieder auf, heller und für die

kurze Zeitspanne überraschend nah. Leicht versetzt folgt der Schall, das Dröhnen eines Motors, das rasch lauter wird. Es ist eines dieser klapprigen Fahrzeuge, denen sie am Tag in regelmäßigen Abständen begegnet sind, überladene Kleinlaster, die man besser schnell überholt. Wie verschmolzen mit der Fracht kauern ein paar Männer auf der Pritsche, Unami hebt die Hand zum Gruß. Es wird dunkel, sagt Alexander, wir sollten weiterfahren, doch weder Vinz noch Unami reagieren. Worauf warten sie? Hat keiner Angst? Auf, Brüder auf, es naht die Nacht, die Nacht.

OH!

Sie sitzen in der Bar des Hotels, das noch aus der anderen Zeit stammt, Vinz in großem Abstand neben Alexander, eingesunken in die Chesterfield-Sessel aus zerfurchtem Rindsleder, das bei jeder Bewegung knirscht und an der schweißigen Haut haften bleibt. Das Hitzegefühl steigt meist eine Viertelstunde nach Einnahme der Pille auf, Folge des gefäßerweiternden Wirkstoffs, der den Körper an entscheidender Stelle über Stunden hinweg mit Blut flutet, allerdings auch das Gesicht; beim Blick in den prunkvoll verzierten Wandspiegel sieht er seine Ohren pennälerhaft glühen. Der Preis für ein zuverlässiges Standvermögen sind Entstellungen, die er dem Typ, der längst hier sein müsste, vielleicht noch als Sonnenbrand verkaufen könnte, und er presst sich die kühlende Bierflasche gegen die Wangen. Das koloniale Ambiente trägt zu seiner Tarnung bei; im Schein der Kerzen schimmert die Wandvertäfelung aus Mahagoniholz, auch auf den verschnörkelten Opiumtischen und Kommoden liegt ein rötlicher Glanz. Er lauscht auf seinen Puls, das Herz klopft hart in der Brust und fordert vom Körper Einsatz, doch der Rest fühlt sich kümmerlich und taub an, weit entfernt von der Lust. Er wird unter jeder Berührung zusammenzucken, die Hände des Fremden wie Stromschläge auf der fiebrigen Haut empfinden, das Ganze eine Tortur wie meistens, wenn sie einen Dritten zu sich eingeladen hatten, früher, als sie noch glaubten, ihr Drang zur Untreue wäre für den anderen weniger kränkend, wenn sie ihm gemeinsam nachgehen.

Und wenn er nicht mehr kommt? Vinz schaut auf die Uhr, fast eine Stunde über der vereinbarten Zeit. Dann müssen wir uns mit uns selbst begnügen, erwidert Alexander und leert die Bier-

flasche, und erst jetzt wird Vinz bewusst, warum er sich von Anfang an gegen diese Verabredung gesträubt hat; seit Monaten haben sie sich nicht mehr berührt, jetzt sollen sie einen Dritten in ihre Mitte nehmen?
Er ist Polizist, sagt Vinz, er könnte uns dafür in den Knast bringen. Wir ihn auch, kontert Alexander und gibt dem Kellner ein Zeichen, der in seiner zu groß wirkenden Livree hinter der Bar steht, unter einem Porträt von Königin Victoria, die mit säuerlichem Gesichtsausdruck auf ihr Erbe herabblickt. Vinz beobachtet ihn, wie er umständlich – oder ist es eine besondere Form der Sorgfalt? – zwei Bierflaschen auf einem Tablett arrangiert und herüberträgt. Sein Gang wirkt schwerfällig, der steife Dienstanzug scheint ihn in seiner Bewegungsfreiheit einzuschränken; Vinz ist ihre Bestellung plötzlich unangenehm, als würden sie dem Kellner eine unzumutbare Anstrengung abverlangen, was er wahrscheinlich nicht denken würde, wenn der Mann, der sie bedient, ein Weißer wäre, und er spült den Gedanken mit dem letzten Rest Bier hinunter.
Ob er sonst noch etwas für sie tun könne, fragt der Kellner, auch seine Stimme schleppt sich. Warum hier nichts los sei, versucht Alexander ihn in ein Gespräch zu verwickeln. Der Mann mustert sie abwechselnd, Vinz ist sich sicher, dass er sich über seine roten Ohren wundert. But now you are here, sagt er. Sie sind die einzigen Gäste in der Bar, Vinz vermutet, des gesamten Hotels; beim Abendessen saßen sie allein in dem riesigen Speisesaal, in dem es so still war, dass sie versuchten, die Geräusche ihres Bestecks auf den Tellern zu vermeiden. Am Buffet standen die Bediensteten in ihren mit Tressen besetzten Hoteluniformen und starrten vor sich hin.
Ob er ein Bier mit ihnen trinken wolle? Vinz scheint, als wäge der Kellner tatsächlich einen Moment ab. I'm afraid I'm not allowed, sagt er dann und zeigt seine Verbundenheit, wie man es ihm beigebracht haben mag, das dienstfertige Lächeln. Wir erlauben es dir, sagt Alexander und deutet auf den freien Sessel.

Vinz fragt sich, wer der Mann ist, wenn er seine Livree abgelegt hat und nach Hause geht; er gehört hier zu den wenigen Menschen, die das Glück haben, einer Arbeit nachgehen zu können. Vinz schätzt ihn auf Anfang zwanzig; vor ihm liegt eine Zukunft, der ein großer Teil der Bevölkerung bereits entflohen ist. Wäre er ein Afrikaner aus ihrem Viertel, er trüge auch dort, auf dem Bahnhofsplatz und vor dem kleinen Afro-Shop, wo sie sich versammeln, eine Art Uniform, die seinen sozialen Status markiert: eine billige Lederjacke, Baggy-Jeans und rote Nikes, der Kleidungscode zugewanderter junger Männer, die ihre Zukunftspläne zusammenlegen, eine gemeinsame Währung, die ihnen die unberechenbare Macht der Schicksalsgemeinschaft verleiht, so dass die Passanten einen Bogen um sie machen. Auch Vinz ist ihnen stets mehr oder weniger unbewusst ausgewichen, doch nicht aus Angst, angeschnorrt, zum Kauf von Drogen animiert oder in andere Unannehmlichkeiten verwickelt zu werden, sondern weil er sich für seine Mitmenschen im Allgemeinen nicht besonders interessiert. Grundsätzlich meidet er bei seinen alltäglichen Gängen den Augenkontakt mit Fremden und die damit verbundene geistige oder physische Anstrengung, die eine Beschäftigung mit dem anderen bedeuten könnte.
Jetzt aber schaut er hin; bisher war Schreiben seine Strategie, sich auf dem Umweg der Abwendung und Isolation mit den Menschen doch noch in Beziehung zu setzen, weniger Leidenschaft oder Idealismus als eine selbstauferlegte moralische Pflicht, und bis auf die unvermeidbaren Hauptfiguren hat sein geplanter Roman eindeutig noch zu wenig Personal.
Setz dich, sagt Vinz. Zu seiner Überraschung gehorcht er. Der Handschlag des Kellners, der Rudo heißt, ist überraschend kräftig. Rudo?, wiederholt Vinz und betastet mit den Augen das Elastische und Sehnige der Finger, von denen er auf die verborgene Spannkraft des Körpers schließt, what does it mean? Der Kellner betrachtet ihn, als wundere er sich über die Frage. It means love – Vinz glaubt einen ironischen Unterton in seiner

Stimme zu hören –, that's what my parents wanted me to be. Oh really?, sagt Vinz und spürt das Blut in den Ohrenspitzen kochen. Rudo fragt nach ihren Namen, auch das scheinbar ohne wirkliches Interesse. I'm the triumphant, sagt Vincent, und Alexander: I defend men. Ihr Gelächter prallt an Rudo ab, nur seine Augen spotten, als er sagt: That's crazy, und damit, vielleicht ohne es zu beabsichtigen, das Lächerliche dieser Unterhaltung offenbart, die peinliche Situation, in die sie ihn mit ihrem Buhlen gebracht haben, und Vinz möchte aufspringen, Alexander an den Schultern packen und ihn daran erinnern, wer sie sind, doch stattdessen sinkt er noch ein Stück tiefer in den Sessel, in dem es sich so bequem sitzt.
So how do you like our country? Er fühle sich hier ziemlich weiß, erwidert Vinz. Rudo nickt bedächtig, dann sagt er: Unfortunately, most of the whites are gone. Sind sie nicht eher gegangen worden?, wirft Alexander ein, Rudo lässt sich nicht anmerken, was er von der Landreform des Präsidenten hält, während deren ein Großteil der weißen Farmer vertrieben, manche sogar umgebracht wurden, oder er verschweigt seine Meinung aus gutem Grund. Sein Vater habe auf einer Farm gearbeitet, sagt er dann doch, der Besitzer, ein Engländer, sei ein freundlicher Mann gewesen. But before he left, my father had to kill the cattle. Zweihundert Rinder, fügt er hinzu, Alexander murmelt die Beileidsformel in die Bierflasche. Sie tauschen Belanglosigkeiten aus – woher sie kommen, wohin sie wollen – oh, the falls, sagt Rudo, they're amazing. Er hat gerade seine Ausbildung im Hotelfach begonnen und möchte noch studieren; es ist der Traum aller jungen Männer hier, wenn man sie nach ihrer Zukunft fragt. Überhaupt scheint Unami sich in ihm auf eine gewisse Weise zu spiegeln; die Tiefe der Augen, in der ein alter Schmerz schlummert, die geduldige Art der Bewegungen, die vielleicht doch eine Form des Widerstands ist, seine gleichermaßen bezwingende wie unverbindliche Körperlichkeit. Im Roman könnte er Unamis Alter Ego sein, eine Schlüsselfigur

für den Plot, zusammengefügt aus flüchtigen Begegnungen und den Gesichtern am Straßenrand. And the guy who's with you is your driver?, fragt Rudo, nein, erwidert Vinz, Unami sei ihr Freund.

In einer anderen Geschichte, die bereits in die kollektive abendländische Idee von diesem Kontinent eingeschrieben ist, hießen sie jetzt Port und Kit Moresby – wer von ihnen spielte welche Rolle? –, ein von sich selbst und seinen Errungenschaften gelangweiltes amerikanisches Ehepaar, das durch Nordafrika reist, in der Hoffnung, seine verlorene Liebe wiederzufinden, doch sie driften noch weiter auseinander und stürzen sich in erotische Abenteuer, während sie immer tiefer in die Sahara vordringen, bis sie im Sonnenuntergang unter dem unermesslichen Himmel stehen. Sie setzen sich erschüttert in den Sand, Port legt seinen Kopf in Kits Schoß und versucht, diesen Himmel zu beschreiben, etwas Kompaktes, sagt er, das uns vor dem beschützt, was dahinter lauert. Doch mit dieser Geschichte kann Vinz sich nicht mehr retten, sie ist bereits erzählt, er hat den Roman von Paul Bowles in einer bestimmten Phase seines Lebens so oft gelesen, dass er viele Stellen noch auswendig kennt. Damals hatte das Buch ihn zu trösten vermocht, indem es benannte, an was er selbst litt; es ließ vor seinen Augen ein Afrika erstehen, das mehr Krankheit als Kontinent ist, denn das Unglück, das die Reisenden einholt, ist Teil eines noch viel größeren und grundsätzlichen Leidens, einer Selbstentfremdung oder vielleicht eher Selbstüberfremdung, die von der flirrenden Luft über der Wüste ins Unendliche gespiegelt wird. Port stirbt an Typhus, Kit verfällt einem arabischen Händler, der sie in seinem Harem gefangen hält.

Also sitzt Vinz da und fächelt sich mit dem Bierdeckel Luft zu. Rudo schaut ihm dabei zu und erweckt nicht den Eindruck von Verlegenheit oder Langeweile. Wie lange er noch arbeiten müsse, fragt Alexander, bis Mitternacht, erwidert Rudo, Vinz bedauert: Shame, aus seinem Mund klingt die Phrase wie ein Ge-

ständnis. Jemand steckt den Kopf zur Tür herein und ruft Rudo etwas zu. Er steht auf, glättet die Uniform und hebt das Tablett. Another beer?, fragt er, sie nicken stumm. Dann geht er zurück zur Bar, wo der Bewegungsablauf von vorn beginnt.
Wenn der Polizist nicht kommt, fragen wir ihn, sagt Alexander. Vinz friert plötzlich an den Armen, wie meistens, wenn die Zeit nach Einnahme der Pille überschritten wird, setzt der Kopfschmerz ein. Soll das ein Witz sein? Alexander schaut ihn eine Weile ernst an und entgegnet: Soll es?

Die Sonne ist am Rand des Himmels verschwunden. Was dahinter sei, fragt Kit, nachdem sie, den Kopf des Geliebten noch immer in ihren Händen, eine Weile einsam und tonlos geweint hat. Nichts, nehme ich an, erwidert Port. Nur Finsternis. Völlige Nacht.

◆◆

Endlos rollten die Scheinwerfer das Band der Straße aus. Die Dunkelheit schien Vinz hier noch dichter, von einer Absolutheit, die selbst die Sterne verschlang. Nach Sonnenuntergang war Dunst aufgezogen; schwach glühende Streifen am Horizont, die auf die schwarzen Hügel sanken und erloschen. Seit sie unterwegs waren, fragte er sich, warum die afrikanischen Landschaften ihn eher bedrückten als in Staunen versetzten. Sie bargen alle je gesehenen Landschaften als eine Art Mikrostruktur in sich und schienen bereits alles zu wissen, alles schon einmal gewesen zu sein, einschließlich ihres Gegenteils: durch Wälder drückte sich die Savanne hindurch, Flüsse waren zur Hälfte Sandwüsten, Gebirgszüge abgetragen und im Begriff, Ebene zu werden. Vor jeder Naturschönheit stand ihre eigene Metapher und versperrte den Blick, und dahinter ahnte Vinz die leere Mitte seines Schreibens: dass sich alles fortlaufend verwandelte, nur er selbst trat auf der Stelle, unfähig, sich zu verändern und der andere zu werden, der er sein wollte, ein Phantomschmerz, an den er sich klammerte, weil es der Kern seines Wesens war. Ließe er los, er würde durch die Gewissheit der Dinge hindurch ins Bodenlose stürzen. Schon als Kind war er davon durchbohrt gewesen. Er musste an den Hausaufsatz denken, siebte Klasse, Thema Sachporträt, das er dem Wasserfall im Garten gewidmet hatte. Die Arbeit war dem Deutschlehrer nur eine Zwei plus wert gewesen, wobei Vinz noch mehr als die Note Gut das Plus gekränkt hatte, das Zeichen für *fast*. Damals war sein Kummer über die misslungene Abbildung der Welt noch ungreifbar gewesen, heute trug er in seinen Büchern konkrete Namen; dass er das Menschsein als Lebensform, wäre es seine Entscheidung gewesen, nicht gewählt hätte.

Seit der letzten Rast schwiegen sie. Tendais Schicksal hatte sie betroffen gemacht, doch Vinz wehrte sich gegen das Mitleid, das er für Unami empfand – empfinden musste? Weil Unami in ein System der Erniedrigung und des Hasses hineingeboren worden war, das sich von Generation zu Generation fortsetzte? Aber war die Rolle, die ihnen dabei zuteilwurde, in Wahrheit nicht noch viel deprimierender: Zeugen dieser Ungerechtigkeit zu sein, ohne Anklage gegen den Verursacher erheben zu können?

Als Alexander nach einem Hotel in der Stadt fragte, kam von Unami keine Antwort. Vinz drehte sich um und sah ihn gekrümmt auf der Rückbank liegen, mit zur Seite gefallenem Kopf und leicht offen stehendem Mund. Nach der Rast hatte er nach einem Schmerzmittel gefragt, Vinz hatte ihm zwei Tabletten gegeben, kurz darauf musste er eingeschlafen sein. Die Baseballkappe war verrutscht und ließ die großen Ohren noch mehr abstehen, auf seiner Unterlippe hatte sich ein wenig Speichel gesammelt. Wie er schwer und geräuschvoll atmete, im Schlaf etwas Unverständliches murmelte und der Tropfen sich langsam einen Weg über das glatte Kinn bahnte, das im letzten Licht des Himmels – oder war doch der Mond aufgegangen? – bläu-

lich schimmerte, musste Vinz sich eingestehen, dass er Unami, trotz seines Misstrauens und sofern es überhaupt noch ein warmes Gefühl in ihm gab, mochte.
Er drehte sich wieder um, starrte in den Scheinwerferkegel und ließ seine Gedanken von der Straße fortreißen, den langen Weg zurück. Der Tag, als sie aus dem Flughafengebäude unter die weiße afrikanische Sonne getreten waren, lag weit entfernt. Er fragte sich, wo sie sich jetzt befänden, an welchem Ort und auf welcher Stufe ihrer Versöhnung – er grübelte lange über dem Wort, das einen Zwist voraussetzt –, wenn sie sich anders entschieden und Unami bei der nächsten Gelegenheit wieder abgeschüttelt hätten. Er stemmte sich gegen die Bekümmernis, die ihn befiel, als er sich die weiten Strände des Indischen Ozeans ausmalte oder sich auf den *Sentinel Mountain Drive* träumte, eine der höchsten Bergstraßen Afrikas. Er legte Alexander die rechte Hand aufs Knie; die Zaghaftigkeit dieser Geste, die sonst immer eine zupackende gewesen war, erschreckte ihn. Alexander vergewisserte sich mit einem Blick in den Rückspiegel. Eine Weile fuhren sie so, flach atmend und wie eingewachsen in ihre Sitze, nur mit dieser brüchigen Berührung als Verbindung. Irgendwann nahm Alexander seine Hand, legte sie sich in den Schoß und schloss die Schenkel. Vinz spürte die Wärme des Körpers, die weiche Wölbung seines Geschlechts, er kämpfte gegen die Tränen an. Alexander trat auf die Bremse, Vinz spürte, wie er die Oberschenkelmuskeln anspannte, seine Anstrengung, ihn noch so lange wie möglich festzuhalten, dann legte er Vinz' Hand zurück und schaltete einen Gang herunter. Der Wagen vibrierte auf dem aufgeplatzten Asphalt. Die Tränen flossen nach innen ab, hinterließen ein diffuses Druckgefühl in der Brust. Wir sind gleich da, sagte Alexander und deutete hinaus, in der Ferne sah Vinz die Lichter der Stadt. Dort angekommen, hatten seine Figuren eine neue und tiefere Stufe der Einsamkeit erreicht.

Sie trugen ihre Wundheit ins Hotel, wie man einen Geruch von draußen hereinbringt. Auch hier, glaubte Vinz, witterte man die fette Beute. Als der Mann am Empfang den Zimmerpreis nannte, sah er Alexander zusammenzucken. Für einen Rückzieher war es zu spät. Sie waren dem einzigen Hinweisschild gefolgt, das sie auf ihrer ziellosen Fahrt durch die Stadt gesehen hatten. Vier Sterne und der Name des Hotels, *The Queen's,* ließen auf ein wenig Komfort und westlichen Standard hoffen. Das Hotelgelände war von hohen Mauern mit Stacheldraht umgeben, auf dem Parkplatz patrouillierte ein Wachmann. We are pleased to welcome you, sagte der Hotelangestellte, dessen Augen von roten Äderchen durchzogen waren. Auch in anderen Winkeln der düsteren Empfangshalle entdeckte Vinz weiße Augenpaare. Von den großformatigen Schwarzweißfotografien an den Wänden blickten mächtige Männer, die einmal in diesem Hotel übernachtet oder hier ihre Konferenzen abgehalten hatten: Politiker, Generäle in Ornat, ein Bild zeigte den Präsidenten in jungen Jahren beim Handschlag mit einem weißen Amtskollegen, vermutlich aus der Zeit der Unabhängigkeitserklärung. Auf dem Porträt in vergilbten Achtzigerjahre-Farben, das über der Rezeption an der Wand hing, wirkte er bereits alt und verbittert.

Alexander bestellte drei Einzelzimmer. Das Kartenlesegerät funktionierte nicht, der Mann verschwand mit dem Apparat samt Kreditkarte im Speisesaal. Unami lehnte am Tresen und blinzelte schläfrig. Es hatte sie Mühe gekostet, ihn zu wecken, doch als sie das Hotel betraten, waren seine Lebensgeister zurückgekehrt. Er hatte sich von Alexander vor dem Bild des Präsidenten ablichten lassen. Time to retire, Papa, rief er zu ihm hinauf und posierte mit Victory-Zeichen, doch dann beschwerte er sich über das Foto, das ihn mit geschlossenen Augen zeigte.

Als der Hotelangestellte mit der Kreditkarte zurückkam, überprüfte Alexander mehrmals den Betrag auf dem Beleg. Vinz verlangte Internet, was sie weitere fünf Dollar pro Zimmer kostete. Alexander erkundigte sich nach einem Arzt, der Mann musterte desinteressiert Unamis verletzten Arm und verwies auf das städtische Krankenhaus. Unami wehrte ab, doch Alexander bestand auf irgendeiner Form der Behandlung und orderte Eis zum Kühlen, was nochmals mehrere Minuten in Anspruch nahm. Er trug Unamis Tasche, auch die schwere Flügeltür hielt er ihm auf. Im Lift inspizierte Unami sein Ebenbild in den verspiegelten Wänden. Don't you think I look sick?, sagte er, doch Vinz schien, dass es ihre eigenen Gesichter waren, die krank aussahen und neben Unami erschreckend alt.

Das Zimmer war im Gegensatz zu dem pompösen Foyer schlicht und abgewohnt, im Bad roch es nach Schimmel. Unter den zerbrochenen Fliesen vermutete Vinz eine Menge Ungeziefer. Er drehte die Dusche auf und begann auszupacken, erinnerte sich dann an die Frauen, die am Straßenrand Eimer und Wannen voll Wasser auf ihren Köpfen getragen hatten, und stellte die Dusche wieder ab. In einer Stunde hatten sie sich zum Abendessen verabredet. Er stand da und betrachtete das Zimmer, das sich irgendwo auf dieser Welt hätte befinden können; tatsächlich machte es keinen Unterschied, ob es nun die Wände eines afrikanischen Hotels oder die ihrer eigenen Wohnung waren, die ihn von Alexander trennten. Er stellte das Wasser wieder an, in der Hoffnung, das Geräusch würde ihm helfen, den Tränenstau abfließen zu lassen, doch auch nach weiteren Minuten waren die unregelmäßigen Wasserschübe noch kalt und seine Augen trocken.

Er ging zum Fenster. Unter ihm lag ein quadratischer Innenhof, der von den Fachwerkmauern des Hotels und einer rundgeführten Galerie mit hölzernen Arkaden eingefasst wurde und tatsächlich den Eindruck eines englischen Landsitzes erweckte. Auf einem akkurat geschnittenen Rasen standen Sitzgruppen aus weiß lackiertem, reichlich verziertem Metall und luden zum

Tee ein, Palmen in Kübeln flankierten den Pool, der so unberührt in seinem bläulichen Glanz lag, als wären die letzten Wellen eines Badenden schon vor Jahrzehnten verebbt. Fackeln tauchten die Szenerie in ein altmodisches gelbes Licht. Der Ort wirkte so friedlich und von weit her vertraut nur in seiner Verlassenheit und Leere; jeder Mensch würde mit seiner physischen Wirklichkeit das Bild zerstören, und er hatte den Gedanken noch nicht zu Ende gedacht, da sah er Alexander aus einem der Tudorbögen an den Pool treten. Reflexartig wich er hinter die Gardine zurück. Er wunderte sich über das Gefühl, etwas Verbotenes zu tun, während er beobachtete, wie Alexander seine Kleider über einen Stuhl warf, die Temperatur des Wassers prüfte und kopfüber eintauchte; es war gerade diese Selbstverständlichkeit, mit der Alexander seinem einsamen Vergnügen nachging, die ihn zum Voyeur machte. Er kraulte ein paar Bahnen, vom Wasser umspielt, wirkte sein Körper noch athletischer, die sportliche Darbietung selbstbewusst, der Anblick versetzte Vinz einen Stich. Warum hatte Alexander ihm nicht vorgeschlagen, gemeinsam schwimmen zu gehen? Er wandte sich ab und ließ sich auf einen Stuhl fallen. Das Zimmer mit dem sinnlos großen Doppelbett erschien ihm jetzt wie eine Gefängniszelle. Seit sie mit Unami reisten, buchten sie Einzelzimmer, eine kostspielige Entscheidung, von der Vinz anfangs noch geglaubt hatte, Alexander habe sie zu ihrem eigenen Schutz getroffen. In ihren getrennten Zimmern waren sie nun tatsächlich wie Brüder, die mehr die moralische Pflicht als die Freiheit haben, füreinander einzustehen. In dem Moment, wenn sie an irgendeiner Rezeption wieder selbstverständlich ein Doppelzimmer buchten, würden sie plötzlich erkennen, dass sie es geschafft haben. Gemeinsam schlössen sie hinter sich die Tür, und es wäre ihnen gleichgültig, was Unami über ihr Verhältnis denkt.

Vinz verspürte plötzlich den Wunsch, etwas aufzuschreiben; irgendwo hier vermutete er einen Anfang, lag der erste Satz verborgen, der ihm helfen würde, Klarheit über das zu erlangen,

was ihn ohne eine ordnende Syntax zu überwältigen drohte. Schreibend, wenn er die Dinge durch die Worte hindurch wie unter einem Brennglas betrachtete, würden die Ereignisse den Schrecken der Namenlosigkeit verlieren. Er glaubte nun zu wissen, was ihn beim Blick aus dem fahrenden Auto am meisten beunruhigt hatte: Bisher hatte er sich stets darauf verlassen können, dass der Satz weiterging, wenn er eine Pappel oder Erle am Fluss beschrieb, den Adlerfarn am Rand eines Moores oder das Moos am Wasserfall seiner Kindheit; jetzt wuchsen dort Mopane, Baobab und die von all der Wiederholung ausgedünnte Akazie; Namen, die vorüberzogen und ohne Nachhall verklangen. Sie setzten sich zu keinem Bild einer Landschaft zusammen, in der er sich sprachlich auskannte. Ähnlich stumm erschienen ihm seine Figuren; Alexander und Vinz, von denen er, als er leise die Namen vor sich hin sprach, nur die Zischlaute hörte. Dahinter war nichts als die drückende Stille dieses Zimmers. Sie verbot ihm die gewohnte Perspektive, die ihm zwei Romane lang ermöglicht hatte, sich den Schmerz vom Leib zu halten, in dem er sich nun endlich angekommen glaubte. Stets hatte er ihn wortreich umhüllt wie mit dickem Mull, durch den hindurch nur so viel abstrahlte, wie er in Sätze fassen konnte, als sein eigener misstrauischer Erzähler, schwankend zwischen der Zärtlichkeit, mit der er seine Figuren überschüttete, und dem Überdruss an ihren Bedürfnissen. Und wenn er für seine Geschichte bis ans Ende der Sprache reisen müsste, zum südlichsten Zipfel seiner Zunge, wo müsste er beginnen?
Er durchwühlte seinen Rucksack nach Notizbuch und Stift, doch als beides bereitlag, würgte ihn bei der Vorstellung, etwas niederzuschreiben, ein tiefer Ekel, als müsste er mit bloßen Händen einen Kadaver anfassen, der zu großen Teilen bereits verwest war. Er stand auf und ging wieder zum Fenster. Hinter der Gardine träumte der Garten sein nächtliches Bild der Unschuld. Alexander war verschwunden. Vinz fand ihn online; erst als er eine Weile durch die Profile in der näheren Umgebung

gescrollt hatte, begriff er, dass die Anzeige der Distanzen vom Anbieter der App abgeschaltet war, vielleicht eine Sicherheitsmaßnahme zum Schutz der User und ihrer Aufenthaltsorte in einem Land, in dem homosexuelle Handlungen mit Gefängnisstrafen geahndet wurden. Trotz der Gesetzwidrigkeit ihres Begehrens zeigten hier erstaunlich viele Männer Gesicht. Er rief Alexanders Profil auf und prüfte die Angaben, in denen sich nichts verändert hatte. Dennoch war ihm, als läse er den Steckbrief eines Fremden. Er vergrößerte das Foto, als könnte er so Alexanders Suchbewegungen durch die Stadt sichtbar machen, seine Neugierde auf die Möglichkeiten, die sich außerhalb der Hotelmauern boten.
Eine Nachricht traf ein, Vinz ignorierte sie. Er rief den Chat auf, in dem Alexander ihm zuletzt eine Einkaufsliste geschickt hatte, an dem Nachmittag vor ihrer Abreise, als er Manuel die Notwendigkeit einer Trennung erklären wollte und es dann doch nicht übers Herz gebracht hatte, Dienstag um 17.35 Uhr, das Gedächtnis der App war erbarmungslos. Er wusste, dass Alexander ihn sah, aus zwei Zimmerbreiten Abstand wie manchmal zu Hause, wenn sie sich, jeder an seinem Schreibtisch sitzend, beim Durchforsten der Online-Nachbarschaft ertappt und per Chat zum Abendessen in der Küche oder für den *Tatort* auf der Couch verabredet hatten. War ihre Vereinbarung zur geregelten Untreue doch nur der Versuch gewesen, ihrer Traurigkeit einen Ort außerhalb ihres innersten Kreises zu geben?
Auch Manuel wartete dort. Vinz' Antwort auf die letzte Nachricht stand noch aus; in der bangen Frage – er wollte Angst darin lesen – glaubte er ein Zeichen für seinen Sieg zu erkennen: »Sehen wir uns denn wieder?« Er hatte erreicht, dass Manuel ihn vermisste, und in dem kleinen Wörtchen *denn* verbarg sich die Macht, die Vinz sich allein dadurch zurückerobert hatte, dass er für Manuel unerreichbar weit weg war, Tausende Kilometer, jedoch nur das eine Wort entfernt, das Vinz ihm nicht geben wollte, noch nicht. Vor einer Woche hatte Manuel ihm

deutlich gemacht, nicht Teil eines Romans werden zu wollen, jetzt schien er darauf zu warten, dass Vinz ihm seinen Platz in der Geschichte zuwies, und alles, was er dafür tun musste, war, Manuel online dabei zusehen zu lassen, wie er jeden Tag ein Stück mehr auf diesem Kontinent verschwindet.
Bist du so weit?, schrieb Alexander, zehn Minuten, antwortete er, schloss das Smartphone an das Netzgerät an und öffnete das Fenster. Auf der stillen Wasseroberfläche des Pools spiegelte sich die Fassade des Hoteltrakts. Nur in drei Fenstern brannte Licht. Auch Kit und Port Moresby beziehen vom ersten Tag ihrer Reise an getrennte Zimmer, anfangs noch mit einer Verbindungstür, doch je tiefer sie in die Sahara vordringen, desto weiter rücken ihre Schlafstätten auseinander, sind getrennt durch labyrinthische Flure und Innenhöfe, in denen der Müll fault, bis ihnen in einem abgelegenen Fort eine Kammer mit einem einzigen Bett zugewiesen wird, in dem Port seinen Kampf mit dem Typhus ausficht, unter einem kleinen Fenster, vor das Kit ein Laken hängt, um die schreckliche Leere des Himmels auszusperren. Während sie ihren Mann mit dem Nötigsten versorgt, trauert sie über ihr eigenes inneres Absterben und sucht schließlich Trost in den Armen ihres Mitreisenden Tunner, in der Nacht, als Port erkennt, dass das Ziel ihrer Reise nicht zu erreichen ist, seinen Körper aufgibt und durch das Tuch vor dem Fenster hinaus in den Himmel über der Wüste geht.
Er ging ins Bad, breitete ein Handtuch über die Fliesen mit dem verborgenen Gewimmel, biss die Zähne zusammen und stellte sich unter die kalte Dusche. Das Wasser schmeckte nach Chlor.

Sie klopften dreimal an, dann traten sie ein. Der Fernseher lief. Unami lag auf dem Bett, als wäre er so, wie er sich hingeworfen hatte, sofort eingeschlafen. Im Bad plätscherte die Dusche, Alexander stellte sie ab. Er ging zum Bett und berührte Unami an der Schulter. Rüttelte ihn, Unami wälzte sich auf den Bauch. Das Eis schmolz aus dem Plastikbeutel in die Matratze. Er wacht heute nicht mehr auf, sagte Vinz und suchte nach der Fernbedienung, es waren Schlaftabletten; er schaltete den Fernseher ab. Die Dusche tropfte nach, er musste sich zwingen, nicht die Aufschläge mitzuzählen. Das können wir uns nicht leisten, sagte Alexander bei fünf; Vinz hatte mit einer härteren Strafe gerechnet. Alexander zog die Bettdecke in Form und warf sie über den Schlafenden. Schien kurz zu überlegen, deckte ihn wieder auf und zog ihm die Schuhe aus. Ich wollte einen Abend mit dir allein, flüsterte Vinz, Alexanders Blick sagte etwas wie: und dann? Er hob Unami vorsichtig an und drehte ihn auf den Rücken. Wartete einen Moment ab, befreite behutsam den Arm aus der verhedderten Schlinge und positionierte ihn im rechten Winkel auf dem Bauch. Er ist geschwollen, sagte er und tastete vorsichtig das Gelenk ab. Das T-Shirt entblößte einen Streifen der Leisten. Unami wollte sich wieder umwenden, Alexander hielt dagegen, bis der Körper sich im Schlaf ergab; Vinz war, als hätte er für einen Sekundenbruchteil die Augen geöffnet. Das ist doch alles nur ein Spiel, sagte er, beugte sich über Unami und löste das Pflaster von der Stirn. Hervor kam ein gerader, kurzer Riss, eher Schnitt als Platzwunde. Er stellte sich vor, wie Unami gezielt das Messer angesetzt hatte, doch als er endlich aufzublicken wagte und Alexanders bestürztes Gesicht sah, wusste er, dass er mit diesem Gedanken nur den Schrecken über sich selbst fernhalten wollte; dieses Ausmaß an Misstrauen, das ihn schier entmenschte. Du hast ja wirklich Angst, sagte Alexander; er streckte die Hand aus, und Vinz war, als wollte er sie ihm auf die Schulter legen, doch er brachte nur das Kissen in Form und bettete Unami darauf wie einen Schwerkranken. Und du, fragte Vinz, hast du keine Angst? Alexander breitete die Decke über Unami und strich die Falten glatt; es fehlte noch, dass er ihm einen Kuss aufdrückte. Doch, sagte er, große sogar; er riss die Decke wieder weg, packte Unami am Bund seiner Shorts und zerrte sie auf die Schenkel. Vinz starrte hin. Damit das klar ist, sagte Alexander, Unami warf sich stöhnend auf den verletzten Arm. Alexander ließ ihn aufgedeckt liegen und ging aus dem Zimmer. Die Dusche hatte aufgehört zu tropfen. Ein paar Sekunden noch beobachtete Vinz eine Schabe, die vor dem Wasser geflüchtet war und orientierungslos über den Boden krabbelte, dann schaltete er das Licht aus und folgte Alexander zum Lift. Der Spiegel hatte sein Gesicht um eine weitere Niederlage älter gemacht. Sie fuhren stockend abwärts. Übrigens haben wir eine Verabredung, sagte Alexander und hielt ihm das Smartphone hin. Vinz war erleichtert, dass sich im nächsten Moment die Tür öffnete.

◆◆

Rudo poliert Gläser. Er nimmt eins aus der Vitrine, dreht es durch das Tuch, stellt es zurück, greift nach dem nächsten. Die Gläser sind einwandfrei, seine Bemühungen um noch mehr Glanz zwecklos, doch er tut seine Pflicht. Vinz kann nicht von der Vorstellung lassen, eins dieser Gläser zu sein; sollte Rudo es aus Versehen fallen lassen, würde er mit der gleichen Ergebenheit die Scherben zusammenkehren und den Tadel seines Vorgesetzten entgegennehmen, den er im nächsten Moment bereits vergessen hätte. Wenn das Haus, das er mit diesen Händen baut, einstürzt, wendet er sich ab und baut ein neues, denn der Einsturz war nicht Folge seines handwerklichen Versagens, sondern die Macht des Schicksals. Schon den ganzen Abend geht Vinz diese Frage durch den Kopf: warum Unami nicht eingegriffen hat, als man seinen Bruder tötete. Wo war er selbst in dieser Geschichte? Seine Verzweiflung und Todesangst, die Hilfeschreie und Tränen? Rudo wechselt die niedergebrannten Kerzen auf den Tischen, andere, die im Luftzug erloschen sind, zündet er wieder an. Lass nie die Kerzen ausgehen, mag man ihm gesagt haben. Jetzt möchte Vinz der Docht sein. Rudo wendet sich den Flaschen im Wandregal zu, jede einzelne staubt er ab, was er wahrscheinlich schon am Vorabend getan hat. Einmal hat Vinz ihm zugelächelt; Rudo nahm es mit einem Nicken zur Kenntnis, dann wischte er über den Schanktisch. In der Bedeutungslosigkeit dieser Geste erkannte Vinz eine vielleicht ehrlichere Form der Hingabe. Gern wäre er eine blanke, metallene Fläche.

Er kommt, sagt Alexander und präsentiert die soeben eingetroffene Nachricht auf dem Smartphone.

Warum verlangst du das von mir?

Ich verlange es nicht, erwidert Alexander.

Aber du möchtest, dass ich dabei bin.

Weil es uns sonst vielleicht noch schlechter geht?

Eine leichte Röte fliegt Alexanders Gesicht an, schwach zeichnet sich auf der Stirn der Ärger ab. Vinz muss an einen Abend zurückdenken, als nach einem langwierigen Chat, der sie bereits hätte alarmieren müssen, ein Mann die Wohnung betreten hatte, der so wenig dem auf den Fotos angekündigten Menschen entsprach, dass Vinz ihn nur an diesem irgendwie ordinären Zug um die Augen wiedererkannte, der ihn schon auf dem Profilbild abgeschreckt hatte, ein nicht unattraktives, aber, was die Fotos unterschlagen hatten, erheblich gealtertes Gesicht, das Alexander jedoch nicht zu stören schien, denn nach einem kurzen Wortwechsel, der offenbarte, dass auch der Typ von Vinz' physischer Realität enttäuscht war, sprachen ihre Augen das Codewort, auf das hin Alexander sich mit dem Gast ins Schlafzimmer und Vinz sich in sein Büro zurückzog, wo er eine knappe Stunde in einem Roman las, wobei er vor dem Umblättern stets auf Geräusche lauschte, bis er die Wohnungstür zufallen hörte und kurz darauf Alexander im Zimmer stand, der halb grinsend, halb kopfschüttelnd O Gott! sagte, woraufhin Vinz das Buch zuklappte, das er, erinnert er sich an seine Worte, auf diese Weise immerhin endlich fertig gelesen habe, und sich an Alexander vorbei in die Küche drückte, um das Abendessen vorzubereiten. *Damals*, denkt Vinz, hatte er die tiefe und beruhigende Gewissheit empfunden, dass es mehr Liebe als das nicht geben kann, tatsächlich etwas wie Glück, doch aus jetziger Sicht erscheint ihm diese Begebenheit wie der Tiefpunkt ihrer Beziehung, ein Desaster, bei dem sie hätten merken müssen, dass mit ihnen etwas nicht mehr stimmt. Zwischen dem einen und dem anderen Gefühl liegen fünf Jahre und mehrere tausend gemeinsame Kilometer.

Es ist nur irgendein Typ, sagt Alexander, was plötzlich so schlimm daran sei? Dass er über eine Stunde zu spät kommt, erwidert Vinz, wobei ihn nicht die vergeudete Zeit ärgert, sondern die Tatsache, dass sie einem Fremden solche Macht über sich geben, demütig wartend, dass er sie erlöst, doch den Halbsatz verschweigt er. Rudo steht wieder an seinem Platz hinter der Bar. Alle Arbeiten sind erledigt. Die Gläser und Flaschen stehen in Reih und Glied, die Flächen glänzen. Bald werden die letzten Gäste gehen. Er schaut zu ihnen herüber, damit ihm das Zeichen nicht entgeht, auf das hin er die Rechnung bringen wird. Wir haben ihn die ganze Nacht für uns allein, sagt Alexander. In Zivil, fügt er hinzu und blickt zur Tür.

◆◆

Die Polizeikontrollen ließen die staatliche Gewalt erahnen, die das Land im Würgegriff hielt. *Police ahead,* kündigte alle dreißig oder vierzig Kilometer ein mobiles Schild an, dann tauchten die hitzeflirrenden Gestalten auf. Vinz drosselte das Tempo und schob das Smartphone aus der Ablage in die Hosentasche, auch Alexander suchte reflexartig verdächtige Gegenstände; das Auto war übersät mit den Spuren ihrer ausschweifenden Reise. Im Spiegel entging Vinz nicht, wie auch Unami eine aufrechte Haltung einnahm, als gälte es nun, keine Schwäche zu zeigen. Was wollen sie von uns?, drehte Alexander sich zu ihm um. Your innocence, sagte Unami, sie sollten sich nichts anmerken lassen. Vinz fragte sich, was sie in Unamis Augen vor der Polizei zu verbergen hatten und ob er nicht längst sein Wissen ausnutzte,

dass der Grund, warum sie mit ihm unterwegs waren, in diesem Land strafbar war.
Einer der Polizisten beschrieb eine wellige Handbewegung zum Boden hin, die Vinz an die Zeichen der Anhalterfrauen erinnerte. Nur zwei der Männer trugen Uniformen, die anderen wirkten wie von der Straße rekrutiert: Fußgänger mit schlechten Schuhen, die sich im Lauf des Tages dazugesellt haben mochten und nun der Staatsmacht gegen ein paar Dollars ihre Körperkraft zur Verfügung stellten, die beunruhigende Präsenz ihrer flackernden Augen. Vinz brachte den Wagen zum Stehen, dann ließen sie nacheinander die Scheiben herunter. In den Holstern der Polizisten steckten Pistolen, Schlagstöcke und sogar Messer.
Während der eine lustlos eine Runde um den Wagen drehte, begann Unami mit dem anderen, der sich als Constable Makonde vorstellte, ein belangloses Gespräch: How are you? Thank you, I'm fine, how are you? I'm fine when you are. Er nannte ihr Ziel und stellte seine Begleiter aus Deutschland vor – oh! Germany! Die Stimme des Polizisten war hell, seine Aussprache ein wenig geziert, das Gegenteil seiner kantigen Erscheinung. Unami stand der Schweiß auf der Stirn. Und er sei ein Freund der beiden? Vinz sah, wie der Cop ihn und Alexander bei dem Wort *buddy* grinsend musterte. I'm their guide, beeilte Unami sich zu sagen, enviable, erwiderte Constable Makonde und ließ offen, wen er um was beneidete. Die Schutzweste und der fest gezurrte Gürtel verstärkten den Eindruck eines Mannes, der nicht lange zögert, doch unter der Schirmmütze hatte er das verschmitzte und von sich selbst begeisterte Gesicht eines Jungen, der mit ein paar zusammengesuchten Gegenständen Polizist spielt. Der andere kam von seiner Runde zurück. Die Kennzeichen!, fuhr es Vinz durch den Kopf. Er glaubte nun zu wissen, was Unami mit seiner übertriebenen Redseligkeit verhindern wollte; die Stempel in seinem Pass würden ihn als Geflüchteten entlarven, und Vinz wagte nicht daran zu denken, welche Strafe in einer Diktatur wie die-

ser einen Systemverweigerer und Landesverräter erwartete. Unami wehrte alle Versäumnisse ab, die der andere, wesentlich schlechter gelaunte Polizist ihnen anzuhängen versuchte; an der Grenze habe man ihnen versichert, dass der Wagen ausreichend mit Reflektoren versehen sei. Selbstverständlich seien sie im Besitz einer IDP, und er winkte mit dem Wisch, für den Vinz teuer bezahlt hatte. Unmöglich, dass sie die Geschwindigkeit überschritten hätten, das Äußerste, was dieses Auto schaffe, seien hundert Stundenkilometer. Is it? Constable Makonde legte den Kopf schief und befahl ihnen auszusteigen. Er ließ sich Sicherheitswesten, Warndreiecke und Ersatzrad zeigen und zog, als er keinen Grund zur Beanstandung fand, ein beleidigtes Gesicht. Eine Weile wiegte er sich nachdenklich in den Hüften und ließ den Schlagstock gegen den Oberschenkel baumeln. Ein falsches Wort, dachte Vinz, und er würde sie auf irgendeine schäbige Wache bringen, wo er sie zur Unterhaltung seiner Kollegen einem entwürdigenden Verhör unterzöge; während man ihn und Alexander gegen eine Kaution in Höhe ihres gesamten Bargelds wieder laufen ließe, würden sie Unami an seinem verletzten Arm in irgendeinen Hinterhof zerren und ihm beibringen, was echte Schmerzen sind.
What happened?, fragte Constable Makonde und deutete auf Unamis Blessuren. We did some mountaineering, kam Alexander ihm hastig zuvor. Bergsteigen?, wiederholte Constable Makonde und blinzelte in den uneingeschränkten Himmel, als suchte er in der Ferne einen Gipfel. Tatsächlich sehnte Vinz sich in diesem Moment nach einem schneebedeckten Gebirge, in die Kälte des deutschen Winters, der sie nach ihrer Rückkehr erwartete. Der Gedanke, ihn womöglich nicht zu erleben, ja überhaupt nie wieder Kälte zu spüren, hatte etwas Überwältigendes, Vinz klammerte sich an die offen stehende Autotür. Einer der Männer rief etwas in der lokalen Sprache, die anderen lachten. In Unamis Gesicht sah Vinz die Wut über die Demütigung, die nur er verstehen sollte. Wie er sehen könne, seien sie un-

schuldig, sagte Alexander mit ruhiger Stimme, und in diesem Moment verstand Vinz, dass Constable Makonde nicht an ihren Verkehrssünden interessiert war; er hatte Alexander die eine Sekunde zu lang angeblickt, in der sich Männer untereinander erkennen. Shame, seufzte er und scheuchte sie in den Wagen zurück. Als alle saßen, klopfte er auf das Dach. Eigentlich müsse er ihnen jetzt dreißig Dollar berechnen, sagte er, aber da sie ja ohnehin in die Stadt führen und seine Freunde – er nickte zu den Männern hinüber – später in die andere Richtung müssten, er aber die Schicht eines Kollegen übernehme, der ein paar Kilometer weiter seinen Posten bezogen habe, und er zeigte die Straße hinunter, wo ihnen die ganze Zeit kein Auto entgegengekommen war – maybe you want to give me a lift? Erst jetzt fiel Vinz auf, dass nirgends ein Einsatzfahrzeug stand. Im Rückspiegel sah er Unami erstarren, seine Augen traten hervor. Sure, sagte Alexander und wollte schon seinen Platz auf dem Beifahrersitz räumen, doch der Polizist drückte ihn zurück. Dann ging er um den Wagen herum und forderte Unami mit der Spitze seines Schlagstocks auf, zur Seite zu rücken. In einer Viertelstunde müsse er bei seinen Kollegen sein; auf der Schulter spürte Vinz den sanften Druck seiner Hand, die vorhin noch auf dem Revolver gelegen hatte. Show me what the Germans are made of, sagte der Constable und gab das Zeichen zum Start.

Zwanzig Minuten später waren sie wieder allein. Vinz' Hände zitterten noch immer vom Umklammern des Lenkrads; bei 150 km/h hatte der alte Motor zu jaulen begonnen, der Wagen drohte auf dem von Spurrillen und Schlaglöchern zerfurchten Straßenbelag auszureißen. Unamis Gesicht wirkte blutleer, die Blässe äußerte sich in einer olivgrünen Färbung. Ob sie gesehen hätten, wie der Cop ihnen an die Eier wollte? Your bling bling, fügte er hinzu und lachte höhnisch; im Spiegel sah Vinz jetzt wieder das Gangstergesicht, das er gerade in diesem Wechselspiel so anziehend fand. You always have to talk shit to them.

Seine Stimme hatte einen aggressiven Tonfall angenommen; anscheinend nahm er es ihnen übel, dass sie dem Polizisten den Gefallen erwiesen hatten. Egal wie tief du in der Scheiße steckst, rief er, erzähle ihnen das Blaue vom Himmel, denn niemals dürfe man hier zeigen, dass man am Ende sei. Deshalb tue jeder so, als habe er einen Plan. Wer aufhöre, Pläne zu haben, der vergesse sich selbst, und darauf – er klopfte verächtlich neben sich auf den Sitz – lauern diese Aasgeier, die dem alten Sack den Arsch lecken; Vinz wusste, dass er damit den Präsidenten meinte. Anyway, bros, my advice to you is, und er beugte sich vor und legte Vinz die Hand auf die Schulter, dorthin, wo der Polizist ihn auf eine unzweideutige Weise berührt hatte; wenn du hier keinen Plan hast, sagte er, bist du tot.
Schon einmal, erinnerte sich Vinz, in der ersten Nacht, als er von Unami noch nichts gekannt hatte als sein blutüberströmtes Gesicht vor der großen Finsternis, war er unter diesem Schultergriff zusammengezuckt, hatte seine Zuwendung auf eine beklemmende Art als unentrinnbar empfunden. Warum er Angst vor einem Verkehrspolizisten haben solle, sagte Alexander, sie hätten sich nichts zuschulden kommen lassen. Well, there's me in your car, sagte Unami, doch keiner lachte über den Witz. Du bist wirklich zu schnell gefahren, sagte Alexander auf Deutsch, da sei eine Geschwindigkeitsbeschränkung gewesen. Vinz warf ihm einen vorwurfsvollen Blick zu; und das sagst du mir jetzt? Anyway, we were lucky, fuhr Unami dazwischen, dann ließ er sich zurückfallen und stöhnte vor Schmerzen auf. We should see a doctor, sagte Alexander, Unami schnalzte. Wegen einer Prellung? Die Menschen in diesem Land stürben reihenweise an Cholera und Aids. Alexander, glaubte Vinz, war es nun leid, Unami bei Laune zu halten, er schwieg und starrte hinaus. Zwischen den Büschen verbargen sich aus Ästen zusammengesteckte Verschläge, davor saßen die Familien auf dem Boden. Kinder spielten um die Kochstellen ihrer Mütter, ein paar Männer standen am Straßenrand, sahen das Auto kommen und bo-

ten eine Mahlzeit zum Verkauf an, einen Teller mit einer farblosen Masse, vermutlich Maisbrei. Ein Stück weiter hielt ein kleiner Junge ein Bündel frisch gewässerter Karotten in die Höhe, die vor der verdorrten Vegetation wie ein Fanal leuchteten, herübergebracht aus einstigen Zeiten der Fruchtbarkeit. Vinz überholte ein Fuhrwerk mit vorgespanntem Esel, auf der Pritsche ein paar leere Säcke. Vieh, das die Straße als Trift benutzte, angetrieben von einer Gruppe Kinder, die Stöcke schwangen und sichtlich Freude an ihrer Tätigkeit hatten.

Er verspürte den überwältigenden Wunsch, diese Straße mit Alexander allein zu fahren. Ja, dachte er, sie hatten wirklich Glück gehabt, das große und vielleicht unverdiente, sich noch immer nicht verloren zu haben, auch wenn sie lange Strecken einsam nebeneinanderher getrottet waren, im Vertrauen, der andere wüsste schon wohin. Er musste an die letzte Begegnung mit Bernd und Alf denken, wenige Tage vor Abflug, als er sich ein paar Sachen für die Reise bei ihnen abgeholt hatte – Straßenkarten, ein Moskitonetz, Alfs hochwertige Kompaktkamera, die ihm Erinnerungsbilder für die spätere Romanarbeit liefern sollte – und Alf ihm beim Verabschieden, nicht ohne den aus Schaden klug Gewordenen durchklingen zu lassen, zu einer Reise geraten hatte, die er und Alexander besser getrennt voneinander unternehmen sollten, ins Gebirge, wo man sich den Kopf freilaufen könne, oder ans Meer, um beim Blick aufs Wasser, und so weiter, und Bernd, der selbst noch einmal davongekommen war, als er vor einigen Jahren, vermutlich aus einer Nacht in der Männersauna, das HIV-Virus in die Beziehung eingeschleppt hatte, Bernd, der in der dunkelsten Phase ihrer Krise Alf, als der die Trennung wollte, mit Selbstmord gedroht hatte, Bernd griff nach Alfs Hand, schlug Vinz vor, seine Eltern um den Schlüssel für ihr Ferienhaus auf Amrum zu bitten, und fügte hinzu: Es ist wirklich ein tolles Land, aber du brauchst echt Abwehrkräfte. Alf lief ins Bad und brachte das Malariamittel, das sie nicht benötigt hatten. Er drückte Vinz flüchtig an sich und schob ihn in die Umarmung von Bernd, der sagte: Viel Glück!, und wie nun Alexander, statt ihm diesen Blick zu schenken, der ihm versicherte, dass sie es auch dieses Mal gemeinsam schaffen würden, den Menschen am Straßenrand nachschaute und nach einer Weile sagte: Sie wirken trotz allem nicht unglücklich, fiel es Vinz wie Schuppen von den Augen: Alexander hatte ihn bereits verlassen, irgendwo auf dem langen Weg zwischen *damals* und hier, und er, Vinz, hatte es nicht bemerkt.

They don't lose heart, versuchte Unami nun wieder einen versöhnlichen Ton. Ein Huhn, irgendeinem Dorf entflohen, flatterte widerwillig auf, als Vinz im letzten Moment auswich. There goes our dinner, sagte Unami, sie lachten zögerlich. Die Sonne stand bereits tief, im satten Abendlicht wirkte die Leere der Landschaft weniger defizitär als in der Grelle des Mittags, die alles ausmergelte; selbst die Frauen am Straßenrand, die Wasser in ihr Dorf schleppten, machten nicht mehr den Eindruck von Mühsal und Entbehrung. Ihr Tagwerk bestand aus ein paar Kellen, geschöpft aus dem nächsten Fluss, und das war genug. Es war ein Friede, der auf der anderen Seite, beim Blick in den Wagen hinein, in dieser Bedeutung nicht existierte. Dazwischen erstreckte sich das Land in seiner ungeklärten Schönheit. Es war, wie Vinz es sich erhofft hatte: ein Ort, der in ihrer Geschichte von ihm noch erfunden werden konnte.

Ein Schild kündigte eine Haltemöglichkeit an, Unami schlug eine Pause vor. Wir sollten in der Stadt sein, bevor es dunkel wird, gab Vinz zu bedenken. Im Rückspiegel sah er Unami nachsichtig grinsen. I was really scared by those cops, sagte er, doch er habe keine Angst vor der Dunkelheit. Alexander wandte den Kopf und sprach mit den Augen die Worte, auf die Vinz den ganzen Tag gewartet hatte. Er setzte vorschriftsmäßig den Blinker.

◆◆

Unamis Brüder brannten. Stumm und eingebettet in die Stille der Hotelbar wirkten die Bilder auf Vinz ähnlich abstrakt wie die Landschaften, die tagsüber am Fenster vorübergezogen waren: ein Afrika, das sich größtenteils im Innern ereignete, in den eigenen Gedanken über das, was er sah. Auch jetzt stand zwischen ihm und der Wirklichkeit, wie sie sich auf dem Display seines Smartphones zeigte, ein dünnes Glas. Er erinnerte sich an die eine oder andere Rauchwolke, die er während der Fahrt in den Himmel hatte aufsteigen sehen; dort, im Schutz des Buschs, wähnte er ein Dorf, Familien, die um ein Holzfeuer saßen. Die Wahrheit war keine Frage des genauen Hinschauens, auf die richtige Kombination der Worte kam es an: Unter den Suchbegriffen *Autoreifen, Benzin, Afrika* lieferte ihm Google, was er sehen wollte und doch nicht glauben konnte. Er sah staubige Plätze und steinige Pisten, umsäumt von grauer, unerfreulicher Vegetation. In der Unschärfe Andeutungen typischer Township-Häuser, bewohnt von den Menschen, die am Schauplatz zusammengeströmt waren, meist Männer, selten ein paar Frauen und Kinder, zufällig erfasst von der Kamera eines Smartphones, das die Herumstehenden gleichzeitig zu Zeugen und Mittätern machte. Wählte Vinz alternative Schlagworte, veränderten sich Hautfarbe und Physiognomie der Gesichter; er stieß auf ähnliche Bilder aus den brasilianischen Favelas, auch Haitianer gehörten zu dem blutrünstigen Mob, und hätte es im Mittelalter schon Smartphones gegeben, das Internet wäre vermutlich voller verwackelter Videos von den europäischen Scheiterhaufen.
Wikipedia fasste es unter dem Begriff *Necklacing* zusammen, ein harmlos klingendes Wort, das an Kinder denken ließ, die sich Ketten aus Glasperlen oder Blumen um den Hals legen. Bereits während der Apartheid sollen radikale Freiheitskämpfer diese Methode angewendet haben, um die Verräter in den eigenen Reihen zu lynchen. Wer mit den Weißen bandelte, musste brennen. Angeblich hatte sogar Winnie Mandela ihr Volk auf-

gerufen, mit Halskrausen und Zündholzschachteln das Land zu befreien. Sollte die Geschichte von Aliyas Vater stimmen, hatte der bewaffnete Widerstand seine Spuren auch in Unamis Familienkreis hinterlassen. Überhaupt deckten sich die Filme in allen Einzelheiten mit seiner Erzählung von Tendais Tod. In einem Video glaubte Vinz den Sechzehnjährigen zu erkennen, und ihm kam es vor, als hätte Unami sich selbst beschrieben, den Jungen, der er einmal war: schlaksig, mit hoher Stirn, abstehenden Ohren und einem Körper, den die lebenslange Unterernährung noch kindlicher erscheinen ließ; die Augen in dem Moment, als die Männer ihm den mit Benzin gefüllten Autoreifen über den Kopf zwangen, so weit aufgerissen, dass sie das halbe Gesicht verschlangen und auf diesen Bildern, in der Düsternis aus Qualm, mit dem Reifengummi verschmelzender Haut und Todesangst, tatsächlich wie Glühbirnen flackerten.
Er sah sich jedes Video an, das er finden konnte. Sie begannen alle an gleicher Stelle, in dem Moment, wenn die entfesselte kollektive Macht beschloss, ihr Opfer zu töten, und jemand die Kamera einschaltete, und sie endeten mehr oder weniger abrupt, sobald der Filmende, von dem manchmal die Füße oder eine Hand zu sehen waren, die Lust am Geschehen verlor. Womöglich hatte Unami darauf spekuliert, dass sie im Netz nach genau solchen Beweisen suchen würden, um seine Glaubwürdigkeit zu prüfen. Vinz ging sogar noch weiter; vielleicht hatte Unami eine derartige Hinrichtung gar nicht miterlebt, sondern selbst nur als Video auf dem Smartphone irgendeines Freundes gesehen, der es wiederum von einem anderen bekommen hatte, so dass schließlich jeder jemanden kannte, der dabei gewesen war. Auch er, Vinz, kannte jetzt einen, und er wusste, dass die Qualen, die ihm diese Bilder bereiteten, sein eigener Gewissensanteil an der Schuld der Täter waren. War nicht das eigentliche Verbrechen die anonyme Anwesenheit einer Kamera, die Zeugenschaft der ganzen Welt, die sehen sollte, zu welchen Taten der Mensch in seinem Verlangen nach Rache fähig war? Er grübelte über einer

Idee, die ihm kühn und gleichzeitig ungeheuerlich erschien: möglich, dass auch Unami ein geheimes Ziel verfolgte und seine Geschichten nicht nur die Angebereien eines jungen Mannes waren, dem das Leben keine Stimme gegeben hatte. Vielleicht ahnte Unami, dass er, Vinz, mit dem Gedanken spielte, ihn zu einer Romanfigur zu machen, jetzt sollte der Autor sehen, wie sein Held vor den Augen der Welt brannte.

Ob er noch einen Wunsch habe? Vinz verdeckt das Smartphone mit der Hand. Zuletzt hatte Rudo ihm Kerzen auf einem Tablett gebracht. Irgendwann waren plötzlich die Lampen ausgegangen, im nächsten Moment huschten Gestalten durch den Raum, jemand erteilte mit gedämpfter Stimme Befehle. In den Ecken und Winkeln flammten Streichhölzer auf, kurz darauf war der Saal vom Kerzenschein erfüllt gewesen. Der stellvertretende Hoteldirektor kam persönlich, um sich bei Vinz für den Stromausfall zu entschuldigen, der jeden Moment, versprach er, behoben sein müsste. Nun herrschte seit einer halben Stunde diese feierliche und traumgleiche Atmosphäre, und in dem von unzähligen Flämmchen durchzüngelten Halbdunkel, das die Konturen des schwarzen Mobiliars verschluckte, Rudos Augen aber umso heller aufleuchten ließ, waren Vinz die Videos geradezu unerträglich real erschienen. Jetzt glaubt er, in Rudos Gesicht einen Ausdruck des Bedauerns zu sehen, als täte ihm leid, was Vinz soeben mitansehen musste.
Er würde ihn gern etwas fragen, sagt er, Rudo stellt sich mit seinem Lächeln zur Verfügung. Ob er wisse, was der Name Unami bedeute? Rudo wiederholt das Wort, aus seinem Mund klingt es fremd und gleichzeitig auf richtige Weise betont. Eine Weile scheint er nachzudenken; never heard of it, sagt er schließlich und fügt mit der gleichen unbeirrbaren Höflichkeit hinzu: Maybe you have to give it a meaning. Vinz bedankt sich zerstreut, doch der Kellner bleibt stehen. Ob das der Name ihres Begleiters sei? Vinz bejaht zögernd. Rudo scheint seine Unsicherheit

als Aufforderung zu verstehen, das Gespräch fortzuführen. Seiner Sprache nach könnte ihr Freund zum Volk von Nyami Nyami gehören, sagt er und löscht mit den Fingern die Flamme einer niedergebrannten Kerze, die zu rußen begonnen hat. Vinz schämt sich in diesem Moment für seinen Gedanken, dass Rudo diese Unterhaltung angezettelt haben könnte, weil er auf etwas spekuliert, ein höheres Trinkgeld, irgendeinen Vorteil. Nyami Nyami?, wiederholt er den Namen, der wie ein Kinderreim klingt; er könnte von Rudo etwas über Unami erfahren, einen Hinweis, der ihm etwas über seine Absichten verrät oder aber ihm hilft, die neue Figur in seinem Roman mit geheimen Absichten auszustatten. Please, sagt er, und Rudo, der vielleicht einfach nur grundlos freundlich ist, setzt sich auf Alexanders freien Platz.

◆◆

Komm rein, sagt die Stimme hinter der Tür. Noch nie hat einer beim anderen angeklopft, stets waren sie ohne Vorankündigung in ihr Innerstes eingedrungen, im Vertrauen darauf, nichts Unerwartetes vorzufinden. Jetzt denkt er, dass es für den Erhalt der Liebe langfristig besser gewesen wäre, beim Scheißen die Tür abzuschließen. Alexander steht am Fenster, ein Handtuch um die Hüften. Gefällt dir was nicht?, fragt sein Blick, doch das Entblößende der Situation rührt nicht von seiner Nacktheit. Auf seinen Schultern glitzern Wasserperlen, im Bad hängt noch der chlorige Dunst. Aus den Jahren ihrer sexuellen Feldforschung weiß Vinz, dass Alexander nur dann duscht, wenn das Date mies oder besonders schmutzig war. Das Bett wirkt unbenutzt bis auf einen Sitzabdruck, der sich am Rand abzeichnet; oder hat Alexander noch schnell die Decken glattgezogen? Verdächtig erscheint Vinz vor allem das Portemonnaie, das aufgeklappt auf dem Nachttisch liegt, wie achtlos hingeworfen, was Alexander bei einem Treffen dieser Art niemals tun würde. Mehr noch als die möglicherweise inszenierte Ordnung im Zimmer kränkt ihn der Gedanke, dass Alexander gar nicht die Absicht hat, etwas zu verheimlichen.

Wollte er Geld?
Würde dich das beruhigen?

Wie immer, wenn Vinz sich verteidigen muss, verweigert er die Antwort, spitzt den Blick und bohrt ihn knapp an seinem Gegner vorbei ins Leere; gegen seine Worte hat Alexander sich mit den Jahren gerüstet, die schärfere Waffe ist Vinz' Schweigen. Nichts verachtet er, Vinz, am schwulen Mann mehr als dessen Pissigkeit, wenn es gilt, etwas einzustecken. Letztes Refugium seines Herzens ist die enge Kammer des Trotzes. In einer Romanszene stellt er seine Helden vor den Schlafzimmerspiegel, wo sie argwöhnisch ihre Körper beäugen, einander beteuernd, dass es sie schlimmer hätte erwischen können. Zwischen ihren kraftlosen Liebesakten vergehen Monate. Schuld ist, was sonst, der immer weiter hinausgezögerte Feierabend, die allgemeine Ermüdung, die sogenannte Andropause, der fehlende Kinderwunsch und die App, in der sie bei ihrem Werben um die Klicks der Jüngeren all das unterschlagen. Jetzt schwant ihm, dass sie es in ihrer Eitelkeit versäumt haben, sich den körperlichen Verfall gegenseitig zu verzeihen. Nie mehr wird er Alexander ohne die in zwei Büchern festgeschriebene Chronik ihres sexuellen Niedergangs begegnen können. Schwule Liebe, steht dort, sei die Sackgasse, an deren finsterem Ende ein Stricher mit der offenen Rechnung wartet.

Habt ihr ein Kondom benutzt?
Glaubst du, ich bin bescheuert?

Er zuckt zusammen; auch Bernd und Alf kam ihr Abkommen am Ende teuer zu stehen. Die Krankenkasse bezahlt die Medikamente, doch niemand entschädigt für die Spätfolgen der seelischen Infektion. Er hat seine Freunde stets dafür bedauert (belächelt, sollte er korrigieren), dass es am Ende ein Virus war, das ihre Liebe retten musste. Ihr zweiter Frühling gedieh auf dem verseuchten Boden erst der Erpressung, dann des Mitleids, treibt heute giftige Blüten. Ihre Sucht nach Lifestyle und Wohlfühlkultur, das gegenseitige Tadeln und Sticheln, ihr im Internet ausgefochtener Wettkampf um den geileren Fick. Ist die Steigerung von Krankheit nicht Tod, sondern Grausamkeit?

Es war demütigend, sagt Vinz.
Für dich?
Für ihn.
Er wirkte alles andere als gedemütigt.

Unbewaffnet hatte er den Polizisten kaum wiedererkannt. Nicht mein Fall, hätte er Alexander unter anderen Vorzeichen signalisiert; es gehört zu den Risiken solcher Arrangements, dass die Vorstellung dem Realitätscheck nicht standhält. Auch Constable Makonde mochte eine andere Ausgangslage erwartet haben. Where's your buddy?, fragte er und setzte sich in den Sessel, den Alexander ihm anbot. Vinz war sich nun sicher, dass der Polizist über Unami Bescheid wusste; vielleicht hatte er es an seiner Aussprache erkannt oder an seiner tatsächlich dunkleren Haut, auch ihre Konstellation ließ allerhand Rückschlüsse zu: zwei in die Jahre gekommene Deutsche mit einem jungen Mann aus einem Teil des Landes, er vermute aus dem armen Osten, ließ der Constable sie wissen, wo ein Großteil der Landbevölkerung die Opposition wähle, was hier nicht gerne gesehen werde, und er schlug die Beine übereinander, you know what I mean? Alexander nickte ungeduldig. Vinz betrachtete seine Kleidung, die arschknappe Jeans, das anschmiegsame Shirt, Zeug, aus dem man in Deutschland irgendwann herausgewachsen war, nach den Jahrzehnten, als die Lebensaufgabe eines Schwulen im Tra-

gen von Tops und Jocks bestanden hatte, die Sex und Politik gleichzeitig waren. Um seinen Hals blitzte ein Silberkettchen, der aufdringliche Geruch eines Deos wehte herüber.
Be honest, sagte der Polizist, ob sie nun seine Kumpel seien oder seine Bosse? Can't your boss also be your buddy?, erwiderte Alexander, Constable Makonde nippte beipflichtend an seinem Getränk. Ein hübscher Kerl jedenfalls, ein Kaliber wie die meisten Männer dieses Volks, er sagte: well-hung, und präsentierte mehrere Zahnlücken, die Vinz vorher nicht aufgefallen waren. Bei uns in Europa werden die Schwänze nach Osten hin immer kleiner, sagte er, mehr wusste er zu dem Gespräch nicht beizutragen. Oh!, erwiderte der Polizist mit einem Laut des Bedauerns, anyway, don't get caught, sollten sie in Schwierigkeiten geraten, er werde nicht helfen. Und wenn er selbst Probleme bekomme?, fragte Alexander; sein Tonfall verriet, dass er für dieses Treffen eine Mindestgarantie an Sicherheit verlangte. Der Constable schien seine Antwort eine Weile abzuwägen, dann sagte er: Best way to be gay in this country is to have a gun. Er lachte, doch es klang wie eine Drohung. Sie leerten hastig die Gläser. Ihre Namen verschwiegen sie; für den Grad an Intimität, der erreicht werden sollte, genügten die Nicks ihrer Profile. Rudo stand hinter der Bar und mixte einen Cocktail, den keiner von ihnen bestellt hatte. Seine Blicke, die Vinz abzufangen versuchte, glitten erbarmungslos über ihn hinweg. Vinz blinzelte Alexander das Codewort zu. Wie sollten sie unschuldig sein? Alles hier zeugte vom Gegenteil, bewies ihnen die grundlegende Fragwürdigkeit ihres Handelns.
I'm sorry, sagte er und signalisierte mit einem vagen Griff an die Stirn irgendeine Unpässlichkeit. Alexander stand auf; auch Constable Makonde schien nun keine Zeit mehr mit Fragen der Verantwortlichkeit verschwenden zu wollen und erhob sich. Shame, seufzte er und legte die Hand auf die imaginäre Waffe.

◆◆

Was macht schon das eine Mal. In so vielen Jahren kann es vorkommen, dass man sich gegenseitig dabei wehtut. Dass etwas erledigt werden muss, das längst überfällig ist, wenn nötig mit Gewalt. Er will sich aus Alexanders Griff winden, doch der ist stärker und dreht ihm die Hände auf den Rücken. Seine Füße reißen vom Boden ab, kurz glaubt er, mit dem Kopf gegen den Stuhl zu schlagen, wünscht sich Bewusstlosigkeit, die Löschung sämtlicher Fakten. Dann quillt ihm der gestärkte Stoff der Bettwäsche in den Mund. Vom Hals abwärts fühlt er sich wie gelähmt, der Körper ein diffuser Ballast, der ihn daran hindert, sich in diesem Moment nur noch als Gedanken zu begreifen, als Logik und Sprache. Hinten drängt sich Alexander zwischen seine Beine. Als er, ernüchternd deutlich, den Stich im Unterleib spürt, beißt er sich in die Hand. Es würde ein Ausrutscher bleiben, eine dieser Affekthandlungen, die man später erst einsam bereut, dann verdrängt. Weil sie so hilflos waren, voller Erinnerungen an Zärtlichkeit, die es einzuholen galt. Irgendetwas tun mussten mit ihren heißen Köpfen, offenen Wunden, all dem Blut, wozu sonst hatten sie das Zeug geschluckt. Er spürt seine sinnlose Härte, das Entwürdigende seiner Erregung. Früher, bei ihren Rangeleien, die sie anstacheln sollten, hat er es provoziert, dass er am Ende unterlag. War in Alexanders Händen schon immer der Schwache und Beschädigte gewesen, seine Romane sind voll von den Machtszenarien des Opfers. Er greift hinter sich, will Alexander packen und an sich ziehen, ihn so festhalten, während der Schmerz langsam nachlassen würde, erst dann war Alexander weiter in ihn eingedrungen, in einem Rhythmus, den er mit Blicken vorgab, dem sanften Druck seiner Hände, früher. Er fasst ins Leere. Alexander ist weit weg in der Routine seiner Bewegungen, ein mechanisches Stoßen und Stemmen; es hätte ihn auch dieses Mal angemacht, Alexander dabei zuzuschauen, wie er den Dritten für ihn verarbeitet. Manchmal hatten sie sich erst miteinander beschäftigt, als der Gast duschen gegangen war. Er überstreckt den Kopf und sieht

Alexander mit zusammengekniffenen Augen, in seinem Gesicht die Abwesenheit aller vertrauten Eigenschaften: das Kapitel im zweiten Roman, in dem Vinz auffällt, dass sie beim Sex die Augen schließen. Er den Kopf wegdreht, einem Gedanken nachhängt, der Nachricht eines Typen, dessen Profil er vorsorglich gespeichert hat. Termine, Rechnungen, unvollendete Sätze. Tempotaschentücher, die zum Einsatz kommen, wo es vorher nicht genug hatte fließen können, doch auch dieser Erinnerung misstraut er. Tatsächlich nahm er manches erst als Veränderung wahr, nachdem er es geschrieben hatte, als müsste er die Worte durch ein Stück Wirklichkeit entschuldigen. Alexander öffnet die Augen. Vinz zwingt sich, seinen Blick zu halten, ihn so zu betrachten, als sähe er ihn zum ersten Mal; fast ist er erleichtert, dass es ihm beim Schreiben nie gelungen ist, Alexander das Gesicht zu geben, das er hat. Erst jetzt sieht er die feuchte Spur auf den Wangen, spürt eine kalte Träne auf die Haut tropfen. Er greift nach dem Kissen und presst es sich aufs Gesicht. Der Rest ist Dunkelheit, mit dem schwachen Geruch des Polizisten.

◆◆

Der Damm wird eines Tages brechen. Rudo sagte es in der gleichen Art, wie er die Gläser poliert, die Theke gewischt, Vinz' Fragen beantwortet hatte. Während er ihm die Legende erzählte, schien er sich mit ihr zu identifizieren wie mit seinem Job; bis er etwas anderes gefunden hat, hält er sich an die herrschenden Regeln. Seine Vorfahren haben ihm die Erfahrung vererbt, dass Widerstand tödlich sein kann.

Ob er den Damm schon einmal gesehen habe? Rudo schien sich über die Frage zu wundern, als wäre der Damm hier jedem ein Begriff, in der Art, wie auch der Europäer, der noch nie auf dem Marsfeld stand, etwas über den Eiffelturm erzählen kann. Rudo wusste es angeblich aus der Zeitung; der Damm sei baufällig,

vom Wasser zernagt und untergraben. Wenn man ihn nicht repariert, wird er der nächsten großen Flut womöglich nicht mehr standhalten. Er musterte sein Getränk, das er nicht anrührte; dass er schließlich doch die Einladung angenommen hatte, empfand Vinz als Sieg über die herrschenden Hierarchien.
Er überprüfte das Smartphone. Alexander hatte noch immer nicht geschrieben; seit fast einer Stunde wartete er nun schon auf ein Zeichen. Rudo, mit der Diskretion des Kellners, blickte zur Theke hinüber, wohin er sich zurücksehnen mochte, hinter den makellosen Spültisch und das Regal mit den blitzenden Gläsern. Vinz legte das Smartphone zurück auf den Tisch, wo er es im Auge behielt, und setzte das Gespräch fort. Er wollte noch mehr über die Legende erfahren. Aus Rudos Schilderungen konnte er sich weder ein Bild davon machen, wo genau dieser Damm lag, noch, wie groß die Katastrophe wäre, wenn er tatsächlich bräche. Er wusste nichts von der Not derer, die während des Dammbaus umgesiedelt werden mussten. Heute seien sie die Ärmsten der Armen; Rudo sagte es mit der für Aufsteiger typischen Verachtung der eigenen Herkunft. Fischer ohne Wasser und Bauern ohne Pflug. Erst habe die Regierung versprochen, den Fluss zu ihnen zu bringen, in Form eines Kanals, der ihre Äcker bewässern sollte. Der Fluss sei nicht gekommen. Dann habe man sie darauf vertröstet, neue Dörfer am Ufer des Stausees zu bauen. Doch an den steilen Hängen sei kein Platz für Häuser. Kaum jemand könne sich die Lizenz leisten, die man brauche, um im See zu fischen. Er hielt inne und wandte den Kopf, vielleicht um die Kerzen zu prüfen, die langsam niederbrannten, oder weil er befürchtete, jemand könnte zuhören. Für jedes Pfund Mais, das sie verkaufen, zahlen sie Steuern. Und wenn sie Holz schlagen, um auf dem Feuer zu kochen, werden sie mit Bußgeldern bestraft, weil der Wald geschützt werden muss. Wieder unterbrach er sich und nahm eine aufrechte Haltung ein, als riefe er sich innerlich zur Besonnenheit. But we are

mute, sagte er dann, der alte Mann habe seinem Volk die Stimme geraubt, und wer sie doch gegen ihn erhebe, werde verfolgt oder sogar umgebracht; Vinz wusste, dass Rudo den Präsidenten meinte, dessen Namen hier anscheinend niemand aussprechen wollte. Überhaupt klang die Legende des Schlangenfischs wie eine dieser Geschichten, die Afrika-Touristen gerne hören, halb Landeskunde, halb Mythos, gespickt mit politischen Versatzstücken und einem moralischen Appell, ein Märchen für das schlechte Gewissen des Westens. Zu Hause erzählt man es bei der Diashow und zeigt sich betroffen.

Der Flussgott sei sehr zornig, sagte Rudo, er habe große Sehnsucht nach seiner Frau. Ihre Liebe werde den Damm zerstören. That's what they believe in, und er lächelte, wie man am Ende eines Märchens noch eine Weile der warnenden Botschaft nachlauscht, die im Kleinen dem Kind, das schlafen soll, und im Großen der Menschheit gilt, die endlich wachgerüttelt werden muss. His wife?, fragte Vinz, ob die Frau des Flussgottes nun die Schlange sei oder der Fisch? Rudo schwieg, im verhaltenen Licht der Kerzen wirkte sein Lächeln noch undurchdringlicher, eine grausame Form der Sanftmut. Sie seien in verschiedene Richtungen geschwommen, um am Oberlauf und im Mündungsgebiet die Gebete der Menschen zu erhören, fuhr er schließlich fort. Als sie zurückkehren wollten, stand zwischen ihnen der Damm. Seitdem habe niemand mehr den Schlangenfisch zu Gesicht bekommen. Er trank nun doch einen Schluck, Vinz schien, aus Höflichkeit. But maybe you'll be lucky, fügte er hinzu, down by the falls. Dann blickte er auf seine Hände und wartete auf die nächste Frage – oder das Zeichen, dass er nicht mehr gebraucht werde. Was der Name Nyami Nyami denn nun bedeute? Rudos Antwort klang wie ein Rätsel, das er Vinz mit auf den Weg geben wollte: Wenn die Menschen Hunger litten, kam der Schlangenfisch an Land. Dann liefen die Kinder fröhlich ans Ufer und riefen: Fleisch, Fleisch! Im selben Moment flackerten die Lampen auf. Vinz fuhr zurück, erschrocken über die Intimität, die das Erzählen zwischen ihnen geschaffen hatte. Electricity is back, sagte Rudo, erhob sich und strich die Falten aus der Uniform, nun wieder ganz der Kellner, der einen Dienst erbracht hatte; auch Vinz stand auf und bedankte sich. Ihre Hände griffen kurz ineinander, und ihm war, als hätte Rudo jeden seiner Blicke als Berührung entlarvt. Alexander schrieb: Fertig.

◆◆

Ich weiß jetzt, was Unami will. Ich soll Nyami Nyami sehen.
Wen?
Den Flussgott, der sich im Wasserfall versteckt.
Unami will nach Deutschland. Und er ist bereit, dafür alles aufzugeben.

Er steht am Fenster und blickt in den Garten, wo Rudo als letzte Handlung des Tages die Fackeln löscht. Er geht von Flamme zu Flamme, die er jeweils mit einer Kerzenglocke erstickt.

Es könnte meine Geschichte werden.
Und was bist *du* bereit dafür aufzugeben?

Manuel, denkt er und schreckt im selben Augenblick vor den möglichen Folgen dieser Entscheidung zurück. Sie hatten es eilig gehabt, wieder in ihre Rollen der Getrennten und um ihre Liebe Gebrachten zurückzukehren, der Brüder. Eine Weile noch hatte Vinz verkrümmt neben Alexander gelegen und ihm irgendwann die Hand auf den Rücken gelegt. Er versuchte sich ins Gedächtnis zu rufen, wann Alexander das letzte Mal geweint hatte. Er erinnerte sich nicht an den Anlass, nur an die Art und Weise: trocken und mit angehaltener Luft, ein kurzer, ungeduldiger Ausbruch, als wollte Alexander mit Tränen keine Lebenszeit verschwenden. Er wartete, bis Alexanders Atem sich beruhigte und das Stück Haut unter seiner Hand ausgekühlt war.

Dann stand er auf, zog die verrutschte Kleidung in Form und ging zum Fenster.

Wir könnten einfach weiterfahren, sagt er. Jetzt.
Morgen werden wir wieder zurückkommen und ihn abholen.
Aber übermorgen wären wir schon weit genug weg.

Im Garten schaltet Rudo die Beleuchtung aus. Zurück bleibt der nächtliche Glanz des Wassers, der sich für einen Moment in seinen Augen fängt, und Vinz ist, als blickte er zu ihm herauf, in das letzte Fenster, in dem noch Licht brennt. Was hätte es Rudo schon gekostet? Eine Viertelstunde seiner Zeit, einen Splitter seines Stolzes, das bisschen Lippen, er hat doch von allem so viel. Mit diesem Überfluss an Körper hätte er es schnell verschmerzt. Die Legende des Schlangenfischs, von dessen Leib sich die Hungernden etwas abschneiden dürfen, wollte Vinz als geheimes Zeichen seiner Bereitschaft verstehen. Er stellte sich vor, wie Rudo, nachdem er die Bar geschlossen hat, mit einem Getränk in der Hand – das, ruft er seinem Kollegen an der Rezeption zu, ein Gast aufs Zimmer bestellt habe – den Lift nimmt oder doch mit federnden Schritten die Treppe, weil er noch etwas tun muss mit seinen langen Beinen, weil der Mensch Beine hat, um dem zu folgen, was ihn ruft. Bei Frau und Kindern angekommen, würde niemand nach dem Grund seiner Verspätung fragen. Doch Rudo sagte: I'm sorry, Sir, und schob das Trinkgeld über den Tresen zurück. Vinz legte reflexartig die Hand darauf, als wollte er verbergen, was er bot, fünfzig Dollar, ein Viertel des Lohns, den ein Kellner hier im Monat verdienen mochte. Das mit seinem Vater und dem Vieh tue ihm leid. Das Herz stach ihm in der Brust, als er seine Zimmernummer nannte. Er legte weitere zwanzig Dollar dazu. Rudo sah ihn gequält an. Please, Sir, sagte er und packte seine Hand, in der die Scheine knitterten, you shouldn't do that, da hatte Vinz sich losgerissen und war unter Königin Victorias strafenden Blicken aus der

Bar gerannt, am Porträt des Diktators und den entzündeten Augen des Nachtportiers vorbei in den Lift und vor sein Spiegelbild, das sich mit brennendem Gesicht von ihm abwandte.

Der richtige Zeitpunkt für eine Flucht verstreicht. Alexander hat die Augen geschlossen, auf seinem Gesicht liegt bereits die erste Schicht des Schlafs. Vinz hofft auf ein Zeichen, das ihm erlaubt, sich zu ihm zu legen, dann erinnert er sich an die Notwendigkeit ihrer räumlichen Trennung. Tut mir leid, sagt Alexander noch, und Vinz: Schon gut.

Diesmal klopft er nicht an. Tritt durch den Türspalt in die Dunkelheit, die ihn sogleich verschluckt. Er stolpert über ein Kissen, das auf dem Boden liegt. Unami hat unruhig geschlafen; zu seinen Füßen stauen sich die Decken, neben seinem Kopf liegt die verdrehte Armschlinge. Möglich, dass er sie im Schlaf abgestreift, sich auch die Shorts wieder hochgezogen hat. Es kann vorkommen, dass man unter der Wirkung des Schlafmittels Dinge tut, an die man sich später nicht erinnert; der Gedanke, dass Unami von ihrem heimlichen Besuch doch etwas mitbekommen hat, erregt ihn, für einen Moment hängt er der Phantasie gebannt nach. Dann merkt er, dass Unami zittert. Als er ihm die Hand auf die Stirn legt, spürt er zwischen den Fingern die Wunde. Das durchgeschwitzte Hemd, die klammen Hände, der leise röchelnde Atem bestätigen seinen Verdacht, dass Unami fiebert; stärker noch als seine Angst ist die Wut über sich selbst, als er sich eingestehen muss, dass er in seinen ehrgeizigen Plänen den Ungehorsam der Körper nicht einkalkuliert hat. Kurz überlegt er, Hilfe zu holen; er verspürt ein heftiges Verlangen nach Alexanders sachlichem Rat, seinem oft so brutalen Pragmatismus. Wach auf, flüstert er und tippt Unami gegen die Schulter. Der öffnet die Augen, doch sein Blick ist starr und ohne Erkennen, als wäre nur ein Teil von ihm erwacht, der fleischliche, ich-lose. Er verharrt reglos am Bett; er weiß, das Bedrohliche, das von Unamis Zustand ausgeht, ist allein für ihn bestimmt. Es wird schon nichts Schlimmes sein, sagt er in Gedanken mehrmals zu sich selbst, doch der Satz dreht seine Zweifel immer tiefer in ihn hinein, auf seine innere Stimme war noch nie Verlass. Wach auf, sagt er ein zweites Mal und erschrickt über den harschen Ton. Unami richtet sich ruckartig auf. Schaut sich im Zimmer um, anscheinend verwundert über die Dunkelheit. Ob sie schon losmüssten, fragt er und verzieht, als käme nun auch sein Empfinden im Hier und Jetzt an, gequält das Gesicht. Du bist krank, sagt Vinz und weicht instinktiv vor dem giftigen Atem zurück. Da packt Unami ihn am Arm und zieht ihn heran, bis Vinz die kochenden Lippen an seinem Ohr spürt. Tendai, dringt es in ihn, du musst Tendai wecken, er muss mit. Als Vinz sich losreißt, sieht er in Unamis Augen wieder den Schlaf heranfluten, der ihn zurück in die Tiefe zieht. Ein Schauder erfasst ihn, die seltsame Ahnung, dass Unami, wenn er ihn jetzt nicht zurückholt, in eine Dimension von Schmerz entgleitet, zu der kein anderer mehr Zugang hat. Er lässt den Moment verstreichen. Unami stützt sich auf den Ellenbogen und knickt stöhnend ein. Vinz will ihn daran hindern, sich auf den verletzten Arm zu rollen, doch der Oberkörper sackt ihm durch die Hände. Fahrig streicht er Unami über den Hinterkopf mit den harten Stoppeln. Dann geht er ins Bad, füllt einen Becher mit Wasser, stellt ihn neben das Bett und kippt das Fenster. Vorsichtig bringt er Unamis verkrampften Körper in eine schonende Haltung und drückt ihm das Kissen unter den Kopf. Trockene Kleider gegen die Gefahr der Auskühlung; in einer Ecke entdeckt er die Sporttasche, geht hin und öffnet den Reißverschluss. Kleidung quillt ihm entgegen, er fischt ein paar Stücke heraus. Aus einer Plastiktüte schüttelt er drei Smartphones und ein Knäuel Ladekabel. Die Schminksachen sind in ein buntes Halstuch gewickelt, Lippenstifte, Puder, ein billiges Mädchenparfum. Ein Spielzeugauto in einem Socken, ein paar Schachteln Medikamente, und ganz unten in der Tasche greift er eine Tüte

Maismehl. Soll es ihn erleichtern oder erschüttern, dass Unami vielleicht doch nur seine Familie besuchen will? Aus einem Ärmel rutschen Geldbündel. Mit der Taschenlampe seines Smartphones untersucht er den Fund, Währungen aus verschiedenen Ländern, amerikanische Dollars, Metical aus Mosambik, südafrikanische Rand. Beim Anblick der Euroscheine spürt er einen Anflug von Eifersucht; er wehrt sich gegen die Vorstellung, dass sie für Unami nicht mehr sind als ein gutes Geschäft. Erst jetzt glaubt er Alexanders Frage zu verstehen, die er nicht beantworten konnte: was er für seine Geschichte aufzugeben bereit sei. In Wahrheit lautete sie anders: Wäre er bereit, *ihre* Geschichte aufzugeben? Unami auf *seiner* Reise zu begleiten, von Grenze zu Grenze, Land zu Land immer weiter nach Norden, bis sie an der Mittelmeerküste stehen? Spätestens dort, wenn sie überhaupt so weit kämen, müssten sie sich entscheiden, ob sie Unami im Stich lassen oder mit ihm ins Boot steigen.
Er versucht die Unordnung wiederherzustellen, die er vorgefunden hat, zieht leise den Reißverschluss zu und lauscht dabei auf Unamis Atem, der nun ruhig und gleichmäßig strömt. Bevor er die Tür schließt, blickt er noch einmal zurück, als müsse er sich vergewissern, dass es die Wirklichkeit ist und nicht doch nur eine Romanszene, die hinter ihm liegt; vom ersten Moment an war ihm dieses Hotel als etwas Symbolisches erschienen, zwar nicht menschenleer, doch auf eine gewisse Weise seelenlos, ein Ort, an dem die Sprache den Menschen hinter sich gelassen hat.

Einen Tag lang verharrt Kit Moresby reglos in der Kammer neben Ports Leichnam, dann beginnt sie, einen kleinen Handkoffer zu packen. Aus der unnütz gewordenen Fülle ihres Reisegepäcks wählt sie das Nötigste aus; sie ist dabei gefasst und bei klarem Verstand, weit weg von dem Mann, den sie geliebt hat, sich selbst nah auf eine unausweichliche Art, die nur den sofortigen Aufbruch zur Folge haben kann. Mit einem kräftigen Ruck reißt sie das Tuch vom Fenster. Der Abendhimmel flutet herein und färbt die gekalkten Wände der Kammer rot. Sie legt den Burnus an, der sie wie einen Mann kleidet. Die Tür, die sie hinter sich abschließt, ist eine schlichte Holztür mit einem rostigen Schlüssel, den sie in ihre Tasche steckt. Man wird sie aufbrechen müssen, um die Spur zu finden, die zurück in ihr Leben führt. In der Dämmerung irrt sie durch die Gassen der Wüstenstadt, dem Spiel einer Trommel folgend, das sie mal näher, dann wieder aus weiter Ferne hört. Ein Wasserlauf der Oase führt sie zu einem Teich; sie verspürt Lust, zu baden. Ihre Armbanduhr legt sie auf einen Stein. Nur der Mond sieht ihre Nacktheit; er allein mag bereits wissen, dass mit Beginn des nächsten Tages ihr Körper nicht mehr ihr selbst gehören wird. Als sie nach einer Zeit, die sie selbst als wenige Minuten erlebt, während deren jedoch die halbe Nacht verstrichen ist, zu der Stelle zurückkehrt, wo sie ihre Kleider abgelegt hat, ist die Uhr verschwunden. Sie wundert sich nicht. Sie ist auf eine unerklärliche und ihr zutiefst fremde Art glücklich.

Er prüft die Reiseapotheke: Schmerzmittel mit fiebersenkender Wirkung, die Malaria-Prophylaxe, ein Breitband-Antibiotikum, das vor einiger Zeit verordnete Antidepressivum, das er nie eingenommen, für die Reise jedoch wieder aus der Kiste geholt hatte, als zählte zu den ansteckenden Krankheiten dieses Kontinents auch die Traurigkeit. Er schluckt vorsorglich zwei Schlaftabletten; er ahnt, dass der Kampf der Substanzen in seinem Körper dauern wird. In den Schläfen bohrt der Kopfschmerz, sein aufgepeitschtes Herz hämmert gegen die Müdigkeit an. Eine Viertelstunde liegt er mit offenen Augen da und irrt durch seine Empfindungen, auf der Suche nach einem tieferen Dunkel. Dann, als er vor der ersten Tür zum Schlaf steht, reißt ein fahler Lichtstrahl ihn zurück. Auf dem Nachttisch leuchtet das Display des Smartphones; geht es dir gut???, liest Vinz die lang ersehnte Frage mit den drei bangen Fragezeichen. Er öffnet die App und wartet, bis er sich sicher ist, dass Manuel seine schweigende Anwesenheit spürt; monatelang hat er einen Liebesbeweis gefordert, jetzt genügt ihm das Wissen, dass Manuel an ihm leidet. Eine zweite Nachricht findet er im Gruppenchat mit Bernd und Alf; die Freunde hoffen, dass sie sich keine Sorgen machen müssen, und senden Herbstgrüße von Teneriffa.

Das Radar hat die Begierden der Stadt neu geordnet. Hot 4 ur white cunt, schreibt ein Gesichtsloser, auf dem mitgeschickten Foto grinst sein Schwanz. Vinz wischt weiter zu einer Nachricht vom Constable. You lucky thing!, schickte der um 00.10 Uhr auf dem Heimweg vom Hotel, das Emoji seufzt. Er zahlte das Taxi von Alexanders Geld, dann stieg er aus und löschte das Profil.

Ich kann nicht schlafen, schreibt Vinz, Alexander antwortet: Komm rüber. Er schließt die Augen, macht zaghaft einen Schritt. *Sein Schrei gellte bis in das letzte Bild.* Vinz sieht es plötzlich wieder vor sich: wie Port durch das offene Fenster geht, weil die Tür zu den Lebenden nun verschlossen ist. Er sieht die Worte als Raum, Hallen und Gänge aus Sätzen geformt, in denen er selbst das Echo ist; wie damals, als er nicht genug kriegen konnte von dieser Geschichte, geht er in ihnen herum: *Flecken frischen hellen Blutes auf der Erde. Blut auf Kot. Der erlösende Augenblick, hoch über der Wüste, wo die beiden Elemente, Blut und Kot, lange getrennt, ineinander verschmelzen.* Dann ein Durchschlupf, vielleicht das Fenster, der nächste Raum. *Ein schwarzer Stern geht auf, ein dunkler Punkt in der Helle des Nachthimmels.* Und weiter. Um die Ecke, auf das Licht zu, die schwarze Stimme, den schönen Klang. *Dunkler Punkt, Tor zur Ruhe. Greife aus, durchstoße das zarte Netz des schützenden Himmels, ruhe aus.* Er bleibt stehen und zählt seine Herzschläge. Beim ersten hört er Schritte auf dem Flur, beim zweiten ein zaghaftes Klopfen, Sir?, sagt eine Stimme leise bei drei, dann öffnet er die Tür.

◆◆

Er weiß nicht mehr, wie er hierhergekommen ist. Jemand, der dicht hinter ihm geht, hat ihn geführt. Deutlich spürt er die Anwesenheit des anderen, zu dem er sich nicht umdrehen darf. Es gibt keinen zwingenden Grund für dieses Verbot, doch wie oft in solchen Träumen kennt er die Bedingungen: Er ahnt, dass der Ort sich ihm nur dann zeigen wird, wenn er seinem Begleiter vertrauensvoll vorausgeht.
Vor ihm liegt das Mittelrheintal wie es jeder kennt, von den Abbildungen oder vom Blick aus dem fahrenden Zug: der Strom eingezwängt zwischen steilen, vom Weinbau terrassierten Hängen, an seinen Ufern die Bahnlinien und Bundesstraßen, dahinter die Dörfer mit ihren Fachwerkhäusern und den von Touristen bevölkerten Gassen. Unterhalb des berühmten Loreley-Felsens fällt das Tal mindestens hundert Meter in die Tiefe, so jäh und unerklärlich in den sanft geschwungenen Linien der Landschaft, als wäre es entlang eines Risses auseinandergebrochen. In einem Wasserfall von gigantischem Ausmaß ergießt sich der Rhein über die Kante, viermal so hoch und ungleich breiter als der tatsächliche Rheinfall in der Schweiz, und schon dort hatte Vinz als Kind, vom Anblick der flatternden Flut in eine Ecke der Besucherterrasse gedrückt, kaum glauben können, was sich vor seinen Augen ereignete. Die Erinnerungen an die Besuche des Rheinfalls sind Teil dieses Bildes, genau wie die Geschichte, die er seinem Begleiter auf dem Weg hierher erzählt hat. Das Märchen vom Fischer am Rheinfall hatte er zum ersten Mal von seiner Tante gehört, oder war er doch erst später darauf gestoßen, auf seiner ersten Reise mit Alexander nach Südfrankreich, als sie in Schaffhausen Halt machten, wo er dem Mann, in den er sich vor kurzem verliebt hatte, zeigen wollte, wie die Welt aussehen könnte, wenn er seine Pläne verwirklichte?
Auch der Fischer hatte geglaubt, mit seinem Willen die Macht des Wassers bezwingen zu können. Auf dem Heimweg aus den Fanggründen am ruhigen Oberlauf war er in seinem Kahn ein-

geschlafen; während er von einem brausenden Unwetter träumte, das über ihn hereinbrach, rissen ihn die Wassermassen in den Abgrund. Wie durch ein Wunder überlebte er; als er wieder zu sich kam, lag er am Ufer, neben ihm der Kahn, den der Wasserfall an Land geschleudert hatte. Der Fischer dankte dem Fluss, der ihm sein Leben gelassen hatte, doch schon am nächsten Tag prahlte er im Wirtshaus mit seinem Abenteuer. Die anderen Fischer wollten ihm nicht glauben und lachten über seinen Traum, bis er, übermütig vom Wein, seine Idee verkündete: Was ihm im Schlaf gelungen sei, müsse ihm im wachen Zustand, wenn er das Steuer halten könne, erst recht glücken. Da verstummten alle und schüttelten die Köpfe über den tollkühnen Plan. An einem der Tische saß ein Fremder, der dem Streit gelauscht hatte; Vinz erinnert sich an zwei Eigenschaften, die in seinem Gedächtnis das Gesicht des Mannes geprägt hatten: seine unheimlichen Augen und das spöttische Lachen, als er dem Fischer hundert Gulden bot, wenn er die Fahrt noch heute wagte.

Er verspürt einen schier unerträglichen Drang, seinen Begleiter zu erblicken; um jeden Preis muss er erfahren, wer ihm dieses Bild zeigt. Wo der Wasserfall ausschäumt, setzt sich das Tal in der gleichen bekannten Lieblichkeit fort, gesäumt von beschaulichen Dörfern und Weinbergen, dazwischen der Rhein breit, träge und von Lastschiffen durchkreuzt, als hätte der Fluss die hinter ihm liegende Gewalt längst vergessen.

Die Sache, fährt Vinz fort, war abgemacht. Die Schar drängte aus dem Wirtshaus und folgte dem vorauseilenden Fischer zum Ufer, am Schluss des Zuges der Fremde, der sich grinsend entfernte. Erst jetzt erkennt Vinz den entscheidenden Widerspruch im Bild; der Wasserfall stammt aus einer anderen Geschichte, vielleicht aus der Zeit, als die Urgewalten der Erde ihr Werk noch nicht vollendet hatten und ein menschliches Leben nur ein Atemzug in einem weltumtobenden Orkan war. Gleichzeitig aber scheint ihm der phantastische Rheinsturz in einer fernen und abstrakten Zukunft zu liegen, in der ein Kataklysmus die Geographie der Erde grundlegend verändert haben mochte und die Menschen zwänge, sich an die veränderten Bedingungen anzupassen: Mit Hebebühnen und Seilzügen werden die Frachtschiffe an der Steilwand und über Schleusen zurück in den Fluss gesetzt. Zwischen der einen, vergessenen Welt und der anderen, zukünftigen steht er mit seinem Zuhörer als einziger Verbindung. Als der Fischer, sagt Vinz und geht weiter, auf einmal nichts mehr um sich herum sah als die sich aufbäumenden Wellen, packte ihn eine entsetzliche Todesangst. Verzweifelt versuchte er, den Kahn noch zu wenden, doch das Steuer gehorchte ihm nicht mehr. Er umklammerte die Ruder, die Flut riss sie ihm aus der Hand, dann sah er vor sich den Rheinfelsen aus dem Strom auftauchen. Vinz hält inne; ihn überkommt ein bedrohliches Gefühl der Orientierungslosigkeit, als wäre sein Begleiter plötzlich nicht mehr da, und als er seinem Drang endlich nachgibt und sich umdreht, ist da nur der donnernde Nebel des Wasserfalls, der in die Höhe peitscht, an den Himmel stößt und wieder niederwallt, aufsteigt und fällt, und Vinz erwacht.

PARADIES

Nichts sinnloser als eine Tankstelle ohne Benzin. Sie stehen ratlos vor der trockenen Zapfsäule. Erst jetzt sieht Vinz das Pappschild an der Wand der Baracke: *Sorry no fuel.* Drinnen verstärkt der Anblick des halbleeren Kühlregals sein Gefühl des Ausgebranntseins. Maybe tomorrow, sagt der Tankwart, bis morgen können wir nicht warten, erwidert Vinz, und der Mann schaut ihn mitleidig an. Er legt ein paar Getränke und Süßigkeiten auf die Theke und zahlt mit einer Fünfzig-Dollar-Note, in der Hoffnung, die begehrte Währung würde den Tankwart an die Benzinvorräte erinnern, die er für solche Fälle hinter dem Schuppen lagert. Ob es hier noch eine andere Tankstelle gebe? An der Station, die der Mann nach längerem Überlegen nennt, sind sie vor mehr als drei Stunden abgebogen. No reserves? Vinz schüttelt dramatisch den Kopf. Wir haben einen Kranken im Auto, fügt er hinzu und deutet hinaus. Dort steht der Kleinlaster des Mannes, auf dem Ladentisch liegt sein Handy, eine Frage der Menschlichkeit, sie irgendwohin zu fahren, jemanden anzurufen, please, sagt Vinz und starrt in die leere Kassenschublade. Er zieht den Schein zurück und zahlt mit einem Zehner. Come back tonight, erwidert der Tankwart und händigt ihm das Restgeld in Bonds aus, der wertlosen Ersatzwährung. Vinz lässt es auf dem Zählbrett liegen und schleppt die letzten Vorräte hinaus auf den glühenden Platz.

Alexander steht wie einbetoniert in seinem Körperschatten. Er nimmt ihm eine der Wasserflaschen ab und trinkt, setzt plötzlich ab und prüft bei den anderen Flaschen die Verschlüsse. Auf dieser Straße verbraucht der Wagen fast das Doppelte, sagt Vinz, als würde sie das entschuldigen. Keiner von ihnen war auf

die Idee gekommen, den Tank aufzufüllen, bevor sie den Freeway verließen; Vinz hatte es eilig, auf diese Sandpiste zu kommen, auch Alexander und Unami mochten einen Grund für ihr Schweigen gehabt haben. Er schaut zum Himmel, der so grell ist, dass er die Sonne nicht sieht. Nicht die zumindest, der er stets eine metaphysische Rolle zugeschrieben hat, die Idee des Südens mit dem Beiklang von Licht, Wärme, Erneuerung, Hoffnung. Doch was ihm hier ins Gesicht beißt, die Augen zersticht und seine Würde auffrisst, ist ein Moloch.
Wir sind so blöd, hört er Alexander sagen und spürt sich innerlich auf die Größe seines eigenen Schattens schrumpfen. Heute Abend kommt Nachschub, sagt er, auch das Sprechen ist unter dieser Sonne sehr klein. Und dann fahren wir einfach weiter? Was sonst, soll seine Geste erwidern. Es ist dein Roman, sagt Alexander und drückt ihm die Flasche in die Hand; pass auf, dass wir sie nicht vertauschen, fügt er hinzu, vielleicht ist er ansteckend. Dann öffnet er den Wagen, reicht Unami die Hand und sagt: End of the line.

Als sie kurz nach Sonnenaufgang an die Tür klopften, war Unami bereits fertig zur Abfahrt. Sein Tatendrang ließ Vinz hoffen, dass es ihm wieder gut ging und die nächtlichen Symptome nur eine vorübergehende Erschöpfung gewesen waren. Vinz' Vorschlag, den Staudamm zu besichtigen – ein Umweg, der mehrere Tage in Anspruch nehmen würde –, schien ihm zu schmeicheln; so you really want to experience my country? Beim Frühstück zeigte er ihnen auf der Karte mögliche Routen. Die rot markierten Linien verbanden in einem Dreieck die größeren Städte des Landes. Dazwischen erstreckte sich ein loses Geflecht von Nebenstraßen, die in anscheinend unbewohnten Gebieten in vage Striche übergingen und irgendwo endeten. Der kürzeste Weg, den Unami gleichzeitig als den schönsten anpries, war eine gelbweiß gekennzeichnete, was hieß nur teilweise asphaltierte Straße, an der kaum Ortschaften lagen. Alexander studierte eine

Weile mit zweifelndem Gesichtsausdruck die Karte und schlug schließlich die Route über die Hauptstadt vor. Autobahnen seien unliterarisch, wandte Vinz ein, so is a puncture, konterte Alexander, Unami deutete auf die grüne Fläche eines Nationalparks, den sie passieren würden, und sagte: There you will finally get your elephant. Sein Lachen klang kraftlos.
Als sie ihr Gepäck an den ernsten Gesichtern der Unterdrücker vorbei durch das Foyer trugen, ging Unami voraus. Den verletzten Arm hatte er zurück in die Schlinge gelegt, zum ersten Mal trug er auf der Stirn kein Pflaster. Obwohl die Wunde gut verheilte, war die Schramme durch die nachwachsende helle Haut deutlich sichtbar. Vinz hatte den Eindruck, dass er die Narben, die von ihrer ersten Begegnung geblieben waren, mit einer gewissen Genugtuung trug. Sichtlich um eine aufrechte Haltung bemüht, schien ihm nun auch das Gehen schwerzufallen. Vinz wartete auf einen Blick von Alexander, doch er konnte nur mutmaßen, ob er Unamis Zustand wahrnahm. Er hielt ihm weder die Flügeltür auf, noch half er ihm beim Tragen. In der Einschätzung ihrer Umgebung waren sie stets dieses Team gewesen, das einander von den Gesichtern ablesen konnte, was der andere sah und dachte – eine Art Symbiose der Sinne, die Vinz für seine Arbeit brauchte, wenn er seinen Figuren nach Augenmaß Handlungen auf den Leib schrieb. Jetzt aber glaubte er diesen gemeinsamen Innenraum plötzlich verschlossen, und er war sogar erleichtert, dass Alexander seine Gedanken vor ihm verbarg; jede andere Reaktion hätte sie gezwungen, in der Stadt zu bleiben und die notwendigen Schritte zu unternehmen. Er spähte zur Bar, die noch geschlossen war; Rudo hätte ihm vielleicht ein Zeichen gegeben, das ihn zurückriefe. Sir, you shouldn't do that!
Als sie den Wagen erreichten, der bereits in der Sonne glühte, tropfte Unami der Schweiß von der Stirn. Sie warfen ihr Gepäck in den Kofferraum und warteten, bis Unami seinen Platz auf der Rückbank eingenommen hatte. Vinz bot Alexander den Au-

toschlüssel an, doch der lehnte ab; die Schotterpisten, das Vorläufige und Nichtausformulierte, waren Vinz' Sache. Er startete den Motor, drückte dem Parkplatzwächter ein Trinkgeld in die Hand und lenkte den Wagen zurück auf die breite, von hohen Mauern gesäumte Chaussee. Als die ersten Marktstände auftauchten und die Menschen auf die Fahrbahn drängten, kehrte das Straßen-Gefühl zurück, das er schon fast vermisst hatte: diese hochfrequente Nervosität, das Seelenfieber des Reisens. Noch eine Weile sah er das Tudor-Hotel mit seiner verblichenen britischen Patina wie eine Spielzeugburg im Rückspiegel, dann verschwand der Ort, der für ihre Sicherheit garantiert hätte, aus der Sicht.

Unami will liegen. Unter einem grätigen Baum, dem einzigen im Umkreis mit ein wenig Laub, streckt er sich auf den Boden. Vinz drängt ihn, von der Cola zu trinken, die er ablehnt. Auch Schokolade überzeugt ihn nicht, die Unterzuckerung, die Vinz ihm einzureden versucht. Er wolle sich nur ein wenig ausruhen, sagt er, dann schließt er die Augen und fällt in einen Dämmerzustand, in dem ihre Auskunft fordernden Blicke ihn nicht mehr erreichen. Ich habe gesagt, wir bringen ihn zum Arzt, sagt Alexander, und Vinz: Hast du nicht! Sie setzen sich auf die festgetretene Erde. Alexander prüft die Uhrzeit, noch vier Stunden, sagt er, als wollte er dem Sonnenuntergang ein Ultimatum setzen.
Zeit genug, mit den Aufzeichnungen zu beginnen, doch die Kladde liegt im Auto, der Weg dorthin führt vorbei an den neugierigen Blicken des Tankwarts, ins Maul des Sonnenmonsters, das den roten Staub in Pirouetten vor sich her faucht; er bleibt sitzen. In den letzten Monaten war der Impuls, ihr gemeinsames Alphabet fortzusetzen, immer schwächer geworden, wie das vorübergehende Jucken einer fast verheilten Wunde, er musste nur ein wenig ausharren, kurz die Zähne zusammenbeißen, dann war es vorbei, und was dieses Land am wenigsten braucht, ist sein Roman.

Also warten sie unter Afrikas letztem grünen Baum. Der Stamm ist von Narben übersät, Spuren des Holzschlags, auch die Vegetation ringsum wirkt zugerichtet, doch weit und breit kein Mensch. Irgendwo in der Nähe muss das Dorf sein, vielleicht ein kleiner Supermarkt, davor ein paar Autos, von denen eins einen Ersatzkanister geladen hat; wo eine Tankstelle ist, denkt er, kann die Welt nicht weit sein.
Hätte er sich anders entscheiden können? Auf der Fahrt durch die Stadt war das Krankenhaus gut ausgeschildert, eine Weile waren sie sogar den Wegweisern gefolgt. Als sie an einer der überfüllten Kreuzungen auf die Ausfallstraße Richtung Osten abbogen, atmete Vinz innerlich auf, dass ihnen der Besuch einer afrikanischen Notambulanz erspart blieb. Sie tankten voll und verschoben nötige Einkäufe auf später, ungeduldig, auf ihre Route zu kommen und den Punkt zu erreichen, wo die Entfernung über die Gewissensfrage entschied. Wenn es überhaupt eine Moral gab, von der Vinz sich leiten ließ, dann war es seine schriftstellerische Pflicht, nicht mehr hinter die Ziele zurückzufallen, die er in seinen Romanen bereits erreicht hatte. Er musste seinen Figuren stets um ein kleines Stück voraus sein, jenen Vorsprung zu ihnen wahren, in dem sie ihm fremd und unberechenbar blieben. Glaubte er ihren Kurs zu kennen, schlug er eine neue Richtung ein. Er fürchtete den Moment, in dem er ihre Entscheidungen würde antizipieren können – es wäre das Ende ihrer Geschichte, womöglich seines Schreibens überhaupt, der Eintritt ins Alter.
Die ersten zweihundert Kilometer legten sie mit Höchstgeschwindigkeit auf einem Freeway zurück, der besser in Schuss war als manch deutsche Bundesstraße, und die Gegend ließ hoffen, dass es um die Menschen hier doch nicht so schlecht bestellt war. Vinz sah befestigte Häuser, durch Schwendwirtschaft urbar gemachte Felder, Minen und Zementwerke, am Straßenrand Männer und Frauen auf dem Weg zur Arbeit. Laut Karte mussten sie an einem ungesicherten Bahnübergang abbiegen,

doch der Schotterweg entpuppte sich als Zufahrt zu einem stillgelegten Bergwerk. Sie wendeten auf einem Lkw-Friedhof zwischen ausgeschlachteten Karosserien, in denen ein paar dürre Gestalten kletterten und mit Hämmern und Steinen das Blech herausklopften. Unami schlug vor, an der Tankstelle, die sie vor einiger Zeit passiert hatten, nach dem Weg zu fragen. Sie fuhren zehn Kilometer zurück, Alexander folgte in der Karte dem Straßenverlauf und blickte immer wieder besorgt hinaus. Der Tankwart kannte die Abzweigung nicht, auch die Jugendlichen, die vor einem Bottle-Store lungerten, deuteten in verschiedene Richtungen. Ein verhutzelter Greis bot an, sie zu begleiten. Er hatte kaum noch Zähne und trug zwei verschiedene Schuhe. In der Tasche, die er auf die Rückbank stellte, knisterten leere Plastikflaschen. Während Unami sich mit ihm in seiner Sprache unterhielt, verbreitete sich im Auto ein aasiger Geruch. Einmal lachten sie, im Rückspiegel sah Vinz, wie Unami dem Mann die Hand schüttelte. Er dirigierte sie zurück auf den Autofriedhof, stieg aus und entfernte sich zwischen den Wracks. Was er gesagt habe?, fragte Vinz. Heute sei sein fünfundvierzigster Geburtstag, erwiderte Unami, und nachdem er dem Mann noch eine Weile hinterhergeblickt hatte: What a goddamned place to live in. Alexander blätterte ziellos im Straßenatlas.
Die Piste begann hinter den Abraumhalden und war nur auf den ersten Kilometern leidlich geteert. In weit ausholenden Kurven wand sie sich eine Steigung hinauf, doch statt des Gebirges, das Vinz hinter der letzten Serpentine erwartete, lag vor ihnen ein karges, verheißungsloses Plateau. Nach einer halben Stunde waren die Scheiben blind vom Staub. Er drang durch die geöffneten Fenster, bedeckte die Armaturen und sammelte sich auf jeder Fläche, die ein Stück Horizontale bot. Vinz sah das rote Gespinst auf den Unterarmen, in den Hautfalten der Ellenbeuge, spürte ein Brennen in der Nase. Das fruchtbare Weide- und Ackerland war in eine nahezu laublose Strauchsavanne übergegangen, deren Gehölze silbrig in der Sonne blinkten. Sie wirk-

ten wie versteinert, glichen mehr Fossilien als Pflanzen, als hätten sie jetzt, zum Höhepunkt der Trockenzeit, ihre auf dem Vorhandensein von Wasser gründende Existenz als Baum oder Busch vergessen. Die Straße schnitt schnurgerade hindurch und bot das immer gleiche Wort: Die Vegetation war fahlgrün oder fahlbraun, der Himmel, in seiner Unveränderlichkeit eher ein statischer Zustand von Ferne, fahlblau, und selbst Unamis Gesicht im Rückspiegel erschien Vinz jetzt fahlschwarz, mit diesem olivfarbenen Stich, der darauf hindeutete, dass es ihm schlechtging.

Kann er einen Sonnenbrand kriegen? Vinz weiß nichts über die Eigenheiten von Unamis Körper, seine Ansprüche und Schwachpunkte; das Beunruhigende an seinem Zustand ist ihre eigene Unkenntnis. Alexander blickt auf und schiebt Vinz den Straßenatlas hin, den er aus dem Wagen geholt hat, auch das Notizbuch liegt jetzt aufgeschlagen neben ihm, das Smartphone. Es zeigt geringen Empfang an, ausreichend für einen Notruf. Doch wen sollen sie anrufen, Constable Makonde? Alexander deutet auf die grüne Fläche des Nationalparks, wo ein paar Camps eingezeichnet sind. Drei Stunden, wenn wir in diesem Tempo weiterfahren, sagt er, die Dunkelheit, weiß Vinz, die sie bald einholen würde, nicht eingerechnet. Erst jetzt wird ihm die Reichweite seiner Entscheidung bewusst. Alexander steht auf und weckt Unami; der öffnet die Augen und schaut sich verwundert um, als wäre er lange fort gewesen. Fast reißt er Alexander, der ihn stützen will, zu Boden. Der Arm?, sagt Alexander, und Unami: Irgendwie alle Knochen. Alexander geht zum Auto, hievt das Gepäck heraus, schleppt es herüber und baut aus den Koffern und ein paar Kleidungsstücken ein notdürftiges Bett. Halt dich fest, sagt er und legt sich Unamis Arme um den Hals. Ein Stich fährt Vinz in die Brust, keine Eifersucht, es kommt von tiefer. Er fragt sich, ob Alexander ihn, wenn die Zeit dafür gekommen ist, auch zu seinem Lesesessel am Erkerfenster tragen würde,

täglich die steile Wendeltreppe hoch ins Schlafzimmer und in den Schatten unter einem Baum, wo er sich endlich ausruhen darf, und hätte er umgekehrt dafür überhaupt die Kraft?
Auf seinem Lager schläft Unami sogleich wieder ein. Eine weitere Viertelstunde vergeht, dann ist die Sonne gewandert, der Ablauf beginnt von vorn. Etwa im gleichen Takt taucht in der Ferne ein Fahrzeug auf. Sie sehen zuerst das Staubband, das sich durch die Ebene windet, dann erreicht sie der Schall. Alexander steht auf und stellt sich an die Straße. Ein mit Ziegen beladener Kleinlaster fährt vorüber, Jungs in einem Kombi, die lautstark hupen, der Minibus, der tatsächlich anhält, ist auf dem Weg in die Stadt, all die Stunden zurück. Dann ein Fahrzeug, dessen Motorgeräusch lang nicht zu hören ist. Alexander geht ihm ein Stück entgegen und winkt. Vinz erkennt einen SUV, hofft auf einen Fahrer mit Herz und Ersatztank. Tatsächlich bremst der Wagen ab, fährt in einem Bogen an Alexander vorbei. In Höhe der Tankstelle beschleunigt er wieder, hinterlässt eine Staubwolke und das Gefühl, mit Zeit übersättigt zu sein. Alexander kommt schweißgebadet zurück, sagt: Es war ein Weißer. Und zu Unami: Das Schwein hat dich gesehen und sich davongemacht. Ein Schwarzer hätte das Gleiche in Grün getan, sagt Vinz, Unami fragt schläfrig: Wieso grün? Sie lachen, auch Unami schüttelt sich, will gar nicht mehr aufhören. Du hast Fieber, sagt Alexander, bringt die Kapuzenjacke und packt Unami hinein. Von den Blutflecken ist ein blasser Rand im Stoff geblieben, der sie an ihre Verantwortung gemahnt. Den Arm spart Alexander vorsichtig aus, doch auch Vinz hat nun kaum noch Hoffnung, dass es vielleicht doch nur eine Prellung ist. Selbst ein Bruch wäre keine Katastrophe. Die meisten schweren Tropenkrankheiten aber beginnen mit Schüttelfrost. Port Moresby, erinnert er sich, fröstelt drei Tage lang unter der glühenden Saharasonne, worüber Kit sich anfangs noch lustig macht, bis sich die innere Kälte ihres Mannes in eine Schicksalsmacht verwandelt. Doch der Typhus wäre jetzt für seinen Plot ohnehin ein bil-

liger Trick. Aber keine Dummheiten machen, während er schlafe, lacht Unami kläglich, als Alexander ihm zwei Schmerztabletten in die Hand drückt. Noch einmal wandern sie gegen den Uhrzeigersinn weiter, dann rutscht die Sonne aus dem Baum. Das nächste Fahrzeug hält. Auf der Pritsche zwei Männer, die ein paar Mal herüberschauen, als Alexander mit ihnen verhandelt. It's a Diesel, sagt Unami enttäuscht. Alexander kommt zurück, Vinz spürt seinen Entschluss schon von weitem. Go with them, ruft er Unami zu, er solle sich irgendwo ein Hotel nehmen und dort auf sie warten, und er zieht ein Bündel Scheine aus seinem Portemonnaie und hält es ihm hin. Auch was Alexander nicht sagt, glaubt Vinz in dieser Geste zu lesen; sobald sie wieder Benzin haben, werden sie zurück zum Freeway fahren und von dort weiter zu den Wasserfällen. Die SMS an ihn formulieren sie gemeinsam, auch Beileidskarten und Absagen anlässlich von Hochzeiten oder anderen wichtigen Feierlichkeiten, auf die sie keine Lust haben, schreiben sie stets zusammen, und als sie die Nachricht abschicken, schauen sie sich in die Augen und halten die Luft an. Er werde sie hier nicht allein lassen, sagt Unami nach einem langen Blick auf das Geld, das vielleicht doch zu wenig war. Die Hupe gellt, morgen kommen sie zurück, sagt Alexander auf Deutsch, einer von uns könnte Benzin holen; Vinz weiß, dass für diese Prüfung nur er in Frage kommt. Er fühle sich schon besser, versucht Unami zu beschwichtigen, doch an seinen glasigen Augen sieht Vinz, dass das Fieber, wenn die Wirkung des Schmerzmittels nachlässt, umso bedrohlicher in die Höhe schnellen wird. Der Fahrer hupt ein zweites Mal, dann zieht das gewundene Staubband wie eine Geistererscheinung über sie hinweg. It's better not to go with strangers, sagt Unami und geht ein paar Schritte auf die Baracke zu; Alexander kann ihn gerade noch abfangen, so jäh sackt er in sich zusammen. Stöhnend lässt er sich in den schmalen Schatten unter dem Vordach ziehen. Vinz bückt sich nach ihren Sachen; es fühlt sich an wie die bisher schlimmste Niederlage seines Lebens. Auf der leeren Seite der Kladde hat sich der rote Puder gesammelt, schreibt sinnlose Zeichen.

Da sieht er die Kinder. Sie tauchen aus ihren Verstecken auf und starren die Fremden aus furchtsamen Augen an. Er winkt sie herbei, setzt nun ganz auf ihre Neugier, ihren Hunger. Die Mutigsten nähern sich zögernd, er hält einen Schokoriegel in die Luft – und wirft. Wie erwartet die Schlacht. Du bist ein Arschloch, Vinzenz, hört er Alexander hinter sich sagen. Wir müssen irgendwie weiterkommen, erwidert er, dann kippt er den Rest der Süßigkeiten vor die Meute und geht in den Laden.
Wessen Vater ein Auto habe, fragt er in die Runde, als alle an ihrer Cola nuckeln. Ein aufgeschossener Junge in gelbem Fußballtrikot, Nummer dreizehn, übernimmt das Kommando und ruft den anderen etwas zu. Die Kinder überbieten sich in ihrem Eifer, selbstverständlich ist hier jeder Vater im Besitz eines Fahrzeugs. Vinz holt Autoschlüssel und Portemonnaie, wählt ein paar Kinder aus und scheucht sie zum Wagen. Die Dreizehn hängt sich ihm an den Arm. Take me, Sir, you can trust me, Sir, please, Sir, das Wort steckt dem Jungen wie eine Pfeilspitze zwischen den Zähnen. Vinz schiebt ihn auf den Beifahrersitz und fordert ihn auf, den Gurt anzulegen, was ihm erst nach mehreren Versuchen gelingt. Bevor er den Motor startet, gibt ihm Alexanders Blick zu verstehen, dass er von nun an auf sich selbst gestellt ist.
Kaum ist die Tankstelle aus der Sicht verschwunden, überfällt ihn die irreale Angst, dass er nicht mehr zurückfinden, ja, dass dort nie eine Tankstelle gewesen sein wird. Er versucht sich den Ort ins Gedächtnis zu rufen: zwei Zapfsäulen, die aus dem letzten Jahrhundert stammen, die mit Brettern vernagelten Ladenlokale ringsum zeugen davon, dass der Ort einmal ein Handelszentrum war, an dem Benzin und Waren flossen. Tiefstes Afrika, würde Bernd beim Dia-Abend mit heimlicher Bewunderung für ihren Mut zum Abweg sagen. Die SMS der Freunde fällt

Vinz erst jetzt wieder ein, und jede Antwort, die sie beruhigen könnte, wäre gelogen. Hätte er auf ihren Rat gehört, käme er gerade von der Nordsee zurück, mit klarem, von Herbststürmen gereinigtem Kopf, im Gepäck die Lösung für das Dilemma. Auch Alexander hätte auf irgendeinem Alpengipfel zu einem neuen Weitblick gefunden; beide sichern sie die Freiräume ihrer Beziehung in der Einsicht, dass ein Abgrund immer so tief ist, wie hoch man selbst die Fallkante setzt. Die Planung ihrer nächsten Fernreise übergeben sie an Bernds und Alfs bevorzugte Agentur. Aus Erfahrung wissen sie, dass ein Pauschalurlaub nicht würdeloser ist als eine durch Benzinmangel herbeigeführte Ehekrise irgendwo im Busch. Bei dem Psychologen, der damals auch die Sache bei Bernd und Alf wieder eingerenkt hat, lernt Vinz einen achtsamen Umgang mit seinem Smartphone. Manuel sieht er nur noch alle vierzehn Tage, das therapeutische Zeitfenster erlaubt ihm vorerst zwei Stunden, Sex ausgeschlossen, und Alexander hat die App gleich ganz gelöscht. Er pflegt, wenn Vinz auf Lesereise oder zu anderen Terminen aushäusig ist, sporadisch alte Kontakte. Die Arbeit am Roman läuft. Alf, der die ersten Kapitel gelesen hat, fand einige Stellen sogar politisch. Im wirklichen Leben hat er Vinz schon oft für jene Punkte zu sensibilisieren versucht, an denen er nach Alfs Verständnis von Liebe den falschen Kurs eingeschlagen hat. Vinz hat die Kritik sowohl an seiner Roman- als auch Lebensführung stets ignoriert, allerdings lässt er in seinem zweiten Buch die Beziehung eines Paares aus dem Freundeskreis der Hauptfigur nach einer gegenseitigen HIV-Infektion zerbrechen, nicht an den gemeinsam begangenen Fehlern, heißt es dort, nicht am Unverzeihlichen ihres einsamen und vielleicht schon von einer gewissen Verbitterung zeugenden Entschlusses, die Welt der Unverwundeten nicht ohne den anderen zu verlassen; es sei gerade das Fehlen irgendeiner Form von Bekenntnis zueinander gewesen, die gegenseitige Unterlassung, die ihre Liebe nicht überlebte, und Vinz hat keinen Zweifel, dass es Alfs heimliche Rache war, als das Drehbuch, zu dem er auf Alfs Vorschlag hin den Roman umgearbeitet hatte, in der Redaktionskonferenz schließlich abgelehnt wurde, das Zielpublikum für das Thema, bedauerte Alf am Telefon, sei einfach zu klein, was er wiederum zum Anlass nahm, sich eine halbe Stunde lang über die Homophobie des Kulturbetriebs aufzuregen, und Vinz, der mit Alexander gerade beim Abendessen saß, stellte triumphierend das Telefon laut und legte es neben die Pizza.

Es geht uns gut. Der Satz, den seine Freunde, vermutlich auch die meisten seiner Leser hören wollen, ist vielleicht der einzige, der von dieser Reise am Ende bleibt, und er fingert das Smartphone aus der Hosentasche, gierig nach einem Beweis, dass Manuel die Ungewissheit nicht mehr erträgt. Kein Netz, Vinz entgleitet das Steuer. Er hat die Fahrspur verloren, überhaupt jegliches Gefühl der Orientierung, seit er auf einen Feldweg abgebogen ist, den Handzeichen des Jungen folgend, der ihn stumm von der Seite anstarrt. Die Kinder auf der Rückbank tuscheln. Was sagen sie, fragt er den Jungen. They want to know your name. Vinzenz, sagt er, der Junge ruft etwas nach hinten, dann ist der Wagen voller Zischlaute. Und wie heißt du? Von der Seite spürt er wieder das Sengen der Augen, etwas Verzehrendes, Unerbittliches, das den Jungen zu früh erwachsen gemacht hat. I'm Innocent. Will you help me, Sir? Tief im Innern formt sich sein Widerwille zum Schrei, er will nichts mehr hören von der Not der Menschen. Ich brauche selber Hilfe, sagt er. Der Junge schaut ihn entgeistert an, merkt dann, dass der Sir ihn hinters Licht führen will. Really?, grinst er, während seine Stimme noch mit der Kränkung ringt, you're funny, Sir.
Zwischen den Bäumen tauchen Gebäude auf, ein hallenartiger Bau mit Flachdach und Glasfenstern, recht gut in Schuss. Our school, sagt der Junge, und zu dem Gebäude dahinter: Our church. Auf der kleinen Terrasse sitzen Frauen in weißen Gewändern, die rhythmisch in die Hände klatschen. Sie fahren

an einem Waisenhaus vorbei, Eden Children's Village, wie Innocent erklärt; Vinz fragt sich, warum hier jeder Mensch und jedes Ding ein Versprechen im Namen tragen, das nicht erfüllt wird. Für die Waisen von Aids-Opfern?, hakt er nach. Der Junge, dem man vielleicht beigebracht hat, den Namen der Seuche nicht auszusprechen, senkt den Kopf. Some of the parents were killed. Vinz horcht auf. Auch Rudo hat in ihrem Gespräch die politischen Morde erwähnt, die es in dieser Region gegeben haben soll. Shame, sagt er und beschließt, vor den Kindern besser nicht weiter in die Sache vorzudringen. Die Fahrspur endet im Sand, der Wagen bricht aus. Hinter den Büschen tauchen die Schilfkegeldächer des Dorfes auf. Beautiful, sagt er, noch nie ist ihm das Wort so verwerflich erschienen. Hinten purzeln die Kinder durcheinander und rufen: Biutiful! Vinz blickt auf die Tankuhr; die Nadel ist noch ein Stück tiefer in den roten Bereich gerutscht. So will you help me? Sir? Innocent reißt sich die Pfeilspitze aus dem Mund und bohrt sie Vinz ins Herz, der sagt: Ja.

Nicht ohne Grund hat er zu Kindern stets eine Art Sicherheitsabstand gehalten. Während in seinem zweiten Roman gleichgeschlechtliche Paare und Lebensgemeinschaften unter Zeitdruck und mit Hilfe der modernen Medizin Kinder zeugen, befällt seinen Helden eine tiefe Beklommenheit; bei Gesprächen über Schlafmanagement und Weichmacher in Windeln ahnt er, was da im Innern rumort: der Ruf seiner biologischen und vielleicht auch moralischen Bestimmung, das schlechte Gewissen des schwulen Hedonisten, der ein Leben lang folgenlos fickt.
Alexander hat vorgesorgt und frühzeitig die Patenschaft für Max übernommen, den Sohn einer gemeinsamen Freundin, dessen Erzeuger sich aus der klassischen Vaterrolle zurückgezogen hatte. Vielleicht war es Vinz' heimliches Schuldbewusstsein, vielleicht eine kluge Taktik der Mutter, dass Max nun gleich zwei Ersatzväter hat. Während Alexander zweimal in der Woche von der Uni zur Kita hetzt, regelmäßig auf ein Sparkonto ein-

zahlt und selbst bei den Kindergeburtstagen die Nerven behält, begleitet Vinz die beiden manchmal in den Zoo. Sein Schreibzimmer räumt er für das mobile Kinderbett eher zähneknirschend. Bisher hat sich der Schriftsteller in ihm geweigert, mit Mitte vierzig, wie er es an seinen Rudimentärlaute und Kinderreime brabbelnden, homo- wie heterosexuellen Elternfreunden beobachtet, in eine zwar vorübergehende, nichtsdestoweniger besorgniserregende Phase der Debilität einzutreten. Max hat als Relikt einer Gaumenspalten-Operation eine Narbe auf der Oberlippe, was Vinz an Männern im Allgemeinen anziehend findet. All seine Versuche, in Würde zu altern, heißt es an entsprechender Stelle im Roman, würden in dem Augenblick hinfällig, da er einem, der um genau die Jahrzehnte jünger ist, die ihn einsam und gierig gemacht haben, in den Schoß späht. Und wenn er mal ein echter Schuss wird?, fragte er Alexander an einem ihrer Einsatzabende. Dann müssen wir uns beweisen, erwiderte Alexander. Als Vater?, fragte Vinz und sah an ihm wieder diesen Blick des Versorgers, noch immer zärtlich, doch zunehmend genervt, sein gnädiges Dulden, Alexander sagte: Nein, als Mann.

Fast muss der Fremde ihn umarmen, um ihn aus dem Gurt zu befreien, in dem er sich, mit dem defekten Aufrollmechanismus kämpfend, verheddert hat. Er wollte es dieses Mal richtig machen, dem Sir beweisen, dass er nicht so dumm und eingeboren ist, wie man in Europa glauben mag. Ein unangenehmer Geruch steigt ihm in die Nase, bitter stechend, was vielleicht an den ungewöhnlichen Dingen liegt, die man dort isst, und auch Vinz fällt auf, dass der Junge, an dem höchstens noch der Name kindlich ist, wie die meisten Männer hier riecht, anders als ein verschwitzter Weißer, und er würde lange zögern, bis er schreibt: süßer. Kurz verharren sie, eingefroren in diesen Moment, der beide auf unterschiedliche Weise beschämt, dann schnalzt der Gurt zurück, sie steigen aus.

Vinz spürt die Blicke auf sich, noch ehe er die Menschen sieht. Die Kinder rennen zurück zu ihren Müttern, die aus dem Schatten der Hütten getreten sind. Das Dorf ist aus den Materialien der Natur erbaut, die es umschließt, Erde, Holz und Sonne, es ist die Umdeutung der Natur in eine andere Form und durch eine Ordnung, die ihn in ihrer Strenge geradezu einschüchtert; sie folgt einem System, das sich ihm vermutlich niemals erschließen wird. Nur zwei der Häuser, die mit den Sprossenfenstern, sind quadratisch gebaut und aufwendig bemalt, die restlichen Rundhütten stehen strahlenförmig zueinander, dazwischen kleinere Holzrondelle auf Stelzen. Die Schilfdächer sind akkurat geschnitten, entrindete Äste dienen als Stützbalken. Instinktiv hebt er den Blick auf der Suche nach der Stromleitung, die sich am Straßenrand entlang durch das Land gefädelt hat und zuletzt wie eine Richtschnur gewesen ist für das, was sie gerade noch ertragen könnten, doch über ihm ist nichts als die Lichtwüste der Sonne. Ein paar der Frauen nähern sich zögernd. Um ihre nackten Füße wuseln drei Hundewelpen. Ihr Händedruck lässt ihn das Misstrauen spüren, die Verwunderung über den Besuch eines Weißen in einem Wagen mit Kennzeichen aus dem gelobten Land. Während er Innocents Mutter, Schwestern und Tanten begrüßt, behält er den Jungen im Visier. Der wird sichtlich nervös, als zuletzt ein Mann aus einer der Hütten tritt. Trotz der ledrigen Haut wirkt sein Gesicht jung und lebhaft, doch das Haar ist fast gänzlich ergraut. Sein fleckiges T-Shirt trägt die Aufschrift *Cereal Killers*; Vinz fragt sich, ob er weiß, dass dies der Titel einer amerikanischen Diät-Kampagne ist, die für eine Ernährung ohne Kohlenhydrate wirbt. Er reicht Vinz die Hand; das Begrüßungsritual, ein kurzer Wortwechsel über das Wetter, dann legt er Innocent die Hände auf die Schultern. In diesem Moment glaubt Vinz etwas zu verstehen. Er sieht Unamis Absichten plötzlich in einem anderen Licht. Was er in der Nacht zuvor in dessen Tasche gefunden hat – die wertlosen und womöglich gestohlenen Handys, die Geldbündel, das gezuckerte Maismehl –, alles weist darauf hin, dass Unami nicht ohne etwas nach Hause kommen wollte, wofür sein Vater ihn lobt und seine Brüder ihm voll Bewunderung auf die Schulter klopfen, an dem Tag, wenn er Alexander und ihm den Ort zeigt, wo er geboren wurde und, weil die Tradition es so verlangt, einmal begraben werden soll, im Dorf seiner Familie, die im Halbkreis um sie herumsteht, die Kleinsten vorn und mit staunenden, ein wenig ängstlichen Augen, die Schwestern halten sich im Hintergrund, und in der Ferne rauscht tatsächlich der große Wasserfall, den Unamis Geschwister noch nie aus der Nähe gesehen haben. Der Bruder aber hat aus der Welt Freunde mitgebracht, somebody overseas, hört Vinz den Mann sagen, der noch einmal kräftig seine Hand schüttelt und sich als Muffat vorstellt, Muffat?, wiederholt Vinz, what does it mean?, und der Mann schaut ihn fragend an. Dann erklärt er, warum er heute stolz auf seinen Sohn sei. Es ist eine lange Geschichte, Vinz hört sie sich geduldig an. Er spürt, wie der Schweiß das Hemd durchtränkt, auf den Unterarmen flockt die Sonnencreme aus, fettige Bläschen quellen ihm aus den Poren. Was passiert mit einem Weißen, wenn man ihn kocht? Auch in dieser Situation hätte Unami den passenden Witz gehabt. Ohne ihn fühlt Vinz sich plötzlich verloren und sprachlos. In Gedanken sieht er sich zu den Hühnern kriechen, in den runden Schatten unter der Hütte, wo sich der Müll häuft, Dinge, aus denen sich noch etwas machen lässt: Stücke von Plastikeimern und Schüsseln, leere Flaschen, ein zerfetzter Autoreifen, doch nirgends sieht Vinz ein Fahrzeug. Auf dem frisch geflämmten kleinen Feld wächst noch kein grüner Halm. Jemand hat am Morgen vor den Hütten gekehrt, er sieht die Spuren eines Besens im Sand, überhaupt der ganze Platz wie geleckt; ist es ihm unangenehm, dass man etwas so grundlegend Schmutziges wie Erde derart sauber halten kann?

Immer wieder beteuert Muffat, dass es ein Unfall war. Zwar habe die Hündin an diesem Tag nicht wie sonst an der Kette gele-

gen, dennoch hätte der Mann aus dem Nachbardorf sich den Welpen nicht nähern dürfen. Innocent nickt, es ist ein beschwörendes Zustimmen, Vinz weicht seinen Blicken aus. Der Biss sei nicht weiter schlimm gewesen, dennoch habe der Mann auf eine Behandlung im Krankenhaus bestanden. Das Busticket und den Arzt zahlte die Familie von ihren Ersparnissen, für die zusätzlichen Maßnahmen, die er forderte, eine Tetanus- und Tollwutimpfung, habe das Geld nicht gereicht. Er drohte, Innocent bei der Polizei anzuzeigen, und gab erst Ruhe, als Muffat ihm versprach, alle Ausgaben zu erstatten, sobald er ein paar seiner Äxte verkauft habe, für fünf Dollar das Stück, und er führt Vinz zu einem Gestell und präsentiert sein Handwerk. Zwei Wochen später, Muffat hatte erst eine einzige Axt verkauft, fand sein Sohn die Hündin tot auf dem Hof, mit gespaltenem Schädel und aufgedunsenem Leib, an dem die Welpen verzweifelt die Zitzen suchten. Seine Schreie soll man bis in die umliegenden Dörfer gehört haben. Es war der Tag, an dem der Vater Innocent beauftragt hatte, das Feld für die neue Maisaussaat abzubrennen.
Vinz spürt ein überwältigendes Verlangen nach seinem Smartphone, das er in der Hosentasche berührt, dann aber doch stecken lässt. Er will es in der Hand halten, die glatte Oberfläche befühlen, die klare Form. Oft hatte er es in den letzten Monaten einfach nur angeschaut, wie man manchmal aus einem Gedanken heraus seine eigenen Hände wiederentdeckt und sich fragt, was sie in der Zeit, in der man sie nicht bewusst gebraucht hat, gemacht haben. Er weiß jetzt, was er Manuel antworten wird, Wort für Wort hat er die Nachricht im Kopf formuliert und dabei den wichtigsten Teil von Muffats Geschichte verpasst.
Die Leute hätten später behauptet, Innocent habe Benzin zu Hilfe genommen, eine Lüge!, ruft Muffat und hebt die Faust. Der Zorn lässt ihn nun doch sehr alt aussehen. There is no fuel in the pumps for weeks! Wirklich seit Wochen?, fragt Vinz ängstlich, und Muffat fasst ihn am Arm, please, Sir, ob er das vor der Polizei bezeugen würde? I'm just a tourist, sagt Vinz,

Muffat lässt ihn unvermittelt los und blickt zu Boden. Innocents Mutter tritt einen Schritt hinter die Gruppe zurück und beginnt lautlos zu weinen. Vinz betrachtet seine Turnschuhe, die rot vom Staub sind, überlegt, ob er sie in der Hütte ausziehen soll; Innocent geht bereits darauf zu, zieht ihn mit Blicken herüber. Jeder Schritt ruft Übelkeit hervor, er war zu lang in der Sonne, fühlt sich wie verkatert, überdosiert vom Schicksal der Familie. Es ist, denkt er, eine dieser typischen Geschichten, wie sie nur aus Afrika stammen können, wo die Wiege der Menschheit gleichzeitig ihr Sterbebett ist und es nach einem guten und hoffnungsvollen Anfang, ob es nun die Geburt eines Hundewelpen oder eine politische Revolution ist, nur noch bergab geht, wie sich auch dieses Land nach der Unabhängigkeitserklärung in eine Diktatur verwandelt hat, in der jeder Andersdenkende und Andersfühlende verfolgt wird, ein System der Gewalt, das nicht besser ist als das alte, nur andersfarbig, so dass sie heute den Weißen zurückholen, den sie gestern noch stolz davongejagt haben. Aber sie wollen, denkt er und spürt, während er schwindelnd auf das Haus zusteuert, den Pulk der Frauen und Kinder wie ein Tribunal im Rücken, nur seine Schuldgefühle, nicht seine Läuterung, und er deutet, um nicht zu stolpern, auf den Schriftzug, der mit Asche auf die Hauswand gemalt ist, *Leza Nduyando*, radebrecht er, und Muffat, voll Anerkennung für die Bemühung des Gastes, seine Sprache zu sprechen, übersetzt: Gott ist groß, dann treten sie ein.

Ein beißender Geruch schlägt ihm entgegen; in der Lichtsäule, die vom Fenster in den Raum ragt, flirrt Rauch. Drinnen herrscht die gleiche Ordnung im Kleinen wie draußen auf dem Hof. Unter den schweren Tagesdecken spitzt geblümte Bettwäsche hervor, die Matratzen liegen auf grob gehobelten Balken. Auch der Schrank und die Stühle wirken selbstgezimmert. Auf den Fotos von Bernd und Alf aus dem Inneren der Township-Hütte saß die Familie beim Essen im Kreis auf dem Boden, es

gab keine Möbel und als Schlafstätte nur Strohmatten. In dem sorgfältig gewählten Bildausschnitt wirkte die Armut geradezu gemütlich. Hier weiß er nicht, welche Perspektive er wählen müsste für ein möglichst ehrliches Foto, das ihn in irgendeine Beziehung zu diesem Ort setzt.
Die Frau, die mit dem Rücken zu ihm auf dem Boden kauert, bemerkt ihn nicht oder muss nicht erst aufschauen, um ihn zu erkennen. Ihr unförmiger Leib ist in eine Art Kanga gewickelt, auf dem Kopf trägt sie eine Mütze aus Kunstfell mit Leopardenmuster, ein hässliches Ding vom Wühltisch irgendeines Kleidungsdiscounters. Er weist sich im Innern zurecht, als die Frau, die möglicherweise Gedanken lesen kann, den Kopf dreht. Ihr Gesicht hat etwas von einer knorrigen, aus tiefer Erde gezogenen Wurzel. In der Hand hält sie einen Holzstab mit einem daran befestigten Kuhschweif, den sie in einem gleichmäßigen Rhythmus schwingt. Vor ihr schwelt ein winziges Feuer, von dem der Rauchfaden aufsteigt. Daneben stehen ein paar zerbeulte Plastikflaschen, gefüllt mit irgendeinem Elixier, auch die anderen Heilmittel sind kaum von Abfall zu unterscheiden: Holz- und Rindenstücke, Steinsplitter, Kronkorken, in denen eine schwärzliche Masse klebt, ein vergilbter Lappen, der Vinz an eine Tierhaut erinnert. Muffat tritt zu ihr, bückt oder verbeugt sich, dann gibt er Vinz ein Zeichen. In der Ecke neben dem Fenster sieht er Innocents Augen brennen, und ihm ist, als nicke der Junge ihm zu.
Er hält die Luft an, so würgt ihn der Gestank, der von den glimmenden Kräutern ausgeht. Die Videos hatten bei aller Drastik nie Großaufnahmen von den Opfern gezeigt, die Hitze des Feuers drängte die Filmenden zurück. Ohnehin ging es nicht um den einzelnen Menschen, das Grauen des Feuertods, das sich in seinem Gesicht niederschlug, sein individuelles Leid; es galt den Vorgang festzuhalten, den Akt der Rache, ihre Schaulust war Politik. Die Mörder waren vielleicht schon nach Hause gegangen, als Unami über Tendais Körper, oder was von ihm

geblieben war, eine Decke warf oder einen Eimer Wasser auskippte. Er allein mochte gesehen haben, dass es nur die dünne, äußere Haut ist, ein halber Millimeter Epidermis, die den Menschen davor schützt, Monster zu sein.
Er schafft es nicht, dem Mann in die Augen zu sehen, fürchtet seinen Blick, den er sehr lebendig auf sich spürt. Erst jetzt versteht er, dass der beißende Qualm die Fliegen davon abhalten soll, in dem offenen Fleisch ihre Eier abzulegen. Das Summen erfüllt den Raum, in dem niemand bisher gesprochen hat. Fast ist er dankbar für das Geräusch, den einförmigen Rhythmus des Landens, Verweilens, Wiederaufbrechens, Weitersuchens, es erscheint ihm wie das Grundrauschen seines Fremdseins an diesem Ort. Was geht hier vor?, sagt er und erschrickt über den fordernden Tonfall seiner Stimme. Muffat steht still und mit gesenktem Kopf in der Ecke, auch die Schamanin zeigt keine Reaktion, sie lässt träge den Wedel kreisen. Vinz dreht sich nach Innocent um, doch der ist weg.
Im Chor der Fliegen hört nur er den Summton. Er zieht das Smartphone halb aus der Tasche, überfliegt die Nachricht, steckt es wieder weg. Ein Teil von ihm, der beherzte, intaktere, vielleicht liebesfähigere, springt bereits in den Wagen und rast zurück zur Tankstelle, wo er in der Ferne noch die Staubwolke sieht, die sich über der Straße langsam auflöst. Er hätte nicht gedacht, dass Alexander ihm wirklich zutraut, allein zurechtzukommen. Muffat ist einen Schritt näher getreten, Vinz sieht die Angst in seinem freundlichen Gesicht, als er mit gedrückter Stimme sagt: Please Sir, don't give us away. Auch beim zweiten Lesen der Nachricht nur die nüchternen Fakten: Unamis Zustand sei kritisch, die Fahrer des Wagens, zwei schwedische Touristen, vertrauenswürdig gewesen. Dass er jetzt habe handeln müssen. Wir reden später, schreibt Alexander, und als wäre von nun an alles Weitere eine Schicksalsfrage: Viel Glück! Die Nachricht ist voller Tippfehler, sie zeugt von Eile und Ungeduld, von der Unaufhaltbarkeit des Festentschlossenen; das Leben drängt,

reißt ihn mit, lässt die anderen, die eine Erklärung brauchen, ratlos zurück. Muffat blickt ihn gequält an. They will come back, sagt er, und dann würden sie auch ihn und seine Familie töten.

Jemand öffnet die Tür. Muffats Frau kommt auf ihn zu, sie trägt eine Schüssel, in der Vinz eine wässrige Suppe erblickt. Stumm wartet sie, dass er zur Seite tritt, dann setzt sie sich auf einen Schemel neben die Liege und beginnt den Verbrannten zu füttern. Jetzt kann Vinz die Augen nicht von dem Sumpf aus Hautfetzen und blutigem Zungenfleisch lassen, in dem die Brühe versickert. Hatten sie nicht beide auf den richtigen Zeitpunkt gewartet, damit sie ihr Handeln rechtfertigen können, vor sich selbst und den Fragen der anderen, die man ihnen früher oder später stellen würde? Der Gedanke ist schwindelerregend und befreiend, fast rauschhaft; jemand musste es tun, würde Alexander sagen, und niemand ihren Entschluss anzweifeln: dass sie nun Verantwortung übernehmen mussten für das, was sie begonnen hatten. Von diesem Punkt an getrennte Wege gehen und sich um ihre Verwundeten kümmern, Alexander um Unami und er, Vinz, um die Figuren seines Romans, der, sollte er ihn verwirklichen, mit jedem Wort an ihrer gemeinsamen Zukunft mitschreiben würde.

Das Klingeln des Smartphones reißt ihn aus seinen Gedanken. Vergeblich versucht er, den schrillen Ton mit der Hand zu ersticken. Bereits auf dem Weg ins Dorf musste Alf versucht haben, ihn zu erreichen, Vinz hatte beim Lesen von Alexanders Nachricht die Meldung über den verpassten Anruf gesehen. Anscheinend ist der Freund ernsthaft in Sorge. Hat vielleicht etwas gespürt, was ein Sender auf diese Entfernung kaum vermitteln kann, eine Seelenverbindung aber setzt sich über jedes Funkloch hinweg. Er möchte den Freunden noch einmal ins Gewissen reden, ihnen raten, sich noch etwas Zeit zu nehmen. Auch Bernd und Alf haben lange überlegt, bevor sie den Schritt wagten; es war zu dieser Zeit das beherrschende Thema ihrer Treffen, die Argumente sorgten für hitzige Diskussionen am Kneipentisch. Viele hätten es damals im Reflex getan, aus dieser Art kollektivem schlechten Gewissen heraus, Bernd nannte es: typisch deutsch. Da kannst du noch so viele Kleider und Decken spenden, das kriegst du nicht los. Überhaupt hätten die meisten es doch nur zum Anlass genommen, ihre Keller zu entrümpeln, Vinz erinnert sich an Alfs Vergleich vom Frühjahrsputz im braunen Herzen. Die große Empörung nach der Kölner Silvesternacht, als man merkte, dass die afrikanischen Männer nicht nur ihre kaputten Sandalen mitgebracht hatten, sondern auch ihren Schwanz. Also hätten sie sich selbst auf Herz und Nieren geprüft, Beratungsstellen aufgesucht, nächtelang miteinander diskutiert. Da sei auch nochmal viel Unschönes hervorgekommen, würde Alf ihn warnen und die berechtigte Frage stellen, ob er und Alexander im derzeitigen Zustand einer solchen Verantwortung gewachsen seien. Seit zwei Monaten haben Bernd und Alf nun einen Schutzbefohlenen, Majid, sie nennen ihn »unser Flüchtling«. Laut Aufenthaltstitel ist Majid achtzehn Jahre alt, Alf schätzt ihn mindestens drei Jahre älter. Er kommt aus Marokko, das entgegen der herrschenden politischen Auffassung, erwiderte Bernd auf Vinz' Frage, warum sie sich am Ende doch gegen den Syrer entschieden haben, kein sicheres Herkunftsland sei, nicht für schwule Männer. Bei seinem letzten Besuch saß Majid am Küchentisch und schaute Youtube auf Alfs ausrangiertem iPhone. Auch den Jogging-Anzug, den er trug, glaubte Vinz schon einmal an Bernd gesehen zu haben. Vinz schüttelte ihm die Hand und sagte: Welcome, weil er von den Freunden wusste, dass Majid noch kaum ein Wort Deutsch sprach. Die Stille, die auf die Begrüßung folgte, empfand Vinz als irgendwie peinlich, vielleicht weil er dem Wort nachhing, sich fragte, wo er Majid nun willkommen geheißen hatte, im Leben seiner Freunde oder in seinem eigenen. Majid war von schlanker Statur, das dicke Haar trug er kurz, den Bart mit den jugendlich anmutenden Lücken auf Wangen und Kinn etwas länger;

mandelförmige Augen, die Nase etwas zu groß für das gedrungene Gesicht mit den breiten Wangenknochen, südländische Attribute, mit denen damals auch Vinz bei Alf gepunktet hatte, was ihm in diesem Moment zum ersten Mal seit Jahren wieder einfiel. Vinz will go to Africa, sagte Alf zu Majid, dann waren sie beim Thema und sprachen auf Deutsch weiter. Ob er auch aus Afrika komme, fragte Majid bei der Verabschiedung, Vinz blickte ihn erstaunt an und sagte: No, I'm from here. Aber im Grunde auch nicht ganz Deutscher, fügte Alf augenzwinkernd hinzu; dass Alf ausgerechnet jetzt auf das Mischverhältnis seiner Gene hinwies, sollte sie wohl solidarisieren. Zu neunzig Prozent, erwiderte Vinz, die restlichen zehn seien vom Fisch. Nicht vom Affen?, sagte Majid, der als Erster lachte und dabei einen Verhau schlechter Zähne präsentierte, dringend reparaturbedürftig, was Alf und Bernd, als hundertprozentige Deutsche, empörte sich Vinz noch am gleichen Abend bei Alexander, als Nächstes in Angriff nehmen würden, nach den Ämtergängen und dem Termin beim Notar. Ob sie ihn adoptieren wollen?, fragte Alexander, der die Pläne der Freunde von Anfang an als Zeichen der Midlife-Crisis gesehen hatte. Adaptieren, verbesserte Vinz, der sich daraufhin von Alexander erklären lassen musste, dass Adaptation in der Biologie nichts weiter heiße als die Reaktion eines Organismus auf die kurzfristige, langfristige oder wiederholte Wirkung von Umweltreizen zur Aufrechterhaltung der endogenen Regelvorgänge in den Zellen, was allerdings, hielt Vinz dagegen, noch lange nicht rechtfertige, dass Majid als Gegenleistung für das mietfreie Zimmer in Bernds und Alfs Wohnung ihre Wäsche wasche, Hemden bügle und sogar die Wohnung putze, womöglich für den Rest seiner Tage, wie überhaupt ein großer Teil der Menschen, die in den letzten Jahren nach Deutschland gekommen seien, am Ende beide Länder hassen würden, das neue für das Leben, das es ihnen nicht geben konnte, und das alte für all das, was es ihnen genommen hat. Das hat deine Großmutter auch getan, sagte Alexander, und Vinz: Damals war das noch anders. Jedenfalls putze hier niemand, seufzte Alexander und deutete auf den runden Fleck schwarzer Haare, Daves Lieblingsplatz auf der cremefarbenen Couch. Der Labrador kratzte mit der Pfote auf den Dielen und versuchte, eines oder beide seiner Herrchen zur Tür zu locken, und Vinz musste zugeben, dass er sich schon oft gewünscht hatte, für das Gassi-Gehen, überhaupt zur Erledigung des ganzen lästigen Drumherums, jemanden anzustellen, was die Haushaltskasse jedoch nicht erlaubte, also schnappte er die Leine und scheuchte den Hund ins Treppenhaus, der noch auf der Straße freudig an ihm hochsprang, was ihn wieder, wie meistens nach einem als sinn- und inhaltslos empfundenen Tag, glücklich machte, ein Moment, auf den er im Leben nicht mehr würde verzichten wollen, wie überhaupt das Ganze, Vinz' zukünftiges Schreiben eingeschlossen, auch das würde Alf ihm zu bedenken geben, entscheidend davon abhängt, ob Dave, der Labrador, den Neuen, Unamis süßen Geruch, im Rudel akzeptiert, und er drückt den Anruf weg, entschuldigt sich für die Störung und stolpert ins Freie.

Zum ersten Mal an diesem Tag empfängt ihn eine Sonne, die nicht schmerzt. Der Wind ist abgeflaut, die Hitzewand steht noch immer über dem Dorf, doch er prallt nun nicht mehr dagegen, sie schließt ihn ein. Das Abendlicht gibt den Dingen ihre Oberflächen zurück, die Strukturen und Farben; das Land ist jetzt ein anderes als zuvor in der Grelle, die alles wie mit Röntgenstrahlen durchdrang, die Skelette hervorkehrte, die bloße Substanz. Eine von Muffats Töchtern kehrt den verwehten Sand mit einem Strohbesen zurück an seinen Platz, eine andere bindet den getrockneten Mais zu Garben, die sie in eines der Pfahlhäuser schichtet. Bisher hat er auf dieser Reise nur Frauen gesehen, die Schwerstarbeit leisteten; während ihre Männer davon erzählen, wie sie zu Opfern wurden, halten die Frauen die Gewalt wortlos aus. Aus ihren Mündern klänge die Geschichte

des rätselhaften Brandes möglicherweise ganz anders, doch ihre Version wird er nie erfahren.
Kuiya Kunono liest er auf der Wand der Rundhütte, in der eine der Frauen vor einem schwachen Holzfeuer mit Töpfen hantiert, und auch ohne Übersetzer weiß er, dass die Familie mit diesen Worten ihrem Gott für das tägliche Essen dankt. Die Eckpfeiler stützen nicht, wie er zuerst dachte, das Dach; der Balken endet kurz unterhalb des Stoßes und führt die Termiten in die Irre, die einen Zugang zu den Vorräten suchen. Eine von der Herde getrennte Ziege versucht, dem aus Ästen gesteckten Pferch zu entkommen, hartnäckig schiebt sie den Kopf wie einen Keil zwischen die Streben, die keinen Millimeter zur Seite weichen. Seine Äxte schnitzt Muffat in einem strohgedeckten Pavillon mit handgefertigtem Werkzeug. Selbst die Schubkarre rollt, seit der Reifen kaputt ist, auf einem hölzernen Rad; das Leben im Dorf erscheint ihm jetzt in seiner Schlichtheit auf eine erschütternde Art vollkommen, in sich geschlossen wie ein Kreis.
In der Mitte sitzt Innocent und füttert die Welpen mit einem Löffel. Was er mit den Hunden einmal vorhabe? Er kratzt die Reste des Breis aus der Schüssel. Die Rüden wolle er verkaufen, für fünf Dollar das Stück, die Hündin behalten, zur Zucht. Als Vinz sich bückt, beschnüffeln die Welpen neugierig seine Hände und saugen mit den zahnlosen Mäulern an seinen Fingerkuppen. Dass er seine Hündin sehr geliebt haben muss; er weiß, es ist ein heikler Satz, Innocent starrt ihn stumm an, und in seinen Augen bemerkt Vinz nun wieder diesen Ausdruck, etwas schmerzlich Schimmerndes, Irisierendes, als sähe er direkt in die Flammen. Dann steht er auf und geht über den Hof, Vinz folgt ihm hinter eine der Hütten. Er kniet sich hin und wischt mit der Hand eine Fläche im Sand frei. Ein dunkler Fleck tritt zum Vorschein, dunkler als von Wasser, doch das Blut könnte auch von dem letzten Huhn stammen, das hier geschlachtet wurde. Er selbst habe auch schon einmal aus Liebe jemandem sehr wehgetan, sagt Vinz. Innocent schüttelt energisch den Kopf. No,

Sir, they tried to kill him, flüstert er und verengt die Augen zu Schlitzen. Who is *they*?, ruft Vinz und packt den Jungen am Arm. Er hat genug von der Geheimnistuerei, fühlt sich ausgelaugt und betrogen, Alexanders Entscheidung trifft ihn aus der Stille wie ein finaler Schlag.
Ich kann dir nicht helfen, wenn du nicht sprichst, sagt er, und Innocent: Papa says we're not allowed to speak. Vinz blickt zum Wagen hinüber, der am Rand des Dorfes steht, schillernd grün und mit offenen Türen wie ein seltsames Rieseninsekt, das die Flügel ausbreitet. Bis vor ein paar Minuten hätte er noch alles für einen Tropfen Benzin gegeben, jetzt stürzt ihn die Vorstellung, die Tankstelle könnte inzwischen beliefert worden sein, in einen Gewissenskonflikt; in welche Richtung soll er der Straße nun folgen? Alexander hinterher zurück zum Freeway oder nach Osten, immer weiter durch den roten Staub?
Muffat steht vor seiner Hütte und blickt in die Abendsonne. Hinter ihm tritt seine Frau mit der Suppenschüssel aus der Tür, geht zielstrebig zu ihrer nächsten Aufgabe. Erst jetzt fällt Vinz auf, dass Muffat und Innocent die einzigen Männer im Dorf sind. Ob er keine Brüder habe?, fragt er den Jungen, der ihn nun misstrauisch mustert, als hätte die Frage seine Eifersucht geweckt. They're gone, sagt er und verscharrt mit dem Fuß die Blutspur. Über die Grenze? Vinz sucht nach einer möglichst unverfänglichen Taktik, um Innocent die Wahrheit über die Geschehnisse in diesem Dorf zu entlocken, doch der wendet sich ab, dem abgeflammten Feld zu, dessen Trostlosigkeit sich für einen Moment in seinem Gesicht spiegelt. Ein umgestürzter Baobab schließt die verbrannte Fläche zum Busch hin ab. Der Stamm ist mehrere Meter dick und an der Unterseite geschwärzt, doch der Baum konnte nicht erst bei dem Feuer umgekippt sein; die Erde hatte die mächtige Wurzel beim Sturz nicht ganz losgelassen, so dass der quer liegende Stamm im letzten Drittel einen Knick bildet, sich verjüngt und in einem steilen Winkel erneut hoch zum Himmel wächst, ein Sinnbild des Trotzes. Er

spürt Innocents Augen an seinem Smartphone hängen, während er auf dem Display den Ausschnitt für das Foto sucht. Als der Auslöser klickt, sieht er, wie der Junge sich ängstlich umblickt. Der grüne Fleck, den er mit Zeigefinger und Daumen herausvergrößert, kann kein Laub sein, der Baum ist vollkommen kahl. Sir, hört er Innocent hinter sich sagen, während er über den Acker geht, will you be my friend now? Aus den Sträuchern, die er durchtauchen muss, rieselt Asche, schwärzt seine Unterarme und Waden. Er zieht sich an einem herausstehenden Stück Rinde hoch und erklimmt Ast für Ast den Baum; unmöglich kann das Feuer dieses Hindernis überwunden haben, und er braucht sich nur ein wenig über den Scheitelpunkt zu stemmen, um zu sehen, dass dahinter das Dorf fast vollständig niedergebrannt ist.

Der grüne Blechkanister steckt auf halber Höhe in den Ästen. In einem Land, wo der Müll in die Wildnis gekippt wird, wäre er dort nicht weiter auffällig. Erwartungsgemäß ist er leer, doch als Vinz ihn aus dem Geäst befreit hat und schüttelt, hört er den Rest einer Flüssigkeit plätschern. Der Verschluss klemmt, erst am Boden gelingt es Vinz, ihn zu öffnen. Er riecht Benzin.

Als er zurück ins Dorf kommt, stellt sich die Familie in einem Halbkreis um ihn herum. Die Schamanin hat ihre Arbeit beendet, statt der Leopardenfellmütze trägt sie nun ein schlichtes Tuch, ihr holziges Gesicht blickt ihm freundlich entgegen. Er fürchtet, sie könnte sein Handeln missbilligen, es als die Arroganz eines Weißen verstehen, der ihre Fähigkeiten anzweifelt, doch als er Muffat den Autoschlüssel überreicht, bleibt ihr Ausdruck ungerührt. Fahren Sie den Mann ins Krankenhaus, und dann bringen Sie sich in Sicherheit. Er hat keine Ahnung, ob man in diesem Land, in dem Mobilität ein Luxusgut ist, jemandem einfach so ein Auto überlassen kann, ohne Vertrag und die komplizierten bürokratischen Prozesse, an denen er seinen Plan bereits scheitern sieht. Muffat betrachtet eine Weile das unerwartete Geschenk, dann sagt er: Are you sure, Mister Vince? Von einer Sekunde auf die andere beginnt der Sonnenbrand auf den Armen zu stechen, auch die Blicke der Frauen sind jetzt wie Nadeln auf der Haut; er glaubt, ihre Enttäuschung zu spüren, dass er nichts Besseres für sie hat als eine rostige Karre. Geben Sie mir den Wagen zurück, wenn Sie ihn nicht mehr brauchen, sagt er und zählt von seinem Bargeld die Hälfte ab. Muffat reicht ein paar Scheine an die Schamanin weiter, angestrengt lauscht Vinz dem kurzen Gespräch, er will jetzt nur noch weg. Wenn er zurückkommt, wolle sie ihn gern bei sich empfangen, übersetzt Muffat die Worte der Schamanin, und dann solle er seine Frau mitbringen. Welche Krankheit die Heilerin wohl bei ihm erkannt haben mag? Vinz reicht erst ihr, dann allen anderen Frauen die Hand, und weil er das Bedürfnis verspürt, noch irgendetwas Wahrhaftiges zu sagen: Viel Glück mit dem Mais. We'll pray for rain, erwidert Innocents Mutter und hebt den Kopf zum Himmel, wo sich eine einzelne Wolke rötlich verfärbt. Beten Sie lieber um Benzin, sagt Vinz, dann dreht er sich um.

Sir! Die Spitze trifft ihn direkt zwischen die Schulterblätter, er taumelt, zwingt sich, weiterzugehen. Was hätte er Innocent erwidern sollen? Egal wie er sich bemüht hätte, ihm ein Freund zu sein, am Ende würde er ihn doch belügen müssen. Vielleicht würde er ihm anfangs etwas Geld schicken, damit er sich ein Smartphone kaufen kann, das er fortan mit seinen Schwestern teilt. Per Messenger erkundigt Vinz sich nach dem Gesundheitszustand des Verbrannten, sieht auf den zugeschickten Fotos die Welpen wachsen, fragt, ob es mittlerweile geregnet hat. Aber wenn eines Tages auch dieses Dorf brennt und Innocent sich aufmacht, seinen Brüdern über die Grenze zu folgen, wo er den Guma Guma oder irgendeiner anderen grausamen Schicksalsmacht in die Hände fällt, die er, Vinz, aus der Ferne nicht abwenden kann, würde er ihm dann das kleine Wort schreiben können, das ein Freund in Not von ihm erwartet: Komm? Und

hätte er Alf nicht genau das am Telefon fragen müssen: was ihr Mitgefühl für Majid in letzter Konsequenz bedeutet?
SIR! Das Wort schießt an ihm vorbei durch die Luft, raschelt im trockenen Gehölz der Büsche, reißt blutige Kratzer in den Abendhimmel. In der Ferne sieht er das Flachdach des Waisenhauses, dahinter die Kirche; wenn er erst einmal an der Schule vorbei ist, hat er es fast geschafft. Er weiß, wenn er sich jetzt umdreht, wird er zurückgehen und Muffat bitten, ihm den Autoschlüssel zurückzugeben, und alles wäre umsonst. Seine Füße rutschen in die Löcher der Piste, die Bäume und Büsche, die er hinter sich lässt, kommen von der anderen Seite wieder auf ihn zu, dennoch spürt er, wie sich in seinem Rücken das Dorf langsam entfernt. Der Traum fällt ihm wieder ein, aus dem er am frühen Morgen aufgeschreckt war, verschwitzt und mit pochenden Gliedern wie nach einem langen Marsch. Er glaubt jetzt zu wissen, wer ihn zu dem Wasserfall geführt hat, den er nur sehen konnte, indem er nicht stehenblieb. Will you come back, Sir?, hört er Innocent rufen, der ihm ein Stück gefolgt sein muss, dann ist es plötzlich still. Da sind jetzt nur noch seine Schritte und die Straße aus Sand. Darüber steht die Sonne in Flammen.

Vor der Tankstelle sitzen ein paar Männer auf Kisten und trinken Maisbier aus großen Plastikflaschen. Zwei von ihnen spielen Karten, die anderen unterhalten sich mit dem Tankwart, der in der Tür steht, ihre Stimmen dringen in Fetzen herüber, manchmal hört Vinz jemanden lachen. Vor den Zapfsäulen parkt ein Pick-up, afrikanische Popmusik schallt heraus. Auf der Karosserie steht in großen Lettern der Name der Regierungspartei, darunter das Logo, ein rechteckiges Symbol in den Farben der Staatsflagge. Auf der Fahrt hierher hatte er mehrmals Fahrzeuge mit diesem Schriftzug gesehen, meist offene Jeeps, die mit hohem Tempo überholten, auf der Pritsche ein paar Männer, die auf Vinz nicht den Eindruck machten, als würden sie die

Staatsmacht repräsentieren, dennoch hatte Unami vor ihnen gewarnt. Angeblich waren es Parteigänger, die in den ländlichen Regionen in die entlegensten Dörfer fuhren, um die Bevölkerung für die bevorstehenden Wahlen zu registrieren – registrate and manipulate, fügte er hinzu, wenn nötig mit Gewalt. Don't fuck with them, hört Vinz ihn jetzt wieder sagen, sie seien noch schärfer als die Cops, und es liegt eher an dieser beunruhigenden Erinnerung als an den Männern selbst, die ihm kaum Aufmerksamkeit schenken, dass Vinz sich, während er auf die Gruppe zugeht, unter Beobachtung fühlt.

Der Tankwart begrüßt ihn wie einen alten Freund. You're lucky, sagt er, der Nachschub sei unterwegs. Dann schaut er Vinz wieder mitleidig an, scheint sich zu fragen, warum er ohne Auto zurückgekommen ist. Einer der Männer, ein jüngerer mit Schirmmütze, unterbricht sein Kartenspiel und ruft etwas herüber, und Vinz muss sich zwingen, nicht in sein Gesicht zu starren, auf den Tropfen des dickflüssigen, joghurtartigen Bieres, der in seinem Mundwinkel klebt und den er noch im selben Moment abwischt, als wäre es eine geheime Erwiderung, so dass Vinz sich im Reflex wegdreht und dem Tankwart in die Baracke folgt, wo er noch immer den Blick des Typen im Nacken zu spüren glaubt, auf den juckenden Unterarmen und Waden, im wunden Fleisch.

Als er in einer Ecke seinen Koffer und den kleinen Rucksack sieht, überfällt ihn eine Verzweiflung, die ihm schier den Boden unter den Füßen wegreißt. Gleichzeitig geht von seinem Gepäck etwas Tröstliches aus, es ist ein Stück Zuhause, Gewissheit, das, was zu ihm gehört. Er durchwühlt es hastig, stellt sicher, dass der Computer noch da ist, der Reisepass, die Schlaftabletten. Das Durchfallmittel hat Alexander ihm dagelassen, auch Verbandszeug, eine Flasche Wasser. Im Innenfach des Rucksacks findet er seinen Anteil Bargeld. Seine Nachricht hat Alexander bestimmt in die Kladde geschrieben, doch als Vinz sie aufschlägt, starrt ihn die leere Seite an. Er prüft das Smartphone,

das keine neuen Anweisungen für ihn bereithält, und Alf hat kein drittes Mal versucht, ihn zu erreichen. Von draußen dringt das Gelächter der Männer herein, dann hört Vinz den durchdringenden Ton eines Signalhorns. Der Tankzug rollt auf den Platz, im Schlepptau eine Horde Kinder und den Staub. God is in control, sagt der Tankwart, streckt den Daumen in die Höhe und eilt hinaus. Vinz schultert den Rucksack und schleift seinen Koffer an den Männern vorbei, die ihn nicht mehr beachten, auch der Typ mit der Schirmmütze ist nun wieder in sein Kartenspiel vertieft. Noch eine Weile verfolgt ihn der Geruch von Benzin, doch bald ist da nur noch der schwache, grasige Hauch der aufgeheizten Savanne.
Als die Tankstelle ein verschwommener Punkt in der Ferne ist, bleibt er keuchend stehen. Vom Ziehen und Tragen des Koffers schmerzt ihm der Rücken. Er hätte die Hälfte seiner Sachen dem Tankwart überlassen und stattdessen ein paar Kekse und Konserven einpacken sollen; ihm ist übel vor Hunger, im Mund schmeckt er Galle. Er trinkt die Wasserflasche halb leer, ermahnt sich zur Sparsamkeit. Im Rucksack findet er ein Pfefferminzbonbon, das er gierig lutscht. Er muss an Innocent denken, der jetzt mit seiner Familie beim Abendessen sitzt und seine Portion Maisbrei mit ihm geteilt hätte. Die Sonne ist untergegangen, von ihrer Feuersbrunst glüht noch ein schmaler Streifen am Horizont. Er erlischt binnen Minuten, dann färbt sich der Himmel bleigrau und vermischt sich mit dem Sand. Aus den Mulden erheben sich die Schatten wie Riesen, die den ganzen Tag am Boden gekauert haben. Nun wachsen sie über die höchsten Bäume hinaus und reichen sich die Hände. Auch die Hyänen, denkt er, Puffottern und andere nachtaktive Räuber werden nun in ihren Verstecken erwachen, doch die Umgebung ist reglos und bedrückend still, Vinz hört nicht einmal eine Zikade, nur sein Herz hämmert ungestüm gegen den Brustkorb, als ihm die rasch aufziehende Dunkelheit zu verstehen gibt, dass er nun vollkommen allein ist.

Er prüft noch einmal sein Smartphone, das ein schwaches Funknetz anzeigt, seine brüchige Verbindung zur Welt. Manuel hat auf seine Nachricht nicht reagiert. Auf dem Weg zur Tankstelle hat er ihm das Foto des umgestürzten Baobabs geschickt. Von allen Versuchen, seinen Wunsch nach einem Wiedersehen in Worte zu fassen, schien ihm das Bild des widerständigen Baumes mit dem versteckten Brandherd in der Mitte, den nur er kennt, der ehrlichste; wie sonst hätte er Manuel erklären sollen, dass er im Moment nicht einmal weiß, ob er diese Reise überhaupt überleben wird? Der Tankwagen muss zurück zum Freeway gefahren sein, in die andere Richtung gibt es heute niemanden mehr, der auf ein Weiterkommen wartet. Von ihrer eigenen Schwärze überragt, scheinen die Bäume doppelt so groß und in ständiger Bewegung; unaufhaltsam rückt der Busch näher, drängt ihn vom Bankett weg auf die Fahrbahn. War nicht das der Grund für den Unfall mit Unami gewesen: dass die Welt der Menschen hier nachts auf einen schmalen Streifen Straße schrumpft? Eine Viertelstunde steht er da und hofft auf irgendein Geräusch, oder dass sein Herz aufhört, zu schlagen. Dann taucht in der Bläue, wo Himmel und Erde verschmelzen, ein Licht auf. Er wartet, bis er das ferne Dröhnen des Motors hört, lässt es näher kommen, streckt die Hand aus, Zeigefinger zu Boden, Blick nach vorn, volles Vertrauen in den Moment, wie er es von den Anhalterinnen gelernt hat. Mit der ganzen Kraft seiner ungewissen und verletzbaren Existenz bringt er den Wagen zum Stehen. Auch Kit Moresby, erinnert er sich, gelingt es am Morgen nach der Nacht, in der Port stirbt, mit der bloßen Präsenz ihres Körpers, die Karawane anzuhalten, auf einem der Kamele Belquassim, ein arabischer Händler, der Kit in einer der folgenden Nächte vergewaltigen und ein bisher unbekanntes Begehren in ihr wecken wird, unstillbar, erinnerungslos und verschlingend wie eine Naturgewalt. Von dem Verlangen der in der Wüste gefundenen weißen Frau bald überfordert, legt Belquassim ihr kurz vor der Ankunft in seinem Dorf die traditionelle Kleidung eines Mannes an, die Kits Geschlecht und Herkunft unkenntlich macht. Er versteckt den geheimnisvollen Fremden vor seinen Frauen und sperrt ihn in eine Kammer auf dem Dach des Hauses, wo Kit, während sie Tag für Tag auf Belquassims Besuche wartet, durch das schmale Fenster ein Stück des brennenden Wüstenhimmels sieht, ein gleichgültiger, immer leerer Spiegel, und schon bei seiner ersten Lektüre des Romans, zu einer Zeit, als er selbst noch nicht schrieb, glaubte Vinz zu spüren, dass Kit an diesem namenlosen Ort, wo von ihrem Leben nur der Körper und seine Lust geblieben sind, nicht nur gegen ihre Vergangenheit aufbegehrt, gegen die Kultur, aus der sie stammt und deren Spuren in sie eingraviert sind. Je öfter er das Buch später las, desto deutlicher erkannte er, dass sich die Figur auch gegen ihren eigenen Erzähler erhebt, die Festschreibungen seiner Sprache, die sie in ihrer Rolle gefangen halten, als Amerikanerin, als eine zu lieben verpflichtete Frau und als Opfer ihrer eigenen Geschichte, aus der sie bewusst heraustritt, als sie sich an jenem Morgen der Karawane anschließt, mit einer Gewissheit, die ihr – sogar der genaue Wortlaut fällt Vinz jetzt wieder ein – ein unerwartetes Gefühl von Macht gibt.

Es ist der Pritschenwagen der Parteigänger. Die Männer sitzen auf Kisten, ihre Silhouetten ragen groß und eckig vor dem Himmel. Für einen Moment sieht Vinz sich aus ihrer Perspektive dort am Straßenrand stehen, einen verirrten Touristen aus Europa, dessen nackte Arme und Beine im letzten Licht des Tages rosig leuchten. Geh, sagt er zu ihm, und Vinz geht. Einer der Männer ruft ihm den Namen des Dorfs zu, in das sie fahren, er nickt, ihm ist jeder Ort recht. Der mit der Schirmmütze steht auf, Vinz reicht ihm das Gepäck. Dann steigt er auf die Stoßstange und lässt sich von den kräftigen Armen über die Ladebordwand ziehen. Der Mann geht zurück zu seiner Kiste, Vinz setzt sich auf den Boden, ihm zu Füßen. Der Wagen beschleunigt zügig. Er blickt zurück zu der Stelle, wo seine Spur sich verliert, Steine, Sand und Büsche, davor der Umriss einer Figur, die im Staub bald verblasst.

QUER

Also wohin? Kein Koffer ist gepackt. Manuel sitzt am Tisch und starrt in die Kaffeetasse. Vinz scannt sein Reich, knapp zwanzig Quadratmeter, die er mittlerweile so gut kennt, dass er am Zustand der Wohnung Manuels Gemütslage ablesen kann. Zimmer und Gesicht in Unordnung, hier wie dort die Spuren der zum Tag gemachten Nächte einer weiteren hinter geschlossenen Jalousien verdämmerten Woche. Aus den eigenen depressiven Studienjahren, als er selbst nicht wusste was und wohin, kennt Vinz den Hang zur Verhöhlung, wie überhaupt es das Halbdunkel von Manuels Existenz war, das ihn bereits verschluckt hatte, als er zum ersten Mal in dieser Tür stand.

Er geht zum Fenster und lässt den Augusttag herein. In einer halben Stunde will er mit Manuel im Auto sitzen. Es wird dir guttun, sagt er, doch Manuels Blick fragt, wer nun eigentlich der Patient ist, der zur Kur muss. Auch Vinz hatte in der Nacht kaum ein Auge zugetan. Alexander zuliebe war er vorsorglich auf das Sofa ausgewichen, wo er sich stundenlang wälzte, auf der einen Seite die Gewissensbisse, auf der anderen das Herzklopfen der Erwartung, die ihn genauso stach und alle zehn Minuten auf das Smartphone stieß, das er neben dem Kopfkissen platziert hatte. Manuels Zusage kam morgens um vier, doch den ersehnten Schlaf brachte sie nicht.

Hat er nun doch keine Lust? Manuel steht auf, nimmt einen schmutzigen Teller, trägt ihn zur Spüle, setzt sich wieder hin. Lust schon, sagt er und zündet sich eine Zigarette an. Vinz erwartet den Fortgang des Satzes, sein *aber*, das Manuel jedoch unterschlägt. Ein fremder Ort, das war der Plan, würde ihnen das Reden erleichtern oder besser noch ein Problemgespräch

erst gar nicht aufkommen lassen, weil der Zauber des Neuen das Mitgebrachte unschädlich macht.
Vinz öffnet die Tür zum Balkon. In der großen Platane lärmen die Vögel, darunter wird ein Planschbecken aufgebaut, irgendwo hat jemand bereits den Grill angeschmissen, der beißende Geruch von Petroleum zieht herauf; wartet da draußen vielleicht ein anderer? Aus den Kommentarleisten der sozialen Netzwerke kennt Vinz die Anwärter, die Manuel allerorts begleiten, zum Weiher im Volksgarten, in den Burger-Laden nebenan, selbst auf dem Balkon ist er nie allein. Gestern ein Tweet mit Foto der Gleisanlagen am Hauptbahnhof, #einfachmalweg, Vinz hatte es als Zeichen verstanden und den Koffer gepackt.
Ob er doch lieber mit @MisTerzett? Hinter dem Namen des Twitter-Freundes glaubt Vinz den wahren Grund des Zauderns verborgen. Rico Zettler?, sagt Manuel und verzieht spöttisch den Mund, der sei in Berlin und komme ohnehin nicht in Frage, vergeben. Er drückt die Zigarette aus und macht sich am Spültisch zu schaffen. Vinz trägt ihm ein paar Gläser und Tassen hin. Für Alexander ist es in Ordnung, sagt er, Manuel gibt ihm mit einem Schulterblick zu verstehen, dass es ihm nicht um Einverständnis geht. Eine Weile hantieren sie schweigend in gewohnter Arbeitsteilung: Manuel spült, Vinz trocknet ab, Signal seiner Bereitschaft zum Alltag, was er zu spät als den entscheidenden Fehler erkannte; bereits bei seinem zweiten Besuch hatte er zum Lappen gegriffen und den Punkt überschritten, an dem das Date aufhört und die Beziehung beginnt.
Eine Szene aus seinem ersten Roman kommt ihm in den Sinn, ziemlich am Anfang, als er und Alexander, frisch verliebt, nach einer fast ausschließlich zwischen Bett, Badezimmer und dem 24-Stunden-Kiosk an der Ecke verbrachten Woche beschließen, die Wohnung aufzuräumen, und schon damals hatte er als Erzähler seine Hauptfigur vor dem Trug der Hormone gewarnt: Selbst der gemeinsame Kloputz, heißt es da, eine Art metaphysischer Akt, der über die schnöden Tatsachen hinauswies – in

die Zeit des dritten Romans nämlich, der spätestens hier, denkt Vinz, beginnen sollte, und wieder steht er vor einem Abwasch. Es wird schön, sagt er und zuckt zusammen, auch dieser Satz kommt ihm aus anderen Zusammenhängen bekannt vor. Manuel nimmt ihm das Geschirrtuch ab. Genau deshalb ja, erwidert er gereizt. Der Kummer der Nacht kehrt zurück, von der Bettkante, wo Vinz in erdrückender Klarheit spürte, dass er seinen Platz freigeben und diesen Sommertag einem anderen überlassen muss, der Manuel seine Lieblingsorte zeigt. Das Unbehagen bei der Internetsuche nach einem geeigneten Ziel hätte ihn warnen müssen: Im erreichbaren Ausland fand er kaum einen Ort, den er nicht schon mit Alexander besucht und zu ihrem Territorium erklärt hatte. Auch Wandern in den Ardennen oder das Wattenmeer bei Texel fielen flach; Natur, wusste Vinz, ist Manuel ein Graus, und der Strand von Zandvoort würde zur Hochsaison auch hartgesottene Paare auf die Probe stellen. Es blieben Brüssel, Esch-Sauer in Luxemburg, immerhin ein Badeort am Lac de la Haute Sûre, und ein paar Städte in den Niederlanden, alle an grauen, ereignislosen Flüssen.
Sibirien, sagt Manuel und deutet auf die prall gefüllte Reisetasche; Vinz hatte schließlich für Gebirge, Meer, Stadt und, am schwierigsten, für eine unverhoffte Verlängerung gepackt. Maastricht!, erwidert er; es wäre zu verschmerzen, wenn Alexander und er in Zukunft auf diese Stadt verzichten müssten. Ausgerechnet Frikandeln!, sagt Manuel, hebt das Shirt und zieht an seinem Bauch. Vinz leckt mit den Augen über den Streifen Haut, die Vorstellung des Fleischigen weiter unten wässert ihm den Mund, Manuel dreht ihm den Rücken zu. Vinz spürt die Enge in Schoß und Brust, längst kennt er die schroffen Gesten, wenn Manuel seinen Blicken die Angriffsfläche entzieht. Ständig kommen von irgendwoher seine Augen angeschwirrt, Manuel verscheucht sie wie ein lästiges Insekt. Vinz flieht in eine Ecke, putzt sich die Schmach ab, startet ein neues Landemanöver. Beim letzten Sex blieben sie auf halbem Weg in ihren

Kleidern stecken. Manuel kam nach wenigen Minuten, lautlos und mit abgewandtem Gesicht, wischte sich ab und entknotete seine Jeans. Vinz brachte es verstohlen zu Ende, Manuel half, in dem er mechanisch die Stellen berührte, die den Vorgang beschleunigten.

Dann lass uns als Freunde fahren, sagt Vinz und beginnt die Pizzakartons zu falten, die sich auf dem Tisch türmen. Ist es dafür nicht schon zu spät?, erwidert Manuel und bringt die Mülltüte. Mehr als sein eigenes Zugeständnis ärgert Vinz die deprimierende Wahrheit in Manuels Antwort; gibt es etwas Langweiligeres, als sich bei einem Kaffee mit dem Ex gemeinsam an die Zeiten der Abspannung zu erinnern? Sie räumen den Tisch frei, den Vinz bei Ikea geholt hatte, als Ersatz für das wacklige Konstrukt aus Holzböcken und einer Resopalplatte; weder in der Bibliothek noch in dem ruhigen Café, wo Vinz selbst gern schreibt, war Manuel ein Einstieg in seine Bachelorarbeit gelungen. Er brauche zum Lernen mehr Platz, nannte Manuel als Grund für seine Blockade. Was Manuel vor allem brauchte, glaubte Vinz, war jemand, der es ernst mit ihm meinte. Keiner seiner Follower konnte die Bewerbungsschreiben korrigieren, die Vinz jetzt von einem Stapel Zeitungen entgegenrutschen. Auch ein paar der Rechnungen hatte er beglichen, ein Inkassounternehmen drohte bereits mit der Pfändung. Warum nicht ein paar Lebensmittel vorbeibringen, wenn Manuel, seit Tagen wegen einer Mandelentzündung ans Bett gefesselt, ein Selfie vor dem leeren Kühlschrank postet? Die Dienstleistungen waren wohldosierte Entschuldigungen für sein Begehren, sie verschafften ihm laue Frühsommernächte auf Manuels Balkon, am Himmel sichelte ihnen ein schmaler Honigmond die Sterne in die Hände. Manuel twitterte die silbergefüllten Gin-Tonic-Gläser, erst am nächsten Tag sah Vinz, dass er nicht Teil des Fotos war. Er schluckte ein paar Aspirin gegen den Kater, der vom Liebesdusel geblieben war, und bot Manuel an, sein Referat über Marktforschungsstrategien durchzusehen, an eigene Arbeit war

nicht zu denken. Damals glaubte er sich auf eine zwar ruppige, in Anbetracht des Altersunterschieds und der Unvereinbarkeit ihrer Lebensziele von Manuel aber doch irgendwie gewollte Art im Leben des Jüngeren willkommen geheißen, jetzt erscheint ihm jeder dieser Schritte wie ein Versuch, sich Manuel zahm zu machen, die schleichende Kolonisation seines wilden oder vielleicht nur unaufgeräumten Herzens.
Und jetzt?, fragt er und blickt ungeduldig hinaus. Auf dem Balkon turnen ein paar Spatzen, einer hat sich bis an die Türschwelle gewagt. Manuel kehrt vom Tisch ein paar Brösel in die Hand, wirft sie dem Vogel hin und sagt: Frühstück.

Sogar an Proviant hat er gedacht. Vollkornschnitten mit Käse und Salat, Alexander hatte sich in der Küche eines der Brote geschnappt und Vinz' Entscheidung wortlos geschluckt. Den Wagen hatte Alexander am Tag zuvor aus der Werkstatt geholt. Ist vollgetankt, sagte er, als Vinz nach dem Autoschlüssel suchte, dann standen sie schweigend voreinander, Vinz bei seinem Gepäck, Alexander mit der Hundeleine in der Hand, zwischen ihnen der Labrador, der nicht wusste, wer von beiden ihn mitnimmt. Nur zwei Tage, sagte Vinz und ärgerte sich über den flehenden Unterton. Bleib so lange, bis du's weißt, erwiderte Alexander, und Vinz schauderte innerlich über die Entschiedenheit, mit der Alexander ihn auf eine Weltreise schickte. Der eine reckte, der andere beugte sich in die Umarmung, ihre Körper streiften sich an Schultern und Wangen. In ein paar Wochen würden sie gemeinsam die Koffer für ihre Afrikareise packen, und auch das hatte Vinz den Schlaf geraubt; der Gedanke, dass sie womöglich noch viel weiter fahren müssen, um einander wieder einzuholen.
Die Stadt war im Aufbruch. Reisebusse verstopften die Rheinbrücke, Teile der Uferstraße waren wegen einer Baustelle gesperrt, Vinz fuhr im Schritttempo dem Wolters hinterher, einer Bimmelbahn, die Touristen zu den Sehenswürdigkeiten der

Stadt karrt. Es war ihm unbegreiflich, warum sich Liebespaare aus Frankreich oder Italien, wo Schönheit im Überfluss herrscht, gegenseitig auf der Domplatte fotografierten, im Hintergrund Baugerüste und das schwarze Loch des Hauptportals; einmal am falschen Ort gelandet, musste es die sprichwörtliche rosa Brille sein, schon jetzt fürchtete er Manuels säuerliches Gesicht vor dem Brüsseler Pissmännchen. Das Viertel war wegen eines Marathons abgeriegelt, Vinz verfuhr sich im Umleitungsgewirr, suchte fast eine halbe Stunde nach einem Parkplatz. Ein paar Einkäufe, die er noch erledigen wollte, verschob er auf später, irgendwo unterwegs. Kaum etwas, erinnert er sich an die ersten Reisen mit Alexander, war erregender gewesen, als den Höhepunkt auf Raststätten so lang wie möglich hinauszuzögern. Den Geruch von Benzin inhalieren, beim Pinkeln über die Sichtblenden glotzen, vom Ölstand auf dem Peilstab die Zukunft ablesen. Zwischen Lyon und Avignon hielten sie es nicht mehr aus und ließen sich von einer grinsenden Kassiererin den Schlüssel für die Fernfahrerdusche aushändigen. Fahr vorsichtig!, schrieb Alexander, und in einer zweiten Nachricht, die Vinz noch im Treppenhaus las: Vielleicht wird es uns am Ende sogar guttun!, und noch schwerer als an seinem Gepäck schleppte Vinz in diesem Moment an der Bürde dieser Worte.

Vielleicht ein Last-Minute-Trip irgendwohin? Manuel, das Käsebrot zwischen den Zähnen, scrollt durch die Angebote eines Tourismusportals. Als gelernter Reisekaufmann weiß er die einschlägigen Websites mit den richtigen Daten zu füttern. Während der viertelstündigen Suche steht Vinz mehrmals auf und geht auf den Balkon, als wollte er prüfen, ob der Sommer noch da ist. Die Spatzen sind weitergezogen, in der Kastanie herrscht Mittagsruhe, auch das Kleinkind im Planschbecken hat sich ausgeplärrt, reglos hängt der Grillqualm über dem Hinterhof. Heiß, sagt er, zurück am Tisch, und Manuel: Es wird noch heißer. Er präsentiert das Ergebnis, vier Tage Jerez de la Frontera,

Abreise am nächsten Morgen um vier. Vinz beißt sich auf die Lippen; auf keinen Fall darf er an die Ersparnisse, die er für die Afrikareise zurückgelegt hat. Mit Kost und Logis hätte das Abenteuer seinen Preis, und die andalusische Erde wäre endgültig verbrannt. Gut, dass Manuel seine Romane noch nicht gelesen hat, die er ihm an einem Abend beiläufig auf den Tisch gelegt hatte. Dort flüchten Vinz und Alexander vom Zeltplatz in Tarifa, nachdem ihnen der Levante, jener berüchtigte, sich in der Meerenge aufbäumende Ostwind, der angeblich schon Menschen in den Selbstmord getrieben hat, drei Tage lang den Sand ins Urlaubsgetriebe geweht und die Stimmung auf den Tiefpunkt gebracht hat. Da kommt der blutjunge Kellner, der ihnen in einer Tapas-Bar das Matadorenlächeln zuwirft, gerade recht. Sie wollen ihn beide, und am liebsten jeder für sich. Vielleicht liegt es an ihren vom Sturm blankgelegten Nerven oder doch an einer sich im achten Beziehungsjahr langsam einschleichenden Mutlosigkeit, dass sie sich nach mehreren Runden Bier als Freunde im platonischen Sinn ausgeben, travel buddies, wie sie dem Spanier weismachen, der kaum Englisch versteht, die Sprache des Eros dafür umso besser, und als er am Ende des Abends Alexander seine Telefonnummer zusteckt, sind die Würfel gefallen. Sie mieten in ihrem Hotel ein zweites Zimmer an und hätten, wieder zurück in ihrem Alltag, das Ganze rückblickend als eine jener Eskapaden abgehakt, die man bei seinen Urlaubsberichten besser verschweigt, wenn nicht zwei Tage später in Granada, während der Führung durch die Alhambra, plötzlich Alexanders Handy geklingelt hätte. Er zog sich in eine ruhigere Ecke zurück, und an den Gesprächsfetzen, die herüberdrangen – einfache englische Sätze, als spräche er mit einem Kind –, erkannte Vinz sofort, wer der Anrufer war.

Adán meldete sich von nun an mehrmals am Tag, auch seine Kurznachrichten drängten radebrechend auf ein Wiedersehen und endeten stets mit den Worten »Te quiero«. Vinz, der ein paar Brocken Spanisch konnte, half Alexander beim Formulie-

ren möglichst unverbindlicher Antworten. In Córdoba, drei Tage vor dem Rückflug, hatte Alexander Adáns beste Freundin in der Leitung; mit versteinerter Miene hielt er Vinz das Handy hin. Aus dem Lautsprecher drang Adáns betrunkene Stimme, im Hintergrund quasselte eine Frau. Sie will dich kennenlernen, übersetzte Vinz, Alexander täuschte eine Netzstörung vor und beendete das Gespräch. Es war doch nur ein Fick, stöhnte er, und nicht mal besonders gut! Vinz, der in dem Experiment schon zu Beginn den Stoff für eine Tragödie gewittert hatte, blinzelte in den weißen Himmel und sprach das Orakel: Wir haben ihn versaut. Die Temperatur war in den letzten Tagen auf vierzig Grad gestiegen, schweigend schleppten sie sich durch maurische Paläste und römische Ruinen, der Guadalquivir strömte träge neben ihren Schritten, im Schilf sangen Zikaden.
Sie beschlossen, nach Tarifa zurückzufahren. Während draußen endlose Olivenplantagen vorüberzogen und Adán per SMS alle halbe Stunde nach ihrer Ankunftszeit fragte, diskutierten sie Varianten einer möglichst schonenden Ausrede. Kurz hinter Málaga entschieden sie sich für die Wahrheit. Die Autobahn bot grandiose Ausblicke auf die Costa del Sol, in der Ferne sah Vinz das türkisgrüne Meer, überragt von karstigen Gipfeln, doch die Erinnerung überschreibt jedes Bild mit dem bleigrauen Gefühl, dass sie ihre Unschuld verloren hatten.
Sie stiegen im selben Hotel ab, *El Estrecho*, den Namen lieh Vinz sich später als Titel für sein Romankapitel: *Das enge Meer*. Alexander lüftete das Zimmer und zog die Vorhänge zu, für eine private Atmosphäre, Vinz schlug im Wörterbuch ein paar Phrasen nach. Als Adán mit glänzenden Augen eintrat, setzten sie sich auf das Doppelbett und rückten dicht aneinander. Er kniete sich vor Alexander, nahm seine Hand und sagte: I'm yours. Vinz wandte sich beschämt ab, und auch die andere Niederlage lässt der Erzähler seinen Helden im Roman an dieser Stelle spüren: dass nicht er es war, dem der schöne Spanier sein Leben zu Füßen legte.

Vinz überließ das Reden Alexander, der das bessere Englisch sprach. Adán rutschte auf den Boden, vor die Gardine, die sich im Luftzug blähte und Schattenspiele über sein Gesicht trieb. Schließlich sprang er auf, lachte grell und rief: No entiendo! Alexander packte Vinz am Arm, zog ihn heran und rief: He is mine! Vinz stand auf, ging zum Fenster und sagte: Sí, lo quiero. So geplant, klang das Bekenntnis abgeschmackt, es gab ihm zu verstehen, dass die Zeit der alten Bedeutungen vorbei war. Er blickte durch einen Spalt im Vorhang hinaus. Die Zweige der Palmen vor dem Hotel wippten träge im letzten Hauch des Levante. Dahinter fiel das Gelände steil zum Hafen ab. Die leeren Piers gleißten in der Nachmittagssonne. Eine Fähre hatte gerade abgelegt und manövrierte auf die Meeresstraße hinaus, Richtung Tanger. Der Horizont war in Dunst gehüllt, blass zeichnete sich die Küste Afrikas ab. Die Idee, für ein oder zwei Tage überzusetzen, hatten sie nach der Sache mit Adán verworfen. Im Roman hört Vinz ihn leise weinen. In seiner Erinnerung ist das Zimmer dunkel und still.

Andalusien verschwindet von der Landkarte. Was willst du dann?, fragt Vinz erschöpft. Was ich will? Manuel schnappt sich das Tablet und tippt etwas in die Suchleiste, Vinz liest: Places to see before you die. Google spuckt aus, was der Tod noch mit ihnen vorhat, bevor er sie scheidet. Damit können wir morgen anfangen, sagt Manuel, aber richtig, verstehst du?

Vinz starrt auf das Display, hinter der gläsernen Pforte die Paradiese. Er spürt ein Brennen in der Kehle, eine Liebeserklärung von weltumspannendem Ausmaß hat er nicht von Manuel erwartet. Laut Google-Ranking der schönsten vierzig Orte der Erde könnte ihre Reise in den chinesischen Tianzi-Bergen beginnen, von denen Vinz noch nie gehört hat. Die surrealen, von krüppeligen Wäldern bekrönten Sandsteinpfeiler wirken wie die Kulisse für einen Science-Fiction-Film. Sie fahren weiter nach Machu Picchu, die Inka-Stadt in den Anden. Manuel wählt

Bora Bora in Französisch-Polynesien, ausgerechnet eines der teuersten Reiseziele der Welt. Mit ein paar Handgriffen hat er den Screenshot im Fotoprogramm auf echt getrimmt und an seine Fangemeinde getwittert, #Trauminsel, prompt kommentiert von Rico Zettler, der einen schönen Urlaub wünscht. Halong Bay in Vietnam, die Pyramiden von Gizeh, Venedig. Stopp 26, die Victoriafälle, eine Luftaufnahme. Als geschlossener Wasservorhang stürzt der Sambesi in die Schlucht, die ihn auf ein Zehntel seiner ursprünglichen Breite zusammenstaucht. Ein Besuch der Wasserfälle hatte kurzzeitig auf dem Plan der bevorstehenden Afrikareise gestanden, im Internet fand Vinz günstige Anschlussflüge. Allerdings warnte das Auswärtige Amt vor politischen Unruhen und den Auswirkungen der Wirtschaftskrise, auch die Cholera breitete sich weiter aus. Alexander zuliebe entschloss er sich, das Risiko gering zu halten.
Manuel ist abgesprungen, die Reise scheint ihn bereits zu langweilen. Er prüft auf dem Smartphone den neuesten Stand der Welt. Ein paar Kollegen aus der Agentur wollen grillen, andere Freunde seien am See. Wenn einer keine Reise tut, / dann kann er nichts erzählen, kommt Vinz ein Gedicht von Robert Gernhardt in den Sinn, wenn einer keine Liebe hat, / dann kann er niemand quälen. Er ahnt den Tag in der Vorstadt versacken, bei Bier und Würstchen. Aber wir wollten doch … Ich kann das so nicht, sagt Manuel, steht auf und geht auf den Balkon. Vinz folgt ihm zögernd; für die Wahrheit würde er jetzt lieber in der Höhle bleiben, im Schatten und Schutz der Träume. Draußen steht der August in voller Pracht, fällt Manuel um den Hals, übersät ihn mit Küssen, sogar an seinem Bauch darf er lecken; Vinz hätte nicht gedacht, dass er einmal eifersüchtig auf die Sonne sein würde.
Was genau kannst du nicht? Manuel kämpft mit einer Bremse, die ihn hartnäckig attackiert. Dieses Durcheinander, sagt er und lässt das Insekt auf seinem Unterarm landen, du und ich und Alexander kreuz und quer, und er schlägt zu. Wie dann? Manuel

wirft ihm einen genervten Blick zu und schnipst den Kadaver weg. Er schaut sich um, doch auf die Schnelle hat der Sommer keine Antwort parat. So!, sagt er schließlich und deutet auf die Platane. Vinz betrachtet den Baum, der es einst eilig gehabt haben musste, aus dem düsteren Geviert der Garagen ans Licht zu gelangen; erst in Höhe des dritten Stocks verzweigt sich der Stamm in eine Vielzahl steil emporstrebender Äste, die Krone ragt weit über die Dächer hinaus. Menschen lieben mit der Zeit eher in die Breite, sagt Vinz, doch er weiß, gegen Manuels Vorstellung von einer himmelstürmenden Zweierbeziehung kommt sein horizontales Konzept nicht an.

Ihr werdet mir immer voraus sein, sagt Manuel, alles was neu und schön und aufregend für mich ist, habt ihr schon zusammen entdeckt. Vinz dreht sich weg, die Tränen sind ihm peinlich, sein Körper unerträglich, ein Sack voll Altmännertraurigkeit und kindischer Gier; egal wohin sie fahren, er steht im Weg. Da hilft nur ein neues Leben, als Blatt an Manuels Baum.

Rollentausch auch am Planschbecken: Zwei Jungs im Grundschulalter stellen eine Szene aus Robinson Crusoe nach. Bunte Handtücher über den Badehosen dienen als Lendenschurz. Ich bin Freitag, ruft der eine, nein ich!, der andere, dunkelhäutige, der im literarischen Sinn das Anrecht auf die Rolle hätte. Sie beißen sich gegenseitig in Arme und Beine, wild entschlossen, den anderen zu fressen. Um sie herum stehen ein paar herangeschleppte Zimmerpflanzen, in den Zweigen einer Yuccapalme hängt ein Bund Bananen. Auf dem Wasser treibt das gekenterte Segelschiff.

Vinz spürt Manuels Hand auf der Schulter, er drückt sich in die Berührung. Als Kind, sagt er, hatte ich eine Schallplatte mit der Geschichte von Robinson und Freitag. Ich war fest davon überzeugt, sie seien ein Paar. Die waren schwul?, grinst Manuel, doch das Wort kannte Vinz damals noch nicht. Später habe er den Roman gelesen, enttäuscht, dass es dafür, wenn überhaupt, nur

ganz versteckte Hinweise gab. Manuel nimmt seine Hand weg, sie hinterlässt ein vages Schmerzgefühl, wie von einer Narbe, die manchmal noch juckt. Einmal, sagt Vinz, legt Freitag sich Robinsons Fuß auf den Kopf, weil der ihm das Leben gerettet hat, das ist alles. Mein Kindheitstraum war geplatzt. Sie lachen. Und wer von beiden wolltest du sein? Keiner, erwidert Vinz, er habe sich vorgestellt, die Geschichte zu schreiben.
Freitag hat Robinson überwältigt, oder umgekehrt, die Kinder reißen sich die Handtücher weg, springen ins Planschbecken und kapern das Schiff. Also wohin?, sagt Vinz, und Manuel: Ans Wasser. Er geht ins Zimmer und beginnt zu packen.

Auf der Straße vor dem Hotel strömen die Menschen dem Sommerabend entgegen, der Feierabendverkehr stockt, hupend zockeln die Fahrzeuge dem Wolters hinterher. Vinz schließt das Fenster und zieht die blickdichten Vorhänge zu, dann atmet er auf. Später eine kalte Dusche, McDonald's ist um die Ecke, daneben die große Buchhandlung. Langeweile war nicht eingeplant, er hat weder Lesestoff noch seine Kladde dabei. Er betrachtet die Zimmerdecke, die genug Raum zum Nachdenken bietet; nach seiner Rückkehr erwartet Alexander mindestens eine Antwort, auch der neue Roman drängt auf eine Form für das Chaos. Ein kleiner Schreibtisch, Internetzugang, ein Bogen Papier mit dem Logo des Hotels, an der sterilen Sauberkeit des Zimmers haften die Spuren der Menschheit. Blut, Schweiß und Tränen wird der Chlorreiniger tilgen, es gibt keinen besseren Ort, sich ans Werk zu machen.
Google liefert eine Abendstimmung über der Maas, die steinernen Bögen der Servatiusbrücke spiegeln sich auf dem glatten, pastellenen Wasser, auch der niederländische Himmel darüber ist ungewöhnlich blau. Die Jahreszeit passt, am Ufer üppiges Grün, mit diesem spätsommerlich müden Glanz, der bereits vom Ende kündet. Er kopiert das Bild aus dem Browser auf die Festplatte seines Smartphones, trimmt es im Fotobearbei-

tungsprogramm auf Schnappschuss, schickt es Alexander und schreibt: Maastricht überleben wir auch!
Manuel postet ein Selfie am See, im Hintergrund zwei seiner Kumpel, mit denen Vinz seinen Platz nicht teilen wollte, noch nicht. Vor dem Strandbad einigten sie sich auf ein paar Tage Abstand, Manuel würde die Zeit für die Bachelorarbeit nutzen, Vinz, wie er sagte, zum Schreiben. Sie verabschiedeten sich mit einer Umarmung, Vinz grub den Mund in Manuels Nacken, roch die aufgeheizte Haut, den Zigarettenrauch langer Autofahrten, Raststättensex. Er musste an den Kilometerstand auf dem Tacho denken, der seine Pleite verraten würde, Alexander hatte sich die Zahl für den nächsten Ölwechsel notiert. Manuel schob ihn sanft von sich weg. Es soll uns schließlich gutgehen damit, sagte er, Vinz wusste das Happy End weit entfernt. Manuel verschwand in der Menge der Badegäste. Vinz stieg in den Wagen und fuhr auf den Autobahnring, Kilometer machen.

Er wiedersteht dem Drang, die App einzuschalten, das Radar würde ihn sofort aufspüren. Alexander antwortet: Genieß es. Nichts anderes mehr ist zu tun. Draußen hört Vinz das Tosen des Sommers. Innen ist es dunkel und still.

RUGGED

Der Wasserfall gab den Freund nicht mehr heraus. Bis zum Abend standen die Fischer am Ufer, wo die Fluten verkochten und ausschäumten. War einmal etwas in diesen Schlund geraten, konnte es Stunden, manchmal Tage dauern, bis der Fluss es wieder ausspie, oft viele Kilometer stromabwärts. Als auch der Letzte die Hoffnung verloren hatte, sahen die Männer sich nach dem Fremden um, der den jungen Fischer zu der tödlichen Fahrt aufgestachelt hatte, konnten ihn aber nirgends finden. Zornig beschlossen sie, ihn für seine Tat zur Rechenschaft zu ziehen. Doch wie sie auch später das Land nach ihm absuchten, niemand außer ihnen wollte je den Mann mit den unheimlichen Augen gesehen haben. Da erkannten sie schaudernd ihre eigene Schuld an dem Unglück, das sie nicht verhindert hatten. Seitdem versammeln sich die Fischer einmal im Jahr nachts am Rheinfelsen, der nun ein Grabstein ist. Jeder wirft etwas, das ihm lieb und teuer ist, in das brodelnde Wasser, zum Beweis seiner Treue. Steht der Mond hell am Himmel, sehen sie manchmal im aufsteigenden Sprühnebel den Schatten eines kleinen Bootes, darin eine Gestalt, die ihnen die Hände entgegenstreckt, bevor die nächste Welle am Felsen zerschellt und die Erscheinung in die Tiefe reißt. Zu Hause erzählen sie ihren Kindern die Geschichte des Fischerjungen, der hinter dem Wasserfall lebt. Erst wenn eines ihrer Geschenke groß genug ist, würde der Wasservorhang sich für einen Moment öffnen und er in seinem Kahn herausgleiten und ans Ufer zurückkehren, in die Welt der Menschen.

◆◆

Noch kann er den Wasserfall nicht hören. Wenige Meter entfernt, in einer tief eingeschnittenen Klamm und sogar direkt unter ihren Füßen, wenn der überhängende Fels die andere Seite fast berührt, schraubt sich der Fluss immer tiefer in die Erde hinein. Sein Getöse dringt mal ohrenbetäubend laut, dann wieder dumpf und fern aus unterirdischen Höhlen herauf, es steigt an den Felswänden empor, prallt gegen den Streifen Himmel, der wie eine beschlagene Glasscheibe auf dem Trichter des Canyons liegt, stürzt wieder zurück und vermischt sich in Vinz' Kopf mit dem Strom seiner Gedanken. Manchmal taucht er auf und lauscht; in der einförmigen Geräuschkulisse hat er eine Veränderung wahrgenommen, einen helleren und höheren, vom grollenden Widerhall der Tiefe befreiten Ton, der langsam anschwillt, dann glaubt er den Wasserfall ganz nah. Doch als er hinter der nächsten Biegung nach unten späht, ist da nur eine weitere weißschäumende Stufe in der unaufhaltsamen Abwärtsbewegung des Wassers.
Der Blyde River ist ein kleiner, weltvergessener Fluss, der für das Spektakel, das er bietet, keine Besucher braucht; allein mit Unami scheint er in stiller Komplizenschaft verbunden. Seit sie den Grund des Canyons erreicht haben, halten Vinz und Alexander sich im Hintergrund, Unami geht an der Spitze und bestimmt Richtung und Tempo. Wenn der Pfad an einem Geröllblock endet oder eine Felsspalte jedes Weiterkommen unmöglich macht, weiß Unami das Hindernis auf einem kleinen Umweg zu überwinden; tastend, aber trotz seines ruhiggestellten Arms ohne Anzeichen von Unsicherheit klettert er voraus und weist sie auf Steighilfen hin, herabhängende Lianen, die als Geländer dienen, freigescharrte Wurzeln. Während Vinz sich vorankämpft, lässt er Unami nicht aus den Augen; mit jedem weiteren Schritt verschließt sich der Rückweg, die Möglichkeit, sich doch noch anders zu entscheiden, und ihm ist, als hätte auch Alexander sich einer Naturgewalt überlassen, die ihren in der Nacht gefassten Plan, Unami so lange keinen Widerstand

zu leisten, bis sie seine wahren Beweggründe durchschaut haben, als vergeblichen Akt der Selbstbehauptung entlarvt, ein Schwimmversuch in einem entfesselten Wasser, das sie auch ohne ihr Zutun mit sich reißt.
Doch das ist vielleicht schon ein Satz aus seinem Roman. Ob er über das Land schreiben wolle, hatte Unami gefragt, als sie von Wandergruppen umringt auf einer der Brücken standen, die den Eingang des Canyons überspannten. Unter ihnen stürzten die beiden Flüsse Blyde und Treur über mehrere Kaskaden ineinander. Er arbeite an einer Geschichte, die an einem Wasserfall beginnt, erwiderte Vinz, was nicht gelogen war; am Anfang seines Schreibens stand Robert, der Nachbarsjunge, mit seinen schrumpfenden Beinen zwischen den Ruinen, die von seinem Kindheitstraum geblieben waren. Unamis Schnalzen kündigte eine scherzhafte Bemerkung an; it's a crime story? Alexanders mahnender Seitenblick erinnerte ihn an ihre vorgetäuschte Identität als Brüder. Eine Liebesgeschichte, erwiderte Vinz, die möglicherweise in einem Verbrechen endet, doch den zweiten Teil des Satzes dachte er nur. Seit ihrem Aufbruch am Morgen ging ihm die Frage nicht aus dem Kopf, warum Alexander Unami nicht gleich ein Angebot gemacht hatte, das ein junger Afrikaner auf Arbeitssuche und mit einer Verlobten, die höchstwahrscheinlich schwanger ist, kaum hätte ausschlagen können. Und warum wollte Unami sie unbedingt auf dieser Wanderung begleiten, trotz seiner Verletzungen? Es hätte einfachere Möglichkeiten gegeben, sie in eine Falle zu locken. Wenn es ihm nur um Geld ginge, wären sie sich schnell einig geworden.
Alexander forderte sie auf, für ein Foto zusammenzurücken, Unami legte den Arm um Vinz' Schulter. Dann winkte er Alexander heran, und sie nahmen ihn in die Mitte. Auf dem Selfie lachte Alexander mit vorsätzlich guter Laune alle Zweifel weg, die sich in Vinz' Zügen niederschlugen: das spitze, zur Verkniffenheit neigende Gesicht des einen ein Negativ der weichen und offenen Physiognomie des anderen, beide, schien Vinz, in ge-

wisser Weise deckungsgleich, doch niemand hätte sie auf diesem Foto für Brüder gehalten. Die Ähnlichkeit lag tiefer, im Ausdruck, der etwas davon verriet, was sie antrieb, und es war Unami, der es sichtbar machte.

Vinz beeilte sich, etwas zu sagen; was das Besondere an dem Wasserfall sei, den er ihnen zeigen wolle? Unami deutete zu einer der Reisegruppen, die sich um ihren Guide scharten. Keiner von diesen Leuten würde den Wasserfall heute zu sehen bekommen, I told you not to go with those guys. Er habe ihn durch Zufall entdeckt, auf einer seiner Touren durch den Canyon, als er, wie er ihnen nun erzählte, eine Zeitlang versucht hatte, sich als Fremdenführer durchzuschlagen. Doch er habe kaum Kundschaft gefunden und sei schon bald von den offiziellen Guides unter Druck gesetzt worden; nach der Begegnung mit dem feindseligen Nationalparkwärter, der sie nur gegen ein Bestechungsgeld hatte passieren lassen, schien Vinz Unamis Geschichte glaubhaft. Wait till you get there, sagte er, dann sollten sie ihm selbst sagen, warum er diesen Wasserfall für sie ausgewählt habe.

Sie gingen los. Auf der letzten Brücke beugte Vinz sich über das Geländer und betrachtete die *Bourke's Luck Potholes*, tatsächlich schlaglochartige, bizarr geformte Trichter, von der unablässigen Vereinigung des Wassers tief in den Fels gefräst. Die Kiesel, die in Jahrmillionen diese Schleifarbeit geleistet hatten, teilten ein trauriges Schicksal, vom Sog der Strudel zu der immer gleichen Kreisbewegung verdammt. Was das Wasser zu erzählen hätte, wenn es sich erinnern könnte? Er musste an seinen letzten Besuch im Elternhaus denken, als er vor den altbekannten Litaneien des Vaters zum Rauchen in den Garten geflüchtet und dem einstigen Verlauf des Sturzbachs gefolgt war: vom Kirschbaum, der sichtbar gezeichnet von den Narben des jährlichen Beschnitts, doch unverändert störrisch aus der Vergangenheit ragte, weiter über den abschüssigen Rasen mit den Trittstufen aus Schiefer, die ihm noch immer fremd und deplatziert erschienen, seinen Erinnerungen aufgezwungen, während er, auf den Steinen wippend, das Gefühl seiner nackten Füße auf dem Waschbeton heraufbeschwor. Der Buntsandstein schien mit den Jahren immer kleiner geworden, eine bescheidene Stufe, die rötlich zwischen dem Efeu hervorschimmerte. Er stand da und wartete, dass der Blättervorhang wie damals zu schäumen begänne, doch seine Vorstellungskraft reichte nicht mehr aus. Er schnippte die Zigarettenkippe den Krokodilen hin und ging zurück ins Haus, an die Kaffeetafel, wo ihn der Vater, der einmal an seine Vision geglaubt hatte, mit besorgtem Unterton fragte, ob sein nächster Roman wieder *dieses Thema* habe. Tatsächlich war er über die eigenen biographischen Stromschnellen nie hinausgekommen. Seine zwei Bücher ein laues Plätschern, das im dritten, nachdem der Fluss die steilen Hochlagen der ersten Lebenshälfte hinter sich gelassen hätte, in der großen Tiefebene zu versickern drohte, und nicht nur der Verlag erwartete jetzt Fallhöhe.

Ich sehe es dir an. Alexanders Stimme reißt ihn aus seinen Gedanken, erschrocken blickt er sich um, doch Unami ist bereits weitergegangen.
Was?
Wie du es dir vorstellst.
Und du? Wie stellst du es dir vor?
Gut, sagt Alexander nach einer Weile, anders.
Ein Stein poltert abwärts, sie heben gleichzeitig die Köpfe, entdecken Unami weit oben, auf einem schmalen Gesims, das er freihändig quert. Ob sie schlappmachten, so kurz vorm Ziel? Er wartet ihre Antwort nicht ab, eine Spalte verschluckt ihn, danach ist es stiller als zuvor, als hätte er etwas von ihnen mitgenommen.
Wir kennen ihn gar nicht, sagt Vinz.
Aber wir könnten ihn kennenlernen.
Du meinst, das würde mir helfen?

Alexander sucht mit den Augen den Hang ab, als müsste er sich vergewissern, dass Unami nicht zuhört. Vinz spürt die Anwesenheit ihres Begleiters wie einen diffusen Schatten, als schwebte ein dunkler Engel über ihnen, brütend und ironisch. Ein paar Minuten früher oder später an dem Schlagloch, das sie in der Nacht aus der Spur gerissen hatte, und sie stünden jetzt in einer der Wandergruppen, bei den anderen Touristen, die von diesem Land nur so viel mit nach Hause nehmen werden, wie die Speicherkarten ihrer Digitalkameras und Smartphones fassen, das Maß an Fremdheit, das sie ihrer Erinnerung zumuten können: Naturwunder und der wohldosierte Nervenkitzel, wenn der Feldstecher im Gebüsch den lang erwarteten Löwen erspäht.
Dieses Mal geht es vielleicht um mich, sagt Alexander und schickt sich zum Gehen an. Vinz zuckt zusammen; ist es genau diese Aussicht, die Alexander nun abschreckt: drei Wochen mit ihm durch ein Land zu reisen, in dem das Einzige, was ihnen gefährlich nahe kommen wird, der Tag der Heimreise ist? Ach ja, sagt Alexander und dreht sich noch einmal um, wir sollten ihm das Gefühl lassen, dass es seine Idee ist. Dann stapft er entschlossen davon, in die bruchstückhafte, von Unami ins Unterholz getrampelte Spur, Vinz stolpert benommen hinterher.

Er glaubt jetzt zu wissen, was Alexander antreibt. Die Dating-App, die letztendlich Schuld daran hat, dass sie sich durch diesen Urwald schlagen müssen, kennt ein Wort für Unamis Anziehungskraft; es stammt aus der Liste der zwölf Kategorien, sogenannter *Tribes*, die den Usern helfen sollen, ihr Suchraster zu optimieren. Alexander hatte *Rugged* als Zielgruppe eine Zeitlang in sein Profil gestellt, aus Neugierde auf die Klientel. Doch diese Gattung schien im Einzugsgebiet des Radarsystems ausgestorben. Keiner der Männer entsprach auf den zugeschickten Fotos diesem Typ: vom Leben gezeichnet, doch nicht zerschlissen, herb, nicht ungeschlacht, naturverbunden, aber kein Öko,

mit einer Seele, zerklüftet wie diese Landschaft, ein Kerl, mit dem man in einem einsamen Canyon verloren gehen möchte. In kaum einer Minderheit herrschen solch strenge Hierarchien wie unter homosexuellen Männern, bestimmen Arten und Rassen das Zusammenleben der Klassen. *Bären* rivalisieren mit *Ottern*, *Clean-Cuts* paaren sich niemals mit einem *Wolf*, der womöglich noch ein Silberfell auf dem Rücken trägt. Hautfarben sind nicht Pigmentierung, sondern Fetisch. BBC ist in der Sprache der Community nicht der britische Sender. Sie mussten weit fahren, um fündig zu werden. Hätte Vinz den Roman vor hundert Jahren schreiben wollen, er hätte den *Tribe*, dem Unami angehört, vielleicht mit *Wilder* übersetzen können, heute versucht eine Sprache der Versöhnung die alten Begriffe zu überschreiben, in denen sich der historische Rassismus noch immer zeigt. Und doch würde er nicht ohne den Verweis auf das Andersartige, Andersfarbige auskommen, wenn er benennen wollte, was auch ihn, genauer gesagt den Schriftsteller in ihm, an seiner neuen Figur reizt: *a person of color,* geboren unterm Regenbogen der weltgrößten Wasserfälle und mit allen Wassern gewaschen, ein Streuner und Straßentrickser, bekannt für sein Talent, den Nationalparkführern die Kunden abzujagen, ein bunter Hund, und er stellt sich seine Agentin vor, die ihn beim Telefonat über sein Romanexposé auf das problematische Vokabular hinweist und ihm rät, von Afrika besser die Finger zu lassen und sich auf seine Stärken zu konzentrieren, und er weiß, sie meint damit seinen Schmerz, die Liebeskrankheit seiner Hauptfigur, die er weiterhin betrachten und sezieren soll, als handele es sich um einen Forschungsgegenstand, bleib bei deinem Thema, sagt die Stimme in seinem Kopf, was willst du mit diesem Kontinent, er wird dich fressen, flüstert der Fluss aus der Tiefe herauf, dich und deinen kleinen Schmerz, dann ist es plötzlich still.
Sie durchsteigen einen düsteren, modrig riechenden Kamin, in dem Grundwasser aus den Ritzen sickert und in langen Fäden von den Farnwedeln tropft. Als sie wieder ins Licht treten, ist

der Fluss hinter einer Felswand verschwunden. Auf dem Sims hält Vinz sich mit ausgestreckter Hand dicht hinter Alexander. Der dreht sich plötzlich um und sagt: Es sind doch nur ein paar Tage. Im Zweifelsfall fahren wir einfach zurück. Welchen Fall aber meint er, der sie zur Umkehr zwingen könnte? Warum Unami?, fragt Vinz und packt einen Zipfel von Alexanders Hemd, um sich daran festzuhalten. Mich interessiert, ob ich es noch kann. Dich verlieben?, will Vinz erwidern, doch Alexander sagt im selben Moment: Unvernünftig sein. Nach fünfzig Metern erreichen sie die andere Seite der Wegenge und sehen sich um; der Pfad führt nun wieder steil bergab, zwischen den Felsen entdeckt Vinz frische Rutschspuren im Laub. Es ist nicht unvernünftig, sondern wahnsinnig, sagt er, und Alexander: Der Wahnsinn ist in deinem Kopf. Vinz horcht auf. In der Tiefe hört er plötzlich das vertraute Geräusch.

Unami sitzt am Rand des Tosbeckens. Ob er zu viel versprochen habe? Er hat das Shirt ausgezogen, der Arm ruht nach wie vor in der Schlinge, Vinz fragt sich, wie er das ohne Hilfe geschafft hat und ob das Überlisten von Schmerz von nun an ein Teil ihres Vertrags sein wird. Ihm ist klar, dass Unami sich ihnen anbietet. Sein Rücken glänzt vom Sprühnebel, der die Luft erfüllt, auch das Grün um ihn herum trieft vor Nässe, der Buntsandstein blutet, die ganze Szenerie wirkt überfärbt, wie ein soeben fertiggestelltes Gemälde, das zum Trocknen an der Luft hängt. Alles ist wie auf der Zeichnung, jedenfalls glaubt Vinz, dass der Wasserfall im Garten, wäre er je im richtigen Maßstab verwirklicht worden, genauso ausgesehen hätte. Jetzt erkennt er das entscheidende Detail, das die ganze Zeit gefehlt hatte und vielleicht der Grund war, warum die Umsetzung des Plans scheitern musste: Zwar hatte es einen Betrachter gegeben, aber der Ort selbst war in der Vorstellung des Kindes unbevölkert gewesen, ohne Menschen.
Alexander schnallt den Rucksack ab. Das verschwitzte Hemd

breitet er zum Trocknen über einen Ast, dann setzt er sich neben Unami und wirft Vinz einen auffordernden Blick zu. Ein großer Teil des Kessels, in den sich der Fluss ergießt, liegt bereits im Schatten. Wenn sie nicht unterwegs von der Dunkelheit eingeholt werden wollen, müssen sie in einer halben Stunde aufbrechen; bis dahin sollte jeder von ihnen wissen, was sie voneinander zu erwarten haben. Vinz hockt sich in den Flecken Sonne, der sie dicht aneinanderdrängt. Die Gischt peitscht in Böen über sie hinweg, er spürt die Sonnenstrahlen auf der gereizten Haut brennen, gleichzeitig friert er im kalten Atem des Wasserfalls. Trotzdem entblößt nun auch er seinen Oberkörper. Alexander sagt: Let's talk about your offer.
Die Bedingungen sind schnell geklärt: Am nächsten Tag will Alexander mit der Mietwagenfirma sprechen und alles durchrechnen. Vinz hält sich mit Einwänden zurück, er weiß, dass Alexander bereit ist, ihr gesamtes Urlaubsbudget in dieses Abenteuer zu investieren. Ohnehin scheint ihre Vereinbarung über das rein Praktische hinauszugehen. Alexander fragt alle Punkte ab, die eine Gefahr bergen könnten: die Modalitäten beim Grenzübertritt, den Zustand der Straßen, die Sicherheitslage. Unami bleibt ihm keine Antwort schuldig. Das Unkalkulierbare sind sie selbst, doch über Gefühle sprechen sie nicht. Vinz betrachtet die Wasserschübe, die aus einem schmalen Einschnitt in der Steilwand mit Wucht über die Kante schießen und sich im freien Fall in Fetzen auflösen. Er fixiert mit den Augen ein flüchtiges Schaumgebilde und zählt knapp fünf Sekunden, bis es auf dem Geröll zerstiebt. Auch die Falldauer, erinnert er sich, war auf der Skizze verzeichnet gewesen, Robert hatte eigens den Physiklehrer befragt: Ein Wassertropfen von einem Millimeter Durchmesser fällt mit einer durchschnittlichen Geschwindigkeit von sechs Metern pro Sekunde. Innerhalb einer Drittelsekunde hätte der Bach im Garten den Buntsandstein überwunden. Nach der Formel ist dieser Wasserfall ungefähr dreißig Meter hoch, und fast siebzehn Sekunden würde er zählen können, wenn

sie in drei oder vier Tagen, wie Unami veranschlagt, im *Donnernden Rauch* der Victoriafälle stehen; hundertacht Meter Höhe, für einen Menschen der Sturz in den sicheren Tod.
You won't regret it, sagt Unami, there's nothing better in this world. Aber was hat Unami von dieser Welt bereits gesehen? Vinz muss plötzlich an das Märchen vom Rheinfall denken, das ihn als Kind in seinen Bann gezogen hatte: wie der Fremde das Angebot macht, dem der Fischer nicht widerstehen kann. Was er für die Tour verlange, fragt Alexander. Unami überlegt eine Weile; sie sollten ihm geben, was sie entbehren können. Let's ask your brother, fügt er hinzu und dreht sich lachend zu Vinz, wie viel ihm die Geschichte wert sei? Ein Menschenleben, sagt Vinz, und weil Unami ihn in diesem Moment ein wenig ängstlich ansieht: Es sei die Geschichte eines Jungen, der den Wasserfall bezwingen will. Aus dem Augenwinkel sieht er Alexanders Zeichen, dass die Sache nun abgemacht ist.
How can you defeat a waterfall?, fragt Unami.
Vinz lauscht in das Tosen und zählt fünf Sekunden. Dann beginnt er zu erzählen.

STORIES/TSETSE

Mitten in der Nacht erreichen sie ein einsames Licht. Es erhellt die fleckigen Wände einer Baracke, vor der ein paar Gestalten stehen, ihre Umrisse heben sich wie gestanzt gegen den Hintergrund ab. Den Rest der Umgebung kann er nur erahnen, wahrscheinlich eine der üblichen gesichtslosen Siedlungen. Immerhin gibt es Strom, irgendwo surrt ein Generator, er würde sein Smartphone aufladen können, die letzte Verbindung zu Alexander darf jetzt nicht abreißen.
Plötzlich ist die Dunkelheit von Stimmen erfüllt. Ein Teil der Fracht wird abgeladen; die gleichen Männer, die sich ihm mit Handschlag vorgestellt und ein paar Fragen an ihn gerichtet hatten – wo er herkomme und wohin er wolle –, bevor alle für den Rest der Fahrt verstummt waren, rufen nun laut durcheinander oder lachen, über den bedauernswerten Touristen, glaubt er, ein verlorenes Bündel Mensch, das sie von der Straße aufgeklaubt haben. Als er sich zu ihnen auf die Pritsche setzte, wurde er selbst zu einem dieser mehr oder weniger wertlosen Transportgüter, die hier von Ort zu Ort gekarrt und am Straßenrand abgeladen werden, wo irgendjemand sie abholt, oder auch nicht.
Er spürt die unermessliche Leere um ihn herum, die gleich hinter der Ladebordwand beginnt, zieht sein Gepäck dicht an sich heran und wartet auf Anweisungen. Doch man scheint ihn bereits vergessen zu haben oder nimmt an, dass er sich selbst zu helfen weiß. Der Tumult verebbt so schnell, wie er losgebrochen ist. Die Männer haben sich hinter dem Gebäude versammelt, jemand schaltet ein Abspielgerät ein, afrikanische Popmusik schallt herüber, die treibenden Rhythmen setzen die Dunkelheit in Bewegung. Gesprächsfetzen und Gelächter ziehen über

ihn hinweg wie die Schatten großer, unsichtbarer Vögel, der Geruch von Marihuana hängt in der dicklichen Nachtluft. Bei dem Gedanken, aufzustehen und zu den anderen hinüberzugehen, verspürt er eine unüberwindbare Scheu. Sie würden die Flasche Maisbier an ihn weiterreichen, vielleicht aus Höflichkeit ein paar Sätze auf Englisch sprechen und dann das Palaver in ihrer Sprache fortsetzen.

Vinz späht die Umgebung nach Clever ab, dem Typ mit der Schirmmütze, den er seit der Ankunft nicht mehr gesehen hat. Sein eigenwilliger Name ist ihm im Gedächtnis geblieben, weil er insgeheim auf seine Gunst hoffte. Während der Fahrt hatte es einen seltsamen Moment von Nähe gegeben, eine Art stillschweigende Übereinkunft, seitdem glaubt er den Mann zu kennen, an den er sich halten muss. Auf der Pritsche war es eng und unbequem, er kauerte mit angezogenen Beinen zwischen den Füßen der Männer, im Zentrum ihrer Blicke. Nach dem kurzen Wortwechsel war ihr Interesse an ihm schnell abgeflaut, doch sie nahmen ihn unentwegt wahr. Ihr Starren, schien ihm, war keine Neugierde, sondern eine stille Festsetzung ihrer Grundverschiedenheit, eine Grenzziehung. Mit der Waffe ihrer Augen hielten sie sich ihn vom Leib. Er würde nie einer von ihnen sein, dachte er, sie konnten ihn begaffen wie ein Zootier im Käfig; sie wussten, dass die Zeit, in der sie selbst diesen Blicken in umgekehrter Weise ausgesetzt waren, nicht bewältigt war, sondern lediglich ruhte. Ihr Schweigen war zermürbend, irgendwann hielt er es nicht mehr aus und schloss die Augen; erst jetzt spürte er, wie erschöpft er von den Ereignissen des Tages war. Das Motorengeräusch wirkte betäubend, vom Geschaukel des Wagens auf der zerlöcherten Waschbrettpiste wurde er schläfrig, alle Spannung wich aus seinem Körper. Zwischen den unregelmäßigen Stößen sank er immer tiefer in eine bodenlose Müdigkeit; wach bleiben, befahl er sich, doch es war zu spät. Als er wieder zu sich kam, spürte er etwas Hartes, das sich ihm in die Seite bohrte, sein Gesicht lag auf einem Stück Haut. Erinnerungsblit-

ze fuhren ihm durch den Kopf, schlaglichtartige Bilder des vergangenen Tages, an denen ein intensiver Geruch klebte. Beschämt schreckte er hoch; er war einem der Männer auf die Beine gesunken, und er wusste nicht, wie lang er so gelegen hatte, dem Schicksal feilgeboten, zum Mitnehmen. Es war ihm unbegreiflich, wie er sich in dieser Situation einfach hatte vergessen können. Unbewusst hatte sein Körper eine Einladung ausgesprochen; sie hätten alles mit ihm tun können, ausrauben, vergewaltigen, sogar töten.
Der Mann, auf dessen Schenkeln er gelegen hatte, zog eines der herumliegenden Pakete gegen seine Knie und forderte Vinz auf, sich wieder anzulehnen. Zögernd nahm er das Angebot an. Die innere Schwere wich einem Zustand fiebriger Wachsamkeit. Im Rücken spürte er, wie sein Hintermann die Erschütterungen abfederte, warme Luft strich über ihn hinweg, und ihm war, als versetzte der Fahrtwind jede einzelne Faser seines Körpers in Schwingung; es war der Moment, als er beschloss, sich dem Lauf, den die Reise nun genommen hatte, wehrlos zu ergeben. Mit jedem zurückgelegten Kilometer schwand die Möglichkeit, seine Entscheidung rückgängig zu machen. Er war weit weg von Alexander, vielleicht am bisher entferntesten Punkt. Are you okay? Der Mann veränderte leicht seine Sitzposition, Vinz rutschte nach. Die anderen starrten ihn an. Er sagte: Ja, bin ich, und starrte zurück.

Während er mit Alexander telefoniert, spürt er eine seltsame Distanz zu seinen eigenen Worten, als würde er sich mit zeitlichem Abstand und von einem anderen Ort aus an das Gespräch erinnern. Vom Gebührenzähler gehetzt, verhandeln sie das Notwendigste. Mit Hilfe der Schweden hat Alexander Unami nach Victoria Falls gebracht, wo er eine Privatklinik für zahlungskräftige weiße Touristen ausfindig gemacht habe; in seinen Worten klingt ein Sarkasmus, der sie beide nicht ausnimmt. Oder ist es nur der kalte Hall des Universums in ihrer Verbin-

dung? Fußläufig vom Krankenhaus liegt das Hotel, wo er auf die Ergebnisse der Untersuchungen warten will: Malaria, Typhus, Schlafkrankheit, HIV, jeder Test kostet extra. Beiden ist klar, dass die Behandlung in kürzester Zeit ihre finanziellen Mittel erschöpfen und ihnen schmerzhaft den wahren Preis ihres Abenteuers vor Augen führen wird, doch keiner will in diesem Moment ihre größte Sorge aussprechen: dass Unami nach ihrer Rückkehr nach Hause in ihrem Leben noch eine Rolle spielen könnte. Die dunkle Vorahnung, die Vinz die ganze Zeit begleitet hat, war nichts anderes als seine Angst vor den unabsehbaren Folgen seiner Entscheidung, den Roman dieser Reise zu schreiben. Der verlangt von ihm, dass er Alexander die Sache mit dem Auto verschweigt. Die Musik im Hintergrund? Ein Barbecue auf der Terrasse des Camps, in dem sie ursprünglich übernachten wollten. Von hier, sagt er, sei es nicht mehr weit bis zum Staudamm, wo er vielleicht jemanden findet, der ihm weiterhilft. Er wisse noch zu wenig über den Fluss und seinen Gott, ihm fehlten Fakten, Bilder, die Erzählungen der Einheimischen. Nur ein paar Tage, fügt er hinzu, und nach einer Pause, in der er vergeblich darauf gehofft hat, dass Alexander ihn zurückruft: Ich komm schon klar. Oder ist es ein Funkloch, das Alexanders Bitte, ihn jetzt nicht im Stich zu lassen, verschluckt? Hier ist es ohnehin ziemlich deprimierend, hört Vinz den zweiten Teil des Satzes mit dem seltsam blechernen Nachhall, der ihn im Unklaren lässt, was Alexander über seine Pläne denkt. Dann ein Geräusch, als würde ein Fenster oder eine Tür geöffnet. Hörst du das?, sagt Alexander, Unami hatte recht. Vinz hört nichts als das Rauschen seiner Einsamkeit, doch er weiß, dass Alexander in diesem Moment sein Smartphone in die Höhe hält, in Richtung der Wasserfälle. Er spürt sein Herz in der Kehle klopfen, es presst seine Stimme als dünnen Faden hervor: Du willst ihn für dich allein.
Das willst du auch.
Ich will über ihn schreiben.

Ist das etwas anderes?
Der Faden reißt. Soll ich ihm etwas ausrichten?, fragt Alexander nach einer Weile. Dass es mir leidtut, denkt Vinz, doch er weiß, die Entschuldigung für sein Misstrauen kann Alexander ihm nicht abnehmen. Er sagt: Gute Besserung.
Dann bis morgen.
Bis morgen.

Als er die Verbindung trennt, glaubt er, sich nie wieder bewegen zu können. Er befiehlt seinem Körper, aufzustehen und zu dem Licht hinüberzugehen, es treibt in unerreichbarer Ferne in der Dunkelheit und bannt ihn auf seinen Platz; er sieht nur diesen überstrahlten Glutpunkt, eine Folge seiner Nachtblindheit. Er verspürt den Drang, Alexander noch einmal anzurufen und das Gespräch von vorn zu beginnen; dieses Mal würde er beschließen, gleich am nächsten Tag zu ihm zurückzufahren. Er wartet, bis der Impuls schwächer wird, und richtet seine ganze Kraft darauf, zwischen sich selbst und den anderen Teil von ihm, der Unami Alexanders Fürsorge missgönnt, eine innere Wand zu ziehen. Im Roman wird die Krankheit Unamis Macht sein, die Liebesnot des deutschen Paares für den Afrikaner das große Fressen. Nyami Nyami!, ruft der Schlangenfisch und wirft ihm die Beute hin, das rosa Fleisch.
Ein Schatten löst sich aus der Dunkelheit, jemand kommt auf ihn zu. Vinz tut, als wäre er mit seinem Gepäck beschäftigt. Er könne hier schlafen, sagt die Gestalt, it's safe. Vinz glaubt Clever, den Mann, auf dessen Beinen er eingeschlafen war, an der Stimme zu erkennen, doch es bleibt ein Rest Unsicherheit; mehr als ein Schimmern der Augen unter dem Mützenschirm kann er von dem Gesicht nicht sehen. Clever reicht ihm eine Decke aus rauem, filzartigem Stoff. Vinz bedankt sich, der andere bleibt stehen, seine Geste drückt einen gewissen Vorbehalt aus. Unwillkürlich muss er an Rudo denken, den Kellner, von dem ihm nichts als die Illusion einer Begegnung geblieben ist, und

die Leerstelle, die dieser abgebrochene Annäherungsversuch hinterlassen hat, will neu besetzt werden: taxierende Blicke, das Begrüßungsritual, ein unbewusster Vorstoß der Körper.
So how do you like our country?, eröffnet Clever das Gespräch. Vinz sucht nach einer möglichst unverfänglichen Antwort; keinesfalls darf er sich jetzt in Widersprüche verstricken. Der Grund, warum er auf dieser Pritsche sitzt, ist eine Autopanne auf dem Weg zum Staudamm, wo ihn angeblich ein Freund erwartet – an diesem Punkt wurde die Geschichte kompliziert, doch die Männer hatten nicht weiter nachgefragt, und Clever scheint nun mit der Auskunft zufrieden, dass Vinz die Hitze zu schaffen macht, er sagt: this period we traditionally call the suicide month. Vinz weiß, Floskeln dieser Art sind Teil der Zermürbungstaktik, sie entlarven das Komfortable seiner Notlage im Angesicht der Lebensbedingungen in diesem Land, doch gleichzeitig ist er auf die Hilfe der Einheimischen angewiesen. Im Palaver verbirgt sich eine Art paradoxer Zuwendung: Zwei Menschen, die sich nicht nur fremd sind, sondern aus Welten stammen, die einst in streng getrennten Hierarchien gegeneinander standen, bewegen sich auf dem schmalen Grat einiger belangloser Sätze aufeinander zu, in einer Lingua franca, die für den einen eine Sprache der Freiheit und Internationalität, für den anderen aber ein lebensnotwendig gewordenes Relikt aus Zeiten der Unterdrückung ist – ein Balanceakt, der geübt sein will.
Eine Weile schweigen sie, das Wetter gibt nicht mehr Gesprächsstoff her, dann sagt Clever unvermittelt: Sorry about the car. Vinz zuckt zusammen; ein dunkles Vorgefühl überzieht seine Kopfhaut mit einem schwachen Prickeln. Sein Besuch in Mufats Dorf musste sich schnell herumgesprochen haben, der Tankwart hatte sie den ganzen Nachmittag beobachtet. Er habe mit seinen Leuten gesprochen, fügt Clever hinzu, you're welcome to come with us tomorrow. Vinz wiederholt seine Dankesformel, doch Clever schickt sich noch immer nicht zum Gehen an. Er solle nicht alles glauben, was er hört, sagt er, die Leute er-

zählen sich hier eine Menge Geschichten. Ein Hitzegefühl steigt ihm ins Gesicht; die Nacht hat kaum Abkühlung gebracht, zu Dunkelheit geronnen steht die Glut des Tages noch immer in der reglosen Luft. Er ahnt, worauf Clever hinauswill. Ihm ist hinlänglich bekannt, dass die Partei des Präsidenten die Armut mit zu verantworten hat, die ihm allerorts begegnet ist, und Muffats widersprüchliche Geschichte hat ihn gelehrt, dass ein Reisender gut daran tut, die hier herrschenden Kräfteverhältnisse nicht zu hinterfragen. I'm just a tourist, erwidert Vinz, mittlerweile beherrscht auch er seine Phrasen. I see, sagt Clever, und nachdem er eine Weile gelächelt haben mag: Da sei ein Junge gewesen – und er reicht ihm etwas über die Ladebordwand. Als Vinz im nächsten Moment den Autoschlüssel in der Hand hält, glaubt er sich in einem dieser Alpträume gefangen, in denen man durch plötzlich aufspringende Türen immer tiefer in ein namen- und kausalitätsloses Grauen stürzt. Er wagt nicht, sich vorzustellen, wie Clever und seine Männer Innocent traktierten, nachdem er selbst von diesem traurigen Ort geflüchtet war.

Der Dorfvorsteher habe ihm erlaubt, den Wagen dort abzustellen, bis er ihn wieder abholt, stolpert er durch das wirre Englisch seiner Ausrede, die darüber hinwegtäuschen soll, dass er sich zu weit auf fremdes Terrain vorgewagt hat. Er ahnt jetzt, was der wahre Kern von Muffats Geschichte ist, den niemand im Dorf aussprechen wollte; wahrscheinlich hat er die falsche Partei gewählt, genau wie der Mann, dessen Dorf niedergebrannt wurde.

Muffat werde gut auf den Wagen aufpassen, sagt Clever, er sei ein anständiger Mann, und nach einer kurzen Pause: Just watch your things. Vinz läuft der Schweiß aus den Achselhöhlen; um ihn verhaften zu lassen, müsste Clever nur behaupten, dass er einem Oppositionellen sein Auto überlassen hat, um ihm zur Flucht zu verhelfen. Ihn schaudert bei der Vorstellung, dass Clever und seine Leute nur die untersten und sichtbaren Vertreter

eines Staatsapparats sind, der sehr genau weiß, wer durch dieses Land reist und warum.
Er habe dem Jungen etwas Geld für die Welpen dagelassen, sagt er und hört den ironischen Unterton in Clevers Stimme, als der erwidert: Really? Does he have puppies? Wenn er etwas brauche, fügt er hinzu und deutet zu dem Gebäude hinüber, I'll be over there.
Vinz braucht viel in diesem Moment: Wasser, etwas zu essen, einen Freund, der ihn vor der afrikanischen Nacht beschützt, ihm die Flüche der Hexen vom Leib hält, den Zorn der Götter. Strom; er glaubt ein Begehren in Clevers Blick zu sehen, als er ihm Smartphone und Ladekabel reicht. Zwar hätte der Akku noch eine Weile durchgehalten, doch er weiß, Clever erwartet nun von ihm das Zeichen, mit dem er die Bedingungen seiner Gastfreundschaft annimmt. Beim Ineinandergreifen der Hände leuchtet der Sperrbildschirm auf, zu spät sieht Vinz die Nachricht. Please, beginnt er, doch dann findet er nicht die richtigen Worte für seine bodenlose Bedürftigkeit. Seit er denken kann, kreist sein Leben um die eine Berührung, die ihn rettet, sie ist die Keimzelle seines Unglücks und Motor seines Schreibens, und die Menschen, die er sich dabei einverleibt, sind das Benzin, das er mit hoher Drehzahl verbrennt. No problem, sagt Clever, und als er merkt, dass der Deutsche sich noch an sein Herzstück klammert, über dessen kalte Oberfläche der Nachtschimmer gleitet: You can trust me. Den Satz hat Vinz auf dieser Reise schon mehrmals gehört, zuletzt von Innocent. Er spürt den stumpfen Schmerz seiner Niederlage, das Bohren des Gewissens, dass er für die eigene Sicherheit einen Unschuldigen verraten hat.

Als Clever im Dunkeln verschwunden ist, breitet er die Decke aus, ihr entsteigt der Geruch von Holzfeuer und irgendeiner Chemikalie. Nach zehn Minuten beginnt sein Körper gegen die harte Unterlage zu rebellieren, er zerrt ein paar Klamotten

aus dem Koffer und stopft sie sich ins Kreuz. Fährt wieder hoch, packt den Computer in den Rucksack und bettet den Kopf auf sein teuerstes Gut; hat er wirklich geglaubt, Schriftsteller sein würde reichen, um zum Wesentlichen der Welt vorzudringen, die ihn hier erwartete? Die nächsten zehn Minuten verbringt er damit, im Kopf den Rechercheberícht für die Kulturstiftung zu formulieren, die sein Schreiben mit einem Werkstipendium unterstützt. Dann verstummt die Musik, kurz darauf verröchelt der Generator, flackernd erlischt das Licht. Allein das Gespräch der Männer widersetzt sich noch eine Weile der kategorischen Finsternis; er meint Clevers Stimme herauszuhören und klammert sich an den vertrauten Klang. Als er abreißt, versammeln sich die Geister des gesamten Kontinents auf der Pritsche und feiern den Sieg der weißen Angst. Er ahnt, warum man sich die Erde einst als Scheibe dachte, die Erfahrung der vollkommenen Dunkelheit musste jede Vorstellung eines Tages jenseits des Horizonts verhindert haben. Auch die Stille, die ihn umgibt, scheint uralt, mit diesem Ton fast unterhalb der Hörschwelle, ein Geräusch wie von zerrinnender Zeit in einer Sanduhr, dann merkt er, dass es seine Knochen sind, die auf der primitiven Bettstatt knirschen. Erst jetzt sieht er über sich die Masse an Sternen, die Milchstraße wie der Namenszug Gottes, eine kalte, kapriziöse Schrift. Falsch herum liegt die Mondsichel am Rand des Himmels. Darunter fängt jemand lautstark an zu schnarchen.
Den letzten Rest Wasser hat er vor Stunden verbraucht. Er sammelt Spucke im Mund und schluckt zwei Schlaftabletten gegen die Vorstellung, bis zum ersten Morgenlicht von seinen Wahrnehmungen gefoltert zu werden. Weitere zehn Minuten liegt er verkrampft auf dem Rücken und wartet auf die Erlösung. Dann treibt ihn das grundlegendste aller Bedürfnisse wieder hoch. Seit Tagen wehrt sich sein Magen gegen das Übermaß an gebackenen Bohnen und fetttriefendem Frühstücksspeck. Er durchwühlt das Gepäck nach Taschentüchern und hievt seinen bereits schlafschweren Körper über die Ladebordwand. Gerade will

er sich neben den Hinterreifen hocken, da fällt ihm die Ordnung in Muffats Dorf ein, der so vergeblich saubergefegte Sand. Selbst ein Ausbruch der Cholera würde nicht entschuldigen, dass der Weiße den Einheimischen vor die Hütte scheißt, also holt er tief Luft, streckt die Hand aus und stolpert hinaus in die Nacht.

Der gestirnte Himmel spendet kein Licht, verstärkt im Gegenteil die Schwärze zu seinen Füßen. Von der Anstrengung, in den Schemen irgendetwas zu erkennen, beginnen seine Augen zu schmerzen. Nach ein paar Metern ertastet er Gestrüpp; er prüft den Boden und kauert sich hin. Er wundert sich, wie wenig er Alexander vermisst; als wäre er seit der Trennung an der Tankstelle in einen Zustand des Halbbewusstseins gesunken, in dem die niederen Triebe das Überleben sichern. Die Substanz in seinem Blut torpediert die Synapsen und zwingt ihn in die Betäubung, er stemmt sich dagegen, stürzt beinahe in seine Exkremente und fühlt sich dem Tier doch sehr fern. Als er sich hochgerafft hat, ist er sich nicht mehr sicher, von wo er gekommen ist. Mit ausgestreckten Armen rutscht er ein paar Schritte voran; er kann sich nicht erinnern, dass auf dem Hinweg trockenes Gras unter seinen Füßen geknistert hat. Über ihm weist das Kreuz des Südens in alle Richtungen.

Dann ist plötzlich der Weg versperrt. Er kann kein Hindernis ertasten, dennoch ist er sich sicher, dass in zwei oder drei Metern Entfernung etwas – oder jemand – steht. Ein Baobab, versucht er sich zu beruhigen, einer dieser Baumriesen, denen die Mythen zu Recht etwas Kreatürliches nachsagen, doch tatsächlich spürt er das lautlos Atmende, Blutvolle, eine andere Gegenwart als die gleichermaßen stille, aber kalte Existenz der Pflanzen. In seinem Körper kämpft die Angst gegen die Betäubung, reflexartig presst er sich die Arme auf die Brust, dahinter windet sich sein gedrosseltes Herz. Mit dem Ziel, irgendeine Reaktion zu bewirken, stampft er leicht auf, ein Fehler; aus den Rei-

seführern weiß er, dass Stillstehen und Schweigen den Jagdanreiz reduzieren, im besten Fall würde der Löwe nach ein paar Drohgebärden gelangweilt abziehen. Als ihm klar wird, dass er weder fliehen noch sich verteidigen kann, überkommt ihn ein fatalistischer Zustand der Ruhe. Zaghaft streckt er erneut die Hand aus und macht einen winzigen Schritt auf das andere zu, und ihm ist, als weiche es mit der gleichen Vorsicht zurück.
Who's there?, flüstert er und noch einmal, lauter und auf Deutsch, weil es, am Ende angelangt, keinen Grund zur Verstellung mehr gibt: Wer bist du? Er klammert sich an die Hoffnung, vielleicht doch einem Menschen gegenüberzustehen; selbst wenn es ein fest entschlossener Mörder ist, birgt die Sprache noch eine geringe Chance, ihn umzustimmen. Sein Verstand hat das Barbiturat besiegt, er fühlt sich hellwach, die Sinne geschärft von der nackten Angst. Ein Gedanke durchzuckt ihn, verschafft ihm für einen Sekundenbruchteil Spielraum: Was auch immer dort steht, es fürchtet genauso um sein Leben wie er. In diesem Moment löst sich die Spannung; obwohl noch immer kein Laut zu ihm dringt, glaubt er den Rückzug zu spüren, als öffne sich dort, wo eben noch unerträgliche Dichte herrschte, wieder der leere nächtliche Raum. Ein Schwindel erfasst ihn, die Sinne stürzen zurück in die Orientierungslosigkeit, wie lose Enden verliert sich jede Empfindung in der Dunkelheit. Ein Brennen steigt ihm in die Kehle, er weiß nicht, ist es Erleichterung oder eine sehr alte Trauer, das Wissen, dass alles weitergeht wie bisher. Dann glaubt er, eine Veränderung im Außen zu spüren, etwas, das er schon vorher wahrgenommen hat, aber nicht einordnen konnte, und erst als sein Atem sich beruhigt und eine leichte Brise die Gänsehaut über seinen klammen Körper treibt, fällt ihm die Feuchtigkeit in der Luft auf, die sie so massig erscheinen lässt, mit diesem dumpfigen Hauch, der von Schlick und Ufergehölzen ausgeht, ein Geruch wie in der Nähe eines großen Gewässers.
Er tastet vorsichtig den Boden vor seinen Füßen ab und fühlt

sich dabei ertappt, wie er sich das, was soeben noch hier gestanden haben muss, als etwas sehr Großes und Nasses vorgestellt hat. Die Erde ist trocken und noch immer warm von der Hitze des Tages, das Laub so ausgedörrt, dass es zwischen seinen Fingern zu Staub zerfällt. Weitab im Finstern treibt ein winziger heller Punkt. Halb hockend, halb auf allen vieren kriecht er darauf zu, den Schutz des Bodens suchend, einen möglichst stabilen Halt. Nach kurzer Zeit schmerzen ihm die Arme, er spürt seine Hände blutig von Dornen. Der Mann ohne Beine fällt ihm ein, den er – ihm ist, vor sehr langer Zeit – am Ufer des Flusses gesehen hat; wie geschickt er war, und wie qualvoll ihm selbst die Gangart des Tieres erscheint.
Schweißgebadet erreicht er das Feuer. Es ist niedergebrannt bis auf ein paar Flämmchen, die an den glühenden Scheiten züngeln und eine schwache Helligkeit abstrahlen. Er richtet sich auf, sieht herumliegende Flaschen und einen Eimer, in dem sich Geschirr türmt. Plastikstühle stehen im Halbkreis um die Feuerstelle. Mit der Sehkraft kehrt die Stabilität in seinen Körper zurück, die Erinnerung an die Verpflichtung des Aufgerichteten zur Würde. Clever, flüstert er, dann ruft er laut seinen Namen, glücklich über die Nähe von Menschen.
What's up?, ruft jemand zurück. Im nächsten Moment schneidet der Strahl einer Taschenlampe durch die Dunkelheit. Das Licht stolpert über die Körper der Schlafenden, Vinz erkennt herumliegende Schaumstoffmatten auf einem Bretterboden. Dann steht Clever vor ihm und blendet ihn mit dem Spot eines Smartphones; unwillkürlich prüft Vinz, ob es seins ist. Ich kann nicht schlafen, sagt er und spürt im nächsten Moment Clevers Hand, die ihn hinüber zu den anderen zieht, wie jemanden, den er abführt. Er befiehlt einen der Männer von seiner Matte, dann deutet er mit dem Lichtstrahl auf den freien Platz. Als Vinz sich auf den spröden Plastikbezug streckt, glaubt er in eine Wolke zu sinken. Offenbar könnten alle Deutschen hier nicht schlafen, sagt Clever und streckt sich mit einem trockenen Lachen auf sein

Lager. Es muss ein Witz oder Sprichwort sein, Vinz versteht die Pointe nicht, why the Germans? Mit halblauter Stimme, die wenig Rücksicht auf die anderen nimmt, beginnt Clever von einem Farmer zu erzählen, dem vor der Landreform alles hier gehört habe, a German guy, betont er, my father used to work for him. Vinz glaubt, sich an eine ähnliche Geschichte zu erinnern, doch vielleicht ist es nur der fast schon vertraute Tonfall von Clevers Stimme, die nun wie aus weiter Ferne zu ihm dringt und eine schwindelerregende Müdigkeit über ihn breitet; er schließt die Augen. Der Deutsche habe mehrere Häuser besessen, fährt Clever fort, doch in keinem stand ein Bett. Jeden Abend ließ der Mann sich mit einer kleinen Propellermaschine über die Grenze fliegen und kam am frühen Morgen wieder. He never slept in this country, fügt er nach einer kurzen Pause hinzu. Vinz spürt seine Sinne wegsacken, er reißt sich hoch, sagt: Weil er sich hier nachts nicht sicher gefühlt hat? Die Leute sagen, weil er dort eine Frau liebte, erwidert Clever. Alexanders Bild taucht von irgendwoher auf, sein Gesicht, wie er es heute Nachmittag gesehen hat, mit dem Stresskeil zwischen den Augen, die ihn fragen, was das hier soll. Was ist mit ihm geschehen? Vinz versucht mit aller Kraft, wach zu bleiben, doch die Wolke droht sich über ihm zu schließen, ein Hauch der scharfen Chemikalie steigt ihm in die Nase. Alexander verwandelt sich in einen zahnlosen Greis, der ihm einen Sack Schuhe zuwirft. Vinz soll sie nach Paaren ordnen, doch zu keinem der Schuhe findet er das Äquivalent. Als er plötzlich Innocents Welpen in den Händen hält, schreckt er hoch und öffnet die Augen, doch draußen ist es nun genauso dunkel wie in ihm selbst. Sein gesamter Besitz war zerstört, sagt Clever, auch das Flugzeug. Kurz darauf sei er gestorben. Vinz findet den Anschluss nicht mehr, er muss einige Sätze verpasst haben. Woran er gestorben sei, fragt er, an Schlaflosigkeit? No idea, sagt Clever, vielleicht an Liebesmangel. His name was Daik – Clever buchstabiert D-y-k-e –, aber sein Vater habe ihm einen eigenen Namen in seiner Sprache gegeben, und er übersetzt auf

Englisch: der Mann, dem Gott die Träume genommen hat. Dyke?, flüstert Vinz, then he must have been Dutch, und weil er sich nicht sicher ist, ob er den Satz nicht nur gedacht hat: Dyke sei ein niederländischer Name. So the Dutch are not German?, fragt Clever, der jetzt dicht hinter ihm sitzt, Vinz spürt den Widerstand seiner angewinkelten Beine im Rücken. Doch, erwidert er, aber das sollte man ihnen nicht sagen. Jetzt ist da nur noch das endlose Staubband der Straße unter den Rädern. Clever bedeutet ihm, den Kopf in seinen Schoß zu legen. Don't tell me stories, hört er ihn noch sagen. Dann holt sich der Schlaf, was ihm gehört.

◆◆

Bitte hinterlassen Sie eine Nachricht, sagt Alexander, dann pfeift der Signalton. Das Speichermedium schweigt erwartungsvoll, Vinz würgt es ab. Alles was zu sagen ist, hat er bereits hinterlassen, beim letzten Versuch, zu Alexander durchzudringen, sogar das große Bekenntnis; zum ersten Mal im Leben hat er *Ich liebe dich* auf eine Mobilbox gesprochen, seltsam ungelenk stolperten ihm die Worte aus dem Mund und stürzten in die Leere irgendeiner Cloud, wo sie nun mit unauslöschlicher Gültigkeit auf ihren Abruf warten. Er stellt sich vor, wie Alexander im Getöse des Londoner Berufsverkehrs oder auf der Toilette des Restaurants, in dem sich die Kongressgesellschaft zum Abendessen versammelt, sein unerwartetes und befangenes Geständnis abhört (er hatte sich um einen beiläufigen Tonfall bemüht) und sofort weiß, dass etwas nicht stimmt.
Er versucht sich zu erinnern, wann er Alexander das letzte Mal seine Liebe versichert hat. Ganz am Anfang, während Alexanders Auslandsemester in Stockholm, hatte er mit diesen Worten seine Briefe beschlossen, in einer Zeit, als man einem E-Mail-Programm noch nicht sein Herz anvertraute. Er schrieb mit Tinte, und wenn er die gefalteten Bögen in das Kuvert schob,

riss meist der Falz ein, so viel hatte er Alexander zu sagen, damals, vor den Romanen. Der Luftpostaufkleber zeugte von der Dringlichkeit der Worte, auch Alexander schickte seine Antworten *Priority*, mit dem kühnen Ehrgeiz der Liebenden, die Zeit besiegen zu wollen. Nie wieder danach hat Vinz so selbstverständlich im Futur I geschrieben. Als die ungeduldig erwartete Zukunft zum epischen Präteritum seiner Figuren wurde, verlernte er allmählich nicht nur seine Handschrift, sondern auch den Alltagsgebrauch des Begriffs, um den sich in seinen Büchern alles dreht. In die großen drei Worte schlich sich ein kleines, aber mächtiges Hilfsverb ein und verwandelte den aktiven Akt des Liebens in einen statischen Zustand des Besitzens; *lieb haben* hieß fortan alles, was mit der Anwendung der Liebe, nicht aber mit dem Gefühl selbst zu tun hatte. Es ersetzte die Namen der unbequemen oder unstillbaren Bedürfnisse, war mal Bitte um eine tröstende Umarmung, mal Befehl zur Erfüllung der partnerschaftlichen Pflicht. *Hab dich lieb* quetschte sich tonlos ans Ende ihrer Telefonate oder stand als Manifestation des Angeeigneten unter den täglichen SMS; bevor es zum Kürzel *hdl* verkümmern konnte, löste es sich übergangslos in einem Emoji auf. Das letzte hatte Alexander am Abend zuvor geschickt, um 23.51 Uhr, dem Zeitpunkt seines Verschwindens.

Natürlich weiß Vinz, dass Alexander, der im Leben kaum etwas ernster nimmt als seinen Beruf, während einer Tagung, bei der die Elite der europäischen Genforscher zusammenkommt, auch in seiner Rolle als Faktotum eines Starprofessors das Smartphone ausschaltet. Mit der gleichen Gewissenhaftigkeit aber würde er in Kaffeepausen Posteingang und Mobilbox prüfen. Vinz' Morgengruß um 8.23 Uhr hat er noch gelesen, die drei nächsten Nachrichten aber, in denen sich die Fragezeichen häufen, wurden von der App lediglich als gesendet markiert. Das Hilfsverb in ihrem Alltag hat zu der Angewohnheit geführt, dass sie sich regelmäßig ihrer gegenseitigen Verfügbarkeit vergewissern, und

nur wenn einer von beiden berufsbedingt für längere Zeit aushäusig ist, mischt sich unter ihre stündlichen Statusmeldungen dann und wann die Frage, ob der andere mit all dem, was das Liebgehabte an Aufgaben mit sich bringt, allein zurechtkommt. Vinz blickt auf die Uhr, 19.42 Uhr am zweiten Tag von Alexanders Londonreise, höchste Zeit für ein Zeichen, dass es keinen Grund zur Sorge gibt.
Jede Hypothese, die Alexanders Schweigen erklären könnte, hat Vinz bereits durch Faktencheck entkräftet. Am Vorabend erreichte ihn Alexanders erleichterte Nachricht vom Ende des Vortragsmarathons um 18.13 Uhr, warum sollten die Redner nun fast anderthalb Stunden überziehen? In Voraussicht des lästigen britischen Steckdosenproblems hat Alexander sich vor Abreise Vinz' Power Bank geborgt, ein leerer Akku ist also unwahrscheinlich, das Schreckensszenario in seinem Kopf dagegen umso bedrohlicher: Verlust, Diebstahl, ein Defekt des Smartphones infolge eines Unfalls, und er sieht Alexander panisch, schlimmstenfalls verletzt durch eine von rotierendem Blaulicht erfüllte Straße irren, auf der Suche nach einer Telefonzelle. Als er erneut die Nummer wählt, fällt ihm auf, dass es einige Male klingelt, bevor die Mobilbox anspringt; das Smartphone ist also nicht ausgeschaltet, sondern liegt irgendwo herum und wird von Alexander in der Notsituation oder, fast undenkbar, vorsätzlich nicht gehört. Selbst wenn das Radar der im Hintergrund dauerlotenden Dating-App auf dem Weg zum Hotel eine Möglichkeit zum schnellen Druckausgleich gefunden hätte, würde Alexander ihn davon in Kenntnis setzen, und als die Stimme ihn zum dritten Mal auffordert, seine Botschaft ins Ungewisse zu sprechen, hat Vinz keine Zweifel mehr: Es ist etwas passiert.

Er springt auf, läuft vom Schreibtisch in den Flur, hat im selben Moment vergessen, was er dort wollte, geht zurück und setzt sich wieder hin. Dave, der Labrador, der freudig zur Tür vorausgeeilt ist, trottet zurück, legt fiepend den Kopf schief und fragt:

Was ist los? Er durchsucht das Internet nach Informationen über den Biologenkongress und stößt schließlich auf eine Seite mit ausufernden Fachartikeln, doch nirgends eine Adresse oder Telefonnummer. Professor Hambrucher!, denkt er und durchwühlt kurz darauf die Papierberge auf Alexanders Schreibtisch, findet auf einem Rundschreiben jedoch nur die Adresse des Lehrstuhls und eine Durchwahl zum Sekretariat. Zu Alexanders E-Mail-Account hat er keinen Zugang; ist es ein Zeichen fehlenden Vertrauens, dass er nach so vielen gemeinsamen Jahren noch immer nicht die Passwörter zu Alexanders wichtigsten Datenbanken kennt? Wie soll er im Todesfall die Konten verwalten? Wie gegen eine Wand prallt er im Flur auf das Wort. Nein!, sagt er laut zu sich selbst, Dave legt die Ohren an. So ein Quatsch!, denkt er, noch immer taumelnd, in der Küche, doch als er, zurück in seinem Arbeitszimmer, zum Smartphone greift, Alexanders Nummer wählt und in die Totenstille nach dem Signalton lauscht, fragt er sich, ob er überhaupt erfahren würde, dass es nun so weit ist. Der Wettlauf mit den Unbilden der Moderne ist nicht zu gewinnen, Flugzeugabstürze, Bahnunfälle, Wetterkatastrophen und Terroranschläge. Im internationalen Fahndungssystem der Polizei wäre er als die Person geführt, die das Recht auf eine Erstbenachrichtigung hat, einer der Gründe, warum er sich schließlich doch zu einem standesamtlichen Eintrag durchgerungen hat.
Er räumt die Spülmaschine aus, legt die im Schlafzimmer verstreuten Klamotten zusammen, die Tagesschau vermeldet Tote lediglich in Syrien. Beim Kloputz platziert er das Smartphone auf dem Spülkasten, seinen Schreibtisch hat er zwar gestern erst aufgeräumt, dann fällt ihm nichts mehr ein. Er striegelt ausgiebig den Labrador, der sich über die unerwartete Zuwendung wundert. 20.34 Uhr, längst hätte Alexander ein Foto vom opulenten Buffet des Abschlussdinners geschickt. Das beste Mittel gegen die lähmende Erkenntnis der Endlichkeit eines jeden menschlichen Lebens ist Arbeit, Vinz öffnet die aktuelle Schreib-

datei. Er hat begonnen, sein Tagebuch fortzusetzen, seit Wochen ringt er um ein Thema für seinen nächsten Roman; sein grundlegendes und lebensprägendes Anderssein in der Kindheit, die Enge der protestantischen Provinz und die große Befreiung seines Coming-out am Anfang des langen Weges heraus aus den schummrigen Ecken der Darkrooms bis ins Eheregister, alles erzählt. Am Rand seiner Jugenderinnerungen vernichtete Aids eine ganze schwule Generation, dann, im zweiten Roman, auch seine Helden waren längst online, diagnostizierte er in der nachwachsenden Jugend die Seuche des Vergessens. Doch gerade die Überlebenden, heißt es da, profitierten von der wiedergewonnenen sexuellen Unbedarftheit der nach 1990 Geborenen, dieser in der App-Community stark vertretenen Gruppe der *Twinks*, an die Vinz und, wie er weiß, auch Alexander, den Großteil seiner Anfragen richtet. Dennoch schließt er User, die sich in ihren Basisdaten zur Präexpositionsprophylaxe bekennen, prinzipiell aus, weniger aus Angst vor Keimen als aus einer gewissen moralischen Verpflichtung gegenüber seiner eigenen Biographie und den Errungenschaften seiner Generation, die es durch ihr hartnäckiges und zermürbendes Beharren auf der gesellschaftlichen Relevanz des Kondoms geschafft hat, der schwulen Liebe die Todesmaske vom Antlitz zu reißen. In der Zeit, als Vinz das Ficken lernte, war jeder geschützte Geschlechtsakt eine bewusste Entscheidung für das Leben. Seine Erfolgsgeschichte mit Alexander gründet auf dem Zufall, dass sie zum richtigen Zeitpunkt geboren wurden. Wir hatten Glück, beginnt sein zweiter Roman, der auf das zurückblickt, was zu erkämpfen war. Mitte der Gesellschaft, Mitte des Lebens, was soll jetzt noch kommen?

Alexander ist tot, schreibt er und erschrickt, wie leicht ihm die Worte fallen, die alles außer Kraft setzen. Ein Subjekt und ein Prädikat, das den Satzgegenstand noch im Akt des Schreibens wieder auslöscht. Was folgt, wäre ein unverrückbarer Ist-Zustand, Alexanders Totsein und Vinz' Hinterbliebensein, Allein-

sein, unerträgliches Sein, eine Zukunft, in der alles, was noch passieren wird, bereits eingetreten ist, denn ab diesem Satz bezöge sich sein Leben ausschließlich auf das, was war. Auf dem Sperrbildschirm leuchtet eine Nachricht auf, Vinz spürt den Herzsprung der Erleichterung, gefolgt von einem tiefen Gefühl der Bekümmernis, als er sieht, dass es nur Ingo, der Schwimmtrainer, ist, der den neuen Monatsplan in den Gruppenchat stellt. Plötzlich fällt ihm auf, dass er Alexanders Handynummer nicht auswendig kennt, er notiert sie in seine Kladde, dann scrollt er in seinen Aufzeichnungen zurück in ihren Alltag.
In einem Eintrag von vergangener Woche taucht M. auf, dessen Namen er nicht ausgeschrieben hat, noch zögernd, ob er in seiner Materialsammlung eine Rolle spielen soll. Nach ihrem Treffen empfand er Alexander gegenüber tagelang eine seltsame Scheu, als hätte er etwas wiedergutzumachen, dabei war, bis auf eine ungeplant aushäusig verbrachte Nacht, nur das Übliche und im Rahmen ihrer Absprachen Erlaubte passiert. Trotzdem dieses Gefühl, heimlich fremdzugehen, als er im Lauf des heutigen Vormittags M. ein Wiedersehen vorschlug, die Gelegenheit schien günstig; als »heute schlecht« zurückkam, war er überrascht, dass die Erleichterung überwog. An seinen Romanen hat er lernen müssen, dass manche Fehler, einmal ausgeschrieben, im sogenannten wirklichen Leben nicht mehr rückgängig zu machen sind. Zum Beispiel die Sache mit der Heirat. Schon den Antrag hat er Alexander vermasselt; am Neujahrstag während ihres Winterurlaubs auf dem Darß, in der Nacht hatte ihnen der eisige Ostwind ihre Wünsche von den Lippen gebissen, auch jetzt waren ihre Gesichter verkniffen. Vinz steckte mitten in der Arbeit am zweiten Buch, Alexander hatte sich zur Habilitation entschlossen, beide erwartete, was ihre Zweisamkeit anging, ein Jahr der Entbehrungen. Sie rasteten gerade im Windschutz einer Vogelbeobachtungshütte und verzehrten ihre Brote, als Alexander plötzlich feierlich den mit dampfendem Tee gefüllten Deckel der Thermoskanne hob und fragte,

ob er, Vinz, ihn, Alexander, und so weiter. Vinz schaute ihn verblüfft an; Alexander hatte bereits im letzten Jahr über einen Eintrag ins Lebenspartnerschaftsregister nachgedacht, und es sei, das war seine Prognose, eine Frage der Zeit und vor allem auch des öffentlichen Drucks, wann die konservative Kanzlerin sich zur Ehe für alle durchringe. Auch unser Wille zählt, sagte er. Vinz hatte daraufhin ihr mühsam erarbeitetes Beziehungsmodell verteidigt; jahrelang hätten sie – und er meinte damit die Homosexuellen an sich – alles getan, um die heteronormativen Konzepte von Liebe, in denen er die Keimzelle der repressiven Gesellschaft verborgen glaubte, wenn schon nicht abzuschaffen, so doch wenigstens in ihrer Verlogenheit zu entlarven, und jetzt das. Als ob wir so anders wären, hatte Alexander damals erwidert und das Thema seitdem nicht mehr angesprochen.
Wann?, fragte Vinz nun und blinzelte ins grelle Schneelicht über dem zugefrorenen Bodden, auf dem die fernen Eisgeschiebe rasierklingenscharf in den Horizont schnitten; der Ausblick stand später, im Roman, sinnbildlich für die drohende Frist. Irgendwann dieses Jahr, sagte Alexander, schlürfte seinen Tee und fügte hinzu: Falls es keinen anderen gibt. Jetzt werden wir endgültig wie unsere Eltern, stöhnte Vinz, Alexander wie sein Vater und er selbst wie seine Mutter, die ihm all das in die Wiege gelegt hat, was Vinz an sich nur schwer erträgt; die Spur ihrer Gene war in den letzten Jahren immer deutlicher hervorgetreten. Du kriegst später eine Witwenrente, sagte Alexander, und Vinz: Aber du nur meine Schulden. Dann drehte plötzlich der Wind und peitschte ihnen den Triebschnee ins Gesicht, der sich meterhoch vor dem Schilfgürtel aufgetürmt hatte; ihre Hochzeitspläne lagen vorerst wieder auf Eis.
Kurz darauf war es bereits Oktober. Vinz hatte es für mehrere Monate in ein niedersächsisches Dorf verschlagen, wo man ihm ein Aufenthaltsstipendium gewährte, Alexander war mit seinem Lehrplan und der Versorgung des Hundes ausgelastet, die Anmeldung zur Habilitation verschob er. Als einziges Fest

dieser Zeit erwähnt Vinz im Roman die Hochzeit eines befreundeten schwulen Paares, erfahrungsgemäß, heißt es an entsprechender Stelle, das Epizentrum aller Beziehungsbeben: die Zusammenführung zweier sich gänzlich unbekannter und womöglich zähnefletschend belauernder Familien, oberpfälzischer Beamtenkatholizismus auf der einen, Hartz IV und sächsische Gottlosigkeit auf der anderen Seite, monatelang habe das Brautpaar an der Sitzordnung getüftelt. Vinz, den die beiden gebeten hatten, eine Rede auf sie zu schreiben, sagte eines Abends genervt zu Alexander: Ich würde das meinen Freunden niemals antun.

Während der Feierlichkeiten in der Orangerie des botanischen Gartens seien aber dann entgegen allen Erwartungen nur Freudentränen geflossen und weder Herzen noch Gläser zu Bruch gegangen, und das, obwohl die Eltern an ihrem gemeinsamen Tisch als die letzten und lautesten Gäste des Abends die Sektflöten noch mit der Zunge ausgeleckt hätten, wohingegen sie, Vinz und Alexander, ihren Eltern und auch dem frisch vermählten Freundespaar gar nicht erst Bescheid sagten, sie hetzen im Hochzeitskapitel an einem verregneten Dezembermontag zwischen Vorlesung und Weihnachtseinkäufen ins Rathaus und essen am Abend bei ihrem Lieblingsthailänder an der Ecke, wo Vinz missmutig in seinem Curry stochert und sich eingestehen muss, dass es so herum auch nicht besser ist.

Ob es wirklich so schlimm gewesen sei, ihn zu heiraten, fragte Alexander ein halbes Jahr später, nachdem er das Manuskript gelesen hatte, Vinz winkte ab, es sei ja bloß ein Roman, und in der Angst, es könnte bereits zu spät sein, greift er abermals zum Smartphone, um Alexander zu sagen, was ihm so lang schon aufs Herz drückt: dass ihm der Großteil dessen, was in seinen Büchern steht, leidtut, doch dann wählt er nicht Alexanders Mobilbox an, sondern die Nummer der Schwiegermutter. Ein Fehler, wie sich herausstellt, fast eine halbe Stunde lang ist die Leitung blockiert, Alexanders Mutter findet bei den Schilderungen ihres Madeira-Urlaubs kein Ende, dann endlich der zentrale Satz: Wie geht es Alexander in London? Gut, sagt Vinz, Gudrun, ich muss los.

Aber wohin? Der nächste Flug nach London, antwortet die Suchmaschine, geht um 4.35 Uhr, noch über sechs Stunden, denkt er, und was, wenn ihn der entscheidende Anruf hoch über dem Ärmelkanal nicht erreichen kann? Vor dem letzten Schritt bricht er die Buchung ab, noch besteht Hoffnung. Erst jetzt sieht er die Nachricht auf dem Sperrbildschirm, M. schreibt: Hab jetzt doch Zeit. Er widersteht dem Drang, den Chat aufzurufen, so umgeht er die Lesebestätigung, er war im Kino oder hat schon geschlafen, ihm steht der Sinn jetzt wahrlich nicht nach Sex, dennoch ist da ein Bohren in der Brust, sein uneingestandener Groll gegen Alexander, der es ihm versaut hat, vielleicht die am meisten von ihm gehasste und der Mutter ähnlichste seiner dunklen Seiten, die am Ende, wenn auch er dem Menschen, der immer an seiner Seite war, vorrechnen wird, was er alles für ihn nicht gelebt hat, ihren langen Schatten zurück auf ein ganzes Leben wirft.
Er stolpert in seine Schuhe und führt den Labrador die gewohnte Runde um den Häuserblock, vorbei an den vertrauten Ausschnitten fremder Leben in den Wohnschachteln der Erdgeschosse, in denen nach und nach die Lichter ausgehen. Zurück vor der Haustür, schaut er auf sein Smartphone und beginnt den Weg von vorn, und dann wieder; fast eine Stunde kreist er um das Zentrum seiner tiefsten Angst. Seit der dritten Runde trottet Dave still und mit verunsicherten Blicken hoch zu Vinz neben ihm her. Da oben, sagt er und deutet an der Fassade des gelb und weiß gestrichenen Jugendstilhauses hinauf zum Fenster, in dem die Lampe steht, deren Zeitschaltuhr Alexander für Phasen der Abwesenheit auf Mitternacht programmiert hat, da oben ist unser Platz. Dave antwortet mit dem kläglichen Laut, der bedeutet, dass er Hunger hat.

Wenn Alexander nicht zurückkommt, wird er innerhalb weniger Monate die Wohnung räumen müssen. Mit Hilfe von Alexanders Ersparnissen käme er eine Weile zurecht, dann müsste er sich eine Arbeit suchen; aus Studententagen hat er ein wenig gastronomische Erfahrung, sonst hat er nichts gelernt. Bernd und Alf würden ihm treu zur Seite stehen, vorübergehend hätte er sogar ein Obdach in ihrer Wohnung. Am Anfang der leeren Seite in der Schreibdatei steht jeden Tag der immer gleiche kurze Satz. Wenn er weint, legt ihm Bernd, dem er sich, vielleicht weil er der Versehrte, der Widersprüchlichere von beiden ist, schon immer näher gefühlt hat, den Arm um die Schulter, Alf sitzt daneben und blickt mit versteinertem Gesichtsausdruck zu Boden. Da ist plötzlich, nachdem alles, wo Alf mit anpacken konnte, erledigt ist, eine seltsame und unüberwindbare Fremdheit zwischen ihnen. Sie wissen beide, dass es auf lange Sicht für alle Beteiligten andersherum, Vinz tot, leichter gewesen wäre. Alexander war von Beginn an Alfs Freund. Ihn hatte Alf erwählt, Vinz akzeptiert.

Zurück in der Wohnung, füttert er den Labrador und prüft die Verfügbarkeit des Flugs. Dann packt er den Koffer: Kleidung, Zahnbürste, seine Medikamente, ein paar Rationen Hundefutter, die Haushaltskasse, den Computer. Als er den Deckel schließt, stellt er fest, dass er alles dabei hat, was er zum Leben, Überleben braucht. Er setzt sich im Wohnzimmer auf die Couch und legt sich das Smartphone in den Schoß.
0.00 Uhr, das Licht geht aus. Es ist jetzt sehr still in ihm, draußen irren die Geister der Toten durch die Straßen, hungrig nach der Liebe der Lebenden, die sie nicht gehen lässt.
0.03 Uhr, Alexander schreibt: Hatte das Handy im Hotel vergessen, und in einer zweiten Nachricht gleich hinterher: Wie war dein Tag?

◆◆

Die Sonne weckt ihn. Dass er sofort weiß, wo er ist, enttäuscht ihn am meisten. Im Roman würde er an dieser Stelle ins Licht einer Morgensonne blinzeln, die groß und erschreckend nah über dem Boden steht und alles neu und rätselhaft erscheinen lässt, wie noch nie gesehen. Die Gesetze, die bisher sein Leben bestimmt haben, wären außer Kraft gesetzt, seine Erinnerungen nichts mehr wert. Stattdessen holt ihn der alte Jammer ein; die Glieder schmerzen, der Rücken, Kopf und Rachen, seine ausgetrocknete Zunge klebt ihm wie ein Stück Styropor am Gaumen. Er tastet in seiner Hosentasche nach dem Smartphone, gewohnheitsmäßig die erste Geste seiner Selbstvergewisserung. Bist du wahnsinnig?, denkt er und fährt hoch. Im Tageslicht erscheinen ihm die Geschehnisse der Nacht wie Flashbacks eines Rauschzustands, von dem ein entsetzlicher Durst und diffuse Beklemmungen geblieben sind. Er hat sich die Umgebung hier grüner vorgestellt, die Natur erlöst von ihrem Darben durch die Nähe des Flusses. Der Bretterboden, auf dem er liegt, ist Teil eines offenen Schuppens; neben ihm stehen die jetzt gestapelten Plastikstühle, einige Kanister, von denen der scharfe Geruch ausgehen mag, und in einer Ecke liegen, sorgfältig aufeinandergeschichtet, die Schlafmatten. Unweit des Feuerplatzes erledigt eine Frau den Abwasch in zwei Eimern. Sie trägt eine beige Bluse mit einem aufgenähten Emblem und einen olivgrünen, halblangen Rock, eine Art Uniform, die darauf hindeutet, dass sie hier für irgendeine Behörde arbeitet. Als Vinz herantritt, blickt sie auf und erwidert seinen Gruß mit einem Nicken; sie hat ein makelloses, ausnehmend schönes Gesicht, und sie spürt, dass der fremde Übernachtungsgast sie länger mustert als nötig. My cell phone, beginnt er und erklärt umständlich sein Anliegen. Als er Clever erwähnt, steht sie auf, wischt sich die Hände an ihrem Rock ab und bebedeutet ihm, mitzukommen. Er bedauert ihr undurchdringliches Wesen, hätte ihr gern auf irgendeine Weise gezeigt, dass er sich für sie interessiert, für ihre Arbeit, ihr Leben. Nach ein paar Metern bleibt sie stehen und hebt die Hand; es muss die Rückseite des Gebäudes sein, das am Abend beleuchtet war. In einem Bretterverschlag hört er den Generator surren. Er bedankt sich, biegt um die Ecke und erstarrt.

Wie sich nun der Ort in seiner Erinnerung zusammenfügt, muss der Pritschenwagen dort auf dem Sandplatz gestanden haben, vor dem geöffneten Schlagbaum, der irgendeine Grenze markiert, den Beginn eines Territoriums, das nur bedingt betreten werden darf, unter Voraussetzungen, die Clever und seine Leute selbstverständlich erfüllen. Für ihn aber bedeutet es, dass der Weg hier zu Ende ist, und er weiß nicht, was ihn mehr erschüttert, der dreiste Diebstahl seines gesamten Gepäcks oder seine eigene Dummheit. Er verflucht sich für sein naives Vertrauen, das erwartungsgemäß enttäuscht wurde.

Instinktiv greift er nach dem Autoschlüssel, der jetzt die letzte Rettung sein könnte, dann schaut er sich um. Auf dem Vorplatz parkt ein Auto, jemand muss sich in dem Gebäude aufhalten. Wieder verspürt er diese Scheu, die Person um Hilfe zu bitten; zweifellos würde sie Clever und seine Leute verteidigen, und auch die Frau, die gerade das Spülwasser in die Büsche kippt, hätte kein Verständnis für seine Lage. Sie würde ihn mitleidig oder feindselig anblicken, weil er mit der Schilderung seiner Not auch sie der Mitwisserschaft verdächtigt. Er hat sich von Clever bezirzen lassen, eingelullt von seiner Sanftheit, das war der Köder. Hat er wirklich gedacht, er bliebe verschont, weil er sich auf dieses Land einzulassen versucht, etwas riskiert, ein Stück seines Komforts aufgegeben hat? Bisher hat er im Leben stets auf eine Art übergeordnetes Prinzip von Gerechtigkeit gesetzt – dass ihm von denen, die in welcher Form auch immer um ihre persönliche Freiheit kämpfen, etwas zurückgegeben wird, weil er sich beim Schreiben seinen eigenen Abhängigkeiten ausliefert, und er merkt, dass seine Wut sich gar nicht so sehr gegen Clever richtet, dessen Schlechtigkeit er selbst provoziert hat, sondern gegen Unami, der ihm letztendlich all das ein-

gebrockt und sich dennoch nichts hat zuschulden kommen lassen – nichts, wofür er ihn zu Recht verurteilen könnte.
Er will die Frau um etwas Wasser bitten, doch sie verschwindet mit den Eimern in einem anderen Gebäude, hinter dem zwei Hochbehälter aufragen; grüne Tanks auf einem rostigen Eisengestänge, wie er sie öfters während der Fahrt gesehen hat. Auf halbem Weg dorthin entdeckt er in einem Gebüsch eine Art Fahne, ein großes, aus zwei blauen und einem schwarzen Teil genähtes Tuch. Er nähert sich und stellt fest, dass die Innenfläche leicht trichterförmig auf ein ausgespartes Loch zuläuft; dahinter ist mit Schnüren eine am Hals abgeschnittene Plastikflasche befestigt, und als er sich darüber beugt, schlägt ihm ein Geruch entgegen, wie er oft in öffentlichen Toilettenanlagen steht, nach Urin und Chemikalien. In der gelben Flüssigkeit schwimmen die Kadaver fetter, filigran marmorierter Fliegen.
Don't touch it!, hört er jemanden hinter sich rufen, doch zu spät, er hat den mit einer feinen weißen Gaze überzogenen Stoff bereits berührt. Plötzlich sieht er die Fahnen überall zwischen den Bäumen. In der rückwärtigen Tür des größeren Gebäudes steht ein ebenfalls in Uniform gekleideter Mann; soweit er sich überhaupt an die Gesichter erinnern kann, ist es keiner von Clevers Leuten. Vinz geht hinüber, erwidert die Begrüßung zaghaft mit der linken Hand und murmelt eine Entschuldigung. Anengoni, so glaubt er den Namen des Mannes zu verstehen, den er auf Mitte vierzig schätzt, Anengoni, der Barmherzige, wie der scherzend die Bedeutung seines Namens verrät, schickt ihn zum Händewaschen in das andere Gebäude. Vinz wischt das Gift an der Hose ab, doch er bleibt stehen. Wie er geschlafen habe, beginnt Anengoni die übliche Unterhaltung. Dort sei jemand gewesen, sagt Vinz und deutet hinüber in den Busch; er weiß nicht, warum er ausgerechnet seine unheimliche nächtliche Begegnung erwähnt, vielleicht weil es den Gepflogenheiten entspricht, dass ein Tourist in der Wildnis über seine Ängste redet und es die Aufgabe des Einheimischen ist, ihm diese zu

nehmen. Oh I see, lacht Anengoni, hier seien nachts eine Menge Tiere unterwegs, erst kürzlich hätten sie Probleme mit einem Python gehabt, the biggest ever, fügt er hinzu und deutet mit einer Handbewegung und einem Laut lustvollen Entsetzens etwas übernatürlich Großes an. Ob er wie ein Fisch ausgesehen habe?, fragt Vinz, Anengoni mustert ihn erstaunt. A fish? Ein Python sei eine Schlange, dann scheint ihm etwas einzufallen, er verschwindet im Haus. Als er ihm kurz darauf Smartphone und Ladekabel reicht, überkommt ihn eine solche Schmach, als hätte er alles verloren, was ihn ausmacht; seine Menschlichkeit, seinen Glauben, die Fähigkeit zum Guten. So Clever is still here?, presst er hervor, er sei in ein paar Minuten zurück, erwidert Anengoni, dann drückt hinter dem Haus jemand ungeduldig auf die Hupe.

Die Weißen blicken neugierig zu ihm herab. Er wundert sich, wie schnell sein Denken die Kategorien übernommen hat, die ihm hier eine soziale Orientierung ermöglichen. Er hat augenscheinlich keinen Mietwagen, kein Gepäck, er strahlt, hofft er, nicht diesen für Touristen typischen Eifer aus, diese heuschreckenhafte Gier, mit der sie durch die Lande ziehen und alles angebissen liegen lassen. Für sie mag er einer der Übriggebliebenen sein, die sich noch an ihren Besitz und ihre überkommenen Privilegien klammern, in seiner zerknitterten, staubstarren Kleidung, betraut mit irgendeiner gewöhnlichen Aufgabe, die ihn hier noch festhält. Er hebt lediglich die Hand zum Gruß, damit sein Akzent ihn nicht verrät. Es sind Amerikaner, wie er unschwer heraushören kann; der überdachte Jeep trägt das gleiche Logo eines Safari-Unternehmens wie die fünf Kanus, die auf einem Bootsanhänger verzurrt sind. Die zwei Frauen und vier Männer tragen die übliche Kleidung und sind bester Laune, euphorisiert, gebräunt und angewildert von ihrem Abenteuer auf dem großen Fluss. Sie trinken aus kondenswasserfeuchten Coca-Cola-Dosen, die in Vinz ein überwältigendes Verlangen wecken.

Anengoni, eine Sprühflasche und einen löchrigen Kescher in der Hand, ist ans Führerhaus getreten und unterhält sich abwechselnd mit dem Fahrer und den anderen drei Männern, die zwischen den Touristen sitzen und die ihrerseits typische Kleidung tragen; im Holster eines der Guides entdeckt Vinz eine Schusswaffe. Heiteres Geplauder liegt in der Luft, auf irgendein Zeichen hin erheben sich die Amerikaner und reichen Anengoni zur Begrüßung die Hand; Judy, Ralph, Mitch, die anderen Namen versteht Vinz nicht. Auch die Frau in Uniform steht plötzlich an der Ecke und empfängt grinsend die Schmeicheleien der Guides. Dann scheint alles gesagt, Anengoni versprüht den Inhalt der Flasche im Führerhaus und zwischen den Sitzreihen. Als Judy erfährt, dass es sich um DDT handelt, presst sie sich mit einem spitzen Aufschrei ihr Halstuch auf Nase und Mund; die übertriebene Geste, scheint Vinz, offenbart eine tiefere, grundsätzliche Form des Ekels, ihre Angst vor dem Miasma der Armut. Einer der Guides verteilt Softdrinks an Anengoni und seine Kollegin, Vinz geht leer aus, doch auch er winkt zum Abschied. Dann macht er sich auf die Suche nach Wasser.

Das Smartphone zeigt mehrere Posteingänge an. Eine Telefongesellschaft heißt ihn in ihrem Tarifgebiet willkommen, Alf schreibt: Habe mit A. gesprochen. Hoffe, ihr wisst, was ihr tut. Meld dich. Vinz löscht die Nachricht, der alte Groll aber, den er gegen Alf hegt und der immer dann in ihm aufsteigt, wenn Alf von seiner Funktion als Alexanders bester Freund Gebrauch macht, lässt sich nicht so leicht in den Papierkorb verschieben. Mit ähnlich zweckmäßiger Dringlichkeit teilte Alexander ihm um 7.23 Uhr mit, dass er sich auf den Weg ins Krankenhaus mache. Die Bilddatei, die ihn mitten in der Nacht erreicht hat, zu einer Zeit, in der, wie Vinz weiß, Manuel in den sozialen Netzwerken seine Stimmungslage aktualisiert, zeigt einen herbstlich verfärbten Baum, und erst als er den Kommentar liest, erkennt er die Platane vor Manuels Balkon: Vielleicht bin ich einfach zu deutsch für dich. Er vergleicht die im Chat aufeinanderfolgenden Fotos, zuunterst die teutonische Hinterhof-Platane, die jetzt, im Herbst, nicht nur ihr Laub, sondern auch große Teile der Borke, das gesamte abgestorbene Material abschüttelt, und darüber der gestürzte afrikanische Baobab, der sich in eine den Bäumen artfremde Richtung vorkämpft und dabei alle anderen Pflanzen, die um ihn herum zur Sonne aufstreben, in seinem unausrottbaren Egoismus einfach plattwächst; eine stilistische Meisterschaft im Abservieren, die er Manuel nicht zugetraut hätte.

In dem zweiten Gebäude findet er ein funktionierendes Wasserklosett, das er ausgiebig nutzt. Aus dem Wasserhahn tröpfelt eine gelbliche Brühe. Er dreht das Ventil bis zum Anschlag auf, dann wäscht er sich unter dem langsam klarer werdenden Strahl Hände, Gesicht und Nacken. Als er das Rinnsal in den Mund leitet, versucht er sich nicht vorzustellen, wie in den grünen Tanks das Leben seine Vielfalt feiert. Die nächste halbe Stunde sitzt er auf der Schlafmatte unter dem Wellblechdach und wartet auf den Durchfall. Alexander geht nicht ans Telefon, spricht vermutlich gerade mit den Ärzten.

Er beobachtet die Fliegen, die über den aufgeheizten Plastikbezug krabbeln und geschickt seinen Schlägen entkommen; möglich, dass er sich im Endemiegebiet der Schlafkrankheit befindet, gegen die es, soweit er weiß, kein Heilmittel gibt. Die Infizierten vergessen sukzessive, wer sie sind, schlaflos in der Nacht und in einem ruhelosen Zustand der Apathie am Tag dämmern sie über Wochen ichlos ihrem sicheren Tod entgegen. Weil er nicht weiß, wie die Tsetsefliege aussieht, tötet er alles Geflügelte, was in seine Nähe kommt. Dann plötzlich lässt er eine Fliege landen und beobachtet ihre ziellosen Bahnen über seinen Arm. Sie ist ähnlich marmoriert wie die in der Acetonpisse Ersoffenen, gelblich rot mit einem pelzigen, schwarz getupften Rücken. Erst jetzt begreift er, dass die Fliegen anscheinend von den Farben

der Fahnen angelockt werden; nüchtern stellt er fest, dass er ein blaues T-Shirt trägt. Er steht auf, reibt sich Waden und Unterarme mit Staub ein und läuft an Anengonis verwunderten Blicken vorbei in den Busch.
Hier muss der Schlangenfisch gestanden und ihn aus bebenden Kiemen mit seinem Unterwassergeruch angeatmet haben. Abermals prüft er den Boden und findet tatsächlich den vagen Abdruck des Profils seiner Schuhe. Auf angedeuteten Pfaden, die grünen Hochbehälter stets im Blickfeld, erklimmt er eine kleine Anhöhe. Vor ihm erstreckt sich ein steiniges Plateau, durchsetzt von magerem Gebüsch und Affenbrotbäumen. Nur wenige hundert Meter Luftlinie von der Station entfernt sieht er die Schilfkegeldächer eines Dorfes. Die Fahnen der Tsetsefliegenfallen stechen grell und unwirklich aus dem ockerfarbenen Einerlei hervor. Am Ende des Feldwegs, der in das Dorf führt, steht der Pritschenwagen, und entgegen seiner inneren Stimme, die ihm befiehlt, umzukehren und an der Station zu warten, geht er darauf zu.

Er kann sich nicht mehr an die Anzahl der Männer erinnern, die sich am Abend zum Essen eingefunden hatten, auf Clever fixiert, hatte er die anderen ausgeblendet. Drei von ihnen stehen im Halbkreis um einen vierten, der augenscheinlich nicht dazugehört; er glaubt es an der Körpersprache des Mannes zu sehen, wie er sich von einem zum anderen dreht, in leicht geduckter Haltung. Er vermutet Clever im Wagen, den er von hier aus nicht einsehen kann, doch für eine Umkehr ist es ohnehin zu spät; sobald er aus seinem Versteck heraustritt, würde man ihn entdecken. Auf den letzten fünfzig Metern hat er sich in der Hocke angeschlichen, den Schutz der Gebüsche suchend wie ein Raubtier auf der Pirsch, mittlerweile hat er Übung. Er drückt sich tiefer in das schüttere Laub, bis es ihn fast gänzlich umschließt. Dann schaltet er die Kamera des Smartphones ein, sucht eine Position, in der kein Blatt die Sicht beeinträchtigt, und vergrößert den Ausschnitt. Seine Hand zittert, der Autofokus findet in der gleißenden Umgebung keinen Schärfepunkt, doch deutlich genug hält die Kamera im Videomodus fest, wie der Mann zu Boden geht. Sich wieder hochrafft und erneut in den Schmutz geschleudert wird. Als die anderen auf ihn einzutreten beginnen, hält Vinz die Luft an, damit sein vor Aufregung flatternder Atem die Tonaufnahme der Schreie nicht überdeckt. Auf der Pritsche hat er einen Ersatzkanister gesehen, irgendwo im Lager der Station liegen sicherlich ein paar ausgediente Autoreifen, von diesem Moment ist es nur ein Gedankensprung bis zum äußersten Grauen, dessen Zeuge er nun sein wird, doch dazu kommt es nicht mehr.

I'm sorry – wieder erkennt er Clever an der Stimme –, but I was attracted by the blue, und er deutet auf Vinz' T-Shirt. Er versucht mit einer verzweifelten Geste, das Smartphone zu verbergen. Der dort steht, ist ein anderer, als Vinz ihn in Erinnerung hat; die Züge gewöhnlicher, vielleicht auch älter, mit den Spuren einer von Entbehrungen geprägten Jugend. Auf der linken Wange zeichnet sich eine hell umränderte Kruste ab, die von irgendeiner Hautkrankheit rühren mag, dennoch, oder gerade deshalb, findet Vinz ihn auf eine demütigende Weise schön. Er sehnt sich zurück in das Konturlose der Nacht, in den Phantasieraum, der ihn von der Notwendigkeit des Sehens entbunden und ihn auf das reine Gefühl zurückgeworfen hat. Leider, sagt Clever, habe er wohl die Pointe der Geschichte nicht verstanden. Der Satz trifft Vinz wie einer der Tritte und Hiebe, die er hinter sich auf den Mann niedergehen hört, und das Brutale an Clevers Worten ist nicht die Häme, die in ihnen steckt; er spürt Clevers aufrichtiges Bedauern, seine persönliche Enttäuschung, die größtmögliche aller Strafen. Dyke, the Dutchman, sagt er und bemüht sich um einen abgeklärten Tonfall, er wurde umgebracht, nicht wahr? So wie er – und er deutet hinter sich, auf die vermeintlichen Schlächter, wagt aber nicht, sich umzudrehen, aus Angst, Clever könnte ihn im selben Moment überwältigen. Im Rücken spürt er jetzt eine beunruhigende Stille; er muss an den Moment in einem der Internetfilme denken, als dem Opfer, einem jungen Mann, dem die Schuld an seinem möglichen Vergehen so lange durch Schläge und Fußtritte eingeprügelt worden war, bis er selbst an seine Todeswürdigkeit glaubte, der Reifen über den Kopf gezwungen wurde und seine Schreie augenblicklich verstummten. Clever fährt sich mit dem Finger unter die Mütze und kratzt sich an der Schläfe. Er sei an der Schlafkrankheit gestorben – in seiner Stimme schwingt jetzt Ungeduld – anyway, you should cover your skin, und er deutet auf Vinz' Arme, von denen der Dreck schuppt. Er spürt ein solch bezwingendes Gefühl der Ausweglosigkeit, dass er für einen Moment die Augen schließt. Als er sie wieder öffnet, streckt Clever ihm die Hand hin und sagt: Too bad about the phone. Vinz ringt um eine Rechtfertigung; ihm ist, als verhandelte er mit einem mythischen Torwächter, dem er das richtige Schlüsselwort sagen muss, anderenfalls ereilt ihn die tödliche Strafe der Schicksalsmacht. Wieder glaubt er den begehrlichen Blick zu sehen, als er ihm das Smartphone aushändigt, ein älteres Modell mit abgestoßenen Kanten und Kratzern auf dem Display, dennoch inspiziert Clever es von allen Seiten und streicht fast zärtlich über das Glas. Vinz ist, als spürte er die Berührung auf der eigenen Haut, an einem verlorenen Teil seines Körpers. Auch auf den Fingerknöcheln sieht er die schorfigen Stellen, ein Nagelbett ist mit schwärzlichem Blut unterlegt. You know, in my country, sagt Clever und wiegt eine Weile das Smartphone in der Hand, als wollte er mit dessen Wert auch das Gewicht seiner Worte abschätzen; man sollte hier die Privatsphäre der anderen respektieren. Er drückt den Power-Knopf, so dass der Ziffernblock für die Eingabe des Sperrcodes erscheint, und fügt hinzu: Just don't get too close.

Vinz dreht sich um und sieht die drei Männer am Pritschenwagen stehen, sie schauen herüber und scheinen zu warten, dass ihr Boss mit dem Schnüffler fertig wird. Der andere Mann ist

verschwunden; zwischen dem Platz, wo er sich eben noch am Boden gekrümmt hat, und den ersten Hütten des Dorfes, erstreckt sich ein kleines Feld. Jemand muss begonnen haben, es abzuflämmen, die zackige Linie des Aschenrands verliert sich in dem unwegsamen Gelände. Jede Anklage, die er gegen Clever und seine Leute erheben könnte, wäre vergeblich; niemand würde sich die Mühe machen, in Muffats Dorf die Brandursache festzustellen, und der einzige Hinweis darauf, dass den Bewohnern hier womöglich ein ähnliches Schicksal droht, ist ein unscharfes Video, das seine Mitschuld beweist, denn der Polizist, dem er das belastende Material zeigen müsste, würde ihn berechtigterweise fragen, warum er dem Mann, den er in Lebensgefahr wähnte, nicht zu Hilfe gekommen sei. Jede Form von Widerstand würde seine Lage noch aussichtsloser machen, also beschließt er, sich Clever bedingungslos auszuliefern.
Er sei kein Journalist, sondern Schriftsteller, und schreibe an einem Roman, und in der Hoffnung, mit der Kenntnis des Mythos Clevers Enttäuschung zu mildern: It's about Nyami Nyami. Tatsächlich weicht die Härte aus Clevers Miene, als er den Namen des Flussgotts hört. Really?, sagt er, und für einen Moment ist da wieder das Gesicht aus der Nacht, der sanfte Zug. Well you know, Nyami Nyami … Er betont den Namen anders als Vinz ihn ausgesprochen hat, in einer Weise, die ihn hoffen lässt, dass Clever mit der Geschichte vertraut ist, ja, dass sie womöglich sogar zu seinen Traditionen gehört. Er solle nicht jede Geschichte glauben. I told you so, fügt er hinzu und gibt den Männern ein Zeichen.
Er ist sich sicher, dass Clever ihm im nächsten Moment das Smartphone zurückgeben und ihn lediglich auffordern wird, das Video zu löschen, als Alexander anruft. Vinz erkennt es an dem Hintergrundbild, das zusammen mit dem Namen auf dem Display erscheint, und auch Clever betrachtet nun mit Interesse das Foto, das ihn mit Alexander auf der Festung von Antibes zeigt, hinter ihnen das Mittelmeer und die ferne Horizont-

linie der französischen Alpen, eine alte, noch mit seiner analogen Spiegelreflexkamera gemachte und später eingescannte Aufnahme, im Ausschnitt leicht verrutscht, weil er einen Passanten gebeten hatte, sie zu fotografieren, Arm in Arm, Wange an Wange, mit vollem Stirnhaar und, so erscheint es ihm heute, fast kindlichen Gesichtszügen, aus denen die Verliebtheit der ersten gemeinsamen Reise strahlt, an die ihn das Smartphone bei jedem von Alexanders Alltagsanrufen erinnert.
Alexander, sagt Clever mit klickendem x, das sei vermutlich der Freund, der ihn bereits erwarte, und er hält ihm lächelnd das Smartphone hin, doch die Augen lächeln nicht mit, sein Blick ist leer und kalt. Der Wagen fährt dicht auf und hüllt sie in eine Staubwolke. Jeder der Männer würde im Zweifelsfall bezeugen, dass er in der Nacht Clevers Gesellschaft gesucht hat und ihm, der nichtsahnend schlief, auf ungebührliche, in diesem Land strafbare Art nahekommen wollte; er sagt: Er kann warten. As you like, erwidert Clever und wirft das Smartphone dem Fahrer zu, der es geschickt auffängt. Dann klettert er auf die Pritsche und reicht Vinz die Hand.

Anengoni steht an einer der blauschwarzen Fahnen und wechselt die Flüssigkeit in der Flasche. Der Fahrer bringt den Wagen vor der Schranke zum Stehen und drückt ein paar Mal auf die Hupe. Ein paar Männer treten aus dem Gebäude, Vinz glaubt, die Gruppe vom Vortag wiederzuerkennen. Er richtet sich auf und greift nach seinem Gepäck; Anengoni würde ihm helfen, von hier fortzukommen, er hatte vom ersten Moment an das Gefühl, dass er dem Mann vertrauen kann. Clever legt ihm die Hand auf den Arm. Zu seiner Überraschung ist der Griff nicht grob, es liegt sogar etwas Beschwichtigendes darin, wie von einer Autoritätsperson, die dafür sorgt, dass alles läuft, wie es laufen muss, ein joviales Schulterklopfen, respektvoll und unentrinnbar; Vinz sinkt zurück auf die Knie. Er kenne da jemanden, sagt Clever, a nice guy, früher sei er Fischer gewesen, heute führe er Touristen über den Fluss, you know, things are changing. Der könne ihm vielleicht weiterhelfen, und er fügt spöttisch hinzu: to find the monster.

Plötzlich ist die Ladefläche voller Körper, ein paar Kisten werden verladen, Vinz spürt Haut, die ihn streift, der süßliche Geruch hüllt ihn ein, er zieht die Füße an und presst sich den Rucksack gegen den Bauch, um möglichst wenig Platz wegzunehmen. Clever schiebt ihm ein Gepäckstück hin, das er als Lehne benutzen soll. Are you okay?, fragt er, als alle sitzen. Der Wagen fährt an. Von den Fallen herüber winkt der Barmherzige.

UNAM_I@

Schon auf dem Weg zu den Wasserfällen verliert er die Lust. Er wollte sich ihnen langsam nähern, auf Umwegen und unter erschwerten Umständen, die den großen Moment hinauszögern, wie früher, auf den Gebirgswanderungen der Kindheit, wenn ihm nach dem mühsamen Anstieg durch eine düstere Klamm oder über einen Bergsattel der kühle Lufthauch entgegenschlug und sich Herzschlag und Schritte unwillkürlich beschleunigten. Vielleicht war das bereits die erste Kränkung: die flache, vollkommen ereignislose Landschaft, die sich zu beiden Seiten der Straße erstreckte, als ihn gestern, am Tag seiner Ankunft, einige Kilometer vor der Stadt eine Werbetafel mit dem Signet der Wasserfälle willkommen hieß. Er reckte sich in der Erwartung, durch die staubblinden Schiebefenster des Busses einen Blick auf den *Donnernden Rauch* zu erhaschen, die Gischtfontäne, die er fünfzig Kilometer vom Zielort entfernt bereits hätte sehen müssen, im unteren Bereich von Regenbögen durchkreuzt, weiter oben löste sich der Sprühnebel in dunkler gefärbte Fetzen auf, die tatsächlich an die Rauchschwaden eines Großbrands erinnerten; so zumindest versprachen es die Abbildungen in dem Reiseführer, den er beim letzten Umsteigen in einer größeren Stadt erworben hatte. Doch als er auf dem Parkplatz eines OK-Supermarkts ausstieg, versperrten klobige Zweckbauten den Ausblick. Um ihn herum herrschte ein Treiben, wie es typisch für Ferienorte ist, ankommende und abfahrende Busse bedrängten Pkw, die über den Platz schlingerten, dazwischen bahnte sich die Menschenmenge ihre Wege, Einheimische wie Touristen schleppten Einkaufstüten, irrten umher oder ballten sich zu Trauben zusammen, um irgendetwas zu bestaunen. Er atmete flach die vom Dieselruß erfüllte Luft, die Sonnenreflexe auf den Karosserien stachen ihm in die Augen, nach der langen Fahrt durch die vom Selbstmordmonat ausgemergelte Natur wirkten die bewässerten Gärten hinter den hohen Mauern der Anwesen geradezu hämisch grün, und der Dampf aus den Wassernebeldüsen einer Restaurantterrasse befeuerte die allgemeine Sehnsucht nach dem erfrischenden Atem der Fälle, die hier Menschen aus aller Welt versammelten, an einem Ort, der nichts mit dem Land zu tun zu haben schien, durch das er in den letzten Tagen gereist war.

Er zog sein Gepäck fest an sich und hielt Ausschau nach Alexander. In der Eile des Telefonats, mit dem er sein Kommen angekündigt hatte, vom Fernsprecher eines Postamts aus, hatten sie es versäumt, den Treffpunkt genauer zu bestimmen. Jetzt wurde ihm klar, dass es ohne einen markanten Anhaltspunkt unmöglich war, ihn in dem Gewühl zu finden, und es geschah, was er bereits befürchtet hatte: Angelockt von seinen suchenden Blicken, kam einer der Händler auf ihn zu, die vor dem Eingang des Supermarkts standen. Er machte mit verstohlenen Zischlauten auf sich aufmerksam, wobei er geschickt die jeweilige Richtung einschlug, in die Vinz flüchtete. Er hatte ein weiches, fast noch jungenhaftes Gesicht, doch in den Augen stand der leere Ausdruck einer übermäßigen Erschöpfung. Als er die Schwelle jener natürlichen Distanz überwunden hatte, die man in Vinz' Verständnis von öffentlichem Zusammenleben zu fremden Menschen wahrt, einen Raum, der den anderen vor dem eigenen Körpergeruch schützt und umgekehrt, begrüßte er ihn mit den üblichen Floskeln und präsentierte seine Ware. Nacheinander zog er billige Imitate von Markensonnenbrillen, T-Shirts mit dem Logo der Stadt, Schmuck und Holzschnitzereien aus einer schmutzigen Plastiktüte und drängte Vinz, den zierlichen Anhänger in Form des Schlangenfischs zu kaufen, den er eine Sekunde zu lang angeschaut hatte. Vinz entzog sich dem Straßenhändler mit ein paar Worten des Bedauerns, schmetterte auch sein jammerndes »Why are you not talking to me?« ab und wunderte sich über die eigene Kaltherzigkeit, als er ihm selbst den Dollar verweigerte, um den er jetzt bettelte. Er sah einen Mann in blauer Uniform auf sich zukommen, in dessen Gürtel Revolver, Schlagstock, eine Tränengasdose und sogar Messer steckten, und auch die Erleichterung, die ihn beim Anblick der Waffen überfiel, schien zu dem neuen Gefühlsarsenal der Selbstverteidigung zu gehören, das er sich in dem Moment zugelegt hatte, als er aus dem Bus gestiegen war. Der Verkäufer zog ab und verschwand in der Menge. Are you okay?, fragte der Ordnungshüter und deutete auf das Gepäck. Nothing is okay here, Sir, erwiderte Vinz und spürte, wie der Mann ihn durch die verspiegelten Gläser seiner Sonnenbrille anstarrte. Als er zwischen den parkenden Autos Alexander entdeckte, wusste er, dass sie in ihrer Geschichte am Anfang eines langen Kapitels der Enttäuschungen standen.

Lass uns einen anderen Weg nehmen, sagt Vinz, es gibt keinen anderen, erwidert Alexander und geht zielstrebig auf das Gelände einer gastronomischen Anlage zu, die den Ausblick in die Schlucht versperrt. Alexander kennt die Umgebung bereits von seinen Spaziergängen, mit dem Besuch der Wasserfälle aber hat er auf Vinz gewartet; immer haben sie die großen Herausforderungen gemeinsam bewältigt, ob es nun windumtoste Berggipfel oder unwegsame Canyons, Phasen des Erfolgs oder ihre Krisen waren. Alexander reiht sich in die Warteschlange vor der Bar ein, Vinz setzt sich unter das Strohdach eines Pavillons. Eine gutgelaunte Schar Gäste in leichter Kleidung, die viel blasse Haut entblößt, frühstückt auf der Aussichtsterrasse, die sich waghalsig über den Abgrund lehnt. In der Tiefe zwängt sich der große Strom, der ihm während seiner Kanufahrt auf dem Unterlauf geradezu uferlos erschienen war, durch sein kaum dreißig Meter breites Bett. Die halbe Nacht hatte er sich im Internet durch Artikel zur Geomorphologie der Wasserfälle gelesen; er wollte mit Wissen gewappnet sein, bevor er ihnen begegnet, sozusagen auf Augenhöhe, nicht wie der gewöhnliche Abenteuertourist, der sich ahnungslos einfliegen und von der Naturgewalt überwältigen lässt, um danach die Erfahrung der eigenen Begrenztheit sogleich wieder zu vergessen. Im Angesicht der Entstehungsgeschichte der Fälle mag ein menschliches Leben so flüchtig sein wie ein Wassertropfen in den Sprühnebeln, die im Aufstieg zur Sonne verdunsten, ein naheliegender Vergleich, denn seit zwei Millionen Jahren fräsen sich ebendiese Wassertropfen, gebunden in der Flussmasse, durch die quer zur Fließrichtung verlaufenden Kalk- und Tonablagerungen in den Spalten der porösen Basaltschichten, auf denen der Fluss oberhalb der Fälle dahinströmt. Sieben solcher im Zickzack verlaufender Rinnen hat er ausgewaschen, sieben ähnliche Wasserfälle hinter sich und zum Verschwinden gebracht, nun stürzt er auf einer Breite von 1688 Metern über die Kante der achten Schlucht, die auch irgendwann trockenfallen wird, denn der Fluss hat begonnen, die neunte Kerbe auszuhebeln, die Sollbruchstelle zeichnet sich bereits ab, an der niedrigsten Stelle der Kopfzone, dem nur 68 Meter hohen *Devil's Cataract*, wo sie ihren Rundgang beginnen wollen. Von dort werden die Wasserfälle weiter flussaufwärts wandern, noch etwa drei Kilometer bis zu einer Schwelle, wo das Sedimentgestein auf kompakteren Basalt trifft, so dass man in einigen zehntausend Jahren nur noch auf ein paar Stromschnellen blicken wird, dort, wo einst der donnernde Rauch aufgestiegen sein muss, inmitten der peitschenden Wirbel ein immerwährender Regenbogen, der in den Erzählungen von den verschwundenen Wasserfällen den Eingang zur jenseitigen Welt darstellte, falls die Dimension des Erzählens dann überhaupt noch eine Rolle spielen wird, doch das hatte er der Lektüre selbst hinzugefügt.

David Livingstone, der britische Forschungsreisende, wusste von diesen Entwicklungen noch nichts, als ihn Einheimische in einem Mokoro zu der direkt am Abgrund liegenden und heute nach ihm benannten Insel brachten, von wo aus er – Vinz war auf den Aufsatz eines Historikers gestoßen – bis an die Fallkante herankroch und eine Schnur abließ, um damit die Tiefe zu messen, doch die in Kattun gewickelten Kugeln seines Lots blieben in einer Felsspalte hängen, und entgegen der allgemeinen Auffassung sei er nicht der erste Weiße gewesen, der beim Anblick der flatternden Sprühnebelschwaden Engel zu sehen glaubte, die im Flug das Naturschauspiel anstaunten. Nach den Missionaren, die bereits die Kunde von diesem Wunderwerk Gottes verbreitet hatten, habe Livingstone lediglich die Wasserfälle schriftlich dokumentiert und damit der ganzen Welt zugänglich gemacht, mit der Folge, dass nun an der Stelle, wo Vinz sich vielleicht nicht gerade bäuchlings, aber doch mit diesem euphorisierenden Vorgefühl, jeden Moment etwas Außergewöhnliches und womöglich Bahnbrechendes zu entdecken, mit dem Bauchkribbeln des Pioniers also, das vielleicht am Anfang der traurigen Geschichte von der Eroberung dieses Kontinents stand, an die Abbruchkante heranpirschen und den Fluss wie einen alten Freund begrüßen wollte, dass sich hier also, am Beginn seines Wiedersehens, ja seiner Wiedervereinigung mit Alexander ein von Bikinitouristen bevölkertes Look-out-Café breit gemacht hat; und er reißt sich vom Anblick eines Typen weg, dessen Pose ihn an Johannes den Täufer auf dem berühmten Caravaggio-Gemälde erinnert, der ganze Körper wie gemalt, auch seine blonden Locken, die er beim Bungee-Sprung in den sogenannten *Boiling Pot*, hört Vinz ihn prahlen, ins Wasser getaucht haben will, an jener Engstelle im Ablauf der Fälle, wo sich der zerrissene und zerschundene Fluss mit wildem Schmerzgeheul in den unausweichlichen Fortgang der Dinge ergibt, dort, so ist der Plan, soll ihr Rundgang enden.

Alexander steht abseits der Bar und unterhält sich mit zwei Männern, die Vinz bereits am Vorabend im Restaurant des Hotels aufgefallen waren; er sieht Alexander herüberdeuten, die beiden winken ihm synchron zu, er hebt die Hand. Aus Trondheim, sagt Alexander kurz darauf und drückt ihm eine Dose Coca-Cola in die Hand. Ein Paar? Offensichtlich, grinst Alexander. Sie seien bereits in Südafrika gewesen und wollten weiter nach Botswana und Namibia; Kruger Nationalpark, Etosha, Kalahari und Okavango-Delta in vier Wochen, und Vinz glaubt darin die versteckte Klage über ihre eigene Reise zu hören, die sie gerade mal tausendfünfhundert Kilometer weit gebracht hat, über eine deprimierende Grenze und durch aufgegebenes Land. Sie haben uns eingeladen, Vinz verdreht die Augen, zu einer Safari, fügt Alexander hinzu, mit Löwen-Garantie, er lässt den Verschluss der Dose zischen. Erst jetzt, im schonungslosen Mittagslicht, sieht Vinz, dass Alexander zugenommen hat; sein Gesicht ist runder geworden, die sonst so prägnante V-Form seines Oberkörpers neigt ein wenig zum U. Er hatte sich, wie er selbst zugab, die langen, heißen Nachmittage auf der Restaurantterrasse des Hotels oder am Pool vertrieben und war vorm Schlafengehen noch zu KFC gegangen, den Urlaub genießend, für den er teuer bezahlt.

Lass uns von Johannesburg aus noch Kruger machen und an die Küste fahren, sagt Alexander und zerdrückt die in zwei Zügen geleerte Dose in der Hand, und Vinz sieht es in diesem Moment in seinem Blick: Als sie sich gestern auf dem Parkplatz flüchtig umarmten, nach einer Woche, in der sie nur zweimal kurz miteinander telefoniert hatten, wussten sie beide, dass Vinz von seiner Reise nichts mitgebracht hatte – nichts, was er Alexander nun anbieten könnte.

Er habe die Flüge bereits gebucht – Donnerstag. Erschrocken versucht Vinz sich den Kalender ins Gedächtnis zu rufen, den er auf dem Fluss nicht gebraucht hat. Dort gab es nur den gleichförmigen Wechsel von Tag und Nacht, Wachen und Schlaf, Stillstand und Fortbewegung, ein vom Wasser angeschlagener Rhythmus, der sich im Delta unmerklich in den ebenso unabänderlichen Rhythmus der Gezeiten verwandeln würde. Noch

nie hatte Vinz so deutlich die Fragilität seines Daseins gespürt wie in den vom Grunzen und Stöhnen der um ihre Reviere kämpfenden Flusspferde erfüllten Nächten; das Gleichmaß der Natur, gegen das sein Körper mit allen Schmerzen, die er aufbringen konnte, rebellierte.
In zwei Tagen, sagt Vinz, als müsste er sich die Frist vergegenwärtigen. Wir haben fast zwei Wochen verloren, erwidert Alexander, und Vinz: Warum hast du mich nicht erst gefragt? Auf Alexanders Stirn vertieft sich die Kerbe, die bald eine violette Färbung annehmen wird. Weil wir sowieso irgendwann nach Hause müssen, und er fügt mit den Augen ein imaginäres *erstens* hinzu, und zweitens, weil er sich das Handy habe klauen lassen. Auch Vinz zerquetscht jetzt die Dose in der Hand, das Blech verformt sich zu einer scharfen Kante. Es wurde beschlagnahmt, sagt er, das sei etwas anderes. Er hätte es jedem armen Typen gegönnt, für den es einen Wert besitzt, aber jetzt gehöre es dem Präsidenten, wie alles hier, und er beschreibt eine wegwerfende Geste, die alles erfassen soll, was ihm an diesem Ort missfällt. Beim Abendessen hatte er Alexander seine Begegnung mit Clever geschildert, die entscheidenden Punkte aber unterschlagen; die Männer hätten ihn beim Fotografieren zu Unrecht des Spitzelns verdächtigt, und das Auto habe er wegen einer Panne in einem Dorf stehen lassen müssen. Alexander, wusste er, pflegt ein verbindlicheres Verhältnis zu den Dingen, die er besitzt, eine Haltung, die nicht zuletzt Vinz die materielle Sicherheit garantiert, in der er lebt; er wunderte sich, wie gefasst Alexander die Nachricht vom Verlust des Autos aufnahm. Vinz hatte seinen Ärger erwartet, anklagende Blicke oder scharfe Kommentare, die er fürchtet, wenn Alexander ihn in seiner Unfähigkeit entlarvt – oder ist es eher ein Unwille? –, die Dinge wertzuschätzen, die er sein Eigen nennt oder sogar zu lieben glaubt – auch das Baden und Bürsten des Labradors ist Alexanders Domäne –, seine grundsätzliche und vielleicht auch von der Mutter übernommene Verachtung für das, was aus Leiden-

schaft begonnen wird und als lästige Pflicht endet. Unami, dachte er, als sie das Doppelzimmer betraten, in das Alexander zuvor umgezogen war, gehörte nun auch in diese Kategorie, und er hatte Alexander mit ihm allein gelassen, als ihre Errungenschaft den Glanz zu verlieren drohte.
Alexander verwahrte den Autoschlüssel im Zimmersafe und schlug vor, ihn bei Abreise an der Rezeption zu hinterlegen; Unami könne sich den Wagen ja abholen, wenn ihm etwas daran liege, sagte er, und das war fast alles, was sie sich von der vergangenen Woche zu berichten hatten, in der, wie Vinz glaubte, sie alle, auch Unami, schwerwiegende Entscheidungen getroffen hatten.
Dann ist jetzt also dieses Land schuld, sagt Alexander und schmettert die Dose in die Mülltonne. Er steht auf und geht an den winkenden Norwegern vorbei auf den Riss in der Erde zu, in dem der Fluss verschwunden ist.

Der Ausblick ist wie erwartet spektakulär. Aufgewühlt von den Fällen, den weißen Schaum vor sich hertreibend und in einem seltsam schwärzlichen Farbton, der auf enorme Tiefen hindeutet, quillt der Fluss aus dem *Boiling Pot* hervor – ein Höllenschlund, in den sie eine Weile gebannt starren, und doch wirkt der zusammengepferchte Strom aus dieser Höhe irgendwie klein und fast ein wenig bemitleidenswert, wie ein größenwahnsinniger Bach. Schwarze Gesteinsschüttungen an den Ufern markieren den Spülsaum der Hochwasser, ein Unterschied von zehn, vielleicht sogar fünfzehn Metern; schier unvorstellbar, welche Fluten im April oder Mai, nach den Regenfällen, über die Felsriffe tosen müssen, die jetzt nackt in der Sonne glühen. Wir sind zur falschen Jahreszeit hier, sagt Alexander, doch die eigentliche Aussage, die Vinz in den Worten hören will, lautet anders: Das Falsche an diesem Ort sind sie selbst.
Das linke Ende der Schlucht wird von der berühmten Stahlbrücke überspannt, die Cecil Rhodes bauen ließ, als Teil seines im-

perialistischen Großprojekts, einer nie verwirklichten Eisenbahnverbindung zwischen Kairo und Kapstadt. Heute dient die Brücke als Grenzübergang ins Nachbarland, von ihrem höchsten Punkt aus hat der Caravaggio-Johannes an einem Gummiband baumelnd sein Haupt im Wasser des heiligen Flusses gebadet. Weniger waghalsig und kostengünstiger, so dass auch Alexander, wie er nun offenbart, schon mit dem Gedanken gespielt hat, ist ein Seilbahnritt: Gerade wird auf der Startrampe eine Frau mit Sicherheitskarabinern in ihrem Gurt verzurrt. Vinz spürt, wie sich ihre Anspannung auf ihn überträgt, er umklammert das Geländer. Jemand gibt das Startsignal, mit einem tarzanartigen Schrei schießt die Frau über den Abgrund und schlenkert auf der anderen Seite eine Weile über dem in die Luft schnappenden Fluss, bis ein anderer Mitarbeiter sie in seine sichere Umarmung zieht.
Oder White Water Rafting, sagt Alexander und deutet auf eine Gruppe Kanuten, die winzig und vom Wasser wie Treibgut hin und her gerissen vorüberzieht und plötzlich von den Stromschnellen verschluckt wird. Erst jetzt fällt Vinz auf, dass er von den tobenden Fluten kaum etwas hört; der Himmel ist vom Knattern der Helikopter erfüllt, die über den Wasserfällen Kreise ziehen. Das ist nicht dein Ernst?, sagt er, doch als er aufblickt, ist Alexander bereits weitergegangen.

Nur wenige Meter vom Abgrund entfernt setzt sich die ausgedörrte Strauchsavanne fort, als hätte sie nie von dem Fluss gewusst, der ihr eine tiefe Wunde zugefügt hat. Sie haben eine der Sandpisten genommen, die vom Hauptweg abzweigen. Hier, sagt Alexander und wartet, bis Vinz aufgeholt hat, hier hat er gestanden, und als Vinz ihn fragend anblickt: der Elefant. Er erinnert sich vage, dass Alexander am Telefon von einer Begegnung erzählt hatte; auf der Zufahrt zum Aussichtscafé lagen Dunghaufen, und der Garten des Hotels ist mit hohen Elektrozäunen gegen den Busch abgeriegelt. Alexander stellt die Szene nach und markiert mit dem Fuß eine Stelle hinter einem Baum in unmittelbarer Nähe, die Vinz gemogelt erscheint. Dann habe er plötzlich die Herde gesehen, im Halbkreis um ihn herum. Zum Glück sei in diesem Moment einer dieser Safari-Jeeps gekommen, die in den Augen der Elefanten Rivalen sind, auf Rädern und mit Sonnenschirm, er lacht. Woher weißt du das? Vinz späht reflexartig die Umgebung ab; von seiner nächtlichen Begegnung mit dem Wildtier, das vielleicht gar kein Tier war, ist ein tiefer Schrecken geblieben, eine Art Elementarentsetzen, obwohl er in den Tagen auf dem Fluss Dutzende Elefanten gesehen hat, doch da saß er im Kanu, geschützt von Zera, seinem Guide, der Tag und Nacht mit einer Waffe im Holster über ihn wachte.

Das sagen die Leute, erwidert Alexander und geht weiter. Welche Leute? Vinz beeilt sich, aufzuholen, Alexander macht eine genervte Handbewegung, ist das so wichtig? Bereits am Vorabend hatte Vinz einen merkwürdigen Unterton aus Alexanders kryptischen Erzählungen herausgehört, als läge etwas im Schatten seiner Worte, das er nicht fassen konnte, und da war dieser Blick, der ihn abwechselnd mied oder durch ihn hindurchdrang, zu den anderen, wird ihm jetzt klar, zu den Kellnern, die von Tisch zu Tisch huschten und mit enervierender Penetranz nach weiteren Wünschen fragten, oder zu den Sängern der Folklore-Gruppe, junge Männer in traditioneller Kleidung, die zu leiernden Gesängen auf den obligatorischen Bongos trommelten und nach jeder Darbietung von der speisenden Abendgesellschaft pflichtbewusst beklatscht wurden; ein Abmessen und Kalkulieren, so scheint es Vinz im Nachhinein, Alexanders Blicke waren für den, der das Gleiche suchte, ein Angebot.

Als der Zaun des Nationalparks in Sichtweite liegt, kommen die Männer. Sie gleiten aus den Schatten der Gebüsche hervor und zischen ihre Lockrufe, xs, xs, wie Grillengezirp. Die Macht des Touristen an Orten wie diesem besteht in der Freiheit, nein sagen zu können, wann immer er will; Alexander fordert mit erhobener Hand Distanz, sein »no thanks« schnalzt wie Peitschenhiebe. Die Männer drehen auf halbem Weg ab. Sei nicht so weiß, sagt Vinz, Alexander bleibt stehen und winkt einen der Typen heran. My friend wants to buy something, und er fordert ihn auf, seine Ware zu präsentieren. Die Hände sind mit dem üblichen Kram gefüllt, Vinz zieht eine Fünf-Dollar-Note aus der Hosentasche und steckt sie ihm zwischen die Finger. Er brauche nichts, sagt er, der Mann schaut ihn beleidigt an, er ist Händler, kein Bettler, und bietet für weitere fünf Dollar andere und größere Figuren feil, dann zieht er sich achselzuckend zurück. Sie gehen weiter. Du hast mich vorgeführt, sagt Vinz, Alexander dreht sich um; zum ersten Mal seit ihrem Wiedersehen steht er dem Alexander gegenüber, dessen vertrautes Gesicht in den vergangenen Tagen und Nächten immer deutlicher vor seinem inneren Auge erschienen war, je weiter er sich physisch von ihm entfernt hatte. Am klarsten sah er es in jenen Momenten auf dem Fluss, wenn die Schönheit der Natur, von der kein Wort in sein Notizbuch fand und die er selbst nicht mit der unentwegt klickenden Kamera, ja nicht einmal durch das bloße und unzureichende, von allen Hilfsmitteln befreite Wahrnehmen erfassen konnte, alles andere in ihm zur Ruhe kommen ließ, sogar die Koliken in den Eingeweiden, gegen die er mehrmals täglich Tabletten schluckte. Während eine Elefantenherde lautlos, nur begleitet vom gemächlichen Rascheln des Schilfs vorüberzog, ein Krokodil mit unnachahmlicher Eleganz von einer Sandbank ins Wasser glitt und die Flusslandschaft in der untergehenden Sonne den Klischees der Afrika-Ikonographie ihre ursprüngliche Wahrheit zurückgab, war da nur noch dieser dünne, hochfrequente Schmerz wie ein Ton knapp unterhalb der Wahrnehmungsgrenze, in dem sich alle anderen Missempfindungen auflösten und der ihm bestätigte, was er in zwei Romanen unter Aufwendung aller sprachlichen Tonarten, über die er verfügte, vergeblich auf den Punkt zu bringen versucht hatte: Ohne den

Resonanzkörper ihres Zweiraums, ohne einen Widerhall in der Tiefe von Alexanders Gesicht war jede Erfahrung wertlos.

Ich kann dich verstehen, sagt Alexander, und ich möchte dir auch nicht streitig machen, was du erlebt hast, aber das – er beschreibt mit der Hand einen Kreis, der sie einschließt – sei eine andere Nummer. Sie spüren, wenn du Angst hast. Ich habe keine Angst, kontert Vinz und ärgert sich über den trotzigen Tonfall; er wollte sich versöhnlich zeigen, Alexander irgendetwas anbieten, doch die umfassende Handbewegung hatte seinen Standpunkt gleichzeitig ausgeschlossen, die Möglichkeit, dass Unamis plötzliche Abkehr auch ihn verletzt haben könnte. Deine Wasserfälle, sagt Alexander und deutet mit den Augen voraus, freust du dich denn gar nicht?

Jenseits der Gleise, die zur Brücke führen, scheint ein neues Territorium zu beginnen; die Händler, die sie noch eine Weile verfolgt haben, machen kehrt, andere kommen auf sie zu und xsen ihre Angebote. Zwischen den ausgestreckten Armen hindurch bahnen sie sich einen Weg über das sandige Gelände, das Parkplatz, Zollbereich für den Grenzverkehr, Kunsthandwerksmarkt und Rummelplatz in einem ist. Ein paar Kinder schlagen zum matten Applaus der Passanten Saltos und Räder, Scharen junger Männer bilden auf dem Platz ein undurchschaubares Netzwerk, das die Touristen ins düstere Innere einer Art Markthalle schleusen soll. Vor dem Empfangsgebäude des Nationalparks stellen sie sich in die Warteschlange, begierig nach dem Schatten des tropischen Waldes, der unter der Dauerberieselung durch den Sprühnebel ganzjährig grünt. Vor ihnen rückt ein dunkelhäutiges Paar mit zwei Kindern auf, die sich auf die Zehenspitzen stellen, um vielleicht schon einen ersten Blick auf die Wasserfälle zu erhaschen. Vinz tritt einen Schritt zur Seite und beobachtet den Zahlungsvorgang, dann ist er an der Reihe. Eine Angestellte in Uniformbluse schiebt ihm die Tickets hin, dreißig Dollar pro Person. Vinz legt die Kreditkarte in die Durchreichmulde; warum die zuvor abkassierten Gäste nur die Hälfte bezahlt haben? Die Frau blickt ihn überrascht an, Vinz glaubt, den Spott in ihren Mundwinkeln zucken zu sehen, doch sie entscheidet sich für die formelle Höflichkeit, die der Job von ihr verlangt. Because they're from South Africa, Sir, und sie reicht ihm den Beleg. Den Rassismus umzukehren sei nicht die Lösung, sagt Vinz und spürt im selben Moment Alexanders Hand, die ihn vom Schalter wegreißt und durch das Drehgitter stößt. Dahinter verlieren sie sich in der Menge, Vinz stolpert durch eine Gruppe Japaner in den knallbunten Regencapes, die man auch ihnen aufdrängen wollte. Plötzlich steht Alexander vor ihm, mit bebenden Nasenflügeln und einer dunkelroten Flamme zwischen den Augenbrauen. Reiß dich zusammen, Vinzenz! Er atmet tief in die Stelle neben dem Brustbein, wo ihn der Zweizack des Z durchbohrt hat, dann sagt er: Damit du dich entspannen kannst? Alexander hat keine Antwort oder verweigert sie ihm, er wendet den Kopf ab und beobachtet mit zusammengekniffenen Augen den unablässigen Zustrom der Besucher, die sich auf den Wegen verteilen, zwischen den Blumenrabatten, Zierbüschen und Hinweisschildern einer Parkanlage, die genauso gut irgendwo in Südeuropa liegen könnte, von der Musikanlage des Restaurants mit erbaulichen afrikanischen Rhythmen beschallt, in denen sich das Stimmengewirr auflöst; schräg gegenüber dirigiert ein Mann mit bayerischem Akzent seine Begleiterin in den richtigen Bildausschnitt für ein Foto mit dem Affen, der sich über ein weggeworfenes Sandwich hermacht und in dem Moment, als die Frau die erwünschte Position eingenommen hat, keckernd in den Bäumen verschwindet, und ihm ist, als könnte er im Gesichtsausdruck der Frau seine eigene Frustration darüber lesen, dass die Welt hier nicht tut, was sie soll, ein Gefühl, das ihm nicht zusteht.

Unami hat auch auf unser schlechtes Gewissen gesetzt, sagt Vinz, und wir haben mitgemacht. Widerwillig lenkt Alexander seinen Blick zurück. Er muss gewusst haben, dass er Aids hat, hört Vinz sich sagen und merkt, wie er dabei das Gesicht ver-

zieht, verwundet von seinen eigenen Worten, die er so nicht abfeuern wollte, nicht als Gegenschlag. Er hatte eine Knochenentzündung, sagt Alexander, und Vinz: Infolge von Aids. Die Geschichte der Guma Guma, glaubst du, er hat sie uns ohne Grund erzählt? Alexander schüttelt den Kopf, Vinz weiß nicht, ist es die Verneinung seiner Aussage oder eine grundsätzliche Ablehnung dessen, was sie geworden sind. Das heißt, du hast es dir die ganze Zeit gedacht? Ehrlich gesagt, erwidert Vinz und holt tief Luft, ja. Jetzt nickt Alexander, ein schwerwiegendes Beipflichten, als hätte sich ein lang gehegter Verdacht bestätigt. Vinz dreht sich weg, seine hilflose Geste beschreibt nun selbst diesen Kreis, der all das umfassen soll, was ihm hier falsch erscheint: der künstliche Park, der ein Regenwald sein will, der November, der besser ein Mai wäre, zahlungskräftige Touristen aus aller Welt, die man durch Einheimische ersetzen, und Schwarze, die imstande sein sollten, die Preise der Weißen zu zahlen, denn auch das hat Unami angeblich Alexander im Krankenhaus erzählt: dass er die Wasserfälle von hier aus noch nie gesehen habe, wegen der hohen Eintrittsgebühr, außerdem sei es ihm von allen Seiten zu nass.
Glaubst du wirklich, er hat sich für uns interessiert? Er hatte weder einen Job noch eine Bleibeerlaubnis, die Sache mit Aliya war offenkundig gelaufen, im schlechtesten Fall erwartet sie ein HIV-positives Kind. Vinz senkt die Stimme, als er merkt, dass die Bayern, die jetzt an einem der Restauranttische Platz genommen haben, herüberschauen. Warum sonst hätte er sich uns anschließen sollen? Wir haben uns ihm angeschlossen, sagt Alexander, und es war genauso deine Idee. Vinz lässt geräuschvoll die Luft durch die Zähne strömen. Und was machen wir jetzt? Ihm monatlich Geld schicken, für die Medikamente?
Damit sollten wir nicht anfangen.
Haben wir doch schon.
Wir?, sagt Alexander, das Krankenhaus habe ich bezahlt.
Der Affe ist zurück, die Frau wirft ihm eine Pommes hin. Wie

viel?, fragt Vinz in der Hoffnung auf irgendeine Größe, an der er sein menschliches Versagen messen kann, doch Alexander zuckt nur mit den Achseln; ihn, Vinz, zu heilen war für Alexander die wesentlich teurere Investition, und er weiß, sie wird es auf unabsehbare Zeit bleiben.
Hat er sich wenigstens von dir verabschiedet? Alexander blickt ihn müde an. Wir sollen ihn besuchen kommen, und er zieht sein Smartphone aus der Hosentasche, den Namen des Dorfes habe er sich aufgeschrieben, es sei hier ganz in der Nähe, doch dann steckt er das Smartphone wieder weg, und Vinz sagt: So nah, dass man die Wasserfälle hört. Wir sind jetzt hier, erwidert Alexander, das war sein Job. Plötzlich weiß Vinz, woher dieses Gefühl der Kränkung rührt, das ihm die ganze Zeit wie ein Schatten vorausgeeilt ist, und erst jetzt versteht er, warum er im Reflex Muffat das Auto überlassen und sich Clever und seinen Leuten angeschlossen hatte; Alexander hatte Unami, den Menschen, der vielleicht doch ein Freund hätte werden können, mitgenommen und ihm die Romanfigur dagelassen, den leeren Wortkörper, den er nun mit Leben füllen muss.
Wir sind nicht mehr allein, sagt Alexander, da ist jetzt jemand. Er war schon immer da. Sein Blick schweift umher, als wollte er ihn an irgendetwas scharfstellen, dann fügt er hinzu: Aber jetzt hat er einen Namen. Das mit Manuel ist vorbei, sagt Vinz, er ist tot, und er legt seine Hand in Herznähe, dorthin, wo er ihn begraben hat, doch als Alexander zu ihm zurückkehrt, sind seine Augen ohne Resonanz, als hätte er ihn gar nicht gehört. Es ist wie ein Brandzeichen, sagt Alexander, eine Narbe, und er zieht die Riemen des Rucksacks fest, in den sie wie immer, wenn sie zusammen losgehen, ein wenig Proviant gepackt haben.
Auf dem Weg hat sich eine Menschentraube gebildet, alle Kameras und Smartphones sind auf eine Antilope gerichtet, die in einem Blumenbeet äst. Es ist ein Ellipsen-Wasserbock, wie Vinz an dem weißen Ring um den Schwanzansatz erkennt. Ob er wisse, woher diese Zeichnung rühre? Eine Signalwirkung zur in-

nerartlichen Kommunikation, erwidert Alexander, der Biologe, für den nichts in der Natur bloßes Ornament ist. Wenn das Tier Gefahr wittert, zeige es dem Rudel zur Warnung seinen Hintern. Einerseits, sagt Vinz, anderseits – und er senkt die Stimme, weil er in der Gruppe auch andere Deutsche vermutet: Als Gott den Lebewesen noch sehr nahe war, beschloss er, im Tierreich die Toiletten zu renovieren. Er ließ alles mit weißer Farbe streichen und ermahnte die Tiere, das Klo so lange nicht zu benutzen, bis die Farbe getrocknet ist. Der Wasserbock aber hatte zu dieser Zeit einen empfindlichen Magen und musste unbedingt. Es wird schon niemand merken, dachte er und setzte sich hin. Als er zurück in den Wald kam, zeigten alle anderen Tiere auf ihn und lachten ihn aus. Er blickte beschämt an sich herab, doch er konnte nichts Auffälliges entdecken. Doch als er zum Fluss ging und sich im Spiegel des Wassers von hinten betrachtete, sah er, was er angerichtet hatte. Natürlich wollte niemand im Tierreich den gleichen Fehler begehen. Erst seit der Wasserbock sein Zeichen trägt, scheißen die Tiere in den Busch.
Woher er die Geschichte kenne?, fragt Alexander; zum ersten Mal seit seiner Rückkehr sieht Vinz ihn lächeln, Gesicht und Augen sind offen. Der Wasserbock hebt den Kopf und blickt kauend herüber, dann dreht er sich um und trottet unterm Protest der Zuschauer gemächlich davon. Hat mir der Fluss erzählt, sagt Vinz und geht voraus in die Richtung, aus der das Donnern dringt.

◆◆

How are you, brothers? Fast hätte er Unami nicht erkannt. Hier, auf dem großen Platz, den sie schnell hinter sich lassen wollten, hat er nicht mit ihm gerechnet, und er erschrickt, wie wenig das Bild, das seine Erinnerung geformt hat, dem Menschen entspricht, der nun vor ihm steht, sichtlich gezeichnet von der Krankheit. Alexander scheint weniger überrascht, seine Freude aufrichtig, auch zeigt er sich geübter beim Handschlag, der mit dem Aneinanderpressen der Daumenballen endet und trotz seiner Flüchtigkeit intim wirkt. Vinz sieht ihn mit diesem Gruß an Unamis Krankenbett treten, jeden Morgen zur gleichen Uhrzeit, wie er sich auch in ihrem Beziehungsalltag feste Zeiten setzt, um anstehende Pflichten zu erledigen, den Wocheneinkauf Samstagvormittag, den freien Dienstagnachmittag nutzt er für Arzttermine und Ämtergänge, auf dem Weg zum Krankenhaus ist er auf einen Sprung in den OK-Supermarkt, um ein paar hochwertige Produkte zu besorgen, Dinge, die Unami sich nicht leisten kann.

So how was your river-trip?, fragt Unami, Vinz zuckt mit den Schultern. Good, I think, erwidert er, er lebe noch. Me too – Unami zeigt sein Lachen, um dessen Wirkung er weiß –, so, your novel will tell us how to survive Africa. Als Alexander sich nach seinem Befinden erkundigt, demonstriert er die Beweglichkeit seines Arms, wobei er als Zeichen, dass es ihn noch Mühe kostet, das Gesicht verzieht. Er müsse sich noch schonen, sagt Alexander, remember what the doctors told you. Die Ärzte, weiß Vinz, haben Unami per Infusionen mit Antibiotika behandelt, die er noch eine Weile in Tablettenform einnehmen muss, gleichzeitig wurde er auf HIV-Medikamente eingestellt, die regelmäßige Kontrollen verlangen; drei weitere Untersuchungen hat Alexander im Voraus bezahlt, außerdem das Honorar, das Unami zustand, um einen Betrag ergänzt, der ihm eine Erholungsphase ohne Geldsorgen gewährleisten soll. Mehr habe er nicht tun können, sagte Alexander beim Abendessen, und wie nun auch er Unami ins Visier nimmt, wissen sie beide, dass es zu wenig war. Seine Gesichtshaut hat noch immer diese fahle Farbe, und die Kleider, Shorts und das rote Trikot, das er während der Reise oft getragen hat, schlackern ihm am Leib. Alles an ihm scheint Vinz noch schmaler und länger geworden, selbst die Finger, von denen er auf seinen Schwanz geschlossen hatte; jetzt stellt er mit einer gewissen Genugtuung fest, dass Unami ihn

abstößt, nicht wegen der Anzeichen von Krankheit, die seine Attraktivität kaum schmälern können, sondern weil er sein eigenes Begehren wie einen Makel an ihm haften sieht. Als Alexander ihn fragt, wie er die Medikamente vertrage, wirft er ihnen einen mitleidigen Blick zu. Well, to be honest – auch seine Stimme hat jetzt diesen Beiklang –, vorher sei es ihm besser gegangen, und er beugt sich leicht zu ihnen, als wolle er ihnen ein Geheimnis anvertrauen: Er müsse jetzt häufiger scheißen als die Elefanten hier, und er deutet auf den Dung, der ein paar Meter entfernt auf dem Boden liegt. Das renke sich wieder ein, sagt Alexander, hab ein wenig Geduld; Vinz, der die Bedeutung jedes Muskelzuckens in Alexanders Gesicht kennt, spürt seine Bitterkeit über diese Floskel, mit der er Unami auf bessere Zeiten vertrösten muss. Zwar sind mehr als zwölf Jahre vergangen, seit Bernd die HIV-Therapie begonnen hat, mit Medikamenten, die damals noch schlechter verträglich waren als die heutigen Präparate, doch Vinz erinnert sich gut an Bernds elendigen Zustand, der sich über Monate zog. Dieses Land habe mittlerweile gute Behandlungsstandards, sagte Alexander, als Vinz ihn auf dem Spaziergang über den Panoramaweg entlang der Wasserfälle nach Unamis Therapiechancen fragte – vorausgesetzt, fügte er hinzu, man lasse sich testen. Angesichts der widrigen Umstände, unter denen Unami in den letzten Jahren gelebt hatte, hielt Alexander es für plausibel, dass Unami das letzte Mal einen Arzt gesehen hatte, als er in seiner Jugend an Masern erkrankt war, außerdem werde HIV in dieser von Männern dominierten Gesellschaft noch immer tabuisiert.
Anyway, sagt Unami, vielleicht hätte er einfach noch ein wenig länger im Krankenhaus bleiben sollen. Vier Tage waren das Maximum, erwidert Alexander, I'm sorry. Seine Stimme hat einen harten und distanzierten Tonfall angenommen, und jetzt sieht auch Vinz die Männer, die im Halbkreis um sie herumstehen; Typen in Unamis Alter, unter ihnen ein Junge, der eine Art Bauchladen trägt. Unami winkt seine Leute heran, die ebenfalls

auf einer Begrüßung bestehen, wie sie unter Brüdern üblich ist; nur der Junge zieht seine Hand schnell wieder zurück und starrt Vinz aus großen, leicht rotgeränderten Augen an, die ihn an Innocent erinnern, seinen brennenden Blick. Tapiwanaishe, stellt Unami seinen Bruder vor, which means *God has given to us,* ob das nicht, wendet er sich an Vinz, ein guter Name für den Jungen in seiner Geschichte sei? Dann fordert er Tapi, wie er ihn ruft, auf, die Freunde zu begrüßen. Waita sei?, sagt Vinz, der Junge staunt ihn an. Oh look, he's one of us, zwinkert Unami ihm zu. Das Einzige, was Vinz während der vier Tage auf dem Unterlauf des Flusses zu Papier gebracht hat, waren Zeras Gespräche mit den Hippos. Als Anführer der Gruppe war Zera stets an der Spitze gefahren; jeder, der hinter ihm paddelte, musste sich an seine Anweisungen halten, und die waren streng und einschüchternd: nicht die Hände ins Wasser halten, was Krokodile anlocken könnte, im Fall eines Kenterns nicht schwimmen, sondern sich zu einer Kugel zusammengerollt von der Strömung an die nächste Sandbank treiben lassen – eine derart schauderhafte Vorstellung, dass in den Booten eine geradezu militärische Disziplin herrschte –, und unter keinen Umständen die Flusspferde provozieren, die zwar genügsame Grasfresser seien, aber dennoch, einmal herausgefordert, die gefährlichsten Wildtiere Afrikas. Es waren drei Kanus mit jeweils einem Steuermann, das vierte, von einem Auszubildenden gelenkte, transportierte das Gepäck: Zelte, Schlafsäcke und Isomatten, Trinkwasser in großen Tanks, eine Art Kühltruhe, in der ein riesiger Eisklumpen sehr langsam schmolz und sogar den Fisch frisch hielt, der abends über der Gasflamme gebraten wurde. Es war für alles gesorgt, zwei gekühlte Dosen Coca-Cola pro Teilnehmer und Tag inklusive. Nachdem Clever ihn vor der Nationalparkverwaltung abgesetzt hatte, wo er nach Zera fragen sollte, war seine Hoffnung auf eine intime Begegnung mit dem Fluss in der Obhut eines ehemaligen Fischers, der sein halbes Leben im Reich des Flussgotts verbracht hatte, schnell geschwunden. Seine Erkundungen nach Zera führten ihn in das Büro eines Safari-Unternehmens, das sich im gleichen Gebäude befand. Da man dort erwartungsgemäß niemanden kannte, an den er sich sonst hätte wenden können, und Flussfahrten auf eigene Faust im Nationalpark ohnehin untersagt waren, blieb ihm nichts anderes übrig, als seinen Platz mit fünf weiteren Touristen zu teilen, die sich für die nächste Tour angemeldet hatten.

Bereits am ersten Abend, als man um die Glut des niedergebrannten Feuers saß, stellte sich heraus, dass Zera alle Geschichten des Flusses kannte. Sein Vater, der in jungen Jahren als Arbeiter am Dammbau beteiligt war, wollte Nyami Nyami sogar gesehen haben, 1957, in dem Jahr, als eine Jahrhundertflut die Fundamente des Damms wegspülte und zahlreiche Menschen in den Tod riss, angeblich auch einige europäische Ingenieure, der erste Versuch des zürnenden Flussgotts, das größenwahnsinnige weiße Machwerk zu zerstören. Doch derartiges Vokabular kam Zera nicht über die Lippen, obwohl seine Familie dem Volk angehörte, das einst dem steigenden Wasser des Stausees weichen musste und in das unfruchtbare Hochland umgesiedelt wurde, auf Lastwagen, erinnerte Vinz sich an Rudos Worte, ausgekippt wie Müll; in Muffats Dorf hatte er unverhofft einen Eindruck davon bekommen, was aus dem einstigen Fischervolk geworden war. Als er Zera fragte, ob sein Vater ihm die numinose Erscheinung beschrieben habe, lächelte der hintergründig und schwieg eine Weile; halb Schlange, halb Fisch, sagte er schließlich, und sehr groß. Angesichts der von den Hippos durchgrunzten Lagerfeuerromantik hielt Vinz sich mit weiteren Fragen nach den Bruchstellen der Legende zurück, durch die jene andere Wirklichkeit sickerte, die Geschichte des Niedergangs eines ganzen Landes. Man hatte Zera dafür bezahlt, die Geheimnisse des Flusses zu ergründen, nicht seinen Schmerz. Überhaupt verkörperte er mit seinem Fachwissen und der Routine jahrelanger Erfahrung jenen Einheimischen, den zivilisationsmüde Weltenbummler auf ihren Vorstößen in die Wildnis gerne treffen; wer liebt nicht einen sprachgewandten Afrikaner, durch dessen Herz ein Fluss strömt? Vielleicht hatte sein Vater ja doch nur ein außergewöhnlich großes Flusspferd gesehen, das unvermittelt vor seinem Boot aufgetaucht war und die furchteinflößenden Hauer präsentiert hatte. Wenn die Kanus trotz Zeras wachsamer Führung ein Rudel aufstörten und der Leitbulle sich zum Angriff aufbäumte, erhob er sich im Boot, das dabei weder wackelte noch in Schieflage geriet. Vor dem Spiegel des Wassers, schien Vinz, nahm seine Haut den grünstichigen Schimmer der Flusstiefe an, seine hochgewachsene Gestalt wirkte über jede Gefahr erhaben; alle starrten gebannt in den aufgerissenen Rachen des Tieres. Waita sei?, rief Zera mit einer Stimme, die dem sonoren Tonfall der Flusspferdlaute glich und weit über das Wasser schallte. Der drohende Bulle schloss das Maul, blieb aber in Kampfbereitschaft, und erst nachdem Zera mit dem Tier ein paar weitere Sätze gesprochen hatte, die Vinz sich an einem der Abende in sein Notizbuch diktieren ließ, tauchte es wie von einer Zauberformel gebannt ab und gab den Fluss für die Menschen frei. Kostenpunkt des mythischen Abenteuers: tausend Dollar.

So, you are back at work? Vinz glaubt, die Missbilligung in Alexanders Worten zu hören, seinen Unmut, dass Unami das Geld nicht wie vereinbart in seine Genesung investiert. Der winkt ab; remember what I told you, sagt er, wenn du hier aufhörst, Pläne zu haben, bist du tot, und er deutet auf das geschäftige Treiben um sie herum. This country is really beautiful, ob sie gerade von den Fällen kämen?, und er blickt sie herausfordernd an, did I keep my promise? Für einen Moment sieht Vinz in Unamis Zügen wieder den Anhalter vom Straßenrand aus den ersten Momenten ihrer Begegnung, einen versehrten Verführer, der an ihre eigenen Wunden gerührt und sie zu dieser Reise hingerissen hat. Dieses Land sei von Gott gesegnet, seufzt er, beautiful na-

ture and beautiful people, und er gibt Tapi eine zärtliche Kopfnuss, wie es nur ein großer Bruder kann, but it's totally run down, sagt er, völlig am Ende, und er lässt resigniert die Arme hängen. Die Männer, die Unami zugehört haben, stehen mit teilnahmslosen Gesichtern um ihn herum, trotz des Tumults auf dem Platz empfindet Vinz das Schweigen, das von ihnen ausgeht, als bedrohlich. To be honest, sagt Unami nach einer Weile, wenn er einmal in dieser Erde begraben werde, die ihn hervorgebracht hat – er sagt: which gave life to me, und scharrt mit dem nackten Fuß im Staub –, es wäre ihm lieber, sein Tod trüge nicht den Namen dieser Krankheit.
Keiner der Männer lässt sich etwas anmerken, und Vinz ist erleichtert, dass auch Alexander Unamis sarkastisches Bekenntnis ignoriert, er sagt: Was dieses Land brauche, sind freie Wahlen und eine neue Regierung. Exactly, pflichtet Unami ihm bei, aber wie sie selbst gesehen haben, seien die Dinge kompliziert – er spricht es zu Vinz, als wüsste er von den Schwierigkeiten, in die er unterwegs geraten war. Also haben seine Freunde ein kleines Unternehmen gegründet, just selling things. Ein Helikopter unterbricht das Gespräch, in einem waghalsigen Sinkflugmanöver steuert er auf die Fälle zu. Alexander hebt den Kopf, sein Blick verrät Vinz, dass er hier wegwill. If you like to do a heli ride, sagt Unami, seine Freunde könnten es organisieren, sie seien günstiger und besser als die offiziellen Anbieter, und er fügt hinzu: authentic. Und das Rafting?, fragt Alexander; sein Zeichen gibt Vinz zu verstehen, dass er die Glaubwürdigkeit des Angebots prüfen will. Unami wechselt ein paar Worte mit seinen Freunden, einer sagt: Anything you wish, Sir. Brüder müssen zusammenhalten, fügt Unami hinzu und lacht.
Sie seien keine Brüder, sagt Vinz, wir sind ein Paar, und zu Tapi, der ihn, seit er ein Wort in dessen Sprache gesprochen hat, noch immer erwartungsvoll anstarrt: We are fucking each other, you know? Dass die Männer auch jetzt keine Reaktion zeigen, macht ihre Missbilligung noch deutlicher. Von der Seite spürt

er Alexanders eisigen Blick, doch er weiß, dass der Heimweg, der ihnen bevorsteht, nur durch den Abgrund des radikalen Verzeihens führt. Statt des Gelächters, das er erwartet hat und das vielleicht noch die würdevollste Form ihrer gegenseitigen Enttäuschung wäre, die von der Idee ihrer Freundschaft geblieben ist, legt Unami seinem kleinen Bruder die Hände auf die Schulter, und Vinz muss an den Moment denken, in der ersten Nacht an der Tankstelle auf der Fahrt zu Aliya, als Unami ihm auf eine ähnliche Weise signalisierte, dass er ihm vertrauen könne, eine Berührung, die in ihrer Zweideutigkeit etwas Brutales an sich hatte, und wieder geht von der Art, wie Unami seinen Bruder an die Spitze der Front schiebt, die sich zwischen ihnen gebildet hat, eine unterschwellige Gewalt aus, als könnte er den Jungen nur beschützen, indem er ihn gleichzeitig ausliefert. Erst jetzt bemerkt Vinz auf Unamis Stirn die Narbe, die von dem Unfall geblieben ist, ein schmaler Streifen heller Haut, so unscheinbar, dass nur der es sieht, der die Geschichte kennt. Es ist nur ein einziger Schritt, eine verbindliche Geste, vielleicht ein Wort gegenseitiger Entschuldigung oder vielmehr Entschuldung, und Unami wäre wieder der Mann, der sie zu dem Wasserfall im Canyon geführt hat, wo alles begann; ein Zeichen, mit dem sie sich alle drei, am Ziel angekommen, ihr Versagen eingestehen, und sie könnten zusammen weiterfahren oder die eigentliche, die wirklich große und beschwerliche Reise überhaupt erst antreten, Unamis Weg nach Deutschland, in die Mitte ihres Lebens.
Drei Jahre habe er seinen Bruder nicht gesehen, sagt er, look how much he's grown, und er pufft Tapi sanft in den Rücken, doch zuallererst habe er ihm von seinen neuen Freunden erzählt. The German brothers, sagt er, most decent guys, die besten Kunden, die er je gehabt habe; Vinz hängt einen Moment dem Wort *clients* nach, das womöglich die erste Fehldeutung im Vokabular dieser Reise war. Vincent, stellt er Vinz seinen Freunden vor, der Schriftsteller, der die Wahrheit suche, und

Alex, der Biologe, der die Namen afrikanischer Bäume kenne und wisse, aus welchem Stoff die Menschen gemacht sind; it's shit, am I right?, zwinkert er Alexander zu, der sagt: Elefantenscheiße.

Dann kenne er jetzt die wahre Geschichte seines Romans, sagt Vinz. Well, you know, erwidert Unami, der in diesem Moment die Spannung zwischen ihnen zu bemerken scheint, tatsächlich gebe es zwei Seiten der Wahrheit; ihre eigene, the white one, fügt er hinzu, your fiction, where you might be a couple. Doch auf der anderen Seite, which is our reality – und er fasst den Jungen wieder an der Schulter –, würde er es lieber mit den Worten des Präsidenten halten, der einmal sagte, ein Mann mit einem Mann sei unafrikanisch, und sie wüssten, was er von dem Alten denke, der seine Geburtstage mit Champagner und Elefantenfleisch für eine halbe Million Dollar feiere, während sein Volk um jedes Pfund Mais ringe. But in this case, und Vinz glaubt in dieser kurzen Pause ein aufrichtiges Bedauern in Unamis Augen zu sehen, I'm afraid he's right. Deshalb habe er seiner Familie die Geschichte der beiden Brüder erzählt, which is a great story, isn't it?, sagt er zu Tapi, der stumm zu ihm hoch nickt.

Plötzlich versteht Vinz, was er an Unamis Erscheinung auf diese quälende Art begehrt hat; es war weniger der Körper an sich, sein Maß, das ohnehin unter den Erwartungen geblieben war, als vielmehr diese selbstgewisse Körperlichkeit, der die Erfahrung existenzieller Bedrohung – und damit auch das Glück, zu den Überlebenden zu zählen – einverleibt ist, so dass Unami jegliche Form der Selbstzweifel, das Hadern mit dem eigenen Sosein fremd sein muss. Der Diktator, den er zitiere, sagt Vinz, habe auf der einen wie auf der anderen Seite Menschen umbringen lassen, und durch seine verheerende Politik, die sein Volk zur Flucht zwinge, habe er letztendlich auch Tendai auf dem Gewissen, und er fügt hinzu: your brother.

Unami nickt bedächtig, in seinem Ausdruck liegt weder Spott noch Resignation, es ist dieser unumstößliche Glauben an

die Dinge, die er für richtig hält, der in Vinz eine maßlose Wut hervorruft, ein Gefühl, das er nicht zu verteidigen wüsste. You know what?, sagt Unami, nachdem er eine Weile auf die gleiche fatalistische Art das Unvereinbare ihrer Standpunkte betrauert haben mag, er habe in den letzten Tagen immer wieder Gott gedankt – er sagt: our Savior –, dass er, Vincent, dieser Schriftsteller ist – this kind of writer –, der den Wasserfall sucht, denn das habe ihn zurück zu seinem Bruder Tapi gebracht, and for this I will always love you, guys, und er streckt ihnen die Hand hin, thank you so much, doch niemand schlägt ein. Er schreibe nicht für andere, sagt Vinz. Oh really?, erwidert Unami, aber wer lese dann seine Bücher?
Ein Wachmann in blauer Uniform kommt auf sie zu, schweres Gerät am Gürtel. Augenblicklich zerstreuen sich Unamis Leute auf dem Platz, nur der Junge bleibt stehen. Ob alles in Ordnung sei? Yes Sir, sagt Alexander, they are friends. Der Mann wendet sich in seiner Sprache an Unami, eine Weile unterhalten sie sich, dann sagt er: Okay, guys, just be on guard, und er beschreibt mit der Hand eine Geste von Auge zu Auge, was, denkt Vinz in diesem Moment, auch heißen könnte: schaut dem Übel ins Gesicht.
Er möchte etwas kaufen, sagt er, winkt Tapi heran und deutet auf den Anhänger in Form des Schlangenfischs. Good choice, sagt Unami, Nyami Nyami sei der wichtigste Mann hier, er bringe Arbeit und sorge dafür, dass die Menschen etwas zu essen haben, he's our boss. Er lässt es sich nicht nehmen, Vinz die Kette mit einer zeremoniellen Geste umzuhängen. Es stehe ihm sehr gut, sagt Unami, now you will always remember the falls, und auch dieses Kompliment klingt auf eine beunruhigende Weise wahr.
Von einem der Aussichtspunkte hatte Vinz Menschen an der Fallkante gesehen. Sie standen am Rand der Livingstone-Insel inmitten der *Horseshoe Falls*, eines etwas höher gelegenen Teils der Fälle, der nur wenig Wasser führte. Die Hauptmasse floss

westwärts ab, zum *Devil's Cataract* und zu den *Main Falls*, wo auch der größte Besucherandrang geherrscht hatte.
Als er die Gruppe mit dem Zoom seiner Taschenkamera heranholte, löste sich das Bild in Unschärfe auf, denn ausgerechnet an dieser Stelle wehte in Schüben der Sprühnebel vorüber. Er wollte einen der Japaner, der das halsbrecherische Unternehmen fotografierte, um einen Blick durch sein Teleobjektiv bitten, doch der wandte sich in diesem Moment zum Gehen. Östlich der Insel, jenseits der Landesgrenze, lagen die *Rainbow Falls* und die *Eastern Cataracts* fast vollständig trocken; lediglich ein paar dünne Bäche rieselten über die Kante und wurden im Sturz von den Sogwinden erfasst, die sich in dem Kessel bildeten. Darüber erstreckte sich die Steinwüste des ausgetrockneten Flusses; von rostroten Moosen bedeckt, schimmerten die Basaltschründe in der Sonne, Knochen, an denen noch ein paar Fleischfetzen hingen, und die skelettierten, der schützenden Haut des Wassers beraubten Teile der Fälle, die kaum jemand fotografierte, zogen Vinz noch mehr in den Bann als das spritzende Spektakel, das die Versprechen der Reiseführer pflichtbewusst erfüllte. Es musste also einen Weg geben, der durch das Flussbett zu der Insel führte und weiter durch ein paar seichte Stellen zu den Felsriffen an der Kante der Hauptfälle, von wo aus er, umspült vom Wasser, das sich auf den letzten Metern schäumend gegen das Unvermeidbare stemmt, in den Abgrund blicken würde, direkt ins Antlitz von Nyami Nyami.

Unami sieht ihn nachdenklich und, so ist ihm, voll Anerkennung an, als er von seinem Vorhaben erzählt. Ja, sagt er, es sei möglich, er selbst kenne den Weg nicht, aber seine Freunde haben schon einige Male Touristen dorthin geführt.
Vinz spürt das Herzklopfen der Gewissheit, dass ihn von nun an nichts mehr aufhalten kann. Tomorrow?, fragt er, in Anbetracht der Zeit, die ihm noch bleibt. Unami wiegt zögernd den Kopf; die Sache sei kompliziert, wegen des Grenzübertritts, zu-

dem obliege der Nationalpark am gegenüberliegenden Ufer einer anderen Behörde, die Insel selbst aber sei Niemandsland, sie gehöre allein dem Fluss, weshalb jeder sie besitzen wolle – you know what I mean? Das heißt, es ist verboten, sagt Alexander in einem Tonfall, als wünschte er sich, dass Unami die Frage bejaht. Any price, kommt Vinz seiner Antwort zuvor. Unami stößt einen Laut aus, halb Schmerz, halb Lachen, was Vinz' Eifer noch befeuert. Und einen Zuschlag, wenn du uns führst, fügt er hinzu. Unami schweigt eine Weile, in der er mit seinem Gewissen zu verhandeln scheint. Er fühle sich noch nicht kräftig genug, sagt er schließlich, wofür er sich entschuldigt, dann bittet er um Stift und Papier. Vinz macht sich am Rucksack zu schaffen und zieht das Notizbuch heraus. Unami schlägt die erste Seite auf; die Worte des Hippoflüsterers liest er mit einem Lächeln. Er sei stolz, dass der Fluss ihm seine Sprache beigebracht habe, sagt er, und wieder ist da diese Aufrichtigkeit in seiner Stimme, die Vinz gleichermaßen empört wie beschämt. Sie sollen ins Internetcafé kommen, Unami zeichnet einen lückenhaften Lageplan. Ask for Captain, he's our river guide. Unter die Skizze kritzelt er seine E-Mail-Adresse, für alle Fälle, und er fügt hinzu: At your own risk. Vinz dreht sich zu Alexander; war auf dieser Reise bisher irgendetwas abgesichert? Doch Alexanders Gesicht ist nicht das warnende, das er erwartet hat; es ist in die untergehende Sonne gerichtet, die ein seltsames Schimmern in seine Augen legt, als würden sie innerlich bluten. Bevor er das Notizbuch wegsteckt, wirft er einen flüchtigen Blick auf die Seite, und als er, vielleicht um Unamis unleserliche Handschrift zu entziffern, die Adresse rückwärts liest, packt ihn eine Vision für den Roman.

VICTORY

Ein Panzer rollt an. Über den ohnehin schon aufgeplatzten Asphalt des Livingstone Way, an dem sich die repräsentativen Fassaden aneinanderreihen wie bunte Kunstperlen an einer mürben Schnur; die Cocktaillounge *Three Monkeys* haucht zu dieser frühen Stunde bereits Eisnebel und Technobeats aus, unter den Strohdächern des auf traditionell getrimmten *Boma*-Restaurants blicken die Gäste von ihrem Frühstück auf, Kunden wie Angestellte treten aus den Filialen der allgegenwärtigen Reiseagenturen, um den Aufmarsch zu bestaunen, der in Richtung des zentralen Platzes zieht, von dem aus die Straße, nachdem sie das Nadelöhr der Grenzanlagen und die Eisenbahnbrücke passiert hat, auf der die Reisenden in Cecil Rhodes' Afrikavision einen Blick auf die Wasserfälle erhaschen sollten, weiter durch die großen Grasebenen des östlichen Kalahari-Beckens über Lusaka nach Norden führt, zum Malawisee oder ins Quellgebiet des Kongos.

Es folgen ein paar Armeefahrzeuge, bewaffnete Soldaten posieren vor den Kameras der Smartphones oder beugen sich herab, um die Hände der Frauen und Männer zu schütteln, die sich ihnen entgegenstrecken. Eine Parade, denkt Vinz, eine dieser Demonstrationen politischer Macht, wie sie in Diktaturen üblich sind, in denen das Militär die Staatsgewalt verkörpert und der latente Kriegszustand sich in öffentlichen Einschüchterungsmaßnahmen Bahn bricht. Er erinnert sich an die Warnhinweise des Auswärtigen Amts, öffentlichen Versammlungen fernzubleiben, und den gleichen Gedanken glaubt er in den Gesichtern der Touristen zu lesen, die auf ihren Wegen instinktiv unter die Vordächer der Ladenlokale zurückweichen und nach

ihresgleichen Ausschau halten, um sich im Ernstfall zusammenzurotten.
Auch Vinz' erster Impuls ist Flucht, hinter einem parkenden Auto geht er in Deckung. Der zweite lenkt seine Hand in die Hosentasche; immer wieder geht sein Griff nach dem Smartphone ins Leere, als steuerte sein Gehirn hartnäckig einen amputierten Körperteil an, dessen lebensnotwendige Funktion von einem anderen Organ noch nicht übernommen wurde. Wie aber lautet die Nachricht, die er Alexander schicken wollte? Dass zu ihrer Krise nun auch der politische Ausnahmezustand hinzukommt?
Hinter der Kolonne wälzt sich die Menschenmenge heran. Vinz sucht Zuflucht in einer Seitenstraße, doch auch hier drängen ihn nun die Demonstranten zurück. Sie kommen aus den Häusern und Hinterhöfen, einzelne Schaulustige, die sich zu Gruppen vereinigen und sich dem Zug anschließen. Er stolpert mal in die eine, mal in die andere Richtung, prallt gegen Schultern, die ihn weiterstoßen. Sprechchöre und Gesänge peitschen über ihn hinweg, im allgegenwärtigen Gellen der Hupen verliert er die Orientierung, stürzt beinahe einem Fahrzeug auf die Kühlerhaube. Auf dem Dach tanzen drei Frauen, die sich die Nationalflagge um den Leib geschlungen haben. Eine ruft ihm etwas zu, beugt sich herab und reicht ihm die Hand, doch die rettende Insel zieht vorüber. Als er von hinten in den Schwitzkasten genommen wird, holt er zum Gegenschlag aus, merkt rechtzeitig, dass er nicht angegriffen, sondern umarmt wird. Jemand wirbelt ihn herum, er taumelt gegen eine weiche Brust und kippt zurück, in die Arme einer zweiten Frau mit grauer Föhnfrisur. Sie haken ihn unter und schleifen ihn mit. Plötzlich sieht er noch andere Weiße, Einheimische, glaubt er an der Art zu erkennen, wie sie sich in der Menge bewegen, souverän und als Teil einer kollektiven Euphorie, die umso bedrohlicher wirkt, als ihm ihr Anlass gänzlich verschlossen bleibt. Als die Frauen merken, dass er nicht einer von ihnen ist, hängen sie ihn ab und fassen die

Hände eines jungen Schwarzen, die sie mit dem Pathos der symbolischen Geste in die Höhe reißen. Ein beißend süßlicher Geruch liegt in der Luft, von rußenden Motoren und aufgeheizten Körpern, durchbrennenden Nerven. *F*** u Bob* springt ihn in roter Farbe von einem Banner an, das als Gesicht gemalte O trägt das Zahnbürstenbärtchen, einst auch Markenzeichen eines anderen, europäischen Gewaltherrschers, mit dem sich der Präsident gerne vergleicht. Die Fülle der Transparente sieht er erst, als er von den Fliehkräften des Protests wie ein torkelnder Kreisel in die ruhige Ecke einer Durchfahrt geschleudert wird. Sie richten sich mit unverblümten Worten an den Mann, dessen Namen, hatte Vinz bisher den Eindruck, in diesem Land niemand in den Mund zu nehmen wagt, sei es aus Angst oder vor Abscheu. *Papa lay down to rest,* liest er auf einem Bettlaken, das von einer Familie mit Kindern getragen wird, eine andere Gruppe winkt *Time to say goodbye*, und erst als Vinz einen Mann in einem Tarnkleid aus Laub sieht, der statt eines Gewehrs einen schwarzen Regenschirm im Anschlag hält, versteht er, dass die Armee den Zug der Demonstranten nicht, wie er anfangs glaubte, zu zerschlagen versucht, sondern eskortiert.

Möglich dass der Typ, den Alexander erwartet, gerade an ihm vorbeimarschiert ist. Erst brüllt er dem Diktator, der die Aufstände auf irgendeinem Monitor verfolgt, seinen Hass entgegen, dann geht er ficken, was für einen Homosexuellen in diesem Land auch eine politische Handlung ist. Alexander pellt ihn aus der Nationalflagge, darunter schwillt ihm der Zorn einer ganzen Generation junger Männer entgegen, die nie ein Recht auf ihr Begehren hatten.

Ob er ihn hier schon mal getroffen habe?

Nein.

Andere?

Ja.

Sie standen sich im Zimmer gegenüber, Vinz in Wanderkluft, Alexander mit dem Handtuch um die Hüften, nachdem er aus-

giebig geduscht und Vinz gebeten hatte, ihm den Rücken zu rasieren. Am Vorabend, Vinz war bereits zu Bett gegangen und studierte den Werbeflyer eines Adventure-Unternehmens, wollte Alexander noch auf eine Zigarette in den Hotelgarten. Er schnappte sich das Smartphone, Vinz spürte ein inneres Prickeln wie von tausend Nadeln unter der Haut. Im Zimmer stand noch die Hitze des Tages, er warf sich von einer Seite auf die andere, schmolz in die Matratze und fror gleichzeitig im Luftzug aus der Klimaanlage. Das Verlangen, die Dating-App zu aktivieren und Alexanders nächtliche Sondierungen zu verfolgen, war überwältigend, erniedrigend, eine körperliche und seelische Folter, das also, dachte er, ist der kalte Entzug. Wie er sich nun schlaflos wälzte, wurde ihm mit erdrückender Klarheit bewusst, dass die Zeit, in der sie sich einen Gutenachtgruß oder Terminerinnerungen schickten, wenn sich ihre Wege zufällig im Radarbereich kreuzten, endgültig zu einer Romanfiktion geworden war. Als Alexander nach einer Stunde und, wie Vinz an seinem Atem erkannte, mehreren Gläsern Bier wiederkam und sich wortlos zu ihm ins Bett legte, wusste er, dass er sich für ein anderes Abenteuer entschieden hatte.
Wenn du willst, komme ich mit zum Rafting, sagte er am anderen Morgen in der Hoffnung, Alexander noch umstimmen zu können, doch der winkte ab, das sei Touristennepp.
Und sich hier von Schwarzen abschleppen zu lassen ist es nicht?
Ich zahle ihn nicht, erwiderte Alexander, er kommt freiwillig.
Er betrachtete im Spiegel den Kratzer, wo Vinz der Rasierer ausgerutscht war, und quetschte fluchend einen Tropfen Blut hervor. Du spielst mit seinem Leben, sagte Vinz und wandte das Gesicht ab; mehr noch als Alexanders absichtsvolle Nacktheit widerte ihn an, dass er ihm das Begehrtwerden missgönnte.
Ich spiele nicht mit seinem Leben, wiederholte Alexander mit übertriebener Betonung, als wollte er ihm das Würdelose dieser Unterhaltung vor Augen führen, ich nehme ihm den Druck.
Geh, sagte Vinz in Gedanken zu sich selbst, die zwei Jahrzehnte

und knapp achthundert Seiten ihrer Beziehung verlangten von ihm eine Geste der Demut, die Einsicht, dass der Weg, den sie eingeschlagen hatten, unumkehrbar war. In ein paar Stunden, wenn Alexander entleert, doch nicht zufriedengestellt das zweite Mal an diesem Morgen unter die Dusche steigen und ihm, Vinz, auf den letzten Metern zur Fallkante die Gischt entgegenpeitschen wird, werden sie erleichtert und ein wenig reumütig an den anderen denken und einige Monate später vielleicht sogar darüber lachen, wie sie oft über ihre dunkelsten Momente erst sprachen, wenn Vinz sie zu Worten verarbeitet und Alexander das Manuskript gelesen hatte. Sie diskutierten über ihre im Text versteckten Gefühle, er nahm die nötigen Korrekturen vor, dann machten sie weiter.
Vinz blieb stehen, wie gefesselt von seinem Willen, das, was ohnehin verloren war, zur Perfektion zu treiben. Du nimmst ihm den Druck?, wiederholte er in dem gleichen gekünstelten Tonfall, wenn er abspritzt, stöhnt er »Thank you for helping Africa«?, dann schlug er den Blick zu Boden. Er war auf Alexanders Wut vorbereitet, nicht auf seine Traurigkeit. Uns werden sie dafür nicht in den Knast bringen, versuchte er einen diplomatischen Ton, sie brauchen unsere Dollars. Alexander warf das Handtuch aufs Bett und zeigte ihm, womit er das Leid der Einheimischen zu lindern gedachte. Er zog die Vorhaut über die Eichel und stieg in die Unterhose. Du gefährdest damit auch mich; Vinz wollte den Satz zurückhalten, doch er quoll unkontrolliert aus ihm hervor, als schriebe sich dieser Dialog längst von selbst, er konnte nur machtlos zuhören. Wegen HIV?, fragte Alexander sichtlich erstaunt, dafür müssten wir erst wieder miteinander schlafen. Ihre Stimmen waren zuletzt immer leiser geworden, die letzten Sätze hatten sie fast geflüstert, mit stockendem Atem, der die Reibe- und Zischlaute hörbar machte. Vinz wünschte sich, Alexander anzuschreien, von ihm angeschrien zu werden. Ihre Unfähigkeit zum Streit war das schwerwiegendste ihrer Defizite. Nie würde das, was von ihrer Liebe

übrig war, in Hass umschlagen, folglich ihr gegenseitiger Verdruss auch nicht mehr in Liebe. Ihre Vergiftung schritt schleichend voran, die Zumutungen des Lebens ließen sie verderben wie ein stehendes Gewässer, in das die Zivilisation ihre Abwässer leitet; während die Parasiten zu gedeihen begannen, Manuel aus seiner Höhle kroch und Unami sich an ihnen gesundstieß, starben in ihrer Zweisamkeit die ursprünglichen Organismen: Achtung, Empathie, Großzügigkeit.

Ob er sich so an Unami rächen wolle? Indem er seine Brüder zum Unafrikanischen verführe?

Alexander sah ihn überrascht an; ich wusste nicht, dass es dir um Rache geht, dann riss er das Knäuel der Bettlaken und Tagesdecken zurück, für einen planen und klaren Kampfplatz.

Bist du jetzt zufrieden?, sagte er, ist er jetzt so, wie du ihn für deinen Roman brauchst?

Er ist ein Sexist, ein Schwulenhasser.

Das bist du auch.

Sich selbst hassen sei etwas anderes, sagte Vinz. Alexander griff nach seinem Smartphone, auf dem er eine Nachricht zu lesen schien. In einer halben Stunde sollten wir hiermit fertig sein, sagte er und begann, das Zimmer aufzuräumen. Vinz zwang sich aus seiner Erstarrung und sammelte ein paar seiner herumliegenden Kleidungstücke auf. Er wusste jetzt, wie der Roman ausgehen würde. Er durfte nur nicht stehenbleiben oder sogar umkehren, musste weitergehen, das Ende gegen alle Widerstände kommen lassen, und er glaubte zu verstehen, warum ihn damals, als er noch nicht selbst schrieb, Paul Bowles' Afrikaroman so in den Bann gezogen hatte; er zeichnete ein zwar düsteres und fatalistisches, aber letztendlich doch gnädiges Bild der Liebe, an der Port und Kit Moresby zwar persönlich scheitern, die aber auf einer übergeordneten Ebene, jenseits der im Saharasand verschwindenden Lebenswege der Figuren, zu einer Befreiung führt, in eine Art metaphysische Akzeptanz des menschlichen Irrtums. So hatte er damals schreiben wollen; brutal und zärtlich zugleich, mitleidlos und liebend. Jetzt, nach zwei Romanen, die ihn die Wahrheit über sich selbst gelehrt und ihn unglücklich und verbittert zurückgelassen haben, erkannte er, dass die beiden großen Kategorien der Erlösung, der Tod und der Wahnsinn, seinen Figuren verschlossen bleiben würden. Sie gehörten einem anderen Erdzeitalter an, einer poetischen Zeitrechnung, die in dem Jahrzehnt zu Ende gegangen war, als Bowles starb und er, Vinz, das Schreiben zu seiner Existenzgrundlage machte, in den letzten Jahren des vergangenen Jahrtausends, und es hatte weitere zwanzig Jahre gedauert, bis er, nun mit seinen eigenen Figuren in Afrika unterwegs, zu der Erkenntnis gelangte, dass ihm zwischen dem Tod, den er Alexander und Vinz nicht mehr sterben lassen konnte, und dem Wahnsinn, der ihnen die Aufnahme verweigerte, nur das sinnlose und künstlerisch unfruchtbare Ertragen und Entwürdigen der Wirklichkeit bliebe, eine Art geistiges Fegefeuer, das ohne die Aussicht auf Transzendenz, ohne die Ausrichtung auf irgendeine Form des Göttlichen eine zynische Buchstabierung des Lebens wäre, bis zu jenem Satz, den nicht mehr er selbst schreibt, sondern, weil es sein letzter ist, der Satz ihn. Wo sind die Pillen?, fragte Alexander, Vinz wies auf seinen Koffer. Ich habe versprochen, uns Manuel vom Hals zu schreiben, erwiderte er, und Alexander deutete zur Tür und sagte: Dann los.

Im Internetcafé klappern die Tastaturen. Es liegt in einer Ladenpassage, die trotz moderner Call-Shops und Schnellrestaurants heruntergekommen wirkt und von den Touristen gemieden wird, vielleicht wegen der dort herumlungernden Typen und des Geruchs, der einem entgegenschlägt, eine Mischung aus Urin und Marihuana. Einige Plätze sind von Männern besetzt, die mit stierem Blick vor den Bildschirmen hocken, im Vorbeigehen sieht Vinz die Seiten von Chat-Foren, einer spricht über Skype gegen die Musik an, die aus einem Lautsprecher schallt. Er setzt sich vor einen der Computer und öffnet den Browser, doch sein Blick schweift ab; weder die Kunden noch der ununterbrochen telefonierende Kassierer, der ihm gegen drei Dollar zwanzig Minuten Internet verkauft hat, beachten ihn, dennoch lässt ihn das Gefühl nicht los, dass man genau weiß, warum er hier ist. Keiner der mit neuester Kommunikationstechnik ausgestatteten Touristen sucht in dieser Stadt ein Internetcafé auf, um einen Urlaubsgruß nach Hause zu schicken, was sich auch die junge Frau gedacht haben mag, die mit übereinandergeschlagenen Beinen auf einem Barhocker neben dem Kassenpult sitzt und zu ihm herüberschaut. Sie trägt ein buntes Top und eine kurz unterhalb des Leistendreiecks abgeschnittene Jeans, die Schenkel glänzen wie gewachst, ihr Gesicht ist ungeschminkt bis auf den Mund, den ein blutroter, frisch aufgetragener Lippenstift noch wuchtiger malt. Beim Zahlen war Vinz eins der flach gefalteten Dollarbündel, die er am Körper verteilt mit sich trägt, aus der Hosentasche gerutscht; als er es aufhob, lächelte die Frau ihn an. Er beschloss, sein Anliegen vorerst noch zurückzuhalten und die Situation eine Weile zu beobachten. In den Dörfern und auf den Straßen der ländlichen Regionen, durch die er während der Fahrt mit dem Bus gekommen war, hatte es ihn nicht mehr gestört, der einzige Weiße zu sein, im Gegenteil; seine Hautfarbe hatte etwas Verbindendes geschaffen, eine Art Vertrauensvorschuss, den man ihm entgegenbrachte und den er selbst anbot, als Europäer, der in Gebieten auftauchte, in die sich kaum Touristen verirrten, was in den Augen der Einheimischen ein gewisses Interesse bekunden mochte, die Bereitschaft eines Fremden, sich auf ihre Lebenswelt einzulassen. Sie begegneten ihm vorsichtig, doch wohlwollend, mit zurückhaltender Freundlichkeit, die zum Gespräch einlud und gleichzeitig auf die Distanz verwies, die zu wahren die Vergangenheit des Landes beide Seiten gelehrt hatte. Die wenigen Weißen, die seine Wege kreuzten – auf der trostlosen, von Baustellen eingekesselten Staumauer oder auf dem Markt der kleinen Hafenstadt, deren Hotels und Freizeitanlagen zum größten Teil verwaist waren –, musterte er mit Argwohn und hielt sich von ihnen fern; sie machten ihm den Platz und sein Privileg streitig. Hier aber, wo sich die Wege des hermetischen Lebens, das die meisten Menschen in diesem Land führen, per Glasfaserkabel in die Welt verzweigen und die Sehnsüchte auf den Bildschirmen kristallisieren – der Typ auf dem Nebenplatz scrollt durch die Profilfotos eines Dating-Portals –, scheinen sich die Dollars von seinem Körper zu schälen wie die Hautfetzen der Sonnenbrände, die er sich auf dem Fluss zugezogen hat, und er beugt sich tiefer hinter die Sichtblende und füttert die Suchmaschine. Ein Nachrichten-Blog liefert eine Fotostrecke von ähnlichen Demonstrationen in der Hauptstadt; Straßen voller Menschen, die Banner und Plakate in die Höhe halten, Militärfahrzeuge mit Soldaten in Heldenpose, eine Abbildung des mürrischen und sichtlich vom Alter gezeichneten Präsidenten, an seiner Seite, in einem weißen Designerkleid und mit Diamantohrringen, die erheblich jüngere First Lady, die laut Textbeitrag, den Vinz eilig überfliegt, Auslöser der politischen Krise sei. Die Pläne des Staatsoberhaupts, sein Amt an die für ihren verschwenderischen Lebensstil gleichermaßen bekannte wie verhasste Gattin abzutreten, habe nicht nur den Unmut der Bevölkerung geschürt, sondern auch die Regierungspartei gespalten, so dass nun der gegnerische, von Kriegsveteranen und Funktionären der Armee angeführte Flügel zu den Protestmärschen aufrufe, an dieser Stelle bricht Vinz die Lektüre ab, kopiert die URL, öffnet sein E-Mail-Programm und schickt den Link mit dem Kommentar »Militärputsch!?« an Alexander. Dann verschafft er sich einen Überblick in seinem Posteingang, den er das letzte Mal im *Queen's*-Hotel überprüft hat; jetzt, nur eine Woche später, erscheint ihm der Ort wie die verlassene Festung eines alten und uneinholbaren Lebens. Er muss an den letzten Satz aus Paul Bowles' Roman denken, als Kit Moresby auf Drängen ihres einstigen Mitreisenden und Liebhabers Tunner aus den Tiefen des Sudans über Missionsstationen in die Hafenstadt am Mittelmeer gebracht wird, wo die Reise – auch Kit glaubt, in einem ungültig gewordenen Teil ihrer Erinnerungen – begonnen hat und von wo aus sie nun nach Amerika überführt werden soll, von der Konsulatsangestellten Miss Ferry, die Kit auf dem Weg ins Hotel über ihre Irrfahrt befragt, in einem tadelnden Ton, als spräche sie mit einem bockigen Kind, das ihr die Auskunft verweigert, so dass sie beim Aussteigen aus dem Taxi leise stöhnt, diese Frau sei ja plem-plem, doch da hat Kit sich schon unbemerkt entfernt und ist in eine Straßenbahn gestiegen, die sie an den Kais mit den auf dem Wasser glitzernden Lichtern der Überseeschiffe vorbei in die Peripherie bringt, bis der Wagen am Rand eines Araberviertels anhält: *Es war die Endstation.*

Zwischen Newslettern und der Honorarabrechnung seiner Agentin mit dem Postskriptum »Schreibst du?« findet er eine Nachricht von Alf: »Tut mir leid wegen des Diebstahls. Hoffe, du erfährst auf diesem Weg, dass wir euch Glück wünschen.« Der Verlust seines Smartphones hatte ihm für seine Weigerung, Alf Auskunft über den Stand ihrer Krise zu geben, ein Alibi geliefert. In dem Moment, als er an der Tsetsefliegen-Kontrolle die SMS empfangen hatte, wusste er bereits, dass er Alf den Triumph einer Antwort nicht gönnen wollte. Wovor ihn Alf und im Hintergrund Bernd als Alfs ewiges Echo am Tag vor der Abreise noch gewarnt hatten, war eingetreten. Jetzt springen ihn aus den Zeilen die Worte »wir« und »Glück« siegesgewiss an. Er braucht sich nicht erst Alfs oft ironischen und sein Gegenüber ausstechenden Tonfall vorzustellen, um die eigentliche Botschaft zu lesen, die sich in der Umkehrung des Satzes verbirgt: Wir, die wider alle Beschränkungen glücklich sind, wünschen euch, den Freien, aber Unglücklichen, dass es euch eine Lehre sei.

Er spürt einen scharfen Schmerz in der Brust, der ihm für ein paar Sekunden den Atem nimmt und genauso schnell wieder verfliegt. Dann liest er den Satz noch einmal, im Ohr nun doch

Alfs Stimme, die das alte Unbehagen in ihm weckt. Beim Schreiben dieser Zeilen, vermutet Vinz, musste Alf diese Lesart bereits mitgedacht haben, wie er auch seine Romane spiegelverkehrt gelesen, sich also die Fiktion nicht über die gemeinsam erlebte Realität erschlossen hat, sondern im Geschriebenen den Wirklichkeitswunsch des Autors zu entlarven glaubte, so dass bei Alfs chiffrierter Lektüre die Bosheiten zutage traten, das spöttische Gelächter, das der Ich-Erzähler über das nach außen funkelnde und nach innen faulende Beziehungsglück des befreundeten schwulen Paares ausschüttet, was der Plan war. Ganz zu Beginn ihrer Bekanntschaft hatte das Wissen um die künstlerische oder genauer gesagt erzählerische Veranlagung des anderen ihre gegenseitige sexuelle Anziehung verstärkt – immerhin hatte Alf zwei passable Spielfilme gedreht, bevor er die Seiten wechselte und fortan als Redakteur entschied, welche Geschichten der Fernsehzuschauer zu sehen bekommt und welche nicht, wofür Vinz ihn später unverhohlen kritisieren sollte wie auch Alf keinen Hehl daraus machte, dass er Vinz' literarische Methode der Offenlegung seiner Herzgründe problematisch fand. Ihre Freundschaft schien eine sichere Form, solche alten und, glaubt Vinz heute, nie verschmerzten Kränkungen unschädlich zu halten. Jetzt hatte Alf mit seiner Mail dieser Freundschaft den vielleicht von langer Hand vorbereiteten und von Vinz' ebenso provozierten Todesstoß versetzt. Der Browser schließt sich, auf dem Bildschirm erscheint ein Fenster mit der Aufforderung, ein neues Zeitkontingent zu kaufen.

How are you?, sagt die Frau mit dünner Stimme, als Vinz an die Theke tritt, und öffnet ihre Schenkel. Unwillkürlich schaut Vinz hin, ein Fehler, sofort ist der Kassierer auf dem Plan und fragt, ob er helfen könne. Er ist ein kleiner, wendiger Typ im Achselshirt und mit einem Körper, der schmiegsam in Alexanders Hand läge, wie überhaupt, glaubt er, die Dienste, die hier angeboten werden, Verhandlungssache sind. Er wolle sich nach einer

Unternehmung erkundigen – er sagt »adventure« – und spürt den Blick der Frau auf dem Geldpolster in der Knietasche oder auf der Wölbung weiter oben. Er rechnet damit, dass der Kassierer ihm zunächst den Preis nennen wird, den auch die offiziellen Anbieter fordern. In der Durchfahrt, wohin er vor den Demonstranten geflüchtet war, befand sich ein Reisebüro, die Angestellte lehnte in der Tür und beobachtete das Treiben auf der Straße. Nur widerwillig schwang sie sich zu dem Tisch herüber, wo Vinz Platz genommen hatte. Es dauerte eine Weile, bis sie sein Anliegen verstand. Oh, you mean the *Nyami Nyami Walk*, sagte sie und holte einen Ordner hervor, in dem sie schleppend und, wie Vinz empfand, absichtlich gequält blätterte. Mit ähnlich ostentativer Widerwilligkeit quietschte in der Ecke ein Ventilator. Sie kennt den Preis, dachte er, während die Frau auf ihrem Smartphone die Nummer eines Teilnehmers wählte, der nicht abhob, und jedes weitere Klingeln würde das Gebot des Kunden erhöhen, der schleunigst hier rauswill, unter den erlösenden Sprühnebel der Wasserfälle, der in Millionen von Gold- und Silbertropfen unaufhörlich auf diese Stadt niedergeht, in die Hände derer, die ohnehin noch nie mit den speckigen Bond Notes in das Bruttosozialprodukt dieses Landes eingezahlt haben. Die Bootsträger jedenfalls schienen nichts von dem Trinkgeld abzubekommen, das die Rafter am Ende ihrer Tour den Guides zugesteckt hatten, gestern auf dem Gelände des Look-out-Cafés unweit der Terrasse, wo er an einem überteuerten Burger kaute und die Männer anstarrte, die mit entblößtem Oberkörper die zusammengefalteten Schlauchboote, die sie über eine steile Eisenleiter aus der Schlucht heraufgeschleppt hatten, auf einen Anhänger verluden, während sich die von Schweiß und Flussschaum triefenden Touristen über die Kühlbox mit den Kaltgetränken hermachten, und niemand, auch nicht die Guides, die wahrscheinlich aus den Dörfern oder sogar aus den Familien der Bootsträger stammten, reichte diesen Männern eine Cola. Schau, seine Schuhe, sagte Vinz und deutete auf einen der Trä-

ger, der gerade an der Terrasse vorbeiging, Fetzen an den Füßen. Andere schmeißen ihr Essen weg, sagte Alexander und betrachtete Vinz' zerfledderten Burger, dann zog er den Teller heran und aß die Reste.
Hundertsechzig Dollar zuzüglich Nationalpark- und Visa-Gebühren, sagte die Angestellte und legte das Smartphone weg, but it's full. Ein Platz sei sicher noch frei, drängte Vinz, sie lehnte sich mit Entschiedenheit zurück. Es müsse lange im Voraus reserviert werden, die Nachfrage sei groß. Dann werde er die Tour bei einem anderen Anbieter buchen, versuchte Vinz den Druck zu erhöhen. Sie blickte ihn aus leeren Augen an und erwiderte: Yes, Sir, you should do that. Draußen schwoll und schwoll der Protest.

Er solle den Preis mit seinem Guide ausmachen, sagt der Kassierer, der sich mit Namen vorstellt, als wäre Vinz jetzt, da das Geschäft beschlossen ist, plötzlich einer von ihnen. Wie er die geschmeidige Hand schüttelt, die sich ihm genauso unvermittelt wieder entzieht, ist er sich sicher, dass Tatenda soeben mit Unami telefoniert hat; als er das Smartphone beiseitelegte, um einen Internetplatz für einen neuen Kunden freizuschalten, drang eine Männerstimme aus dem Lautsprecher, als Teil einer scheppernden Lärmkulisse, in der Vinz Autohupen und Gesänge auszumachen glaubte. Überhaupt hatte Tatenda allzu schnell auf sein Anliegen reagiert. Ob Unami ihn führen wird? Tatenda hat sich wieder seinem Smartphone zugewendet und tippt eine Nachricht. Who? U-n-a-m-i, wiederholt Vinz, er sei sicher, dass dies sein Name ist. Die Frau zieht die Lippen ein und plustert sie sogleich wieder auf. Er kenne niemanden dieses Namens, sagt Tatenda. Vinz setzt an, Unami zu beschreiben, merkt mitten im Satz, dass er keine Attribute weiß, die ihn treffend charakterisieren; schlank, schwarz, schön, er habe eine Narbe hier, sagt er schließlich und deutet auf seine Stirn. Oh, Bonami, lacht Tatenda, ja natürlich, er sei einer ihrer besten Männer, ob er wisse, was sein Name bedeute? It comes from your language, fügt er hinzu, eine gute Sprache. Es sei Französisch, erwidert Vinz, *bon ami*, er aber sei Deutscher, Tatenda blickt ihn betroffen an. Anyway, sagt er, Bonami sei auf der Demonstration, shooting the old man – er zieht eine imaginäre Waffe aus dem Gürtel –, Captain werde ihn führen, er sei bereits unterwegs, und er beschreibt mit der Hand diese Geste von Auge zu Auge, die hier anscheinend ein Code der Bewaffneten ist, Captain will be your man. Vinz blättert drei Dollar auf das Pult; you won't regret it, sagt Tatenda, auch diesen Satz hat Vinz schon einmal von Unami gehört, ganz am Anfang, als er von der Reue, die er bald empfinden sollte, noch nichts wusste. Er geht zurück an seinen Internetplatz, das Mädchen, sieht er im Augenwinkel, macht ein enttäuschtes Gesicht.

Insgeheim hat er gehofft, dass Unami es sich nicht nehmen lassen würde, ihn persönlich zur Fallkante zu führen; da war dieser Ausdruck in seinen Augen, als sie sich am Vorabend auf dem Platz voneinander verabschiedeten, etwas wie »wir sehen uns«. Beim Abendessen grübelte er über Unamis Verhalten, und als er sich später schlaflos im Bett wälzte, hatte er keine Zweifel mehr, dass Unami vor seinen Freunden und dem kleinen Bruder eine spektakuläre Show abgezogen und seine Rolle wieder einmal gekonnt gespielt hatte; denn gerade das, was Vinz während des Gesprächs als wahrhaftiges Zeichen seiner freundschaftlichen Gefühle gedeutet hatte, die er hinter Unamis großspurigen Worten verborgen glaubte, erschien ihm im Nachhinein wie die Meisterschaft der Täuschung. Der Unami, der sich ihnen während der Reise gezeigt hatte, war die perfekte Kopie eines Originals, das niemand mehr kannte, vielleicht nicht einmal er selbst. Es war die Grundlage ihres Abkommens, das Scheinbare für das Wirkliche zu halten. Während der Autofahrten hatte er Unami lange genug im Rückspiegel beobachtet, um die Chiffren seiner Blicke und Gesten entziffern zu lernen; der Straßenhändler, der dem homophoben Diktator nach dem Mund redete und sich seinen deutschen Brüdern gegenüber dennoch so gönnerhaft zeigte, war nicht der Unami, den Alexander während der Tage im Krankenhaus kennengelernt haben musste – ein verzweifelter und auf Hilfe angewiesener Geflüchteter, dessen Lebenserwartung sich durch die Diagnose möglicherweise dramatisch verkürzte. Die Eifersucht, die er empfand, richtete sich nicht gegen den Typen aus der Umgebung, mit dem Alexander im Hotelgarten gerade ein Date arrangierte; er neidete Alexander den Teil von Unami, der sich ihm verweigert hatte, nicht nur wegen seines hartnäckigen Ressentiments, nein, dachte er in dem Moment, als Alexander zurück ins Zimmer kam, er selbst war der Grund, sein eigenes Sosein, das den Menschen, der sich hinter dem Schauspieler Unami verbarg, verhindert hatte. Dieser andere Unami wäre nur möglich, wenn es ihn, Vinz, überhaupt nicht gäbe oder wenn auch er ein anderer würde. All die heimlichen Blicke, mit denen er Unamis Lebenssäfte angezapft, die argwöhnischen Gedanken, in die er ihn verwoben hatte wie eine Spinne ihre Beute, sein ganzes räuberisches Wahrnehmungskonzept, das die Grundlage für seinen Roman schaffen sollte, entsprangen seiner Gier nach dem echten, dem originalen Unami, der ihm nun ganz klar vor Augen stand. Er würde die eigentliche Figur seines Romans sein. In dem Märchen vom Rheinfall, das er Unami am Wasserfall im Canyon erzählt hatte, würden die Fischer ihren Freund erst aus den Fängen des Flusses befreien können, wenn sie ihm das opfern, was ihnen am wertvollsten ist. Und erst wenn beide Seiten ihre Schuld erkannt hätten, sowohl die einen, die den geheimen Ort des Schlangenfischs verraten, als auch die anderen, die dort den Damm gebaut haben, würde der Flussgott sich den Menschen wieder zeigen.

Er gibt die Schlagworte *Nyami Nyami Walk* in die Suchmaschine ein und klickt ein Video auf Youtube an. Eine Gruppe in luftige Funktionsstoffe gekleideter Touristen bahnt sich, hinter zwei Guides in khakifarbenen Hemden hertrottend, einen Weg durch das ausgetrocknete Flussbett, zwischen meterhohen Felsriffen und tiefen Schründen, in denen er, wenn die Kamera, vermutlich ein Smartphone, die Füße des Filmenden erfasst, schwärzliche Rinnsale sickern sieht. Von diesen Tümpeln abgesehen, wirkt die Geröllebene, die vom Fluss geblieben ist, wie eine endzeitliche, in eine ferne Zukunft verweisende Landschaft, die seit Jahrtausenden kein Wasser mehr gesehen hat, und die Gesprächsfetzen, die das Mikrofon aufschnappt, das Sprachengewirr, die spitzen Schreie, wenn jemand in eine Spalte stolpert, oder das Lachen über einen Witz verstärken seinen Eindruck, Zuschauer eines Science-Fiction-Films zu sein, in dem sich die letzten Überlebenden der Erde auf die Suche nach einem Gott machen, der sie von ihrem entbehrungsvollen Dasein erlöst. Schnitt.

In der nächsten Sequenz führen zwei andere, nur mit Shorts bekleidete Guides die Teilnehmer durch eine Furt in einem Seitenarm. Das eilig strömende Wasser zerrt an den stämmigen Schenkeln der Frau, die vor dem Filmenden geht und sich an einem über den Fluss gespannten Seil festklammert, das auch der Kameramann – Vinz erkennt sein Geschlecht an der Stimme – in der freien Hand führt, während er mit der anderen das Smartphone in die Höhe hält. Hurry up!, ruft, anscheinend in Zeitnot, einer der Guides und treibt mit rudernden Armbewegungen die Gruppe an, dann überdeckt ein diffuses, wie Wind im Mikrofon flatterndes Rauschen die Anweisungen. Als die Kamera in der Hand des Filmenden dem Wasser gefährlich nahe kommt, glaubt Vinz es für einen Moment wieder an seinen eigenen Beinen zu spüren: warm, weich und ein wenig zäh, wie Blut, wenn er die letzten Meter zum Ufer durch den schlammigen Untergrund gewatet war, um das Kanu an Land zu ziehen, oder es nach einer Pause auf einer Sandbank zurück in die Strömung stieß, zusammen mit Zera, der zuvor das Ufer nach Krokodilen abgesucht hatte. Jetzt torkelt die Kamera nach links und erfasst die dicklich grüne Wassermasse, die sich auf die wenige Meter entfernte Fallkante zuwälzt, wo sie gegen eine Schwelle prallt und in die Höhe schwappt, seltsam körperlich, scheint ihm, wie ein amorphes, urzeitliches Wesen, das sich mit einem schmatzenden Seufzer ein letztes Mal aufbäumt, bevor es über den Rand der Erde stürzt und für immer verschwindet, und dieser ängstliche Seitenblick des Kameramanns verrät, was die Gruppe durch den Fluss lockt: die Aussicht auf ein Bad im *Devil's Pool*, liest Vinz in den begeisterten Kommentaren zu dem Video, angeblich das gefährlichste Schwimmbecken der Welt. Schwarzbild, die Aufblende muss im Nachhinein mit einem Schnittprogramm eingefügt worden sein. In Nahaufnahme ein Farbflirren, das er beim Zurückzoomen als Regenbogen erkennt, darunter die Lawine aus zerreißendem Wasser und Gischt. Die Position des Filmenden ist etwas erhöht, Vinz vermutet auf einem Felsen am Rand der *Main Falls*, wo er am Vortag von einem der Aussichtspunkte die Gruppe Menschen erblickt hatte. Zwei Frauen, eine junge in einem triefnassen T-Shirt, unter dem sich die spitzen Brüste abzeichnen, und eine ältere, untersetzte in einem Bikini, der in der Strömung unvorteilhaft verrutscht ist, klammern sich, quietschende Wonne- und Entsetzenslaute ausstoßend, an die Hände eines der beiden Guides, der sie durch eine von Felsbänken geschützte Gumpe führt, tatsächlich eine Art Pool, wo das Wasser sich an der leicht erhöhten Fallkante wie an einem Mäuerchen staut, ein wenig zurückströmt und in der Mitte des Beckens fast zum Stillstand kommt, bevor es sich an den Leibern der Frauen vorbeidrückt und in einer sanften und, glaubt Vinz zu hören, seufzenden Welle in den Abgrund gleitet, über die Füße des anderen Guides hinweg, der freihändig auf der Kante balanciert und mit der gähnenden, fortwährend Sprühnebel und Splitter von Regenbögen speienden Tiefe im Rücken den tapferen Gang der Frauen zum »point of no return«, wie er ihnen zuruft, mit einer wuchtigen Spiegelreflexkamera festhält, die man ihm anscheinend anvertraut hat, und Vinz ertappt sich dabei, wie er selbst den Atem anhält, als der Mann einen Schritt nach hinten macht. Ein paar Zentimeter weiter und der sich jählings in die Senkrechte neigende Hauptstrom, von dem das anhaltende, vom Kameramikrofon zu einem infernalischen Gebrüll verzerrte Donnern ausgeht, würde ihn mit in den Sturz reißen. Eine Weile verdeckt die Hand des Filmenden das Bild. Er hat seine Position auf dem Felsen verlassen und ist nun selbst ins Wasser gestiegen; Fuck!, stöhnt er, this is totally crazy, an seiner Aussprache erkennt Vinz, dass er Amerikaner ist. Die Korpulente, vermutlich die Frau des Filmenden, hat mittlerweile das Ziel erreicht, hilflos hängt sie mit ihrem großen Busen an der Überlaufkante fest, Vinz muss unweigerlich an den mitgeschwemmten Kadaver eines Flusspferds denken. Die andere, schlanke Frau, dem Akzent nach Deutsche, ziert sich noch, no, I can't do this!, ruft sie und stemmt sich gegen den an ihr zerrenden Guide, bis der sie schließlich auf seine Arme hebt, wo sie augenblicklich zahm und willig wird. Von seinem Kollegen mit der Canon in den richtigen Bildausschnitt kommandiert, legt er ihren weißen, schlotternden Leib auf die Fallkante, in einer feierlichen Geste, als wolle er dem Flussgott ein Menschenopfer darbringen, auf der Schwelle zu seinem Reich. Dort planscht sie jauchzend herum und schüttet ihr blondes Haar in den Abgrund, im sicheren Griff des Guides, der ihr die Hände um die Hüften gelegt hat. Dann sieht Vinz eine Zeitlang nur das schwermütig strudelnde Wasser, das dem Pool des Teufels nicht entkommen kann; von dem Gewackel wird ihm übel, überhaupt hat er genug gesehen, er setzt den Cursor an den Zeitbalken des Videos und sucht das Bild, auf das es ankommt, den Blick ins Herz des Wasserfalls. Es ist enttäuschend, der Amerikaner traut sich nicht, das Smartphone in den entsprechenden Winkel zu bringen, immerzu klebt ein Stück Haut vor der Linse, mal weiße, mal schwarze, this is so crazy, japst er ununterbrochen, im Hintergrund schnauft seine Frau, faucht der Schlangenfisch.

Dann bleibt das Video hängen, auf dem Bildschirm erscheint ein Warnhinweis, der Vinz erinnert, dass seine Zeit in Kürze abgelaufen ist.

Good friend, schreibt er, es gibt keinen anderen, der mich zum Wasserfall führen kann. Bitte triff mich morgen um neun Uhr an der Eisenleiter, und weil ihn das als wahrhaftiges Zeugnis seiner Not noch nicht überzeugt: Alles hängt nun von dir ab. Das nämlich hat das Video des Amerikaners am Ende doch noch offenbart: Bei einem der vergeblichen Versuche, das Unfilmbare festzuhalten, erhaschte die Kamera am Grund der Schlucht, wo das Wasser des westlichen und des östlichen Teils der Fälle zusammenströmt und sich durch das Nadelöhr des *Boiling Pot* zwängt, nicht nur die Schlauchboote der Rafter, die dort ihre Touren starten; auf dem trockenliegenden Grund der Prallzone sah Vinz ein paar vereinzelte Menschen im Geröll herumklettern. Wenn es möglich war, zu Fuß oder vielleicht mit Hilfe eines der Boote bis dorthin zu gelangen, musste es auch einen Weg geben, sich den Wasserfällen von unten zu nähern oder sogar – und bei diesem Gedanken beschleunigte sich sein Pulsschlag – von hinten.
Eine Weile beobachtet er den Posteingang, doch die erwartete Fehlermeldung, die ihm seinen Verdacht bestätigen würde, dass Unami ihn auch mit der E-Mail-Adresse betrogen hat, bleibt aus. Mittlerweile sind alle Internetplätze besetzt, auf dem Bildschirm seines Nebenmanns läuft ein Nachrichtenkanal mit den aktuellen News; man scheint sich jetzt doch informieren zu wollen, wie das Leben in diesem Land nun weitergehen könnte, ob es die Aussicht auf Veränderung überhaupt gibt. Die Frau mit dem Fleischmund ist verschwunden, auf ihrem Platz sitzt einer von Unamis Leuten. Alle Blicke wandern zur Tür, als ein athletischer Typ in Sportkleidung und Nike-Schuhen eintritt, an seiner Seite eine Touristin, Rucksacktouristin, glaubt Vinz an ihrer für Backpacker typischen Kleidung und der ebenso unge-

nierten Umarmung zu erkennen, mit der sie Tatenda und den anderen begrüßt, als wären es gute Freunde. We are free!, ruft der Kapitän, reißt die Hände in die Höhe und spreizt den Zeige- und Mittelfinger zu einem V.

WAITA SEI?

Iwe! Iwe!
Waita sei?
Dzikama, vaenzi ava.
Hapana chakaipa chavanacho,
varikutora mufananidzo chete.
Hapana chakaipa kwauri.

Saka dzikama.

Hey you!
What's wrong with you?
Relax, they are just our visitors.
They don't have anything dangerous on them.
They are just taking photos.
They don't mean any harm.

So behave.

Xs,

lockt er aus seinem Versteck den Mann heran, der sich ihm zuwendet, wobei er das Geschehen, das er anscheinend überwachen soll, weiter im Auge behält, und wie er nun zögerlich näher kommt, mit erhobener Hand, die ihm befiehlt, in Deckung zu bleiben, hat Vinz keine Zweifel mehr, dass er Zeuge eines Verbrechens ist. Einer der Männer trägt eine Uniform in Tarnfarben und ein Gewehr geschultert, die anderen wirken in ihrer Alltagskluft, als hätte man sie von den Plätzen der Straßenhändler rekrutiert, für ein schnelles Geschäft, das neben Muskelkraft vor allem Abgebrühtheit erfordert. Sie rennen unter den Kommandos des Uniformierten mal zur einen, mal zur anderen Seite, in ihren fahrigen Gebärden glaubt Vinz eine gewisse Überforderung zu erkennen; auch ihm strömt vom bloßen Zuschauen der Schweiß übers Gesicht, hämmert das Herz in der Kehle, als er den Mann mit der üblichen Floskel begrüßt. Er antwortet, wie es die Sitte verlangt, doch als Vinz aus dem Gebüsch treten will, gebietet sein Blick ihm Einhalt. Erst jetzt sieht er das Messer, die rostige Klinge steckt in einer Lasche seiner Jeans; ein Typ, mit dem man sich besser nicht anlegt, nicht hier, im Dickicht des Waldes, fern jeder Hilfe. Ein paar in aller Frühe ausgeschwärmte Touristen hat er am *Elephant's Walk* gesehen, in einer herausgeputzten Dorfanlage, die traditionelle Lebensart und das örtliche Kunsthandwerksgewerbe mit den Afrikasehnsüchten der Besucher vereinen soll – in einer Laube saßen ein paar Frauen beim Korbflechten, Schnitzer und Steinmetze bauten ihre Verkaufsstände auf, über dem Eingangsportal thronte in Originalgröße ein hölzerner Elefantenkopf. Von dort führte ihn die Straße eine Weile am Fluss entlang, der zwischen den

Bäumen in der Morgensonne glitzerte, ließ nach einer scharfen Kurve das Ufer hinter sich und öffnete sich auf einen sandigen Picknickplatz, auf dem ein monumentaler Baobab seit tausendfünfhundert Jahren, wie er auf der Informationstafel las, die Reisenden zur Rast einlud. Die Straße knickte nach Süden ab, doch Vinz wollte in der Nähe des Flusses bleiben und drang ins Unterholz vor, auf einem schmalen Weg, der sich immer weiter verzweigte. Er hielt sich rechts, wo er hinter dem dichten Buschgürtel das Ufer vermutete, doch als er daraus hervortauchte, stand er vor der nächsten Blätterwand. In einzelnen, fast waagrechten Strahlen brach die Sonne hindurch, die Luft vibrierte vom Summen der Insekten, ein Geräusch, das stetig anschwoll und doch nicht näher kam, wie das ferne Dröhnen einer Flugzeugflotte. Oder hörte er den *Donnernden Rauch*? Manchmal drang das Keckern einer Meerkatze aus den Baumkronen, immer wieder knackte es im Gehölz; er war sich bewusst, dass er auf den Pfaden der Tiere lief. Als er am Wegrand den bizarr geformten Termitenhügel wiederzuerkennen glaubte, beschlich ihn das mulmige Gefühl, im Kreis zu gehen. Er schlug die andere Richtung ein und stieß wenig später auf eine verwachsene Piste. Dort hörte er den Schuss.
Ob er das filmen dürfe? Er präsentiert seine Hände, als wolle er beweisen, dass er bis auf die Digitalkamera, die er bereits in den Videomodus geschaltet hat, keine Waffen mit sich führt. I'm sorry, Sir, sagt der Wachmann, nachdem er Vinz von Kopf bis Fuß gemustert hat, es sei nicht erlaubt. Wenn er es nicht filmen dürfe, erwidert Vinz, muss es sich hier um etwas Illegales handeln, und er tritt nun doch aus seinem Versteck hervor. Der Mann dreht sich zu den anderen um, sein Blick verrät eine gewisse Heimlichkeit, dann lächelt er, wie er es gelernt hat. No, Sir, it's by order. In wessen Auftrag?, beharrt Vinz. There's no need to worry, Sir, sagt der Mann und legt, als Vinz in die Hosentasche greift, seine Hand in die Nähe des Messers, es sei ein offizielles Vorgehen. Rechts trägt Vinz die Ein- und Fünf-Dollar-

Noten, links die Zehner und in der Gürteltasche die großen Scheine, die er am Morgen sorgsam abgezählt hat. Wenn es offiziell ist, müsse er es auch filmen dürfen, sagt er und präsentiert den Betrag, den er für die Wahrheit, die ihm dieses Land noch schuldet, zu zahlen bereit ist. Please, Sir, sagt der Mann; Vinz sieht seine Augen an den Scheinen hängen, doch das Gesicht bleibt ungerührt, die Hand am Messer in Bereitschaft, seine Beherrschtheit ist wie ein Panzer, den er nur mit Gewalt würde durchdringen können. Wenn es, denkt er, eine Revolution ist, die das Volk hier auf die Straße treibt, wird sie an der Höflichkeit dieser Menschen scheitern. Oder ist es gerade dieses unerbittliche Lächeln, das die Mächtigen am Ende in die Knie zwingt? Als er den Betrag verdoppelt, drängt der Mann ihn zurück ins Geäst und weist ihm den Platz zu, von dem aus gesehen – er ahnt es schon – die Männer, die er nun heranzoomt, sich mit etwas abzuplagen scheinen, das auf dem Display wie ein großer, von den umliegenden Büschen halb verdeckter Felsbrocken aussieht. Er müsse näher ran, sagt Vinz und wühlt in der Gürteltasche. Gegen fünfzig Dollar ruft der Mann seinen Leuten eine Anweisung zu, die in ähnlich rüdem Ton erwidert wird, dann befiehlt er Vinz in die Hocke, gibt ihm Deckung und treibt ihn, Hurry up!, wie einen Hund über den Boden, durch stacheliges Gras und zurückschnalzendes Gezweig in die Mulde hinter einem entwurzelten Baum, dessen gespaltener Stamm ihm gleichermaßen Schutz und freie Sicht bietet, im Vordergrund des Bildes die zerrissenen Sandalen des Wachmanns als Beweis, dass der Scherge, der die Drecksarbeit macht, von der Beute nur den Abfall bekommt.

Just for a minute, flüstert der Mann, Vinz drückt mit klammen Fingern den Auslöser. Durch die leichte Untersicht wirkt der Leib des Tieres noch imposanter, der in Seitenlage stark nach oben gewölbte Bauch wie aufgebläht von den Gasen der Eingeweide, in denen die Zersetzung bereits begonnen hat. Es ist ein Bulle, glaubt Vinz an den mächtigen Stoßzähnen zu erkennen, die vermutlich als Erstes herausgesägt werden, sobald der Elefant abtransportiert ist. Eine auf dem Lkw befestigte Seilwinde zieht ihn an seinen zusammengebundenen Hinterläufen zentimeterweise auf die heruntergelassene Ladebühne, von der einer der Männer den aufgeschobenen Waldboden schaufelt, während die anderen mit Stöcken und Haken die Vorderbeine in Längsposition bringen oder sich mit dem ganzen Gewicht ihrer Körper gegen die Brust des Tieres stemmen. Vinz richtet den Fokus auf den Mann, der etwas in seinen Armen trägt, das in der Vergrößerung wie der Leichnam eines zweiten, fremdartigen Wesens aussieht und sich beim Zurückzoomen als ein Teil des Rüssels erweist. Er konzentriert sich ganz auf den Bildausschnitt und ertappt sich bei der Vorstellung, wie er Alexander das Video auf dem Computer zeigt, mit einem späten und hämischen Gefühl der Genugtuung, denn nun hätte die Reise am Ende doch noch den Elefanten geliefert, den Unami ihnen versprochen hat. Da sieht er das Zucken. Gerade hat er vom Rüssel auf den Kopf des Tieres geschwenkt und die Augenpartie herausvergrößert, da war ihm, als bewegte der Elefant das Ohr. Mit dem Sensor des Objektivs tastet er über die Stelle, doch der Reflex wiederholt sich nicht, auch das Auge starrt leblos. Er unterbricht die Aufnahme und spielt das Video ab, springt noch einmal zu der Sequenz zurück, die trotz der Unschärfe und seiner zittrigen Kameraführung eine deutliche Muskelkontraktion am unteren Rand des Ohres zeigt. Er winkt den Wachmann heran, der widerwillig zu ihm tritt. He's still alive, sagt er und präsentiert den Beweis für das stümperhafte Töten. Nichts regt sich im Gesicht des Mannes, dessen Augen ihm jetzt genauso erloschen wie die des Elefanten erscheinen; so nah und mit seinem Geruch in der Nase empfindet Vinz eine tiefe Abscheu vor diesem Wilderer, der Erbärmlichkeit seines Lebens, von der er selbst profitiert. Er lebt, sagt er noch einmal, lauter jetzt und im Ton einer Drohung, deren Lächerlichkeit ihn der Wachmann spüren lässt, als er sich provozierend langsam erhebt und, glaubt

Vinz, mehr aus Mitleid mit ihm als mit dem Tier den anderen etwas zuruft. Augenblicklich halten die Männer inne und weichen ein paar Schritte zurück. Der Uniformierte eilt heran, Vinz glaubt eine Stablampe in seiner Hand zu erkennen, mit der er dem Elefanten ins Auge leuchtet. Das Dröhnen des Lkw-Motors wird leiser, der Fahrer hat den Kran angehalten, die Hinterläufe sinken ein wenig ab, Vinz sieht die blutigen Kerben, wo sich das Drahtseil tief ins Fleisch geschnitten hat. Er richtet die Kamera aus, niemand wagt nun eine Bewegung, für einen Moment friert das Bild ein, er startet die Aufnahme. Fast im selben Moment schlägt der Elefant mit dem Ohr, als wäre er durch den Stillstand aus der Bewusstlosigkeit erwacht, dann bäumt sich der Rüssel auf. Die Männer fliehen ins Gebüsch, ihr Anführer tritt einen Schritt zurück und hebt das Gewehr. In einer Halbtotalen, die ausreichen würde, um den Wachmann zu identifizieren, der am Rand des Bildes steht, peitscht der Schuss durch die Luft. Mit der Kamera im Anschlag erhebt sich Vinz aus dem Graben und sieht auf dem Display, wie der Schütze den Gewehrlauf auf ihn richtet. Go!, ruft der Wachmann und stellt sich in die Schusslinie. Vinz holt sein Gesicht heran, den Ausdruck des Hasses in seinen Zügen, dann dreht er sich um und bricht durchs Unterholz, von den Rufen der Mörder gejagt wie ein weidwundes Tier.

◆◆

Die Frau, mit der Captain ins Internetcafé gekommen war, hieß Xela, und erst als Vinz ihre Handynummer in seine Kladde notierte, unter Unamis E-Mail-Adresse, die sie, so war ihm, einen Augenblick zu lang betrachtete, fiel ihm das Anagramm ihres Namens auf. Von seinen Romanen wusste er, dass ab dem Punkt, an dem er beginnt, Material zu sammeln, jeder Zufall ein weiteres Element im Zeichensystem des späteren Texts sein kann, wobei die Entscheidung, die Idee in die Tat umzusetzen, in ihrer

Unumkehrbarkeit bereits Teil dieser neuen Schicksalsmacht ist, die von ihm Besitz ergreift. Was von diesem Punkt an geschieht, ist eine Art Spiegelschrift dessen, was geschrieben werden muss; fortan besteht seine Aufgabe im Warten auf die Vergangenheit. Erst in der Rückschau würde es ihm gelingen, die Codes, die den Alltag chiffrieren, zu entschlüsseln. Das Erzählen beginnt, sobald er die Wirklichkeit, die ihn umgibt, rückwärts liest, nicht vom Glauben an ihre unabänderliche Gültigkeit, sondern vom Verdacht her, dass sie ihn zu täuschen versucht, so dass er zwar Xelas Namen von links schrieb, aber gegen die Schreibrichtung dachte.

Alex, sagte er, ob das ihr richtiger Name sei? Alexia, erwiderte sie, aber sie bevorzuge das Anagramm, weil sie nicht wie die niederländische Prinzessin heißen wolle, was eine gewisse Ironie in sich barg, denn alles an ihr schien Vinz zwar nicht vornehm, aber doch ziemlich holländisch: das fransige rotblonde Haar, das ungewaschen erst richtig in Form lag, die Idealfrisur für jede Weltreise. Ihre abgerissene Kleidung, die an Orten wie diesem angemessen schäbig und in den Cocktailbars dieser Stadt lässig und sexy wirkte. Die Sommersprossen auf Schultern und Dekolleté, die Captain in der Nacht zuvor, vermutete Vinz, einzeln aufgeleckt hatte. Sie kam aus Groningen, der Studentenstadt mit den trüben, in Marihuanadunst gehüllten Grachten, wo er mit Alexander einmal eine Nacht verbracht hatte, auf der Fahrt nach Schiermonnikoog, und selbst so breit, dass er sich nur an glückliche Gesichter mit schweren Lidern erinnerte, Gesichter wie das von Xela, die diesen für Rucksacktouristen typischen Voll-geil-hier-Blick hatte, der ihr die Welt untertan machte, diesen Kontinent, den sie seit vier Wochen bereiste, wie sie ihm ungefragt erzählt hatte, von Kapstadt Richtung Kenia.

Er könne ihnen vertrauen, sagte sie in ihrem schlurrenden Deutsch, die Jungs hier wüssten, was sie tun, sie seien schwer in Ordnung, und Vinz ahnte das Gewicht, mit dem Captain seine Angebote aufwog, das Pfund zeichnete sich deutlich unter dem

Nylonstoff seiner Sporthose ab. Als hätte Captain seinen Blick bemerkt, wandte er sich um und rief: The show is going to start soon, man erwarte noch zwei andere Teilnehmer, dann setzte er sein Gespräch mit Tatenda und ein paar anderen Männern fort, die sich dazugesellt hatten und lautstark die politischen Ereignisse diskutierten. Endlich tue sich etwas in diesem Land, sagte Xela, und um ihre niederländische Gleichgesinnungsmentalität noch zu unterstreichen: Die Menschen hier haben es so sehr verdient, doch in ihrer Stimme glaubte er die Sorge zu hören, dass es durch das Aufbegehren eines Volks, das nicht mehr bereit war, sich weiter ausbeuten zu lassen, auch in den Backpackerlodges ungemütlich werden könnte. Die marode Infrastruktur wird gänzlich zusammenbrechen, sagte Vinz und erntete von Xela einen tadelnden Blick, morgen wolle sie ohnehin weiter, zum Malawisee, wo die Lage stabil sei. Und du?, fragte sie, was ist dein nächstes Ziel? Auch er breche morgen auf, erwiderte Vinz, Richtung Kongo, ja, nichts Geringeres als die Tshungu-Katarakte des Kongoflusses wolle er sehen, dann weiter zu den zwei anderen großen Strömen des Kontinents, wobei ihn am Niger vor allem die unzugänglichen Gurara-Fälle eines Nebenflusses interessierten, unweit von Abuja, von wo aus er nach Kampala in Uganda fliegen und die Murchison Falls am Weißen Nil besuchen werde, auf dem Weg nach Kairo, wo die Reise enden soll, und Xela schaute ihn voll Bewunderung an, warum dann nicht über Malawi? Komm doch mit. Er sei bereits in Begleitung, sagte er und sah erneut nach Captain, der nun ebenfalls herüberspähte, als müsse er ein Auge auf Xela haben, oder auf den Nebenbuhler. Einer von den Jungs hier, fügte er hinzu, komme mit bis Lusaka, wo er etwas zu erledigen habe. Er wusste nicht, warum er Xela anlog, es gab keinen Grund, nur einen vagen Verdacht. Wer?, fragte Xela, und dieses Mal war der Argwohn in ihrer Stimme unüberhörbar. Unwillkürlich blickte Vinz auf ihre breiten Hüftknochen, an denen Captain sie heute noch packen würde, um den anderen im *Devil's Pool* zitternden Tou-

risten zu zeigen, welche Macht er in der Todeszone über die Körper der Weißen hat. Bonami, sagte er mit gesenkter Stimme und machte eine dramaturgisch wirksame Pause; er hatte Gefallen an diesem Poker gefunden, bei dem sie beide darauf warteten, die beste Karte auszuspielen, den schwarzen Herzbuben. Xela ließ sich die Pattsituation nicht anmerken, sie tat, als sage ihr der Name nichts, woraufhin Vinz begann, seinen Begleiter zu beschreiben, in den schillerndsten Adjektiven. Ob er eine kleine Narbe hier habe, fragte Xela und fuhr sich mit dem Zeigefinger über die Stirn. Vinz nickte und sah das Zucken in ihren Zügen, einen Anflug von Ärger, der sich noch rechtzeitig in ein spöttisches Grinsen verwandelte. Dann haben wir auf denselben gesetzt, sagte sie und zupfte an ihren Armbändern, die speckig waren vom Staub der Welt. Erst jetzt sah er den winzigen Anhänger in Form des Schlangenfischs, der zwischen bunten Holzperlen und Muschelketten an einem Lederbändchen baumelte. Sie kenne Bonami bereits über Captain, der ihr versprochen habe, jemanden zu finden, der sie nach Malawi bringe – hier zu reisen sei nämlich nicht ungefährlich, und sie spielte den Trumpf und fügte hinzu: allein als Frau.
Ein Mann und eine Frau mittleren Alters betraten den Raum, verheiratet, wie Vinz an ihrer fast identischen Kleidung und der Art zu erkennen glaubte, wie sie instinktiv zusammenrückten. Sie schauten sich ängstlich um, als hätten sie sich im Ort geirrt, dann steuerten sie zielstrebig auf ihn und Xela zu. Von Lusaka will er weiter nach Norden, beeilte Vinz sich zu sagen, ich vermute bis ans Mittelmeer, und er hat Aids. Xela kniff die schweren Augenlider zusammen. Und warum erzählst du mir das? Im selben Moment trat das Paar hinzu, der Mann hinter der Frau, die sich mit einem Räuspern und auf Deutsch nach dem *Nyami Nyami Walk* erkundigte. Captain kam herüber und begrüßte Kerstin und Andreas in der Gruppe. So how do you feel, guys?, fragte er in die Runde, ready to have your bath with the devil?, und er legte Xela lachend den Arm um die Hüfte.

Vinz versprach ihr, sie anzurufen, und steckte die Kladde zurück in den Rucksack. Bevor er losging, drehte er sich noch einmal zu ihr um. Make sure you don't get sick, sagte er und beschrieb mit der Hand das Zeichen von Auge zu Auge, dann trat er hinaus ins Menschengewühl.

Von der Demonstration war ein Haufen Müll geblieben. Banner und Plakate lagen kreuz und quer auf der Straße, zwischen Getränkedosen, Bierflaschen und Essensverpackungen. Der heiße Landwind wirbelte eine weiße Plastiktüte in die Höhe, Vinz folgte ihr mit Augen, wie sie sich in den Himmel schraubte, symbolhaft über dem verlassenen Aufmarschplatz wie eine Friedenstaube, dann geriet sie in eine Flaute und stürzte ab. Billige Arbeitskräfte würden den Livingstone Way rechtzeitig zur Dinner-Zeit wieder in eine Flaniermeile verwandeln; schon fanden sich die ersten Gäste zum Lunch auf den Restaurantterrassen ein, im Vorbeigehen hörte Vinz die Rekommandeure ihre Angebote zischeln, sah Kellner Sitzplätze offerieren und Tabletts balancieren. Vom Militär war nichts mehr zu sehen. Die Menge auf der Straße hatte sich fast vollständig zerstreut, nur hier und da standen noch ein paar Gruppen, diskutierten oder versuchten in aufgekratzter Stimmung die Euphorie der letzten Stunden in den Alltag hinüberzuretten, der in die Stadt zurückgekehrt war. Aus einem Auto drang laute Musik, davor ein paar Jugendliche, die sich gegenseitig zum Tanzen animierten; die Nationalflaggen hingen schlaff in ihren Händen oder dienten als Kopfbedeckung gegen die Sonne. Die Feier des Aufbruchs, die ihn zuvor noch wie eine entfesselte Naturgewalt mit sich gerissen hatte, wirkte nun wie ein müder Karneval, und doch: etwas hatte sich verändert, war durch den Protestzug angestoßen worden und nun nicht mehr aufzuhalten. Er glaubte es in den Gesichtern der übriggebliebenen Demonstranten zu sehen, die sich auf den Weg nach Hause oder zurück an ihren Arbeitsplatz machten. Auch die Straßenhändler waren wieder auf dem Plan, noch aggressiver als zuvor drängten sie ihm ihre Waren auf. Die Augen glühten, aus ihren Zügen war dieser Ausdruck der Resignation und übermäßigen Erschöpfung verschwunden, der das Gesicht eines Menschen entleert, der zu lange von seinen Reserven lebt. Die Blicke der Einheimischen prallten nicht mehr gleichgültig an ihm ab, sie nahmen ihn wahr, wachsam und misstrauisch, als wären sie aus einem jahrzehntelangen Betäubungsschlaf erwacht, aufgerüttelt vom Beben der Panzerketten auf dem Livingstone Way. Sie starrten ihn an und betrachteten dabei voller Empörung die Stadt, in der sie lebten, ihre alltäglichen Gänge darin, die unterbezahlten Jobs, den Kampf ums tägliche Auskommen, ihre Krankheiten, die Steuern, die sie abgeben, das Schulgeld, das sie für ihre Kinder zahlen mussten, und warum wir? All das fragten sie ihn, und auch andere Touristen sah er nun getrieben von diesen Blicken über die Straße eilen, in ihren angespannten Gesichtern die Sorge, dass die Welt, auf die sie hier angewiesen waren, bereits morgen nicht mehr existieren könnte. Aus Captains Gespräch mit seinen Leuten hatte er ein paar beunruhigende Fakten aufgeschnappt; anscheinend hatten die obersten Militärs dem Präsidenten ein Ultimatum für seinen Rücktritt gesetzt. Sollte er weiterhin an seiner Macht festhalten, wollten seine Opponenten in der eigenen Partei ein Amtsenthebungsverfahren einleiten. Wenn es nicht bereits ein Putsch war, stand das Land kurz davor; er musste sich beeilen, ans Ende zu gelangen, seine eigene Frist lief am nächsten Tag ab, in etwas mehr als vierundzwanzig Stunden, und er wusste, dass Alexander keinen weiteren Aufschub mehr dulden würde.

In der Reiseagentur herrschte Hochbetrieb. Die Schlange der Touristen, die stornieren oder umbuchen wollten, reichte bis zur Tür. Der Raum war erfüllt von einem Stimmengewirr in verschiedenen Sprachen, und in allen Worten, die zu ihm drangen, hörte Vinz die Sorge, dass bei den Unternehmungen rund um die Wasserfälle die Sicherheit nicht mehr gewährleistet sein könnte. An der Angestellten prallte alle Aufregung ab. Jene, die sich nicht umstimmen lassen wollten, wies sie achselzuckend auf die Geschäftsbedingungen hin, die eine Erstattung des Betrags nicht erlaubten, und die Fragen der anderen erwiderte sie mit dem immer gleichen Satz: Yes, Sir, yes, Madam, it's safe, you don't have to worry. Vinz setzte sich auf einen der Plastikstühle und wartete. Fast eine halbe Stunde verstrich, dann waren die Letzten gegangen, er trat ans Pult, unter den abschätzenden Blick der Frau, die ihn wiederzuerkennen schien; er sah es an der Art, wie sie den Ordner auf den Tisch hievte. Sie blätterte eine Teilnehmerliste hervor, auf der nun anscheinend doch ein Platz frei geworden war, und schob ihm das Buchungsformular hin; man werde ihn am Hotel abholen, morgen früh um neun. Vinz zog die Tischunterlage heran, einen großen Papierbogen mit einem piktogrammartigen Plan der Wasserfälle und des umliegenden Areals, auf dem alle buchbaren Aktivitäten verzeichnet waren, auch der *Nyami Nyami Walk*. I want to go there, sagte Vinz und legte den Finger ins Zentrum der Wasserfälle, mitten in den donnernden Rauch, der mit weißen Kringeln dargestellt war. Die Angestellte warf einen kurzen Blick auf die Stelle und sagte: It's not possible, Sir. Vinz trommelte mit der Fingerkuppe auf den alles entscheidenden Ort. It must be possible, sagte er, er habe dort Leute herumlaufen gesehen. Dann müssen sie verrückt gewesen sein, erwiderte sie und zog ihm sanft den Plan unter der Hand weg. Any price, sagte Vinz den Satz, der ihm hier die schärfste Waffe schien, die Frau lehnte sich zurück und verschränkte die Arme vor der Brust. You won't survive this, Sir. Der Fluss führe Niedrigwasser, beharrte Vinz, große Teile der Fälle lägen gänzlich trocken, es müsse also einen Weg geben. Jetzt legte sie die Hände auf den Tisch, kam ein wenig näher, Vinz hörte den synthetischen Stoff ihres bunten Kleides knistern, plötzlich kehrte das Leben in ihr Gesicht zurück. Don't do this, sagte sie mit gesenkter Stimme, es sei ein heiliger Ort, niemand dürfe ihn betreten, und wie erschrocken über ihre eigenen Worte wich sie wieder zurück und fügte in gewohnter Förmlichkeit hinzu: Please respect our boundaries, Sir. Vinz atmete geräuschvoll aus, zog den Plan wieder heran und faltete ihn zusammen. Schade, sagte er und erhob sich, es wäre das Geschäft ihres Lebens gewesen, dann verließ er mit klopfendem Herzen das Büro. Er hatte gehört, was er wissen wollte. Die letzten Demonstranten hatten die Straße verlassen, ein Mann klaubte die Überreste der Freiheit mit einer Müllzange auf.

Die Eisenleiter war idiotensicher. Zwar führte sie teilweise fast senkrecht in eine schwindelerregende Tiefe, in der sein Blick nirgends Halt fand; zur einen Seite wälzten sich die dunklen Fluten des Flusses, der ihm jetzt, da er wusste, dass er sich ihm ausliefern würde, noch unerreichbarer erschien, in seiner fremden Welt aus Fels, Sediment und all den Dingen, die das Wasser zerfetzt und zermalmt hatte. Rechter Hand konnte sich das Auge wenigstens an den Vorsprüngen der Steilwand festklammern, wie die krüppeligen Büsche, die mit ausgreifendem Wurzelwerk der Schwerkraft trotzten. Doch die Gefahr eines Absturzes war eine rein optische; engmaschige Gitter säumten die Leiter, die Stufen waren breit und mit rutschfestem Profil versehen, und ungefähr alle zehn Meter ermöglichte eine gesicherte Plattform den Ab- und Aufsteigenden eine Verschnaufpause. Auf halber Höhe setzte sich der Pfad fort und führte über einen Sporn und ein paar weitere Stege zu den Geröllschüttungen auf dem Grund der Schlucht. Einer Ameisenstraße gleich schlängelte sich ein Trupp Wanderer am Flutsaum entlang. Oben an der Rampe rüstete sich bereits die nächste Gruppe mit Helmen und Schwimmwesten für das Wagnis, jeder mit einem Paddel in der Hand und ausgerüstet mit den Sicherheitsinstruktionen ihres Guides. Die beiden Kanadierinnen, mit denen Vinz zuvor ein paar Worte gewechselt hatte, quietschten dennoch vor Todesangst, als sie ihre Füße auf die ersten Stufen setzten. Sie hatten den *Shower*

Hike gebucht, eine Wanderung, die einen angeblich so nah an die Prallzone heranführte, dass man in der Gischt eine Dusche nehmen konnte, vorausgesetzt, man war schwindelfrei und schwimmtüchtig; das letzte Stück Weg führte über das Wasser. Die Bootsträger standen bereits parat, neben den zu unhandlichen Packen gerollten Schlauchbooten, die sie schultern, abseilen oder auf irgendeine andere halsbrecherische Art in die Schlucht transportieren würden. Vinz erkannte den Typen vom Vortag an seinen Schuhen. Er ging auf ihn zu, streckte die Hand aus und stellte sich vor. Zögernd erwiderte der junge Mann den Gruß; er schien es nicht gewohnt, von den Kunden seines Arbeitgebers mit Aufmerksamkeit bedacht zu werden. Er strahlte die nötige Furchtlosigkeit aus, mit einem Körper wie die vom Wasser geschmirgelten Felsriffe, die er täglich auf löchrigen Sohlen überwinden musste, er schien Vinz die ideale Besetzung für seinen afrikanischen Charon, auch sein Name, Faith, passte ins Personenregister seines Romans. Er faltete den Plan auseinander und fragte nach dem Ziel der Tour; Faith deutete auf die Stelle, wo die gestrichelte Linie eines Wanderwegs an einem Regenschirmsymbol endete. Und man wird wirklich nass?, fragte er und sah in den Mundwinkeln des Bootsträgers ein Lächeln zucken. Nicht dort, erwiderte er, at this time of the year the falls are dry. Wo dann? Faith zeigte auf das Piktogramm unterhalb der *Main Falls*; seine Fingernägel waren abgebrochen, die Hand vom Umklammern des Ruderstabs schwielig, auch seine Seele, würde es im Roman heißen, zerfressen vom Wasserfall, Vinz sagte: Bring mich hin. Faith, der fest daran glauben mochte, dass der politische Umbruch ihm bald einen besser bezahlten und menschenwürdigeren Job bringen würde, dieser Fremde, dem er nun blind vertrauen musste und in dessen Augen er die Ungeduld einer ganzen zukunftshungrigen Generation flackern sah, legte den Kopf schief und sagte: Sir, may I ask why? Vinz nannte den Preis, der ihm sein Leben noch wert war. Faith schien einen Moment zu überlegen, dann rief er seinen Leuten etwas zu, woraufhin sie sich an die Arbeit machten. Er habe eine Tour, sagte er, morgen um neun. Danach könne er ihn übersetzen, there, und er legte den Finger dorthin, wo die Linie des Pfads den Fluss durchstieß; für den Abstieg allerdings brauche man einen Führer. Er habe jemanden, erwiderte Vinz, aber von dort an – auch er deutete nun auf den Punkt –, you will guide my guide. Faith bückte sich nach dem Schlauchboot, hob es mit einem kräftigen Ruck hoch und setzte sich das sperrige Paket auf den Kopf, wo es, kaum dass es seinen Scheitel berührt hatte, gewichtslos zu schweben schien. Seit er diesen Job mache – er unterbrach sich, als müsste er selbst nachdenken, wie lang schon, I think it's been more than five years –, habe er noch nie einen Menschen dort gesehen. Vinz glaubte die Warnung zu verstehen, er sagte: Und Nyami Nyami? Faith blickte ihn überrascht an, dann verzog er das Gesicht, Vinz wusste nicht, war es die Last, die ihm diesen Schmerz bereitete, oder der Name des Flussgotts. Nyami Nyami? Faith senkte die Stimme, ob er ernsthaft an diese Geschichte glaube? Vinz steckte ihm das Bündel Scheine zu, den Obolus für die letzte Überfahrt. I promise you'll get wet, sagte er und schickte sich zum Gehen an; mit beiden Händen über dem Kopf stieg er auf die Leiter. Get some new shoes!, rief Vinz ihm noch hinterher, dann verschwand der letzte Zipfel des Schlauchboots im Abgrund.

Als er am späten Nachmittag das Hotelzimmer betrat, zog eine Angestellte gerade das Bett ab. Vinz bat sie, es so zu lassen, drückte ihr ein Trinkgeld in die Hand und schickte sie fort. Beim Anblick des verlassenen Zimmers spürte er das Bohren in der Brust; er hatte seine Rückkehr so lang wie möglich hinausgezögert. In einem Outdoor-Laden hatte er einen wasserfesten Rucksack und drei Paar Kletterhandschuhe gekauft, danach bei KFC seinen Hunger gestillt und zuletzt an einem Bankautomaten eine große Menge Bargeld abgehoben; der Verfügungsrahmen seiner Kreditkarte war bereits ausgeschöpft, er würde monate-,

wenn nicht jahrelang die Schulden abstottern müssen, an Alexander, der die Konten ausgleichen würde. Der Roman musste auch an den Kassen der Buchhändler ein Erfolg werden, anderenfalls könnten die Schauplätze seiner weiteren Werke erheblich bescheidener ausfallen, Sozialamt, Arbeitsagentur und ein vermülltes Singleloch irgendwo am Stadtrand, sollte ihre mehrbändig angelegte Liebe ihre eigene Trilogie nicht überleben. Er setzte sich auf die Terrasse des *Three Monkeys*, erst zwei Gin Tonic besänftigten die aufgepeitschten Gedanken, eine weitere Stunde verbrachte er damit, das Treiben auf dem Livingstone Way zu beobachten, der sein anderes Gesicht, das er am Vormittag gezeigt hatte, längst vergessen hatte. Es war die Zeit der Dinner Specials, Sunset Cruises und Twilight Rides, plappernd zog der internationale Pulk in einer Wolke aus Insektenabwehrspray der Dämmerung dieses Landes entgegen. Oder wäre es doch die Morgenröte einer neuen und gänzlich unerwarteten Geschichte, in die auch er am Ende dieser Nacht blinzeln würde?
Google lieferte widersprüchliche Fakten, manche Medien wähnten den Präsidenten bereits im Exil, andere meldeten, dass er und seine Frau in ihrer Villa mit den zwanzig Schlafzimmern unter Hausarrest stünden. Das Auswärtige Amt hatte bereits reagiert und forderte Reisende auf, in ihren Unterkünften zu bleiben oder, wenn möglich, auszureisen, ein Krisentelefon war eingerichtet. Alexander hingegen schrieb in seiner Antwortmail, dass laut Mitteilung der Hoteldirektion keine Gefahr für die Gäste bestünde, »bin mit den Norwegern unterwegs«, angehängt der Voucher für den Mietwagen, der sie durch ihren restlichen Urlaub bringen sollte, ein Allrad. Er klappte den Computer zu und suchte im Zimmer nach einer weiteren Nachricht von Alexander, durchblätterte herumliegende Informationsbroschüren nach ein paar hingekritzelten Worten, die ihm das eiserne Korsett lockern würden, das er um seine Brust geschmiedet glaubte, irgendeine alltägliche Floskel, etwas Verbindendes und Verbindliches, wenigstens die voraussichtliche Uhrzeit sei-

ner Rückkehr, doch er fand nichts. Der Mann am Empfang würde ihn für verrückt erklären oder ihn sogar dem Sicherheitsdienst melden, wenn er nach der Zimmernummer eines Paares aus Trondheim fragte, von dem er nicht einmal die Namen kannte. Auch eine heiße Dusche wollte das Eisen nicht erweichen. Die Zimmertapete färbte sich rosa, mit dem Blättermuster des mächtigen Mopane-Baums vorm Fenster wie ein kostbarer und fein gewirkter Stoff, dann, als das ganze Zimmer blutrot erstrahlte und er auf dem verwüsteten Bett liegend ins Leere starrte, glaubte er die glühenden Wände seiner Folterkammer auf sich zukommen zu sehen wie in Edgar Allan Poes Erzählung von der Grube und dem Pendel. Die Sonne verschwand, wenige Minuten später war es Nacht. Eine weitere Viertelstunde regte er sich nicht, spürte den tiefen Schacht, in den er bei der kleinsten Regung rutschen würde, in unmittelbarer Nähe, einen klammen Hauch aus der Tiefe dort, wo er hinlauschte, um seine Herzschläge zu zählen, der engen Kluft seiner Brust entströmte bereits der Atem der Fälle. Als er gänzlich von seiner inneren Kälte umschlossen war, überkam ihn ein tiefes Gefühl der Ruhe. Es war nun nichts mehr zu tun, als zu warten, dass der morgige Tag, der Resturlaub, die ganze lästige Rückkehr in ihren Alltag vorüberging und er an dem Tag, an dem er es nicht mehr aushalten würde, zu schreiben begänne. Doch was tun, und wer wären sie in Zukunft, wenn er trotz all der Vorkehrungen, die er heute getroffen hatte, den ersten Satz nicht findet? Er klappte den Laptop auf, im bläulichen Licht des Bildschirms wirkte das Zimmer wie von Nebel erfüllt, und es rauschte. Von Unami noch immer keine Antwort. Er wird kommen, sagte er sich, das lässt er sich nicht entgehen, den Sturz des Autors, der ihn zur aidskranken Figur degradiert hat, von den Klippen seines eigenen Romans, einen Fall aus hundertacht Metern Höhe. Fröstelnd sprang er auf, knipste das Licht an und sah, dass Alexander die Klimaanlage auf Kühlschranktemperatur gestellt hatte; er schaltete die Lüftung aus, plötzlich war es still. Er ging ins Bad und durchsuchte den Mülleimer nach einem Hinweis auf die Ergiebigkeit von Alexanders Date, doch das Zimmermädchen hatte den Abfall bereits entsorgt. Dann, in einer Falte des Kopfkissens, in dem er mit der Nase wühlte, auf der Suche nach einer Duftspur, wurde er fündig; ein einzelnes schwarzes Haar, kurz, hart und kraus. In dem Krimi, zu dem er dieses Trauerspiel im Hinblick auf seine Schulden vielleicht noch ummünzen könnte, würde die DNA dieses Haares, das, er weiß noch nicht wie, in die Hände der Polizei gerät oder aber bewusst gespielt wird, mit jener der am *Boiling Pot* angespülten Leiche übereinstimmen, so dass er seiner vergeltungs- und happy-end-süchtigen Leserschaft den Toten, einen Mord aus Eifersucht, die Bestätigung ihres von Beginn an gehegten Verdachts, dass der homophobe Afrikaner doch selbst schwul war, und die Auflösung der vom betrogenen und auf Rache sinnenden Ehemann heimtückisch eingefädelten Intrige samt strafrechtlicher und metaphysischer Verurteilung der Schuldigen, das Gute und das Böse einschlafgerecht voneinander getrennt, in einem einzigen Kapitel servieren würde, doch an der Boulevardversion seiner Stoffe war er schon beim Drehbuch für Alfs Sender gescheitert; es blieb ihm also nur der gallige Trost, dass im wirklichen Leben und vielleicht auch in der wahren, in die Wahrheit der Herzen vordringenden Literatur meist nicht die Menschlichkeit siegt, sondern eine Illusion der Liebe, der man sie opfert. Er legte das Haar dennoch in seine Pillendose und nahm im Gegenzug eine Lendormin heraus; nicht nur dieser Romanplot, auch die Vergebung seiner Sünden durch die barmherzige Hand des Schlafs war, seit er vor fünfzehn Jahren über sich selbst zu schreiben begonnen hatte, erkauft.

Er richtete das Bett, auch Alexanders Seite, platzierte den Laptop griffbereit und schloss die Augen in der Erleichterung, dass letztendlich alles nur eine Episode in ihrer Geschichte sein würde. Er sah Alexander mit blutigem, von den abgebrochenen Fingernägeln seines Fickers wund gekratztem Rücken, Xela, die den

Goldregen ihrer Sommersprossen auf Bonami herabschüttelte, Faith, den Fährmann, mit strahlend weißen Nikes und einem Paddel in der Hand in seinem gelben Schlauchboot, das langsam in den Sprühnebeln verblasste. Dann stand er plötzlich auf dem Livingstone Way, wo ihm eine aufgebrachte Menge in einer fremden Sprache etwas zurief. Er verstand nicht, was die Menschen von ihm wollten, und doch wusste er es auf diese unerklärliche Art, wie man sich nur in Alpträumen auf eine tödliche Erkenntnis zubewegt. Fleisch!, Fleisch!, übersetzte ihm der Traum das Geschrei der Leute, und in diesem Moment wurde ihm klar, dass sie ihn aufforderten, die Worte in seiner Sprache selbst auszusprechen, was sich ihm aber aus einem lebensbedrohlichen Grund verbot. Plötzlich sah er sie überall geschrieben, auf Bannern und Werbetafeln, als Namenszug über den Ladenlokalen und sogar mit rotem Lippenstift – oder war es Blut? – auf die Körper gemalt, gegen die er taumelte. Doch er konnte die Worte nur verstehen, indem die Menge sie unentwegt skandierte, und in diesem verworrenen Gefüge sich widersprechender Kausalitäten wusste er plötzlich, dass er nach Unami suchte, der ihm seine Stimme geraubt hatte. Die Erkenntnis trieb ihn immer schneller voran, auf ein unbestimmtes Ziel zu, das am Ende der Straße lag. Er kroch bereits am Boden, die Rufe prasselten auf ihn nieder und schlugen wie schwere Gegenstände in seinen Rücken. In seiner Kehle stieg ein stummer Schrei auf, der ihm den Kopf zu zersprengen drohte, da öffnete er im letzten Moment den Mund, doch statt der Worte schoss Wasser heraus. Er erwachte von einem diffusen Nässegefühl, und es dauerte, bis er begriff, dass er auf seine Hand speichelte, die er zwischen den Zähnen spürte. Eine Weile lag er mit aufgerissenen Augen da, noch immer im Bann des Traums und seiner grellen Symbolik, dann stützte er sich auf und tastete nach dem Computer. Als er stattdessen Alexander berührte, seine schlafwarme Haut, überkam ihn ein tiefes Gefühl der Scham, das zugleich etwas Tröstliches hatte; sie waren als Liebende oder zumindest mit einem gewissen Anspruch an dieses Wort zu dieser Reise aufgebrochen und nun, zwei Wochen später, zu Komplizen in einem fragwürdigen Experiment geworden, doch solange sie noch so nebeneinanderlägen, würden sie mit ihren Körpern für die Folgen einstehen. Der Laptop, den er auf dem Nachttisch fand, zeigte kurz vor fünf Uhr, durch die Ritzen der geschlossenen Vorhänge sickerte das trübe Morgenlicht. Keine neuen Mails, und die Nachrichtenseite, die er überflog, ließ ihn für einen Moment hoffen, dass sich das Leben am Ende doch nicht von einer Romanidee hatte einholen lassen und Unami angesichts der Lage im Land bereits mit Xela auf dem Weg nach Norden war. Er würde noch ein wenig weiterschlafen, später mit Alexander ausgedehnt frühstücken, ein paar Souvenirs besorgen, und als Höhepunkt dieses ersten wirklich gemeinsamen Urlaubstages würden sie noch einmal den Mosi-oa-Tunya-Nationalpark besuchen, auf den offiziellen, gesicherten und moralisch unbedenklichen Wegen, für deren Erhalt sie gezahlt hätten, und es wäre, als sähe er die Wasserfälle zum ersten Mal, als dürfte er sie nun endlich sehen.

Dann trieb ihn die andere Vision aus dem Bett. Er zog sich leise an, versuchte auch den Rucksack möglichst geräuschlos zu packen, spähte bei jedem Handgriff nach Alexanders schlafendem Gesicht und wurde dennoch das Gefühl nicht los, dass der ihn heimlich beobachtete. Gegen das Tischbein war er vielleicht doch mit Absicht gestoßen. Lass ihn in Ruhe, sagte Alexander ohne jede Spur von Schläfrigkeit in der Stimme, er ist noch zu geschwächt. Vinz verharrte einen Moment in seiner Position – noch könnte er sich für die erste Version entscheiden –, dann ging er zielstrebig zur Tür. Er ist fit genug, um heute nach Malawi aufzubrechen. Mit einer Holländerin. Pink meat. Heißt wie du. Er muss sie schon seit ein paar Tagen kennen.
Alexander richtete sich ruckartig auf, doch Vinz konnte seine Reaktion nicht deuten, der Lichtstrahl vom Fenster schnitt an

seinem Gesicht vorbei, er sah nur seinen großen Schatten mit den hellwach blitzenden Augen.
Er kennt viele Leute hier. Er ist ein Tour-Guide.
Deshalb treffe ich ihn. Um neun. An der Leiter.
Und du sagst, ich spiele mit ihrem Leben.
Es wurde schnell heller im Zimmer, fast wie im Zeitraffer, Alexanders Züge traten nun deutlich aus dem Dämmer hervor, so verquollen von zu viel Alkohol oder Sex sah er wie ein anderer aus, und wie nun auch Alexander ihn musterte, abwesend und irgendwie ungläubig, als suchte er in seiner Erinnerung das Gesicht, das er, Vinz, einmal hatte, war ihm, als hätten sie in diesem Moment Jahre ihrer Geschichte übersprungen – jene Zeit, die es dauern mochte, bis er sich an die Niederschrift dieser Szene wagte; bis dahin würde er in ihr gefangen sein wie in einem Sprachvakuum. Vielleicht hat er woanders bessere Chancen, sagte Alexander und gähnte jetzt doch.
Die besten hätte er in Deutschland.
Warum glaubst du, dass wir diese Verantwortung haben?
Im Türrahmen war noch ein letztes Stück Dunkelheit. Vinz neigte sich ein wenig zurück, spürte sein Gesicht verzerrt und unbeweglich, wie eine Maske. Nicht jeder, sagte er, hat die Möglichkeit, in seinem Leben etwas zu ändern, wenn er weiß, dass die Zeit begrenzt ist. Ein *Bad End* zu schreiben, wäre leicht.
Alexander schüttelte den Kopf, oder es war nur ein Lichtreflex vom Fenster, der über sein Kinn sprang. Wenn er die Behandlung durchzieht, hat er vielleicht sogar noch mehr Zeit als wir. Aber du hast recht, fügte er hinzu, es wäre besser gewesen, er hätte es gar nicht erst erfahren. Nicht von uns.
Weil er glaubt, dass er jetzt eine Schwulenkrankheit hat?, sagte Vinz; er hatte im Internet ein Zitat des Präsidenten gefunden, der nicht nur HIV-positive Männer, sondern alle Homosexuellen als »Opfer der weißen Seuche« bezeichnete.
Nein, sagte Alexander, weil *wir* dafür nicht stark genug sind.
Vinz legte die Hand auf die Klinke. Der Präsident verweigert

den Rücktritt. Er wusste nicht, was dieser Satz noch aufhalten oder abwenden sollte, und doch hoffte er, Alexander würde sich entschließen, auch dieses Mal mitzukommen.
Bis heute Abend wird er noch durchhalten, sagte er und klopfte das Kissen auf, 17.20 Uhr ist Boarding. Sei bitte pünktlich. Er ließ sich zurückfallen, schloss aber nicht die Augen, sondern starrte an die Decke. Vinz war schon in der Tür, als er ihn sagen hörte: Was würdest du denn ändern? Vinz verharrte, die Klinke gedrückt, den Fuß auf der Schwelle.
Wenn ich könnte, die Chromosomen.
Die haben leider wenig Phantasie, erwiderte Alexander. XX, XY, selten auch XXX oder XYY, die geraten manchmal etwas blöde.
Und YY?
Eine Totgeburt.
Wie mein Roman.
Du wirst ihn schreiben, sagte Alexander, es würde mich wirklich überraschen, wenn nicht.
Vinz drehte sich noch einmal um. Wie war es eigentlich mit den Norwegern? Alexander schwieg eine Weile. In Afrika gibt es keine Löwen mehr, sagte er schließlich und wandte ihm das Gesicht zu. Es war jetzt hell genug, dass Vinz sein Lächeln sehen konnte. Er schlüpfte durch die Tür und versuchte beim Zuziehen jedes Geräusch zu vermeiden; er hatte beschlossen, dass in dieser Szene Alexander noch immer schläft.

Im Foyer war bereits Betrieb, eine Reisegruppe stand umringt von ihren Koffern an der Rezeption, eine andere wurde vor der Tür auf Safari-Jeeps verladen. Auf dem Parkplatz patrouillierte das Sicherheitspersonal, schwerer bewaffnet als jedes Militär. Vor dem künstlichen Wasserfall blieb er stehen. Das Bauwerk flankierte die gesamte Auffahrt des Hotels und empfing die Ankommenden mit einer akustischen Nachbildung des *Donnernden Rauchs*. Die fünf Abschnitte der Fallkante waren zwar nicht originalgetreu, jedoch mit Ehrgeiz zum großen Wurf aus Zement und Naturstein modelliert; der *Devil's Cataract* sogar ein wenig tiefer gesetzt, und die *Eastern Cataracts* fielen in dieser Gartenversion der weltgrößten Wasserfälle niemals trocken. Den Regenwald imitierte ein farbenprächtiges Aufgebot tropischer Zuchtpflanzen, Rinden- und Wurzelstücke versuchten ein wenig Wildnis in das Ensemble zu bringen, und in dem von Zierfelsen durchsetzten Tosbecken, das die Schlucht darstellen sollte, schwammen fette, in Regenbogenfarben schillernde Salmler, die mit spitz gezähnten Mäulchen an der Teichfolie knabberten. Oder war es der Tigerfisch? Auf einem Sockel hockte Nyami Nyami als steinerne Skulptur, moosbedeckt und dauerbenetzt vom Gesprüh; wäre das nur der Wasserfall im Garten seiner Kindheit gewesen, dachte er und zog die Riemen des Rucksacks fest. Der Parkplatzwächter nickte ihm zu und sagte: Good luck for your hike. Vinz querte den Livingstone Way und die breite Zufahrt zum *Elephant's Walk* und lief voller Hass auf den Schriftsteller in den Wald.

Y

Begierig nach Wasser erreicht er den Fluss. Hier, ungefähr zwei Kilometer oberhalb der Fälle, scheint die stille, selbstvergessene Uferlandschaft nichts mit der Unterwelt der Schlucht gemeinsam zu haben; geruhsam strömt der Sambesi, der noch nichts von seinem Höllensturz weiß, durch Schilfpfannen und verschlungene Kanäle, auf deren Oberfläche noch ein schwachgelber Glanz der Morgensonne zittert. Dicht bewaldete Inseln und die von Moos und Flechten rötlich schimmernden Sedimentböden ausgetrockneter Arme machen es dem Auge unmöglich, den Fluss als Ganzes zu erfassen. Erst zum Ende des Sommers, nach der Regenzeit, wenn das Wasser aus den Überschwemmungsgebieten der *Floodplains* am Oberlauf abfließt, würde es in einen geschlossenen Strom verwandeln, was jetzt einem Binnendelta gleicht, grün in den Niederungen und von der Sonne verbrannt dort, wo das Wasser sich bereits zu Beginn der Wintermonate zurückgezogen hatte.
Er dringt durch hüfthohes Gras bis zum Ende einer Sandbank vor, hält Ausschau nach einer geeigneten Stelle und taucht die Arme ins Wasser. Es ist lauwarm und trüb wie abgestandener Tee, dennoch kühlt es die angeschwollenen Kratzer, die er sich beim Sprint durch das dornige Gestrüpp zugezogen hat. Plötzlich springt er zurück und sucht mit den Augen das Ufer ab; es wäre die späte, aber gerechte Rache der Hangkinder, dass er nun doch, kurz vor seinem Wasserfall, von den Krokodilen gefressen wird. Flussaufwärts glaubt er ein paar dunkle Höcker im Wasser zu sehen, er zieht die Digitalkamera aus der Hosentasche und zoomt den Ausschnitt heran, kann in dem gleißenden Licht aber nicht erkennen, ob es die Schädel von Flusspfer-

den oder nur Felsen sind. In einigem Abstand zum Ufer setzt er sich auf einen angeschwemmten Baumstamm und spielt das Video ab. Hier, in dieser friedvollen Umgebung und herausgelöst aus der Situation, ohne die Angst als Verstärker, wirkt es weniger grausam, als er erwartet hat; in der Aufregung muss er den Fokus falsch gesetzt haben, die Schärfe liegt im Vordergrund auf dem Wachmann, der Schuss in den Kopf des Elefanten ist zwar deutlich zu hören, sein endgültiger Zusammenbruch lässt sich jedoch nur erahnen. Erst als der Schütze sich umdreht und mit dem Gewehr auf die Kamera zielt, wird das Bild scharf, auf dem Gesicht des Wachmanns reißt es ab. Der Rest ist Gewackel, wirrer Busch und sein keuchender Atem, der die empörten Rufe der Männer übertönt.

Das Video würde nichts beweisen, in Afrika sterben täglich Hunderte Elefanten, und in den Nationalparks, weiß er, sind solche Abschüsse sogar nötig, um die Überpopulation einzudämmen. Dennoch ist da eine Art späte Befriedigung, als wäre der Elefant für seine innere Aussöhnung mit Clever gestorben, für das Gefühl, nun mit ihm quitt zu sein. Würde er jemals erfahren, ob das Dorf des Mannes, der vor der Kamera seines Smartphones zusammengeschlagen wurde, doch noch gebrannt hat? Werden Muffat und seine Familie weiterhin um ihr Leben fürchten müssen, oder sind sie tatsächlich geflohen? Seit dem Ausbruch der Unruhen fragt er sich, auf welche Seite Clever sich nun schlagen, ob er zu den Gewinnern oder den Opfern des Umbruchs zählen wird und ob die Einschüchterungsmaßnahmen seiner Truppe in den Dörfern der armen Landbevölkerung die letzten Zuckungen einer Gewaltherrschaft waren, die sich selbst zerfleischt hat. Ist er bereits auf der Flucht, zusammen mit anderen Parteigenossen, die selbst Verfolgte werden, sollte der Machtwechsel gelingen? Beim Abschied vor dem Gebäude der Nationalparkverwaltung hatte Clever seine Telefonnummer auf ein Zigarettenpapier geschrieben, der Schnipsel steckt im Umschlag seines Notizbuchs. Wenn er auf dem Rückweg sei und sein

Smartphone abholen wolle, sagte er, just give me a call, Vinz blickte ihn entgeistert an und erwiderte: You're funny. Nach seiner Rückkehr von der Kanufahrt ging er direkt ins Postamt; während der Tage auf dem Fluss hatte er immer deutlicher gespürt, dass er nicht wegen seines Smartphones ständig an Clever dachte. Er wählte am Fernsprecher die Nummer und legte mit klopfendem Herzen wieder auf, als am anderen Ende der Leitung Clevers Stimme ertönte; in diesem Moment wusste er, dass es keine andere Geschichte geben darf. Er nahm den Hörer wieder ab und kündigte Alexander sein Kommen an.

Er löscht das Video; das einzige Dokument, das später für ihn zeugen wird, sind seine Erinnerungen. Er hat Alexander und sich ans Ende geschrieben, aus Manuel Unami, seine Liebeskrise zu einer Lebensfrage gemacht, jetzt hat die Form sich selbst überholt. Nicht der Roman, nicht sein Bestehen oder Versagen als Schriftsteller werden nun über ihre Zukunft entscheiden, sondern seine Fähigkeiten als Mensch. Erst jetzt wird ihm bewusst, warum er vom Hotel aus nicht den Weg zum Treffpunkt an der Eisenleiter eingeschlagen hat, sondern stattdessen in die andere Richtung gegangen ist, an dieses Ufer, zum Wasser, bevor es fällt. Er zieht Schuhe und Hose aus und watet durch den Seitenarm, bis er zum Hauptstrom gelangt. Er dreht sich in Fließrichtung und späht zum Horizont. Von hier aus gesehen scheint der weitverzweigte Fluss tatsächlich in der Ebene zu versickern, doch er weiß, dass dort, wo der Horizont sich wie ein Schnitt durch die Landschaft zieht, die Fallkante liegt. Über der verschwommenen Linie steigt eine dünne Wolke auf; sie könnte auch ein letzter Rest Morgendunst sein oder der Rauch eines Holzfeuers. Seit seiner Kindheit, deren größter Glaubensakt die Anrufung der Flut war, die das, was er erst später Kindheit nennen sollte, jäh beendete, hat er seine Wünsche nicht mehr an eine höhere Instanz gerichtet als an sich selbst. Hilf mir, sagt er jetzt, was soll ich tun? Der Fluss antwortet mit seinem eintönigen und unaufhaltsamen Strömen.

Über den Aufenthaltsort des Schlangenfischs hatte Zera geschwiegen. Möglich, dass er sich irgendwo vor den Menschen verstecke, aber das habe er immer schon getan und es sei nicht der Grund, warum ihn seit der Errichtung des Damms niemand mehr gesehen hat. Auch früher hätten ihn nur Auserwählte zu Gesicht bekommen. Doch heute kenne kaum mehr jemand seine Geschichte, und die letzten Alten, die noch von ihm erzählen, würden bald sterben. The problem is not the dam, sagte er, es sei das Vergessen. Nicht dass Nyami Nyami ein neues Zuhause brauchte – er schaute auffordernd in die Runde, von Gesicht zu Gesicht –, but maybe he needs a new story.
Es war am letzten Abend der Tour, alle hatten den Fluss ohne Schaden überstanden, lediglich die Amerikaner hatten ein paar Schrammen davongetragen, als ihr Boot von einer Gegenströmung erfasst und ans Steilufer abgetrieben wurde, wo es sich in den Ästen eines überhängenden Baumes verfing, und Vinz hatte noch immer mit den Folgen seiner Vergiftung zu kämpfen. Die Stimmung war ausgelassen, zum Abendessen servierten Zera und seine Kollegen eine frisch gefangene Brasse und Wein, und weil sie auf einer großwildsicheren Insel im Hauptstrom kampierten, der auch für die Flusspferde zu tief war, versuchte die Gruppe, ihn zu überreden, den Ernstfall nachzuspielen, der ihnen glücklicherweise erspart geblieben war: How to survive the monster's attack!, rief einer der Amerikaner und hob sein Glas. Zera wehrte lachend ab, von der anderen Seite des Flusses herüber drang das Grunzen der Hippos, das immer ein wenig an Gelächter erinnerte, hou-hou-hou, wie ein Echo. Der Sonnenuntergang war perfekt und goss seine Farben auf das sanft gewellte Seidentuch der Wasseroberfläche; Zera lagen die unvergesslichen Eindrücke seiner Klienten am Herzen, schließlich ließ er sich doch ans Ufer komplimentieren, die Amerikaner zückten die Kameras. Er zog sich bis auf die Unterhose aus, hockte sich hin und beugte den Oberkörper zwischen die Beine. Der hagere Mann, der den Horizont überragt hatte, wenn er in

seinem Boot aufgestanden war, schrumpfte auf ein Drittel seiner Größe, die Arme um die Waden geschlungen und mit eingerolltem Kopf, schien er sich tatsächlich in ein amphibisches Wesen zu verwandeln, das sie mit leuchtenden Augen und blitzenden Zähnen angrinste. Die Fotoapparate klickten, dann glitt er seitlich ins Wasser. Vinz sah noch, wie die Strömung ihn erfasste, sein Körper nahm die dunkelgrüne Farbe des Untergrunds an und verschwand. Alle starrten gebannt auf den Fluss. Als er nach einer halben Minute noch immer nicht aufgetaucht war, wurden die Ersten unruhig. This guy is really crazy, rief jemand, Kuzi und Kenneth, der Auszubildende und der Koch, standen im Hintergrund und behielten ihre Antwort für sich. Es war nun sehr still auf der Insel, auch die Flusspferde waren plötzlich verstummt, und Vinz war sich sicher, dass Zera gerade unter Wasser mit ihnen sprach. Die Sonne war weg, der Fluss färbte sich schwarz, ein paar aus der Gruppe liefen aufgeregt das Ufer ab. Plötzlich stieß Mirta, die schweigsame Slowenin, die sich meist hinter ihren Teleobjektiven versteckt hatte, einen spitzen Schrei aus, die anderen rannten herbei. Zera stand wieder neben seinen Kollegen, die Shorts tropften in den Sand, seine Haut funkelte im letzten Licht des Himmels wie mit Kristallen bespickt; er musste sich unbemerkt durch das Schilf angeschlichen haben. Oder angeschlängelt? Never sacrifice your guide, lachte er, alle applaudierten, die Amerikaner klopften ihm auf die Schulter, ihr großzügiges Trinkgeld war ihm sicher. Vinz war ein Stück zurückgetreten und suchte vor der heraufziehenden Dunkelheit die Gesichter von Kenneth und Kuzi, von denen er nur noch das Weiß ihrer Augen sah, doch ihm war, als zwinkerte Kenneth ihm zu. Irgendwo in der Nacht grunzte ein Flusspferd.

Zwei Meter ab vom Ufer hat das Wasser bereits starken Zug. Auch ist es kälter als in den seichten Kanälen, doch noch immer weich, weicher als das Wasser der europäischen Flüsse, in denen er geschwommen ist: Rhein, Donau, Inn, Loire, Dordogne, der bernsteinfarbene Kamp, die eisige Etsch und all die namenlosen Gebirgsbäche. So zärtlich und bezwingend hat er sich damals die Umarmung seines Flusses im Garten vorgestellt, in der tiefen Gumpe, wo das Wasser noch einmal zur Ruhe kommen und sich besinnen sollte, bevor es auf der Fallkante zu brüllen beginnt.

Die runde Form will ihm nicht gelingen, es zieht im Rücken und knackt in den Gelenken, die Ellenbogen stehen ab, den Kopf kriegt er nur bis zu den Knien, in diesem Land ist er mit fünfundvierzig ein alter Mann. Schließlich hat er sich doch zu einem leidlichen Bündel gerollt. Die Füße lösen sich vom Grund, er kippt zur Seite und taucht unter, der Fluss hebt ihn an, nimmt ihn mit. Schon nach wenigen Metern hört der Schmerz auf. Er packt sich noch fester. In den kurzsichtigen Augen der Hippos will er ein vorübertreibender Schilfplacken sein oder ein Stück morsches Holz, vielleicht ein großer, weiß schimmernder Fisch.